宋代南渡诗歌研究

A Study on Poetry in the Early Southern Song Dynasty

顾友泽 著

图书在版编目(CIP)数据

宋代南渡诗歌研究/顾友泽著. —北京:北京大学出版社,2014.12
ISBN 978-7-301-25104-1

Ⅰ.①宋…　Ⅱ.①顾…　Ⅲ.①宋诗—诗歌研究　Ⅳ.①I207.22

中国版本图书馆 CIP 数据核字(2014)第 277700 号

书　　　名：宋代南渡诗歌研究
著作责任者：顾友泽　著
责 任 编 辑：徐　迈
标 准 书 号：ISBN 978-7-301-25104-1/I·2836
出 版 发 行：北京大学出版社
地　　　址：北京市海淀区成府路 205 号　100871
网　　　址：http://www.pup.cn
新 浪 微 博：@北京大学出版社
电 子 信 箱：pkuwsz@126.com
电　　　话：邮购部 62752015　发行部 62750672　编辑部 62756467
　　　　　　出版部 62754962
印 刷 者：北京宏伟双华印刷有限公司
经 销 者：新华书店
　　　　　　730 毫米×1020 毫米　16 开本　18.75 印张　312 千字
　　　　　　2014 年 12 月第 1 版　2014 年 12 月第 1 次印刷
定　　　价：46.00 元

未经许可,不得以任何方式复制或抄袭本书之部分或全部内容。
版权所有,侵权必究
举报电话:010-62752024　电子信箱:fd@pup.pku.edu.cn

国家社科基金后期资助项目
出版说明

后期资助项目是国家社科基金设立的一类重要项目,旨在鼓励广大社科研究者潜心治学,支持基础研究多出优秀成果。它是经过严格评审,从接近完成的科研成果中遴选立项的。为扩大后期资助项目的影响,更好地推动学术发展,促进成果转化,全国哲学社会科学规划办公室按照"统一设计、统一标识、统一版式、形成系列"的总体要求,组织出版国家社科基金后期资助项目成果。

全国哲学社会科学规划办公室

目　录

绪　论 …………………………………………………………（ 1 ）

第一章　南渡士风与诗歌创作 ……………………………（ 4 ）
　　第一节　北宋末期黑暗政治影响下的士风及其在南宋的
　　　　　　延续 ………………………………………………（ 4 ）
　　第二节　靖康之难刺激下的新士风 ………………………（ 15 ）
　　第三节　秦桧专权时期高压政治下的屠弱浇薄士风 ……（ 21 ）
　　第四节　不同士风下的诗歌创作 …………………………（ 25 ）

第二章　南渡诗歌的主题取向 ……………………………（ 37 ）
　　第一节　时事诗："乱后篇章感慨多" ……………………（ 37 ）
　　第二节　流亡诗："试问中原何处是" ……………………（ 47 ）
　　第三节　英雄诗："南渡诸君且书剑" ……………………（ 54 ）
　　第四节　反思诗："谁使中原干戈起" ……………………（ 63 ）
　　第五节　中兴诗："直把杭州作汴州" ……………………（ 66 ）
　　第六节　隐逸诗："要将闲适换深忧" ……………………（ 69 ）

第三章　南渡诗歌的艺术取向 ……………………………（ 75 ）
　　第一节　南渡诗歌的多重艺术渊源 ………………………（ 75 ）
　　第二节　南渡热点诗学命题 ………………………………（130）
　　第三节　南渡诗歌的时代风格 ……………………………（145）

第四章　南渡四大诗人群 …………………………………（149）
　　第一节　贬谪诗人群 ………………………………………（149）
　　第二节　使金诗人群 ………………………………………（171）
　　第三节　武将诗人群 ………………………………………（192）
　　第四节　布衣与下层官员诗人群 …………………………（200）

第五章　理学与南渡诗歌创作 ………………………………（213）
第一节　理学诗的基本特征 ………………………………（213）
第二节　南渡理学家诗论 …………………………………（218）
第三节　南渡理学家之诗 …………………………………（225）

第六章　南渡诗歌的历史地位 ………………………………（251）
第一节　宋代诗歌史上两个高峰间的低谷 ………………（251）
第二节　宋诗发展到极致后向唐诗的复归 ………………（255）
第三节　上承元祐下启"四大家" …………………………（267）

结　论 …………………………………………………………（274）

附录：南宋文人事迹考辨二则 ………………………………（276）

主要参考书目 …………………………………………………（282）

后　记 …………………………………………………………（290）

绪 论

近年来,随着宋诗研究的逐步深入与扩展,研究者们在关注宋诗发展的两个高峰及宋代大诗人的同时,也将研究的对象扩大到其他时期及一些中小诗人,南北宋之交的诗歌因此理所当然地进入了人们研究的视野。

十多年前,南北宋之际诗歌的研究主要集中在对个别诗人的研究上,其中包括诗人生平的考订、诗人行踪的考察以及一些诗人诗歌特征的研究;近些年对宋代南渡诗歌的研究又有了长足的发展,出现了一些颇见功力的专著与论文。此前与本课题最为相关的研究成果有沈松勤的《南宋文人与党争》、汪俊的《两宋之交诗歌研究》及钱建状的《南宋初期的文化重组与文学新变》三部专著和白晓萍的博士论文《宋南渡初期诗人群体研究》、姚大勇的博士论文《宋南渡前后诗歌研究》。这些研究视角各异,各具特色。沈著的思路是:南宋时期的党争影响到文学创作。沿着这一思路,作者完满地解决了他所提出的党争与文学关系的问题,但此项研究显然难以全面反映这一时期诗歌创作的整体面貌。汪著主要从地域的角度切入,研究两宋之际的著述情况及苏、黄后学的地区分布特征。汪著的切入点比较独特,他提出了与文学密切相关的两个问题:南人与北人学术背景的差异在这一时期是否继续存在;苏轼、黄庭坚在两宋之际被接受的情形在不同地区是否有所区别。毫无疑问,汪著提出的问题非常富有启发性,但因作者将研究的兴趣集中在上述两个方面,造成研究的内容与著作的标题有所出入,也就没有能够较为系统地回答两宋之交的诗歌究竟是何特征。钱著力图在文化、文学与士人的社会生活之间寻找中介点,并对南宋初期士人所处时代背景与生活环境进行探讨,同样给人以启迪。但其对文学方面的关注主要集中在该时期词的创作上,而对诗歌则鲜有涉及。白文在吸收了钱著关于历史背景研究的基础上,试图对南渡诗人群体的生活历程、南渡诗歌的地域特色等方面进行较为全面的研究,作者已经做了一些相关的工作,但遗憾的是,因为种种原因,这些问题还有待进一步深入探讨。姚文对宋代南渡前后即徽宗、钦宗、高宗三朝六十年的诗歌创作从总体上进行考察与分析。在写法上,该文侧重于以诗人群体为单元进行研究。此外,张明华的专著《徽宗朝诗歌研究》也有些内容涉及南渡初期的诗坛,写法上也是以群体为经,与姚大勇的博士论文有相似之处。另外莫砺锋师的《江西诗派研究》、龚鹏程的《江西诗社宗派研究》及伍晓蔓的《江西宗派研究》三部专著对南北宋之交的江西诗派进行了较为深入地研究。此外,谢思炜、朱刚等学者的相关论文对该时期的诗歌及其学术、政治背景等也展开了具有启迪意义的研究。

可以肯定地说,上述论著与论文对南宋初期诗歌整体研究的深入大有裨益,然而这些研究对两个问题尚关注不够:其一,对南宋初年因政局动荡带来的政治、学术转型与文学的关系研究有待深入;其二,对南宋初年诗歌本体研究力度不够。考察宋代诗歌发展史,不难发现,如庆历、元祐甚至南宋中后期诗歌发展的脉络已经被梳理得较为清晰,而唯独南宋初期等为数不多的几个时期的诗歌发展线索仍混沌一片。而要理清这条线索,又不得不关注该时期政治与学术的动态。

本文的研究基于上述研究成果,着重从整体上考察南渡诗坛的诗歌状况,考察如靖康之难对诗歌创作的影响、南渡诗歌对前代诗歌艺术的继承与新变、南渡诗歌对中兴诗歌的影响等问题。关于南渡这一时间概念,目前学界没有统一的看法,刘克庄《中兴绝句续选》云:"南渡诗尤盛于东都,炎、绍初,则王履道、陈去非、江彦章、吕居仁、韩子苍、徐师川、曾吉甫、刘彦冲、朱新仲、希真、乾、淳间,则范至能、陆放翁、杨廷秀、萧东夫、张安国一二十公,皆大家数。"①这里的"南渡"包括宋高宗及宋孝宗在位时期。而上文提到姚大勇的《宋南渡前后诗歌研究》中所指的"南渡"则主要指高宗朝。本文对"南渡"的时间概念基本等同于姚大勇的界定,但稍作调整,上限为靖康元年(1126)宋金战争爆发,下限为高宗禅让(1162)。笔者以为,宋金战争爆发,士人的精神状态、士人的思维、国家的政策等等都开始发生变化,而且一直持续到建炎、绍兴初年,所有这些变化直接影响到诗人的创作。"南渡"的下限定为高宗禅让主要有两方面的考虑:一方面高宗退出政坛,他与秦桧一直坚持的投降政策即将终结,士人的精神状态又有所变化;另一方面,高宗绍兴三十二年(1162)金主完颜亮被击退,至此金人再没有发动大规模的南侵,南宋政权的危险基本解除,北宋向南宋过渡也基本完成。选择宋高宗禅让作为下限,还有一个原因,此时中兴四大家已经登上诗坛,他们的创作意味着宋代诗歌一个新的高峰的到来。而中兴四大家的创作成就与他们所接受的教育有很大的关系,这与南渡诗人先天修养不足的情况正好相反。

---

① [宋]刘克庄:《后村先生大全集》卷九七,《四部丛刊初编》本。

当然,对南渡时间概念的界定并不代表本文仅仅以这一时期的作品为研究对象。事实上,一个诗人的创作具有一定的连续性,因此诗人的创作过程不可能与历史阶段的划分完全一致。本文一个重要的目的是从整体上考察南渡诗坛的状况,考察靖康之难对诗歌发展的影响,而这种研究,需要将诗人其他时期的诗歌作为参照,因而,本文选取的研究对象是那些在北宋年间已经登上诗坛、入南宋以后仍有较长一段时间创作经历的诗人。又因为南渡时期很多诗人的作品难于系年,他们的一些作品或写于孝宗朝,为方便计,本文将这些作品一并视为南渡作品。

第一章 南渡士风与诗歌创作

学界一般认为中国古代所谓的"士"（或称为"士大夫"），是指集学者、官僚为一身的一个特定的政治群体。这个界定虽然有可商榷之处，但大体上概括了"士"的社会属性。因此，本文所讨论的"士"，主要以这一界定为依据，同时做一些小的修正。比如，宋代的官员有文阶与武阶之分，文阶官员自然属于士阶层，而武阶官员也未尝就该被排斥于士阶层之外，他们当中有很大一部分人文化修养很高，如贺铸曾一度为武职，但他也是有名的词人；又如抗金名将岳飞，也具有极高的文学修养与学术修养，有诗词作品传世。诸如此类的人物，亦是本文研究的对象。

根据余英时的理解，中国古代的"士"与近代以来西方的"知识分子"这一概念的含义较为接近，含有"社会的良心"的涵义。但"士"具有超越性与现实性两个方面："我们虽然承认'士'作为'社会的良心'，不但理论上必须而且实际上可能超越个人的或集体的私利之上，但这并不是说'士'作为一个具体的'社会人'可以清高到完全没有社会属性的程度。所谓'士'的'超越性'既不是绝对的，也决不是永恒的。"①基于余氏对"士"具有社会现实属性的判断，本文以为与士人主体精神相关联的士风，即整个士林士人的精神状况，也具有现实性，甚至其现实性远远大于超越性。不同的时期往往具有不同的士风，而不同的士风在很大程度上会影响士人的心态，进而影响文学创作。本章拟对南渡前后的士风作一较全面的考察，探究南渡诗坛的基本状况。

第一节 北宋末期黑暗政治影响下的士风及其在南宋的延续②

秦桧专权时期，有人问谪居于南安军的张九成："近日士大夫气殊不振，曾无一言及天下事者，岂皆无人材耶？"张九成回答："大抵人材在上之

---

① 参阅余英时《士与中国文化·自序》，上海人民出版社1987年版，第10页。
② 本小节部分内容参考张邦炜《论北宋晚期的士风》，《四川师范大学学报》2000年第2期。

人作成。若摧抑之,则此气亦索,有道之士,不任其事,安肯自辱哉?"① 张九成认为某个历史时期的士风取决于在上之人(即皇帝、执政者等),南渡中后期之所以士风不振,是由于朝政黑暗。张九成虽是针对秦桧独相时的士风发出这番议论,但其结论却具有普遍性的意义。的确,某种士风的形成与时政有着密切的关系。清明的政治会促进健康士风的形成,而健康的士风又进而促进政治更为清明,反之亦然。因而,讨论北宋末年的士风,首先需要对当时的政局作一简单回顾。

北宋哲宗去世,因无子嗣,在向太后的一手操纵下,端王赵佶登上了帝位,是为徽宗。从某种意义上讲,宋徽宗的性格并不适合从政,他更具艺术家的气质与禀赋。他喜欢书法、绘画、图书、古玩、花石;他在书法上具有很高的造诣,创造出瘦金体,他对其他门类的艺术也颇为喜爱,且皆达到了很高的水平。然而,在治理国家方面,他却漫不经心也并不在行,在他的统治下,北宋末年整个政坛一片黑暗,社会也是危机四伏。

宋徽宗为了满足自己的耳目之娱,大兴土木,兴建新延福宫和艮岳,劳民伤财;于苏州设立应奉局专领花石纲,大量百姓因此破产,直接导致方腊起义。他又崇信道教,授意册封自己为"教主道君皇帝"。他甚至不理朝政,经常微服出游。更严重的是,徽宗所用非人,亲近之人蔡京、王黼、朱勔、李彦、童贯及梁师成当时即被称为"六贼",是历史上有名的奸谀之臣,其他亲近之人如蔡攸、高俅、杨戬、李邦彦等也都恶贯满盈。皇帝在上过着声色犬马的生活,大臣在下贪赃枉法,朝廷上下乌烟瘴气。

朝政腐败,奸人当政,正人端士动辄被斥,直接导致士风败坏,江河日下。当时恶劣的士风,主要表现在如下几个方面:

首先,党同伐异。客观地讲,这一风气并非始于徽宗朝,但此风在徽宗朝较此前更为严重。早在神宗起用王安石变法时,这种风气就有所体现。王安石主持变法,遭到保守派的激烈反对,反对派的大臣如文彦博、司马光、富弼、苏轼等纷纷被贬或自求外放。著名的"乌台诗案"就发生在变法后期。然而,这时的党争大多还停留于政见上的争论,因政治观念的差异而形成了不同的派别。在政治以外,他们中有些人的私交还不错,如王安石与苏轼,二人互有赞誉,惺惺相惜。其后,神宗去世,哲宗嗣位时仅十岁,太皇太后高氏垂帘听政。高氏倾向于旧党,不久便全面起用旧党,对新党进行排挤,是为元祐更化。旧党在以司马光为首的保守派成员的领导下,

---

① [宋]李心传:《建炎以来系年要录》卷一六三"绍兴二十有二年六月壬辰"条,中华书局1998年排印本,以下简称《要录》,第2660—2661页。

对新党展开了全面的清算,将所行新法全部废除,对新党人物进行全面打击。此时,旧党对新党的打击,已经沦为无原则的意气之争,炮制出较"乌台诗案"更为捕风捉影的文字狱,如"车盖亭诗案"等。这些,为日后党争的进一步深化埋下了祸根。高氏去世后,哲宗一改旧政,重新起用新党,新党对旧党又进入了新一轮的迫害。哲宗去世,徽宗即位。在徽宗的坚持下,向太后垂帘听政半年,政局重新调整,召回旧党,新、旧党人并用,调和两党矛盾,此时政局相对稳定。然而好景不长,徽宗在向太后去世后,又以旧党为非,新党为是,新党重新得势,在此情况下蔡京从被贬地召回,于崇宁元年(1102)入相,更新一轮的党争重新开始。

徽宗朝士风的党同伐异,主要仍然表现为新党对旧党的政策清算及对其成员的打击。崇宁元年七月"己丑,禁元祐法";同月甲午,"用熙宁条例司故事,即都省置诸议司,自为提举,讲议熙、丰已行法度及神宗欲为而未暇者";八月,"复绍圣役法";三年"秋七月辛卯,复行方田法"。新党将元祐所行废弃殆尽,而悉复熙丰之法,又对元祐旧臣进行残酷的政治迫害:"(崇宁元年)九月己亥,立党人碑于端礼门,籍元符末上书人,分邪、正等黜陟之。"崇宁三年六月,诏:"重定元祐、元符党人及上书邪等者,合为一籍,通三百九人,刻石于朝堂。"新党对元祐旧臣进行严厉打击的同时,对旧党子弟亦予以种种政治限制,崇宁二年三月"乙酉,诏党人子弟毋得至阙下"。徽宗还规定,宗室不得与党人子孙或亲戚联姻,已定亲尚未成礼的一律改正。科举之门,亦对党人子弟关闭。崇宁二年三月"丁亥,策进士于集英殿。时李阶举礼部第一。阶,深之子,陈瓘之甥也,安忱对策言:'使党人之子阶魁南宫多士,无以示天下。'遂夺阶出身而赐忱第"。元祐学术亦遭到禁毁。崇宁二年三月,诏:"以元祐学术聚徒教授者,监司觉察,必罚无赦。"同年四月,"乙亥,诏毁范祖禹《唐鉴》及三苏、黄庭坚、秦观文集"。[1]而据《皇宋通鉴长编纪事本末》载,其时禁毁之书,除了上述几种,还另有张耒、晁补之、马涓的文集和范镇《东斋纪事》、刘邠《诗话》、僧文莹《湘山野录》等,要求"印板悉行焚毁"[2]。

上述朝廷的诏令,当然不可能是蔡京一人所为,而是新党成员集体意见的表现。比如元祐党籍之立,便有叶梦得等人参与,《宋史·强渊明传》载:"(渊明)与兄浚明及叶梦得缔蔡京为死交,立元祐籍,分三等定罪,皆

---

[1] 以上皆[明]陈邦瞻:《宋史纪事本末》卷四九,中华书局1977年版。
[2] [宋]杨仲良:《皇宋通鉴长编纪事本末》卷一二一《禁元祐党人》上,《续修四库全书》第387册影印宛委别藏清抄本,第309—310页。

三人所建,遂济成党祸。"① 又如,禁毁元祐党人文集的诏令颁布后,便有一帮官员为之出谋划策,提出新的建议:

> 淮西宪臣霍汉英奏:欲乞应天下苏轼所撰碑刻,并一例除毁。诏从之。时崇宁三年也。明年,臣僚论列:司农卿王诏,元祐中知滁州,谄事奸臣苏轼,求轼书欧阳修所撰《醉翁亭记》,重刻于石,仍多取墨本,为之贶遗,费用公使钱。诏坐罪。汉英遗臭万世,臣僚亦应同科。政和间,潭州倅毕渐,亦请碎元祐中诸路所刊碑。从之。②

霍汉英、毕渐二人的行为无疑为投上所好,同时也显示出当时士大夫热衷于参与朝廷对旧党成员的打击。另外,上文引安忱对策,言元祐子弟不当夺魁南宫,固然是出于私心,但也说明党同伐异意识已深入人心。

除了对元祐党人进行迫害,徽宗朝的党同伐异之风还体现在权力之争及具体政见上,并且这两个方面又常常交叠在一起。

先说权力之争中的党同伐异。皇帝的昏庸直接导致大臣专权。在一个缺乏公平的铨选体制下,下级官员能否升迁,在很大程度上取决于上级官员的喜好;而更高级官员权力的获得,又主要取决于皇帝的好恶;皇帝对官员的判断,有时又根据其他各级官员的意见。这样,下级官员为得到升迁,攀附高级官员;高级官员为巩固自己的地位,打击政敌,笼络下级官员。各层级官员相互依存,形成一个利益集团。徽宗朝这种结党意识很明显地存在于士人意识之中,而且也体现在政治生活中,尤其在徽宗末年,蔡京与王黼争权,形成两个对立的阵营。史称:"时蔡京、王黼更秉政,植党相挤,一进一退,莫有能两全者。"③ 就很显然体现出两党势如水火之状。又《曲洧旧闻》载:"宣和间,王黼当轴,京势少衰。黼之徒恐不为己利,百方欲去之。"④ 也体现出在权力之争中党同伐异的倾向。《宋史》卷三五二传论指出其时党同伐异的激烈程度云:"当是时,王、蔡二党,阶京者芘京,缔黼者右黼。"⑤ 再举几个具体事例,以见当时这一现象之普遍。蔡京为排斥韩忠彦、曾布,先后授意御史石豫、左肤等相继弹劾二人;王黼与蔡京争权,其党羽王安中便多次讨伐蔡京"欺君僭上、蠹国害民"⑥;郑居中去枢密位之后,

---

① [元]脱脱等:《宋史》卷三五六,中华书局 1977 年版,第 11209 页。
② [宋]周煇撰,刘永翔校注:《清波杂志校注》卷五,中华书局 1994 年版,第 191 页。
③ 《宋史》卷三五二,第 11127 页。
④ [宋]朱弁:《曲洧旧闻》卷七,中华书局 2002 年版,第 189 页。
⑤ 《宋史》卷三五二,第 11132 页。
⑥ 《宋史》三五二,第 11125 页。

"阴植党与"①等等，无不表明其时结党自坚、党同伐异之盛行，同时也说明此种心理已深入到士大夫的内心，成为其政治性格。

具体政见的差异，也会导致党同伐异的产生。例如，陆佃本是王安石的弟子，并不属于旧党，他只是提出应参用元祐人才、不宜穷治元祐余党等与蔡京相左的意见，便被莫名其妙地打入了元祐党籍。章惇与曾布，明明是地地道道的新党成员，因与蔡京政见不同，在二人被贬之后，蔡京也将他们打入元祐党籍。如果说蔡京等人对元祐党人的打击还勉强可以说含有为公的意味，那么，对上述三人的打击则显然出于一己之好恶，党同伐异的"党"，成为更小范围的私党，是偏狭的表现。

其次，寡廉鲜耻。葛胜仲在其诗《送友赴试钜野送之西门时方有外舅之戚极目无聊归不得卧作诗五首却寄以风云入壮怀为韵》中这样评价当时士林的状态："寥寥里选空，龊龊士风丧。狂澜欲东之，泛滥不可障。"②又在《策问·士习》中指出："今之儒服者，往往不能以分义自安。投罅伺隙，干时射进，追逐时好，章交公车。甚者饰游辞以诬善类，倡邪说以渎先烈。彼其居心积虑，岂真有意于整纷救弊哉。不过侥幸爵赏，偷取少顷之荣而已。"③连徽宗也承认当时士风之恶："今士大夫方寡廉鲜耻。"④最形象且有说服力的，要数蔡京的一段有名的言论：

> 吴伯举守姑苏，蔡京自杭被召，一见大喜之。京入相，首荐其才，三迁为中书舍人。时新除四郎官，皆知县资序。伯举援旧例，言不应格。京怒，落其职知扬州。未几，京客有称伯举之才者，且言此人相公素所喜，不当久弃外。京曰："既作好官，又要作好人，两者岂可得兼耶！"⑤

好官、好人二者不可得兼，高度概括了当时官场现状。稽考史实，我们发现当时在朝居高位者，确实鲜有正人端士。徽宗朝六个宰相，无一例外在品质上都有很大的问题，有两个被《宋史》列入佞幸传与奸臣传。蔡京这段话的潜台词是，既想得美官，则需唯我是从。在他的眼中，士大夫对朝廷的忠诚尽职、士大夫的独立人格等等凡属于好人的品质，都是阻碍仕途发展

---

① 《宋史》卷三五六，第 11211 页。
② ［宋］葛胜仲：《丹阳集》卷一六，《丛书集成续编》本。
③ 《丹阳集》卷六。
④ 《宋史》卷三四八，第 11033 页。
⑤ 《曲洧旧闻》卷六，第 167 页。

的因素。为论证方便,笔者再将寡廉鲜耻这一士风析为曲意逢迎、奔竞成风、见风使舵三个方面详加论述。

一、曲意逢迎。主要是指大臣对皇帝的态度及下级僚属对上级官员的态度。大臣与皇帝在政统上是君臣关系,但在道统上是师友关系,因而,开明的君主往往尊敬大臣、听从大臣的意见;正直的臣子也会批评君主失当之处。唐太宗畏惧魏徵就是一个很好的例子。宋神宗欲严惩一漕官,蔡确与章惇言不可。神宗怒言一件快意事都做不得,章惇说这些快意事不做也罢,这也说明大臣对皇帝有约束、进谏之职责。在徽宗朝,这种职责也曾有体现。史载张商英为相,"劝徽宗节华侈,息土木,抑侥幸。帝颇严惮之,尝葺升平楼,戒主者遇张丞相导骑至,必匿匠楼下,过则如初"①,可见张商英进谏在道义上属正确行为,徽宗也不便公然背道而驰。

然而,在徽宗朝如张商英那样愿意规劝君主的大臣真可谓凤毛麟角,更多的大臣曲意逢迎,明知皇帝所为违制,不仅不进谏,反而绞尽脑汁尽力满足其声色犬马之欲。蔡京甚至还为徽宗穷奢极欲的生活寻找理论根据,曲解《周易》所云"丰亨,王假之"和"有大而能谦必豫",倡导"丰亨豫大",鼓吹君主在太平盛世尽情享乐。新廷福宫与艮岳的建造,就是徽宗在蔡京的鼓动下进行的。又如王黼,为了与蔡京夺宠,不顾社稷安危,以迅雷不及掩耳之势成立"天下奉一人"的应奉司。时人作诗讽刺云:"如今应奉归真宰,论道经邦付与谁。"②大臣们不以经邦治国为务,反专以邀宠为功,士大夫为帝王师友的独立人格丧失殆尽。

两个祸国殃民的宰相如此,其他大臣亦不甘示弱,凡可讨好徽宗之事,无不竭尽其能为之。宋徽宗自认为圣王再世,其所统治下的赵宋王朝乃太平盛世,臣子便大量编造祥瑞事迹,诸如黄河清、甘露降、玉圭出、嘉禾芝草同本生、瑞麦连野、野蚕成茧等等。更有如白时中者,专以编撰天下祥瑞为务,史载:"时中尝为春官,诏令编类天下所奏祥瑞,其有非文字所能尽者,图绘以进。时中进《政和瑞应记》及《赞》。及为太宰,表贺翔鹤、霞光等事。圜丘礼成,上言休气充应,前所未有,乞宣付秘书省。时燕山日告危急,而时中恬不为虑。"③边事紧急,白时中居然还不以为意,仍然陶醉在自己编造的神话中。地方官员因献祥瑞之物而获升迁者也不在少数,如知密州李文仲因遣人"采(芝草)及三十万本,每万本作一纲入贡"④,升任京东

---

① 《宋史》卷三五一,第11097页。
② 《曲洧旧闻》卷八,第197页。
③ 《宋史》卷三七一,第11517页。
④ [元]马端临:《文献通考》卷二九九《物异考五·芝草》,中华书局1986年影印本。

东路转运使。陆游称宣和间"风俗已尚谄谀"①,所言不虚。

大臣曲意讨好皇帝,臣僚又逢迎巴结大臣,《曲洧旧闻》有一则记载颇能说明此风之炽:

> 崇宁初,苞苴犹未盛。至政和间,则稍炽矣。邓子常在北门,所进山蒟数倍于前,缄封华丽,观者骇目。江子我有《玉延行》,为此作也。薛嗣昌以雍酥媚权幸,率用琴光桶子并盖,多者至百桶,人人皆足其欲。此犹未伤物命也。赵霆在余杭,每鹅掌鲊入国门,不下千余罐子,而王黼库中黄雀鲊,自地积至栋,凡满三楹。蔡京对客,令点检蜂蜜见在数目,得三十七秤,其他可以想见。乃知胡椒八百石,以因果论之,尚可恕也。②

地方官吏为了讨好权臣,进贡物品数量之多、包装之精美,令人瞠目结舌。同样,权臣为了巩固自己的地位,巴结宫中宦官,迎合他们的爱好,竭尽讨好之能事,此处亦举一例说明:

> 蔡京进退,倚中贵人为重,恨无以结其心。每对同列言:"三省、枢密院胥史文资中为中大夫者,宴则坐朵殿,出则偃大藩,而至尊左右,有勋劳者甚众,乃以祖宗以来正法绳之,吾曹心得安乎!"于是幸门一开,建节者二十余辈,至领枢府、封王,为三少,时时陶铸宰执者,不无人焉。③

蔡京为得到权宦的欢心,不惜打破赵宋祖宗家法,让宦官参与到朝政之中。这种做法无疑给朝政埋下了隐患,是牺牲国家利益的行为。历史上宦官乱政的教训足以使人警醒,然而为了能久居相位,蔡京却硬是破坏了赵宋王朝创建者处心积虑制订的家法。其迎合宦官之意已到了毫无原则的地步。

二、奔竞成风。《宋史·陆佃传》中对北宋末年士风有这样一段描述:"近时学士大夫相倾竞进,以善求事为精神,以能评人为风采,以忠厚为重迟,以静退为卑弱。相师成风,莫之或止。"④就指出当时的奔竞之风已为士林认可,俨然成为士林风尚,士大夫竞相为之,以此为能事。那些有条件

---

① [宋]陆游:《老学庵笔记》卷三,中华书局1979年版,第37页。
② 《曲洧旧闻》卷八,第198页。
③ 《曲洧旧闻》卷六,第167页。
④ 《宋史》卷三四三,第10919页。

接触到权贵或权贵家人者,自然是近水楼台先得月:"时相蔡京子攸领书局,同舍郎多夤附以取贵仕。"①那些没有得天独厚机会者,也会竭力为自己创造条件:"士大夫动以造请为勤,每遇休沐日,赍刺自旦至暮,遍走贵人门下。"当然,并非每个造请的士人都有机会受到权贵的接见,但仍有士大夫坚持不懈,甚至有诣蔡京的士子,累月间都是第一个登门造访:"(蔡京)因阅门下见客簿,有一朝士,每日皆第一名到,如此累月。"②如果能攀附上宦官,更是士大夫们的荣耀,当然也更易升迁。王安中作诗吹捧梁师成,"师成读之,大喜","荐之于上。不数年,登禁林,入政府"。③ 李邦彦"善事中人,争荐誉之"④。至于蔡京、王黼的进用、入相,更与宦官密切相关。当时"士夫相习成风,皆以附丽内侍为荣","政和、宣和所除宰执尽出其门"。⑤

三、见风使舵。北宋末期士人因利益而相互结合,又因利益而反目成仇。试看王黼的发家史:先因何执中荐而出任左司谏,后闻蔡京将复相,便马上背叛何执中,上疏赞誉蔡京,升左谏议大夫。其时郑居中与蔡京并相,王黼转而投靠郑,于是得以升为御史中丞、翰林学士,当然也因此得罪蔡京,但其马上又找到新的后台——宦官梁师成,并因此而入相。王黼之所为,围绕着"利益"二字展开,对己有利者无所不为,置操守等道德层面的东西全然不顾。《泊宅编》中有一则记载,更反映出当时的士林风气:

> 崇宁五年,长星见。蔡京斥居浙西,时事小变,士大夫观望,或于秉笔之际有向背语。蔡既再相,门人苏械者,自漳州教授召赴都堂,审察献议,乞索天下学官五年所撰策题,下三省委官考校,以定优劣。坐是停替者三十余人。⑥

蔡京采纳苏械的意见,固然表现出其对天下士论的钳制意图,但反向思考,那些秉笔有"向背语"的士大夫唯独在蔡京去位后而不是其在位之际敢于质疑,似乎也很难以正直之士目之。其中多数想来是见风使舵、落井下石之辈。而停替者达三十余人之多,可见此风之普遍。

士大夫寡廉鲜耻恶习的产生有多方面的原因,但就士大夫本身而言,

---

① 《宋史》卷三五七,第11231页。
② [宋]朱彧:《萍州可谈》卷一,中华书局2007年版,第121页。
③ [宋]王明清:《挥麈录》余话卷二,上海书店出版社2001年版,第236页。
④ 《宋史》卷三五二,第11120页。
⑤ [宋]无名氏:《靖康要录》卷一五"二年正月四日",《丛书集成初编》本。
⑥ [宋]方勺:《泊宅编》卷二,中华书局1983年版,第9页。

对权力的追逐是产生此风的内在动力。从以上几个方面的分析中不难看出,士人的种种丑态,皆为攫取权力而生。为了得到更多的权力,士人用尽了手段,甚至兄弟、父子反目成仇。最具代表性的要数蔡京家族。蔡京与其弟蔡卞相互争权,与其子蔡攸亦明争暗斗。至于蔡攸,为了权利,甚至请求徽宗将其弟蔡絛处死。①而更为可怕的是,为争权夺利,政敌之间的斗争花样百出,无所不用其极,必欲置之死地而后快。除了诋毁他人、大兴文字狱等常规手段,还有更低劣的暗下毒药等方法,史载张康国或因与蔡京争权而被毒死。②

再次,明哲保身。昏庸的徽宗识人不明,所用非人,一批人品低下者登上高位。而敢言敢行、勇于任事者常常被排斥在外,朝廷内外,乌烟瘴气。掌权之臣丝毫没有为苍生谋福祉的责任感,唯以享乐为第一要务。徽宗末年,甚至台谏亦完全被权臣掌握,成为他们打击政敌的工具。而激烈的权力之争,也使一些尚存正义感却不够刚正的官员三缄其口。早在徽宗初立之时,崔鶠就曾上疏指出:"比年以来,谏官不论得失,御史不劾奸邪,门下不驳诏令,共持暗默,以为得计。"③这种士风到了后来发展得更为严重,人浮于事,朝士尸位素餐竟成理所当然。李邦彦"拜少宰,无所建明,唯阿顺趋谄充位而已,都人目为'浪子宰相'"④。身为宰执,殊无建树,亦不以为耻。同为宰相,何执中所为与李邦彦如出一辙:"性复谨畏,至于迎顺主意,赞饰太平,则始终一致,不能自克。"⑤宰执如此,普通朝士亦如是,敢言者很难容身于朝廷。试举一例,周常气节可圈可点,敢于指陈时弊,然"蔡京用事,不能容,以宝文阁待制出知湖州。寻又夺职,居婺州"⑥。而在朝者,则多为柔媚之人,不敢也无意于言事,如朱谔,"出蔡京门,善附会,不能有所建白"⑦。葛胜仲《策问·官方》云:"患失者以抗直敢言为无策……委靡因循,为窃食之计,殆不可缕数。"⑧蒋猷在政和年间论当时士风:"廷臣伺人主意,承宰执风旨向背,以特立不回者为愚,共嗤笑之。""辅臣奏事殿上,雷同唱和,略无所可否。"⑨士人不以言事为务,明哲保身之习

---

① 《宋史》卷四七二《蔡攸传》:"季弟皆钟爱于京,数请杀之。"(第13731页)
② 《宋史》卷三五一《张康国传》:"他日,康国因朝退,趋殿庐。暴得疾,仰天吐舌。舁至待漏院卒,或疑中毒云。"(第11107页)
③ 《宋史》卷三五六,第11215页。
④ 《宋史》卷三五二,第11120页。
⑤ 《宋史》卷三五一,第11102页。
⑥ 《宋史》卷三五六,第11222页。
⑦ 《宋史》卷三五一,第11109页。
⑧ 《丹阳集》卷六。
⑨ 《宋史》卷三六三,第11351页。

蔚然成风。

明哲保身的士风,直接导致士人不以安邦治国为务,缺乏社会责任感,不愿也不敢承担历史的责任。这种恶果,在随后钦宗朝的靖康之难中很快体现出来。在关乎国家存亡之际,除了李纲等极少数官员勇于任事,多数朝臣唯唯诺诺,唯恐避之不及。这种现象,在当时随处随时可见。例如,靖康元年(1126),钦宗即位不久,召大臣决策守京师,问谁可将者,李纲以白时中为对,白时中的回应不唯无耻,而且可笑:"李纲莫能将兵出战乎?"①再如,康王赵构如金营为质,"以(王)寓为尚书左承副之。寓惮行,假梦兆丐免"②,靖康元年十一月,"议遣大臣割两河与金,耿南仲以老、聂昌以亲辞"③。危险面前,大臣们贪生怕死,寻找借口却振振有词。至于对待金人的进攻,朝臣普遍的反映就是退避、割地求和,以牺牲国家利益换取暂时的安宁,北宋终于在这种消极退避的政策中灭亡。

南渡以后,由于时代陵谷之变的巨大冲击,也由于很多正人端士得以召用甚至被委以重任,士风较北宋末年有了一些转变(转变的具体表现,详见本章第二节)。然而,一代风气的形成及结束需要一个过程。由于不少北宋的官员南渡以后仍居于高位,也由于历史的惯性,更由于一些新的问题出现,北宋末年的败坏士风仍然弥漫于南宋初期的政坛。

党同伐异仍然是南渡时期的一个恶疾。早在北宋灭亡前夕,宋钦宗就已经认识到危险局面的形成与奸臣当国有直接的关系,便将当时的"六贼"流放。"六贼"之首的蔡京属于新党,旧党成员及其子弟、门人据此展开了对新党的清算。而朝臣也相互攻讦,互指为蔡京、王黼党羽,以此达到打击对方的目的。南渡以后,士风与北宋末年相类,一方面表现为新旧两党继续为学术观点争论,进而导致政治上的党争。南渡以后朝臣间的党同伐异最明显地体现在赵鼎与其前后几任宰相对于学术选择与用人之争上。赵鼎前后两次出任宰相,起用了不少元祐党人子孙,并对吕颐浩、张浚及其进用之人大加排斥。吕颐浩为相,赵鼎为御史中丞,"交论吕颐浩之失,乃以使相宫使罢左仆射"④。张浚去相位,赵鼎复为相,"张公所用蜀中人才,一皆出之"⑤。另一方面表现为借新旧两党之名打击政敌。黄潜善、汪伯彦等人本来与王黼关系密切,同属新党成员,但他们却利用当时轻蔡京、王

---

① 《宋史》卷三七一,第11518页。
② 《宋史》卷三五二,第11132页。
③ 《宋史》卷三五三,第11139—11140页。
④ [宋]徐自明:《宋宰辅编年录》卷一四,《影印文渊阁四库全书》本。
⑤ 《朱子语类》卷一三一"问赵忠简行状"条,严佐之、刘永翔主编:《朱子全书》第18册,上海古籍出版社、安徽教育出版社2002年版,第4101页。

黼等人之舆论,攻击李纲为蔡京党羽,从而将其排挤出朝。又如秦桧,先是与吕颐浩争权,援引了不少崇元祐学术的名流,增强自己的力量:"时吕颐浩、秦桧同秉政,桧知颐浩不为时论所与,乃多引知名之士为助,欲倾颐浩而专朝权。"①后来,因崇元祐学术之士多反对秦桧与金人的议和之举,秦桧转而推崇王安石"新学",禁二程之学,打击元祐学术,纯粹将学术之争视为政治斗争的工具。绍兴初年,因为当时与金是和是战成为朝政的头等大事,其时的党同伐异又表现在一个北宋未曾出现的问题上,即主战与主和之争。主和者对主战派的打击不遗余力;主战者则因主和派的得势,摒弃其他恩怨,组成一个联盟,反对主和派。②

南渡士林还承继北宋末年的另一恶劣士风,即权力争夺。权力永远是政治角逐的对象,即使兵荒马乱的南渡时期也不例外。就在南宋政权建立不久,新一轮的权力之争便开始了。宋高宗有感于李纲的人望,召其入朝为相,这一举动使得本指望入相的黄潜善、汪伯彦大为不满。汪、黄二人本为高宗"藩邸旧人",拥立有功,李纲位居二人之上,遭到二人嫉恨,政治迫害随之而来,为相"才七十五日而去位"③。其后,吕颐浩与秦桧争权,吕颐浩引朱胜非入朝,秦桧败北。赵鼎与张浚不睦,赵鼎去位,张浚荐引秦桧。后秦桧与赵鼎共相,利用高宗倾向于和议,又将赵鼎排挤出朝,而独相达十余年之久。上述宰相更替,每一次斗争都很激烈,卷入其中的官员不在少数。可以说,每次宰相的去位,都有如雪片般的奏章交相弹劾,亦有大批官员随之被罢免,朝士被重新洗牌,朝政大换血,新的一批官员被起用或升迁至要职、言路。当然,这些权力之争的原因较为复杂,但这些权力之争往往与党同伐异这一士风紧密联系在一起。上文所言朝廷官员进退就很能说明这一点。这就使得后人很难判断孰是孰非,因为学术、政策之争,乃见仁见智之事,不能因此判定士人品质的高下,但上述权力之争中,我们不否认有为实现自己的理想而卷入其中之人,同时也不排除很多人参与其中就是为了达到攫取权力这一目的。吕颐浩与秦桧争权,其中很大的因素为主战与主和之争,但是作为主战派的吕颐浩为达到排挤秦桧的目的,却将与秦桧同是主和派的朱胜非援引入朝。至于秦桧,他在元祐学术有利于己时便予以褒扬,不利于己时则予以打击。范宗尹提出解决徽宗末期滥赏官吏的积弊,秦桧先是赞成以期捞取政治资本,见高宗犹豫不决后则对范宗尹反

---

① 《要录》卷五三"绍兴二年夏四月癸未"条,第933—934页。
② 关于这一时期的党争,沈松勤《南宋文人与党争》(人民出版社2005年版)一书有深入而全面的研究,可参看。
③ [宋]李心传:《建炎以来朝野杂记》乙集卷三,中华书局2000年版,第536页。

戈一击,更体现出政客阴险的嘴脸,毫无原则,趋利避义。

第二节 靖康之难刺激下的新士风

南渡以后的士林,在很长一段时间内沿袭北宋末年败坏的士风。但是,靖康之难这一巨大历史事件冲击了士人正常的生活,更冲击了士人的心灵。士人在痛苦中反思,在反思中有所发现。李纲在《奉诏条具边防利害奏状》中,指出北宋末年浇薄的士风直接导致靖康事变的发生:"其士风递相仿效,颠倒是非,变乱白黑,政事大坏,以驯致靖康之变,非偶然也。"① 他进而提出变革士风的问题。此后,许翰《用大臣以励风俗疏》、金安节《论士风奏》等奏议,也明确向高宗提出整顿士风的建议。其他如向子諲、刘一止、李光、汪藻等众多士大夫或在奏章,或在上书,或在信札中提出类似的建议。宋高宗作为南宋政权的创建者,虽无开国君主的雄才大略,但也不类徽宗昏庸。他登位后,有意识地纠正北宋末期败坏的士风,对伪楚政权的核心人物张邦昌等予以惩罚,对为国捐躯的忠臣义士予以褒扬,屡次下诏戒朋党之风。他对当时的宰相范宗尹说:"此除(指迁富直柔为给事中)出自朕意。今直柔抗论,朕屈意从之,以伸直言之气。"② 很能体现出他纠正士风的自觉意识。在士大夫自觉的反思与高宗有意识地纠正下,加之亡国之痛激起了士人们潜在的爱国热情,南渡以后的士气,较前代有了稍稍的改变,主要表现在以下几个方面:

其一,虽然南宋初期党同伐异的士风仍然弥漫于士林,但党私的情形已有所改变,许多士人与权臣结党并不仅仅是出于私利,还有政见相同、学术相类等其他因素,而且他们在与权臣的观点出现分歧时,不惜与权臣决绝。例如胡寅因秦桧提倡洛学,与其父胡安国党秦桧,等到秦桧一意与金和议之际,便与之绝交。又如程瑀,靖康初曾与秦桧同为割地使,绍兴元年(1131)十二月,以秦桧荐,为太常少卿,又迁给事中兼侍讲,后坐附秦桧落职。但程瑀并非秦桧死党,秦桧主和的意见坚定以后,"瑀议论不专以和为是",遭到秦桧忌恨,降职。甚至秦桧的死党何铸,在审理岳飞案的过程中也并没有按照秦桧的意旨办事,而称岳飞清白无罪。这些皆说明士大夫的人格已有所恢复,他们有自己的主见,并敢于表达。他们虽然与权臣因某种关系站在同一战线上,但并不因此唯命是从,有时甚至公然反对权臣所

---

① [宋]李纲:《李纲全集》卷七八,岳麓书社2004年版,第800页。
② 《宋史》卷三七五,第11617页。

为。从某种意义上讲,士人的公言公论对私党私言有所代替。

公言公论代替私言,还表现在政敌之间。李纲罢相,与张浚的攻击有直接关系。张浚攻击李纲时所使用的言辞甚为恶毒:"(李纲)贪名自用,竞气好私,忠义日亏,浸失所守。谓蔡京之罪可略,蔡攸之才可用,交通私书,深计密约。凡蔡氏之门人,虽败事误政,力加荐引。纲之负宗庙,与夫存心险恶,抑亦有素,若不早加窜殛,臣恐非所以靖天下言者。"①所谓罪名,几乎都是无中生有、凭空捏造。张浚所为,极不厚道。但是,当张浚经略关陕失败,台谏交相攻击,李纲却在《奉诏条具边防利害奏状》中言:"陛下得一张浚,付以重权,使御强敌于关、陕,浚虽以忠许国,而事失机会,不为无过;言者痛绳丑诋,诬以大恶,岂不太甚欤!浚有浴日之功,足以结陛下之知;有大臣之辨,足以回陛下之听。"②李纲不计个人恩怨,对张浚作出实事求是的评价,堪称公允之论。张浚因淮西兵变引咎去相位,言者引汉武诛王恢为比。李纲奏曰:"张浚措置失当,诚为有罪,然其区区徇国之心,有可矜者。愿少宽假,以责来效。"③亦表现出宽厚长者之怀。而为张浚辩护的动机,李纲自己说得很清楚,乃为国家利益而发:"臣恐智谋之士卷舌而不谈兵,忠义之士扼腕而无所发愤,将士解体而不用命,州郡望风而无坚城,陛下将谁与立国哉?"④对吕颐浩,李纲亦如是。李光致书吕颐浩,称李纲"凛凛有大节,四裔畏服",建议朝廷加以任用。吕颐浩却对高宗称李纲"纵暴无善状",又言李光"与其侪类,结成党与,牢不可破",对二李打击、压制。后来吕颐浩罢相,李纲不计前嫌,作诗慰问,对其功业未成深表遗憾。同样的例子,发生在张浚和赵鼎身上。赵张二人本志同道合,情如手足,可后来因为一些原因,二人互不相容。但张浚罢相后,却推荐赵鼎接替自己。再如,李邴因与吕颐浩议论不合,落职。然其上书言遣大臣宣抚关陕,却对吕颐浩给予高度的评价,甚至有违常理云:"吕颐浩气节高亮,李纲识量宏远,威名素著,愿择其一而用之,必有以报陛下。"⑤

言官敢言与否,反映出士人社会责任感的有无,南渡初期至秦桧专权以前,不少言官虽然仍与北宋末年一样,作为宰相的喉舌,但也有不少言官谏言并非出于私意,而体现出士人的意志。建炎年间,高宗除皇后父邢焕徽猷阁待制、太后兄子孟忠厚显谟阁直学士。卫肤敏与刘珏极言不可,邢

---

① 《要录》卷一〇"建炎元年十有一月戊子"条,第238页。
② 《李纲全集》卷七八,第800页。
③ 《宋史》卷三五九,第11270页。
④ 同上。
⑤ 《宋史》卷三七五,第11607页。

焕遂改武职,而孟忠厚自若,二人议论不懈,高宗迁卫肤敏为中书舍人,卫不肯受命以示抗议,直至高宗改授孟忠厚武阶,始拜命。卫肤敏、刘珏不惮冒犯高宗的意志,对高宗不合祖宗之法的举动不依不饶,大有包拯谏仁宗之风范,体现出言官的公心。胡寅对高宗的冒犯则更为严重。建炎三年(1129),胡寅上疏,言高宗不当遽登大位,并对其所为提出尖锐的批评,表现出士人大无畏的精神及其对国家的责任感。

南渡士人的公心公言,还体现在对亲朋好友不合法度之举毫不姑息。耿南仲有恩于邓肃,尝荐于钦宗,然南渡后,耿南仲得祠禄归,南仲子延禧为郡守,邓肃弹劾其父子误国。徐俯尝举荐叶义问,但徐俯门僧犯罪,义问仍将其绳之以法,致使徐俯怒不可遏,袖荐书还之。上述二人的举动,大有大义灭亲之风采。这种现象虽可能属于偶然,但这种偶然发生在南渡时期而非发生在北宋末年,本身就令人深思。其实,这种偶然是士人普遍的社会责任感加强之后社会公心自觉的体现,有其必然性。

尽管北宋末年有些士大夫曾拒绝过权贵的援引,但这种行为在当时实属罕见。南渡之后,这一现象却时有发生。试举数例。潘良贵拒绝吕颐浩、秦桧的援引;晏敦复拒绝秦桧的利诱,终不肯附和和议;赵逵拒不收秦桧赠金,以此忤桧。金安节因张浚荐,除司农丞,不往谢,言:"彼为朝廷荐人,岂私我耶!"①吕颐浩欲援引陈橐为御史,约先一见,陈橐谢不往,言:"宰相用人,乃使之呈身耶?"②吕本中与秦桧曾同为郎官,交情颇厚,桧为相,有引用之意,本中终不从。张阐因秦桧谕意,被荐为台谏,谢不从。如此等等,都表现出士大夫人格之独立,也表现出他们对结党行径有意识地排斥。潘良贵拒绝吕颐浩后对人所言,颇能代表当时士大夫的想法:"宰相进退一世人才,以为贤邪,自当擢用,何可握手密语,先示私恩。若士大夫受其牢笼,又何以立朝。"③如果不是秦桧高压政治的出现,这种渐趋良好的风气很有可能成为士林的主流。

其二,与北宋末年官员人浮于事、明哲保身的做法不同,南渡士人普遍都有勇于任事的精神。他们清醒地意识到自己的某些行为可能会失去官位甚至有性命之虞,却仍然义无反顾。这种精神体现在持不同政见的官员身上,也体现在不同官阶的士大夫身上。

南渡时期的十个宰相中,除了黄潜善、汪伯彦等为数不多的几人尸位素餐,其余大多体现出勇于任事的精神面貌。李纲、张浚、吕颐浩三人属坚

---

① 《宋史》卷三八六,第 11861 页。
② 《宋史》卷三八八,第 11907 页。
③ 《宋史》卷三七六,第 11634 页。

定的主战派,利于抗金之事无所不为。李纲入相,朝政规模措置恰当,朱熹称李纲入朝,朝廷方成朝廷,所指就是这点。李纲一心一意恢复中原,反对高宗的逃跑政策,甚至不惜搬出高宗"独留中原"的承诺,招致高宗憎恶,借机将其赶出朝廷。张浚先是经略关陕,又指挥三军击退刘麟、刘猊的进攻,而张浚对刘氏的反击是顶着赵鼎、折彦质等人反对的压力进行的。绍兴十五年,彗星出现,张浚以此上疏反对业已成为事实的和议,其上疏前就已经预计到可能的打击,犹豫再三,在其老母的鼓励下方才下定决心。吕颐浩虽然人品有些瑕疵,但就对国家的抗金事业而言,尽心尽力。主守派的赵鼎,亦以敢于任事著称,高宗称:"赵鼎、张浚肯任事。"①绍兴四年九月,金人、伪齐大举南侵,许多人主张退避,高宗又拟遣散百司,逃离临安,时赵鼎为右仆射兼知枢密院事,力主抗战,许多人都为他担心,刘光世密遣人谓赵鼎云:"相公本入蜀,有警乃留,何故与他负许大事。"韩世忠也感叹:"赵丞相真敢为者!"②其实,赵鼎对战争也没有必胜的信心。其初至平江,与喻樗的一段对话很能说明这点。喻樗问:"相公此举,未知果有万全之计,或赌采一掷也。"赵鼎回答:"亦安保万全?成事,甚幸!不然,遗臭万代矣!"③范宗尹为相,敢于提出一些大胆的建议,如裂土置藩等敏感的问题。还提出清理、解决徽宗后期滥赏官吏的积弊,这个建议涉及许多官员的既得利益,钦宗时曾予以实行,然未能成功。范宗尹明知阻力很大,毅然提出,也表现出他敢于有所作为,他最终因此罢相。

　　宰执如此,南渡时期的一般朝士中间,亦多有敢为者。他们的行为与宰执相比,作用可能不及,但体现的时代精神却是一致的。宗泽在靖康之变发生后,一意报国,以弱小的力量与强大的金军作战,单骑入河东巨寇营,劝之使降。任京城留守兼开封尹时,招集各路义军与金军鏖战数回。又上书请高宗还京达二十余次,以期反攻金兵,最后连呼"过河"三声,含恨而逝。韩世忠南渡时转战各地,立下赫赫战功。金派使者,诏谕南宋,韩世忠闻之,凡四次上疏:"愿举兵决战,兵势最重处,臣请当之。"④言辞慷慨,有惊天动地的气势,尽显英雄本色。岳飞与韩世忠一样,精忠报国,战功显赫,以恢复中原为己任。高宗为其营建府邸,岳飞辞曰:"敌未灭,何以家为?"⑤其强烈的社会责任感溢于言表,报国之决心不减霍去病,言辞也

---

① 《宋史》卷三八五,第11833页。
② 《要录》卷八一"绍兴四年冬十月戊子",第1328页。
③ [宋]熊克:《中兴小纪》卷一七,光绪十七年(1891)广雅书局校刊本。
④ 《宋史》卷三六四,第11366页。
⑤ 《宋史》卷三六五,第11394页。

决不下霍氏之"匈奴未灭,何以家为"。岳飞坚决反对与金和议,大忤秦桧;又为国家计,劝高宗早立嗣子,遭高宗猜忌,终遇害。刘锜绍兴十年任东京副留守,兵未至,金人败盟,占据汴京。与金人交战本非其职,且其所部人马极少,与金军力量悬殊,但刘锜毅然承担起与金军作战的任务,以少胜多,以弱胜强,取得顺昌大捷。向子谭率军于绍兴元年与曹成军交战军溃,不顾个人安危,单骑入曹成军中,谕以大义。向子谭之所为,与宗泽相类,皆有置生死于度外、为国家利益不惜一切的责任感。

笔者不惮繁复地将大量史实列出,意在说明在南渡初期勇于任事几乎已成为士林占主导地位的风气。上面我们所举,皆为官员,我们同样可以举出其他阶层士人相类的表现。隐逸者通常不关心时事,对社会的责任感相对较弱,但南渡时期不然。一方面这一时期的隐居者减少,有隐逸者入仕为官,如朱敦儒南渡前过着诗酒风流的隐逸生活,然而南渡后,"幡然而起",接受朝廷的任命,将自己融入到如火如荼的抗金大潮中,肩负起历史使命,"与李光交通"①。另一方面,虽隐却有承担天下兴亡的责任感,典型人物要算王忠民。王家世代行医,然"靖康以来,数言边方利害于朝,累召弗至"。"时刘豫僭立,忠民作《九思图》及定乱四象达之金主,及镂板印图散于伪境,以明天下之义。"王忠民所为,纯粹是个人行为,与南宋政权无涉。作为无仕籍的士人,其行为多少代表了民间士人的社会责任感。而其辞官的理由更道出其真实想法:"臣愤金人无道,故三上金主书,乞还二帝,本心报国,非冀名禄。"②王氏虽隐居山林,却不忘报国,士人的社会责任感在山河破碎之时,自觉生发出来。

其三,北宋末年,士风孱弱,无论士大夫还是将士,对金兵有本能的恐惧,许多将领甚至不作任何抵抗,弃城逃跑,导致金军长驱直入,金帅斡离不渡黄河时曾感叹北宋无人:"南朝若以二千人守河,我岂得渡哉?"③南渡以后,这种状况并未得到彻底的改变。朱熹曾多次批评这种士风:"当时讲和本意,上不为宗社,下不为生灵,中不为息兵待时,只是怯惧,为苟岁月计。"④又言:"靖康以后,自家只管怕他(指金人)。"⑤但是,南宋经过几次大的战役,取得了不少战果,国势较靖康时大为改观。士人的孱弱之风有所改变,他们的自信心得到部分恢复,有些人甚至产生了昂扬的斗志。

---

① 《宋史》卷四四五,第13141页。
② 《宋史》卷四五九,第13462页。
③ [宋]宇文懋昭:《二十五别史·大金国志》卷四,齐鲁书社2000年版,第29页。
④ 《朱子语类》卷一二七"先生脚疼"条,《朱子全书》第18册,第3981页。
⑤ 《朱子语类》卷一三一"问赵忠简张魏公当国"条,《朱子全书》第18册,第4091页。

由怯懦到自信心恢复、斗志昂扬,这种转变首先表现在武将身上。他们一改靖康年间金兵入侵时的逃跑态度,而是主动与之作战。岳飞、韩世忠等大将固然如此,其下属将领亦如是。史载:"金人攻淮西,飞遣(牛)皋渡江,自提兵与皋会。时伪齐驱甲骑五千薄庐州,皋遥谓金将曰:'牛皋在此,尔辈胡为见犯?'"①牛皋的喊话声中,洋溢着对自我的肯定与对敌人的蔑视,这与北宋末年宋军对金军的恐惧大异其趣。

文官对战争亦不如以前畏惧。宋高宗、秦桧与金人议和,朝臣反对者甚众。吕中《大事纪》中列出了一个很长的名单:

> 桧虽以和议断自圣衷,而人心公议终不可遏。争之者,台谏则张戒、常同、方庭实、辛次膺;侍从则梁汝嘉、苏符、楼炤、张九成、曾开、(李)[张]焘、晏敦复、魏矼、李弥逊;郎官则胡珵、朱松、张广、凌景夏;宰执则赵鼎、刘大中、王庶;旧宰执则李纲、张浚;其他如林季仲、范如圭、常明、许(诉)[忻]、潘良贵、薛徽言、尹焞、赵雍、(王)[冯]时行、连南夫、汪应辰、樊光远,交言其不可。大将岳飞、世忠亦深言其非计。而胡铨乞斩王伦、秦桧、孙近二疏,都人喧腾,数日不定,人心亦可知矣。②

名单中除了岳飞、韩世忠属于武将,其他皆为文官。他们反对和议,理由或许各异,但仅就反对而言,可以看出他们愿意与金人交兵。显然,在战与和的选择中,折射出南渡士人对战争较为平和的心态,对本朝军队战斗能力的自信。这种自信,不是盲目、无根据的夜郎自大。早在建炎年间,高宗请求主和,大臣中反对者很少,两相对比,充分说明大臣倾向于主战是建立在国势好转的基础上的。常同在与高宗的一次谈话中,很能体现这一点,常同奏:"未闻二十万兵而畏人者也。"③张焘对抗击金军、恢复中原的形势也持乐观态度,其为高宗分析形势,得出结论曰:"臣以是知上天悔祸有期,中兴不远矣。"④

即便主和派的头子宋高宗赵构,在绍兴年间,对金人的恐惧也有所缓解。绍兴十年,金人叛盟入侵,高宗对大臣言:"中外议论纷然,以敌逼江为忧,殊不知今日之势,与建炎不同……今韩世忠屯淮东,刘锜屯淮西,岳飞

---

① 《宋史》卷三六八,第 11465 页。
② 《要录》卷一二四"绍兴八年十有二月庚辰"条注引,第 2029 页。
③ 《宋史》卷三七六,第 11625 页。
④ 《宋史》卷三八二,第 11757 页。

屯上流,张俊方自建康进兵,前渡江窥敌,则我兵皆乘其后。今虚镇江一路,以檄呼敌渡江,亦不敢来。"①如此充满自信的言语,很难想象乃是出自患有"恐金症"的宋高宗之口。

随着南宋政权的逐步稳定,军事力量的不断加强,南宋统治阶层自信心不断加强,部分克服了对金军的恐惧,士人们的精神状态随之有所改变,士风趋向于刚健。当然,需要说明的是,所谓刚健的士风,只是相对于北宋末年而言,非可与建安、盛唐之刚健相比。

第三节　秦桧专权时期高压政治下的屏弱浇薄士风

绍兴八年,赵鼎罢相,秦桧独相的政治格局开始形成。至绍兴十二年,绍兴和议签订以后,秦桧的相权势力不断膨胀,朝中没有与之抗衡的任何政治力量,连高宗都惧其三分。史载:"桧既死,帝谓杨存中曰:'朕今日始免靴中置刀矣!'"②秦桧权力的不断扩张与加强,直接导致专权。秦桧的绍兴和议本不得人心,和议前,遭到朝野上下的反对。为了达成和议,秦桧与高宗对和议的反对者实行镇压、打击。和议达成以后,秦桧将这一政策继续执行下去,非常残酷地打击和议反对者。同时,对于不附己者亦采取种种迫害,这就造成了绍兴十二年以后的高压政治形势。高压政治的实行,导致了南渡初期稍有起色的士风重新萎靡不振。这一时期的士风,主要有两方面的表现:屏弱与浇薄。

先说屏弱的士风。中国古代士大夫,不乏"威武不能屈"之辈;但更多的是有操守但又较为现实,不敢与恶势力做坚决的斗争;还有一些士大夫,连操守都没有,只秉承上级的指示办事。秦桧独相期间,以第二类士人为多,他们不满秦桧所为,但此前或因反对和议遭贬斥、罢官,或慑于秦桧的淫威,不敢也没能力再次与秦桧斗争,对秦桧尽量采取避让态度。一些与秦桧同朝为官者,唯唯诺诺,多不敢对秦桧所为置一辞。秦桧同党,很多人本以依附而进,对其所为自然更唯命是从。朝中权力几乎完全掌握于秦桧之手,其他官员形同虚设,士林风气普遍屏弱。故张浚后来称"秦太师专柄二十年,只成就得一胡邦衡"③,道出当时的士风状况。而考察胡铨上书奏请斩秦桧、孙近、王伦三人以谢天下之事,则发生于绍兴八年。胡铨当然充分认识到上书给自己带来的严重后果,因此他上书前为自己交代了后

---

① 《要录》卷一三九"绍兴十一年二月丙子"条,第2233页。
② 《宋史纪事本末》卷七二,第764页。
③ [宋]罗大经:《鹤林玉露》甲编卷六"斩桧书",中华书局1983年版,第105页。

事。但绍兴八年的秦桧尚未登上权力的顶峰,其时整个社会的舆论仍在主战派这一方。等到绍兴十二年和议达成以后,连胡铨这样的勇士也缄默了。这里并非苛求古人,只是说明其时屠弱的士风与秦桧的高压政治有着密不可分的关系。士人的屠弱,源于自身力量的弱小与外界势力过于强大这一现实。其实,当时的士人只有屠弱方可自保,甚至连求自保亦不可得。该士风主要体现在两个方面:

首先,屠弱的士风表现在对秦桧的畏惧与避让。绍兴十二年以后,朝野上下几乎无人敢与秦桧作正面交锋。即使平居,也尽量避开秦桧的猜忌。下面看几则材料:

> 绍兴驾幸循王第,过午尚从容,循王再三趣巨珰辈乞驾早归内,皆莫测所以。他日,有叩之者,答曰:"臣下岂不愿万乘款留私第为荣,但幸秦太师府时,未晡即登辇。"闻者叹服识虑高远。二说得于循王之侄子安。①

> (赵鼎)在吉阳三年,潜居深处,门人故吏皆不敢通问,惟广西帅张宗元时馈醪米。桧知之,令本军月具存亡申。鼎遣人语其子汾曰:"桧必欲杀我。我死,汝曹无患;不尔,祸及一家矣。"先得疾,自书墓中石,记乡里及除拜岁月。至是,书铭旌云:"身骑箕尾归天上,气作山河壮本朝。"遗言属其子乞归葬,遂不食而死,时绍兴十七年也,天下闻而悲之。②

前一条材料中的循王指张俊。③ 张俊因与秦桧在幕后达成交易,率先交出兵权,得到秦桧的好感,让其担任枢密使。其后秦桧为了彻底将兵权收归朝廷,又将其赶下枢密使的位置。领教到秦桧手段的张俊,对秦桧有了本能的恐惧。高宗驾幸其第,本为极其荣幸之事,但张俊却做出让人催促高宗尽早归宫这样令人费解之事,其怪异之举就源于对秦桧的忌惮,担心秦桧会产生忌恨心理而打击自己。第二则材料讲赵鼎被贬之后的处境。史载其谪居潮州五年,杜门谢客,时事不挂口,有问皆引咎,充分体现出赵鼎的惧祸心理与警惕性。这样的心理及警惕性,由外界的客观形势决定。其门生故吏不敢通问,显然并非他皆为忘恩负义之人,他们中的许多人皆

---

① 《清波杂志校注》卷五,第208页。
② 《宋史》卷三六〇,第11294—11295页。
③ 南宋时有两个循王。张俊有子数人,其名分别为子琦、子厚、子颜、子正、子仁。此处言二说得于循王之侄子安,子安之辈分与张俊子相同,故可判定该循王为张俊。

以道德著称,亦不乏真正敢言之士,此时却避之唯恐不及,也体现出高压政治下的屠弱心理。至于赵鼎自杀身亡,表面看是勇敢的行为,但究其实质,同样是畏惧心理在作祟:因惧怕其子孙遭到打击,赵鼎试图以个人的死亡换取家族的安全。

身经百战而又宠幸于高宗的张俊与敢作敢为、两度入相的赵鼎尚如此畏惧秦桧,其他气节可嘉、敢于任事的士人,亦皆以自保为主。张浚谪居永州,"杜门不通人,惟穴墙以通薪水"①;韩世忠解除兵权后,"自此杜门谢客,绝口不言兵,时跨驴携酒,从一二奚童,纵游西湖以自乐,平时将佐罕得见其面"②;在异域视死如归,与敌据理力争的张邵,"杜门绝交不出,惧祸佯狂"③;王居正"自知不为所容,以目疾请祠,杜门,言不及时事"④。这些士人,属士林中的正直敢言之士,他们不与秦桧合作,实属难能可贵。但就是这样一些人,对秦桧的畏惧尚且如此,其他不及者可想而知,屠弱的士风亦可见一斑。绍兴十二年以后的屠弱士风是与高压政治紧密相连的。正直士人的抗争在现实面前是如此的苍白、无力,导致士人奉行"独善其身"。可以说,这部分士人的屠弱,是尚存良知的屠弱,是知其不可为而不为的屠弱。

对秦桧的畏惧,同样体现在与秦桧同朝为官的朝士身上。史载:"桧擅政以来,屏塞人言,蔽上耳目,凡一时献言者,非诵桧功德,则评人语言以中伤善类。欲有言者恐触忌讳,畏言国事,仅论销金铺翠、乞禁鹿胎冠子之类,以塞责而已。"⑤为官者竟不敢言国事,真是莫大的讽刺,以至高宗都忍不住提醒秦桧:"近轮对者,多谒告避免。百官轮对,正欲闻所未闻,可令检举约束。"⑥即便百官小心谨慎,仍不免遭到秦桧的猜忌与打击:

> 秦丞相晚岁权尤重,常有数卒,皂衣持(挺)[梃]立府门外,行路过者稍顾视謦欬,皆呵止之。尝病告一二日,执政独对,既不敢他语,惟盛推秦公勋业而已。明日入堂,忽问曰:"闻昨日奏事甚久。"执政惶恐,曰:"某惟诵太师先生勋德,旷世所无。语终即退,实无他言。"秦公嘻笑曰:"甚荷。"盖已嗾言事官上章。执政甫归,阁子弹章副本

---

① 《要录》卷一七〇"绍兴二十有五年十有一月戊申"条注引《日历》,第2775页。
② 《宋史》卷三六四,第11367页。
③ [宋]周密:《齐东野语》卷一三"张才彦",中华书局1983年版,第234页。
④ 《宋史》卷三八一,第11736页。
⑤ 《宋史》卷四七三,第13763页。
⑥ 同上。

已至矣。其忮刻如此。①

记载中的执政,颇为滑稽,简直一副小丑模样,完全是秦桧手中的一个玩偶。其所为,既可怜又可哀。执政尚且如此,其他官员可想而知,他们一个个不过是秦桧控制下的工具。绍兴十二年后的这盘政治棋,完全由秦氏一人操纵。这种政治格局下的士风,屠弱是不可避免的。官员们以缄默为得计,以遵循秦桧的意旨为成功。这种状况持续了很长时间乃至秦桧去世后亦未曾有大的改变:"自秦桧用事,塞言路,及上总揽权纲,激厉忠说,此习尚存,朝士多务慎默。"②秦桧党羽万俟卨于绍兴二十六年亦上书言:"士风不竞,避谗畏讥,袭常蹈故,随波浮沉,无致身许国之忠。"③故曾几建议:"士气久不振,陛下欲起之于一朝,矫枉者必过直,虽有折槛断鞅、牵裾还笏、若卖直干誉者,愿加优容。"④曾几所献之言,乃针对当时现状。他认为要改变秦桧专权以来积习已久的屠弱士风,皇帝应最大限度地宽容进言者,鼓励士人敢于献言,从而矫正慎默不言的恶习,由此不难想见秦桧高压政治下屠弱士风流毒之深。

其次,秦桧专政期间的屠弱士风,还表现在对金人的惧怕上。秦桧为与金人达成和议,收回三大将的军权,军队重新由文臣统帅,后又将岳飞父子以"莫须有"的罪名杀害。将士的抗金积极性逐渐减弱,军队的战争力大大降低。万俟卨奏五事,提到"军政一坏,士不知劳。将帅豢养于富贵之乐,一旦有缓急,皆不足恃"⑤,讲的就是这种情况。不久金主完颜亮南侵,南宋军队果然战斗力很差,以至不得不临阵易将。在和议达成后,南宋朝廷的战备长期处于松弛状态,士人们对战争相当恐惧。秦桧在世时因为没有大规模的战争,这种恐惧尚无法表现,但恐惧心理是潜在的,影响极为深远,只要有外在条件的刺激,马上便暴露无遗。金主完颜亮南侵之时,秦桧已经去世,但其专政时恐金的屠弱士风,马上显露无余。闻言金军南下,朝中乱作一团,纷纷作退避计,"内侍省都知张去为阴沮用兵,且陈退避策,中外妄传幸闽、蜀,人情汹汹。右相朱倬无一语,同知枢密院事周麟之受命聘金,惮不欲行"⑥。金人犯庐州,王权败归,"朝臣争遣家逃匿,(黄)中独晏

---

① 《老学庵笔记》卷八,第 100 页。
② 《宋史》卷三八八,第 11903 页。
③ 《要录》卷一七二"绍兴二十有六年三月乙卯"条,第 2824 页。
④ 《宋史》卷三八二,第 11768 页。
⑤ 《要录》卷一七二"绍兴二十有六年三月乙卯"条,第 2824 页。
⑥ 《宋史》卷三八四,第 11809 页。

然。比敌退,惟中与陈康伯家属在城中"①。如此大规模的恐慌,与南渡之后曾出现过的斗志昂扬的士风判若天壤。宋高宗的表现亦与士人们无异,得到王权军败的消息,首先生出的念头就是再度航海避敌。他给陈康伯下了"如敌未退,放散百官"的命令,准备重蹈建炎年间的逃跑政策,赖陈康伯苦劝,才收回成命。

再说浇薄的士风。秦桧独相后,继续对政敌进行清洗,对不附己者亦不断打击。秦桧所用手段很多,其中很重要的一种就是鼓励他人相互告讦,从而达到打击政敌的目的,告讦者往往因此得到升迁。史云:"秦桧尝谕(陈)诚之曰:'事有所闻,可以片纸见喻。'盖桧方用告讦以擢人才。"②这种手段对于正人端士自然不太起作用,但对于那些苦于升迁无道的无耻小人,无疑有着巨大的诱惑,他们内心丑恶的东西被无节制地激发出来。一些道德操守不高之士,因此模仿,无形中恶化了士林风气。我们检阅秦桧专政期间的几起大案,发现告密者都充当了马前卒的角色。李光私史案,由陆升之告密直接引发。胡铨再贬诗案中,胡铨为张棣告发,王庭珪为欧阳承安告发。吴元美《夏二子传》案的涉案者吴元美、孙汝翼为郑炜告发。③ 其他如沈长卿、芮晔《牡丹诗》案等,虽不可考稽告密者为谁,但不难猜想有检举者,否则很难解释秦桧何以得知一些流传不广的诗篇中的微言大义。

孱弱与浇薄构成了秦桧独相时士风的两大特点。这里需要说明的是,南渡初年形成的较为健康的士风,此时也还有所延续,只不过外界的恶势力力量过于强大,健康的士风已经转入地下,不如以前凸显。因而,本小节言其时士风云云,不过是择其大者。

第四节 不同士风下的诗歌创作

在进入本文之前,有必要对士风与诗歌发生关系的机制进行探讨。士风对诗歌创作的影响,需要一个媒介,即作为诗歌创作主体的诗人。某一历史时期的士风,即整个士林有共同倾向的风气,对浸淫其中的诗人的人格结构、精神面貌等无疑会产生大小不等的影响。这种影响直接导致的结果便是士人的行为、思维等具有一定的共通性。言为心声,诗亦为心声。诗人创作诗歌时,上述共同士风下的一些共同的因素不自觉间会表现于其

---

① 《宋史》卷三八二,第 11764 页。
② 《要录》卷一六三"绍兴二十有二年六月壬辰"条,第 2660 页。
③ 以上参见韩西山《秦桧传》,上海古籍出版社 1999 年版,第 170—178 页。

中，又导致不同士风下的诗歌在某种程度上具有趋同性。盛唐诗歌之所以有"盛唐气象",就因为当时的士人在心理上有共通之处,诗人多有建功立业之想,在诗歌中表达出积极上进的一面。大历时期则反之,诗人们心理上普遍具有消极悲观的情绪,在诗歌中也表现出迷惘、孤独等情绪,诗歌的色调阴冷。当然,这种因士风影响而导致的诗歌创作上的趋同性是有限度的,而且总是会有些诗人的创作游离于主流之外,这是因为诗歌的创作是个体的,个体受当时士风的影响大小有异,而不同生活际遇的诗人自身素质各不相同,再加上诗人的禀赋也千差万别,这就使得同一士风下,诗歌具有趋同性的同时,又具有差异性。还需要说明的是,士风对诗歌创作的影响,有些可以落实到实处,即某种士风会导致某种创作现象的产生,但更多的时候,士风对诗人创作的影响是潜在的,某种士风会影响到诗人的内在品质、人生观、价值观、关注视角等,这些因素与诗歌虽会发生关系,却无法一一坐实。因而,我们讨论士风对诗歌创作的影响,固然应该对与诗歌创作直接发生关系的因素给予关注,同时也不应该忽视那些对诗歌创作产生潜在影响的因素。

确立了以上前提,我们便可以探讨南渡时期士风对诗歌创作的影响。从前面三小节对南渡前后士风的分析中不难看出,南渡士林,除了初期士风稍有好转,其他时期的风气均乏善可陈。北宋末年的败坏士风尚未清除,秦桧的高压政治又制造出新的孱弱浇薄的士风。这两种士风前后相继又最终汇合,随着秦桧权力的巩固不断恶化,对诗歌创作的负面影响也越来越大。一方面,败坏的士风影响到诗人的人格、心理,从而使诗歌的品质大受影响;另一方面,败坏的士风制造出恶劣的文学生态环境,诗人们出于种种考虑,惮于作诗或不愿将自己的真实想法在诗歌中表达出来。

士风对具体诗歌创作发生作用,常常与当时的政治局势联系在一起。北宋末至南宋炎、绍年间,文字狱不绝如缕,文禁、语禁时常实施,如此恶劣的政治环境容易导致诗人产生畏惧与避祸心理,从而影响到诗人创作的积极性与自由度,因而我们有必要先从北宋末年以来的文禁与文字狱谈起。

党同伐异士风下的宋代政治,斗争非常残酷。对政敌的攻击手段也较为多样,行之有效的方法之一便是炮制文字狱。庆历新政期间,保守派为达到打击革新派的目的,制造了历史上有名的"赛神会进奏院案",其间指控的一项罪名便是王益柔醉作《傲歌》中有"醉卧北极遣帝扶,周公孔子驱为奴"之句,被冠以"放肆狂率,诋玩先圣,实为害教"的罪名。[①] 北宋新旧

---

① [宋]陈均:《九朝编年备要》卷一二,《影印文渊阁四库全书》本。

党争,相互攻击。新党打击旧党成员,炮制了"乌台诗案",苏轼因此遭受贬官的惩罚。旧党打击新党成员,如法制造了"车盖亭诗案",蔡确也遭到与苏轼相类的迫害。文字狱打击政敌的有效性引导人们重复使用,使其成为宋代政治生活中一个非常显著的特色。除了文字狱,执政势力为控制思想与舆论,还实施文禁。北宋旧党上台后,实施元祐更化,重要的一项内容是禁毁王安石的《三经新义》与《字说》;以蔡京为首的新党上台后,又禁元祐学术,苏、黄等人文集悉被毁板,同时荒唐地将诗歌这一文学形式作为元祐学术的一部分予以禁止:"诸士庶习诗赋者杖一百。"①严格控制言论:"学规以'谤讪朝政'为第一等罚之首。"②徽宗亲自下诏:"三舍生言涉诬讪并异论者,悉遣归其乡自讼斋拘之。"③犯禁者拘役于自颂斋即反省院,如待囚犯。太学生邓肃便因作《花石诗十一章》,讽刺花石纲,诏放归。

　　文字狱与文禁先河一开,便如洪水猛兽,不可遏制。南渡初期未行文禁,文字狱也不如北宋末年及其后的秦桧专权时期严重,但仍有以此为手段打击他人者。素有贤名的张浚,就曾以曲端题柱诗中有"不向关中兴事业,却来江上泛渔舟"之句,以"指斥乘舆"之罪将其杀害。④ 也许这在当时只是偶然事件,并不代表当时的风气。但从这个个别的事件中,我们看出人们对文字狱并不陌生。范冲就曾以王安石诗《明妃曲》中有"汉恩自浅胡自深,人生乐在相知心"之句,指斥其学术害天下人心。⑤ 不难想见诗人们对北宋以来的文字狱及文禁并不会在短时间内淡忘,其时的阴影仍然存在于他们心中。

　　秦桧专政以后,此风愈炽,文禁甚严,并且发展为语禁,人们动辄得咎。韩酉山的专著《秦桧传》中专列《文网罗织,动辄指为"谤讪"》一节,列举秦桧时期的文字狱:

　　　　孟忠厚辞表案
　　　　胡铨再贬诗案

---

① 《齐东野语》卷一六"诗道否泰",第293页。
② [宋]沈作宾修,[宋]施宿等纂:《嘉泰会稽志·学校》,见《宋元方志丛刊》第7册,中华书局1986年版,第6726页。
③ 《文献通考》卷四六《学校考七·郡国乡党之学》。
④ 详见《要录》卷四三"绍兴元年四月丁亥"条,第791—792页。
⑤ 《要录》卷七九"绍兴四年八月戊寅"载范冲论王安石之奸云:"且如诗人多作《明妃曲》,以失身为无穷之恨。至于安石为《明妃曲》,则曰:'汉恩自浅胡自深,人生乐在相知心。'然则刘豫不足罪过也。今之背君父之恩,投拜而为盗贼者,皆合于安石之意,此所谓坏天下人心术。"(第1290页)

吴元美《夏二子传》案

范彦辉《夏日久阴诗》案

沈长卿、芮晔《牡丹诗》案

李光作小史案

程瑀《论语说》案

上述所列,仅是秦桧独相时制造的文字狱的一部分,《秦桧传》中未列入者,仅笔者所见就有"郑刚中作启贺胡铨案""綦崇礼草制词案""张扩诗案""吕本中草制词案""赵超然吟咏案""张渊道《张和公生日诗》案"等。

从北宋以来连绵不断的残酷的文字狱与文禁导致人们自我保护意识加强。再加上恶劣士风下,士人们为了利益,党同伐异,相互告讦,见风使舵。由于缺乏安全感,人们的自我保护意识也更强,因此整个士林明哲保身之风很盛。主观惧祸心理与客观严酷形势共同制造了险恶的诗歌创作环境。先看看诗人们对于自己言语与诗文的意见。

刘一止《言箴》云:"余惟不言,人或以我为简;余惟多言,则惧取谤而招尤。呜呼!其危矣哉,余将处乎言与不言之间,曰加思而已。"①刘一止的《言箴》颇能代表南渡时期士人的心理。他们在惨烈的政治斗争中,在恶劣的士风下,逐渐形成了自我保护的方式。他们韬光养晦,不授人以把柄,因而形成了处乎言与不言之间的人生哲学。与刘一止这种有意识避谤相类的言论,可以从吕本中、赵鼎、李纲、张纲等人的诗文中找出很多。这种避谤意识,同样贯穿在诗人创作中。他们对此也有不少直白的表述:

平生所知人,久已焚笔砚。(吕本中《示内》)②

诗不名家免招谤,酒虽作病要全身。(赵鼎《六月十三日书呈元长》)③

平生上林手,避谤淹二始。(陈与义《游岘山次韵三首再赋三首》)④

避谤疏毛颖,推愁赖索郎。(张元幹《次韵刘希颜感怀二首》)⑤

古事费寻检,近诗关谤伤。掉头无好语,结舌自良方。(张扩《文

---

① [宋]刘一止:《苕溪集》卷二四,《影印文渊阁四库全书》本。
② [宋]吕本中:《东莱诗词集》诗集卷四,黄山书社1991年版,第55页。
③ [宋]赵鼎:《忠正德文集》卷五,《影印文渊阁四库全书》本。
④ [宋]陈与义撰,白敦仁校笺:《陈与义集校笺》外集校笺,上海古籍出版社1990年版,第981页。
⑤ [宋]张元幹:《芦川归来集》卷二,《影印文渊阁四库全书》本。

之暇日作诗戏用其韵》）①

  从来坐言语，得谤今未歇……避谤不著书，陆子良已黠。（李纲《著迁论有感》）②

  诗歌本是抒情性的文体，诗人避谤心理的存在，必然会在诗歌创作过程中产生顾忌，无法在诗中表达自己的真实想法，从而损害到诗歌多方面的价值。为自我保护，诗人们对待诗歌创作常采取一些防范措施。

  控制诗歌的流传范围是诗人们通常的做法。我们知道，诗歌创作大部分情况下乃私人行为，如果诗人无意将诗歌示于他人，则诗歌内容将无法为他人所知，这就减少了被攻击的可能。北宋末年，唐庚就曾采取这一措施。吕荣义《眉山唐先生文集序》云："予时与先生比舍，而日得见先生之所为文颇[多]，尝请其本以传，而先生辞曰：'予以是得名，亦以是得谤，可一览而足，何必丏而去也。'"③南渡时期，李纲《与向伯恭龙图书》亦云："粗能恬然海上间，亦(非)[作]诗文以娱，但不敢以示人，亦无可示者。因来谕漫录近所作一卷去，亦有韵语一篇奉寄，聊发数千里一笑，观毕即束之高阁，恐有照管不到处，且免笺注也。"④李纲的叮嘱，颇令人玩味。他自信诗中并无引起他人深析的因子，但仍害怕自己有防备不周之处，成为他人攻击自己的把柄。正是这种畏祸心理，他不希望自己的诗文在社会上广泛流传，而只是在志同道合的亲友之间传阅。

  从某种意义上讲，这种防范措施对诗歌创作本身并没太大的影响，作为后代的读者，我们仍然能够了解到当时诗人真实的情感。所影响者，在于诗人所处时代读者不多，限制了诗人在当时诗坛的影响。下面两种防范措施，则大大妨碍了诗歌的创作，同时也代表了畏祸心理对诗歌创作的主要影响。

  首先，正如上文所引诗人自己的表述：不作诗。此种方法从根本上杜绝遭谤的可能性。张纲惧于秦桧的淫威，绍兴中后期便不复为诗。其子张坚《华阳集跋》云："秦丞相当国，士大夫以文墨贾奇祸。斥逐流放，踵相蹑于道。先君念太夫人年益高，无兼侍。秦又挟微憾，疑不附己，常恐一旦贻亲忧，遂绝意辞翰。"⑤这颇能代表南渡诗人，尤其是秦桧专权之下诗人对

---

① [宋]张扩：《东窗集》卷三，《影印文渊阁四库全书》本。
② 《李纲全集》卷一九，第253页。
③ [宋]唐庚：《眉山唐先生文集》，《四部丛刊三编》本。
④ 《李纲全集》卷一一四，第1079页。
⑤ 《华阳集》卷四〇。

待诗歌创作的态度。李纲《湖海集》序云:"余旧喜赋诗,自靖康谪官,以避谤辍不复作。"①翻检李纲诗文集,因其文集按年代编排,很容易证实其所言符合事实,其靖康贬官及在朝为相期间,无一首作品流传于世。同时我们还发现,李纲诗作有95%以上作于非在朝时期。其集中有宣和己亥(1119)年以前诗作四篇,另有"乙巳(1125)春赴奉常召如京作八首"。这十二首中有一部分可能作于朝廷为官时期,就算这十二首作品全部作于其在京时期,与其相当庞大的诗歌作品数量相比,仍显得微不足道,几乎可以忽略不计。这种巨大的反差,联系到其自称"喜赋诗",似乎只能有一个解释的理由:避谤。因为身处政治中心,最易引起政敌的猜忌与告讦,故而李纲自从政之日起,便有意识地回避作诗,以避开不必要的麻烦。同样的情况,也发生在陈与义身上。据白敦仁《陈与义集校笺》,绍兴三年、四年、七年,陈与义皆无诗作流传。白氏对此有这样一段分析:"《无住词》《虞美人·刑子友会上》词胡注引《大生法帖》:'数年多病,意绪衰落,不复为诗矣'云云。帖为简斋绍兴八年戊午五月二十四日手笔,所称'数年',即指绍兴三年以后也。然考简斋绍兴五年六月至六年五月及绍兴八年七月以后,两次奉祠,寓居青镇,其间所作诗词颇多,惟在朝则否。则所云'多病'者,盖有托而然耶?又《九日示大圆洪智》诗:'自得休心法,悠然不赋诗。'帖云'意绪衰落',诗云'休心法',其意殆可想见。"②白氏分析极为精当。我们考察陈与义履历,发现这三年,是其仕途最为辉煌的时期:绍兴三年正月,除试吏部侍郎,兼侍讲;绍兴四年二月,以病辞,改礼部侍郎,兼侍讲;绍兴七年正月,除左中大夫、参知政事。③ 陈与义在其从政生涯中离政权中心最近的三年不作一诗,亦可能出于与李纲同样的考虑,减少给政敌抓住把柄的机会。之所以有这样的判断,还基于这样一个事实,陈与义与赵鼎不相能,其进退皆因张浚。

其次,在诗歌中回避敏感话题。吕本中的创作转变很具代表性。南渡初期,吕本中在诗歌中对政局的抨击较为激烈。其《兵乱后自嬉杂诗》对导致亡国的北宋大臣予以强烈批判:"夷甫终隳晋,群胡迫帝居"(其八)、"汝为误国贼,我作破家人"(其九);又对那些只顾自家性命,不敢抵抗金人的大臣痛加贬斥:"国论多遗策,人情罢请缨"(其三)、"报国宁无策,全躯各有词"(其二十四)。④ 这样的诗句读来大快人心。但等吕本中绍兴六

---

① 《李纲全集》卷一七,第213页。
② 《陈与义集校笺》卷二九《题崇兰图二首》注一,第806页。
③ 参见[宋]胡稚《简斋先生年谱》,见《陈与义集校笺》附录三,第997页。
④ 《东莱诗词集》诗集外集卷三,第343—345页。

年入朝为官后,便再难见上述痛快淋漓揭露大臣无能、腐败的诗作。取而代之的,是兴意颓唐的作品,如"梦里题诗随意了,醉中书字不成行"(《感怀》)①,"故人若问庵中事,但道春来太瘦生"(《赠唐虎》)②。吕本中诗歌主题倾向的这种转变,与其生活境遇的改变、朝廷趋于稳定有一定关系,但更重要的,还与诗人当时处于政治中心、自觉防范政敌打击的意识增强有关。而事实上,尽管吕本中有意识地在诗歌创作上采取了谨慎的态度,仍然没有逃脱因文字而获罪的命运:"会《哲宗实录》成,鼎迁仆射,本中草制,有曰:'合晋、楚之成,不若尊王而贱霸;散牛、李之党,未如明是以去非。'桧大怒,言于上曰:'本中受鼎风旨,伺和议不成,为脱身之计。'风御史萧振劾罢之。"③这也恰从反面证明吕本中诗中不及时事的现实意义。有必要补充说明一点,吕本中其人颇有气节,是坚定的抗金派。他与秦桧早年私交不错,秦桧当权后,有引用之意,他因不满秦桧和议之策,不肯从,吕氏的人品并无可指责之处。如果没有外在不利环境的存在,他完全有以诗歌表达自己抗金主张的可能。但他入朝后,作诗绝少涉及时事,更显出自觉回避敏感话题的意识。陈与义入朝后,不仅有三年未曾作诗,他在绍兴年间的诗歌除了如《牡丹》诗偶尔流露出忧国伤时之意,其余皆不及时事。这与他在南渡初期屡有《伤春》之类悲愤慷慨的作品问世,形成了强烈的反差。

由李纲、陈与义、吕本中三人的个案,我们可以形成这样一个判断:一般而言,政治人物越是接近政治中心,作诗防范性越强。因上述三人诗集皆编年,故本文可以以此作为个案来证明政治人物越近于政治中心作诗越是谨慎的判断,其他南渡诗人因作品难于系年,无法一一核实是否皆符合这一判断。笔者以为,例外的情况肯定会存在,但南渡诗坛的总体情况应当不会与上述判断有太大偏差。对此,我们还可以从其他一些诗人的创作中找到佐证。祝尚书的《论南宋文学的东西部差异》一文列举了四川诗人王灼、冯时行,分别于绍兴和议已达成、抗金已成时忌之时,作《前年一首投赠刘荆州锜》《见张魏公二首》二诗歌颂抗金战士刘锜与张浚。祝氏分析云:"四川则'山高皇帝远',较易躲避权奸的视线,作家们的顾忌相对要少,下笔也就大胆直率。"④祝氏所论,正与笔者的判断相符。

当然,诗人创作防范意识的强弱,除了与政权中心的距离有关,还与时

---

① 《东莱诗词集》外集卷三,第349页。
② 同上。
③ 《宋史》卷三七六,第11637页。
④ 祝尚书:《论南宋文学的东西部差异》,《四川大学学报》2000年第5期。

政开明与否有关。南渡初年与秦桧独相期间,士风有共同之处,因为这个共同性,导致两个时期的诗歌创作具有上述共同的特征。但仅就畏祸心理而言,两个时期的诗人的创作心理又是同中有异。概言之,前期诗人的畏惧主要是北宋士风影响下的惧祸心理的残留。而后者,则是当时高压政治下畏惧心理的直接表现,具有当下的意义。因而,南渡初年,尽管诗人对北宋时期的文字狱与文禁仍心存恐惧,但毕竟有些距离,除了政权中心人物,其他诗人的诗歌创作相对而言束缚较小,诗歌题材较为丰富,刻意回避时事者相对减少。而秦桧专权时期则不然,高压政治导致士人心理普遍孱弱,诗坛群体性失语,诗歌创作数量减少、题材单调。绍兴九年第一次和议后,尤其在绍兴十二年绍兴和议最终签订之后,诗人们的诗集中有关反映时事、建言建策之言,陡然减少。故而胡铨上书请斩秦桧、王伦,其时为绍兴八年,高宗等人欲对胡铨严加惩罚,犹有大臣营救:"给、舍、台谏及朝臣多救之者。"①到了绍兴十二年,再谪编管新州时:"一时士大夫畏罪钳舌,莫敢与立谈,独王卢溪(廷珪)诗而送之。"②王庭珪作诗送胡铨,居然为绝无仅有之事,由此不难想见当时诗坛状况。绍兴十二年以后,诗人有意回避敏感话题,读其时诗歌,很难体会到时代特征。正因为南渡初年与秦桧专权时期的政治形势及其士风不同,两个时期的诗歌创作也有很大的差异。下面对这两个时期的诗歌创作分别予以介绍:

打开南渡诗人的诗集,我们并没有看到大量爱国主题,也没有看到满纸的悲愤与慷慨。事实上,南渡初期的诗歌在相当大的程度上延续北宋末年诗歌创作的惯性,题材与感情的变化不是很大。这实在是个大大的意外。下面选择几个代表当时诗坛一般创作水平与心态的诗人,统计其作品是否反映靖康之难这一题材而作一表格,以直观地反映当时诗坛创作倾向:

诗　人	诗歌总数	诗歌中可见南渡时代特征者		无法确定具体写作时间但诗中有现实关怀者	南渡伤时忧国之作百分比
		诗歌主题为伤时忧国者	其他主题中偶及时事者		
张　扩	207	4	8	2	1.93%
刘才邵	197	8	5	6	3.60%
朱　松	425	6	3	4	1.41%
仲　并	202	6	2	4	2.97%

---

① 《宋史》卷三七四,第11582页。
② [宋]岳珂:《桯史》卷一二,中华书局1981年版,第133页。

从上表中，可以清楚地看出，靖康之难这个历史巨变，在南渡诗人的笔下表现得很不充分。他们诗集中以靖康之难为主题或抒发忧国伤时主题的诗歌数量极少，对于我们现在的读者来说这很难理解。上表虽然只是挑选了几个诗人，但我们翻检了南渡时期诗人的诗集，发现除了吕本中、李纲、陈与义等为数不多的诗人，其伤时忧国的作品数量稍成规模外，大部分诗人与上表中所列诗人的创作差别不大。比如靖康之难发生之时黄彦年就在汴京，但奇怪的是，其诗集中居然找不到一首直接反映当时情状者。之所以出现这样的情况，笔者以为，与北宋末年败坏士风的蔓延有着密切的关系。本章第一节有过论述，北宋末年士风十分败坏，南渡以后，北宋恶劣的风气还在延续，士林风气没有也不可能马上好转。诗人的畏祸心理在很大程度上并未消除，而个人的品质又未必会有本质的提高，比如孙觌，居然为金人草制，且恬不知耻地接受金人馈赠的女子。当时士人的社会责任感有所提高，但也是因人而异，仍有不少士人仅仅关心个人自身的命运，而对国家社稷则考虑甚少。葛立方的诗中，反映靖康时事者，大多关于自身逃亡流离之苦，偶尔发出几声不太强烈的叹息。还有，受北宋末年诗歌创作习惯的影响，诗人们已形成一定的创作惯性，他们已经不习惯于用诗歌表现忧国伤时之类的感情。总而言之，士林弥漫着的败坏士风大大影响到诗歌的品质，时代的灾难也就无法得到充分的表现。

当然，虽然南渡诗坛自始至终被不良的士风笼罩，诗歌创作环境恶劣，诗歌创作大受其害，但在南渡初期——绍兴八年秦桧开始专权以前，由于北宋的灭亡，政局混乱，诗歌创作环境较为宽松，禁忌较少；又因为亡国之痛刺醒了士人，他们的爱国热情被调动起来，士风随之有所改变，新的健康的士风开始滋生，诗坛稍稍出现了复兴，诗歌的品质也随之有所提高，表现功能加强。朱熹总结当时文坛状况："及绍兴渡江之初，亦自有人才。那时士人所做文字极粗，更无委曲柔弱之态，所以亦养得气宇。"[①]当时诗歌，与此前此后时期相比，内容上有如下几方面明显的区别。首选，与北宋末年及秦桧专权时期诗歌多关注诗人自身处境相比，这时诗人将诗歌关注的范围扩大到社会、国家。例如陈与义南渡前的作品，我们几乎看不到一首反映时事者，而南渡后该类作品却层出不穷。其次，诗歌批判意识与社会责任感加强。同样以陈与义为例，其南渡前的诗作中，该类主题的作品几乎没有，而南渡后他创作了一系列具有批判性、反思性和强烈社会责任感的诗篇，有许多后来成为其代表作。再次，南渡初期诗坛多有阳刚之气、英雄

---

① 《朱子语类》卷一〇九"说赵丞相欲放混补"条，《朱子全书》第17册，第3541—3542页。

之气。其时作品洋溢着战斗的激情,许多诗人甚至有从军之想,如吕本中《兵乱后自嬉杂诗》(其一)云:"欲逐范仔辈,同盟起义师。"① 表现出愿意加入到抗金的义军队伍之中的意愿。这对士大夫而言,确实难能可贵。南渡初期的部分诗作,如果隐去作者姓名,甚至会让人误以为是盛唐之作。(详见本书第二章)

秦桧专权时期,即绍兴八年以后至秦桧去世,是南渡最为黑暗的时期,士风也最为浇薄。这段时间,诗人创作的诗歌品质低下。秦桧专权时期的诗坛,沈松勤在《南宋文人与党争》中有两章内容涉及,研究较为全面、深入。概而言之,其主要观点有两点:其一,文化专制导致文学谄谀之风大为盛行;其二,畏祸心理导致诗坛"和陶拟陶"之作大量出现。这两点基本上概括了当时诗坛的风气,所可补充者,笔者认为,抒发及时行乐消极想法与表达隐逸之思,也成为当时诗歌创作的一个重要题材。(详论见本书第二章第六节)

不过,我们同时应该看到,高压政治与浇薄士风下的诗坛,抗金主题、时事主题的诗歌数量锐减,但并没有因此彻底消失。王庭珪在胡铨编管新州的途中,写出气壮山河的《送胡邦衡之新州贬所二首》。曾几因其兄曾开反对秦桧和议政策的牵连落职,写下了《寓居吴兴》,嘲讽当政者。叶梦得访晤好友刘季高时,慨于南宋朝廷的投降之举,悲愤赋诗,写下了《赴建康过京口呈刘季高》,抒发胸中的抑郁不平。

然而,如上述直抒胸臆、以显豁语言出之的诗作毕竟是少数,稍多一点的是以隐晦的语言、曲折的笔法抒写上述题材。陆游《澹斋居士诗序》概括其时诗歌创作方式云:"绍兴间,秦丞相桧用事,动以语言罪士大夫。士气抑而不伸,大抵窃寓于诗。"② 先看刘一止的《冥冥寒食雨》:

冥冥寒食雨,客意向谁亲?泉乱如争壑,花寒欲傍人。
生涯长刺促,老气尚轮囷。不负年年债,清诗新送春。③

诗以首句标题,等于无题。何以诗歌不立题,一般有两方面的原因:其一,诗中感情极为复杂,难以找出一个可以涵盖全诗主题的题目;其二,诗人有意识地隐藏自己的用意,不愿将自己的诗意明白地告诉他人。联系诗人刘一止身世,其在朝为官,两次以言事忤秦桧意奉祠,可想而知其处境不佳,

---

① 《东莱诗词集》外集卷三,第342页。
② [宋]陆游:《渭南文集》卷一五,《陆游集》第5册,中华书局1976年版,第2110页。
③ 《苕溪集》卷六。

故不得不注意自己的言行与文字,这可以从上文所引其《言箴》中得到证实。因而,笔者以为诗人不专立诗题,可能出于后一方面的原因。相同的情况,也出现在南渡其他诗人的作品中,陈与义、吕本中的诗集中皆有《无题》诗,陆游认为他们之所以用《无题》为题,"或有所避"①,所指正与刘一止同。

那么,诗人究竟想在诗中表达什么样的感情呢?诗人自己不愿明言,我们只能姑妄猜之。首联表达的是"每逢佳节倍思亲"的感叹,寒食旅居他乡,孤独之情油然而生。颔联紧承其意,赋予自然界的春花以知觉,以花之寒衬诗人身之寒冷、心之孤独;以花之傍人,衬诗人思乡之情。颈联先言客旅流离奔波之苦,再言自己终不会因此而磨灭意志,大有烈士暮年壮心不已之气。至此,我们大概可以知道此诗乃伤客居流离。此诗无法作明确的系年,无法清晰考知作者写作时的境遇和写作时的状态。但我们知道诗人的家乡为湖州归安,靖康之难对该地区影响不是太大,诗人当不难回到家乡。那么诗中如此强烈的感情是否出于矫情呢?答案是否定的。联系诗中自抒胸怀之句"老气尚轮囷",则可以推测诗人写诗实出于对某种势力的抗争;再联系诗人的身世,在朝为官直言不讳,遭秦桧等人忌恨,则可知诗人乃以诗言志,抒发对强加于自身的政治打击的不满。最后一联,诗人告诉人们,诗人的愤懑由来已久,他无力改变现状,只能年复一年,每到春天,例行为诗,以打发光阴。诗句实际暗示着诗人欲有所为而不得的苦恼,也暗含着对南宋小朝廷不思进取的讽刺。

上文对该诗的解读,未必完全符合诗意,这是由该诗自身主题的不确定性决定的。但诗中强烈的情感却可以想见,深隐其中的深刻思想也可体会。诗歌主题的模糊,是诗人有意为之,诗人的本意就是以此抒发自己的感慨。他并不希望别人明了其中的确切含义,而从中找出可以坐实的现实中的人与事。

与刘一止的写法相比,张嵲《读〈楚世家〉》借古讽今的写法更具有广泛性:

> 丧归荆楚痛遗民,修好行人继入秦。不待金仙来震旦,君王已解等冤亲。②

---

① 《老学庵笔记》卷八,第108页。
② [宋]张嵲:《紫微集》卷一〇,《丛书集成续编》本。

张嵲绍兴年间曾作《绍兴中兴上复古诗》及《绍兴圣孝感通诗》赞美和议，为宋高宗等人的卖国行径文饰。但他的上述两首诗歌显然不是自己内心真实的想法，他内心是反对和议的，这首诗便是对和议之举的讽刺。诗中所言史实，俱载于《史记·楚世家》中：楚怀王与秦国举行武关之会时，为秦国扣留，怀王客死秦国。怀王死后，秦国归其丧于楚。楚国的继任者顷襄王不但不报仇雪恨，反而图谋与秦谈和。这种情况与宋金政权正相类似。金人灭掉北宋政权，掳去宋徽宗、宋钦宗二帝，宋高宗继位，建立南宋政权，其南渡后不但不思报仇复国，却甘愿偏安一隅，主动与金和谈。而宋徽宗死后方归葬南方，正与楚怀王客死秦后归丧楚国相类，这无疑是以秦楚关系影射宋金关系。诗歌后两句，说佛教尚未传到中国，顷襄王已经懂得化冤为亲了，也是影射宋高宗不思报仇，一味求和。整首诗中蕴藏的讽刺非常辛辣，但诗人的写法很巧妙，诗中无一字议论时政，却又处处指斥南宋当局，借古讽今的写法，既抒发了诗人的愤懑之情，又避开了可能遭受的打击。刘克庄对此诗作了高度的评价："其忠愤切于戊午谠议矣，但微婉而成章耳。"①

类似张嵲借古讽今写法的，有吕本中《浯溪》、李清照《浯溪中兴颂诗和张文潜二首》等。其他如借题画诗抒发诗人忧国情怀，表达对现实不满的作品也有一些，如张元幹《潇湘图》借咏二妃思舜之情表达对二帝未归的遗恨。

上述两类以隐晦手法表现敏感话题的诗歌，在南渡初期也有所表现。因为在中后期这种手法更具有代表性，也为行文方便，一并在此讨论。鉴于上述诗歌创作，我们不能全盘否定南渡中后期的诗坛，不能说秦桧专权时期的诗坛一点亮色都没有，只是这点光亮与整体的黑暗相比，显得微不足道。上述以敏感话题入诗的情形，不是诗坛的主流，只是一股潜流。而且，这种潜流随时都会有被发现的危险。上文所引陆游《澹斋居士诗序》有言："若澹斋居士陈公德召者，故与秦公有学校旧，自揣必不合，因不复与相闻。退以文章自娱……其不坐此得祸，亦仅脱尔。"②陆氏所言并非无据之谈，秦桧专政时众多的诗案无疑是这句话最好的注脚。也正因为如此，我们从总体上讲，秦桧专权，士风不振，影响到诗歌创作，致使当时诗坛总体上比较低沉、喑哑。

---

① [宋]刘克庄：《后村诗话》后集卷二，中华书局1983年版，第69页。
② 《陆游集》第5册，第2110页。

第二章　南渡诗歌的主题取向

雪莱在《〈伊斯兰教起义〉序言》中指出:"在任何时代,同时代的作家总难免有一种近似之处,这种情形并不取决于他们的主观意愿。他们都少不了要受到当时时代条件的总和所造成的某种共同影响。"①南北宋之交经历了靖康之难这一历史巨变的诗人们的创作,正可以说是雪莱这一判断极好的注脚。中国古典诗歌发展到北宋,诗歌主题可供开拓的空间已微乎其微,身处北宋之后的南渡诗坛,对诗歌主题的拓展更是少之又少,几乎可以忽略不计。但我们仍然可以说南渡诗歌的主题有自身的特色,其原因就在于靖康之难改变了诗人固有的生活轨迹,诗人在创作过程中强化某几类主题的诗歌,从而形成了南渡诗歌自身特有的主题取向。本章将讨论南渡诗坛最具代表性的诗歌主题。

第一节　时事诗:"乱后篇章感慨多"②

从宋太宗灭掉最后一个割据政权南唐到金人入侵之前,北宋政权虽然对外与周边国家如辽、西夏等发生过一系列战争,对内镇压过农民起义,但这些战争都没有直接影响到中央政权的稳定,也未影响到一般士大夫的生活。而且,经过一百多年的发展,北宋社会呈现出一派繁荣的景象,朝野上下都认为当朝处于太平盛世,甚至北宋灭亡以后,持有此观点的仍大有人在,蔡絛南渡后追忆说:"大观、政和之间,天下大治,四夷向风……天气亦氤氲异常,朝野无事,日惟讲礼乐庆祥瑞,可谓升平极盛之际。"③其他如孟元老的《东京梦华录》更对北宋的首都汴京的繁华作了具体而详尽的描述。总之,在金人入侵以前,北宋文人士大夫的生活都比较安逸。

然而,就是在这样一个太平盛世里,靖康之难在人们毫无思想准备的情况下发生了。而且更令人不可思议的是,二帝北狩,北宋政权在很短的

---

① 〔英〕雪莱著,王科一译:《伊斯兰的起义》,上海译文出版社1978年版,第6页。
② 〔宋〕王庭珪:《和康晋侯见赠》,见《卢溪文集》卷二二,《影印文渊阁四库全书》本。
③ 〔宋〕蔡絛:《铁围山丛谈》卷二,中华书局1983年版,第27—28页。

时间内灭亡。陵谷巨变,人们无所适从;巨大的灾难打乱了人们的生活,改变了人们的生存方式,也冲击了人们固有的观察事物与思考问题的方式。诗人们开始将靖康之难这一事件本身及其对社会生活的影响作为诗歌题材,创作出极具时代感的时事诗。

首先被诗人们纳入笔端的是靖康之难这一历史事件。早在靖康元年(1126)春,张元幹便在诗中对宋金之战有所表现。其《丙午春京城围解口号》便是有感于金人退师北归而作,这是南渡诗人首次用诗笔表现金人入侵之事。其后,张元幹因应李纲之辟而又与李纲同日遭贬,在淮上闻金兵再度南侵,写下了《感事四首丙午冬淮上作》,其中所言史实与史书多有吻合,如其一云:"国步何多难,天骄据孟津。"①《宋史纪事本末》有"甲戌,金活女帅众先渡孟津"②。又如其二云:"血洒三城渡,心寒两路兵",写宋兵惧粘罕军队之状,亦见诸史册:"时粘没喝自太原趋汴,所至破降。平阳府、威胜、隆德军、泽州皆陷,官吏弃城走者远近相望。"③汴京被围之时,吕本中恰在城内,他根据自己所见,写下了一系列的纪时纪事之作。《丁未二月上旬四首》中的"野帐留黄屋,青城插皂旗"④,写钦宗如青城被羁留之事,是对史实的一个概括:"帝(钦宗)自如青城,都人日出迎驾,粘没喝、斡离不留不遣。"⑤而邓肃的《靖康迎驾行》则又对这一史实的原委作了回顾:从金军南下势如破竹,写到被围汴京的惨黯氛围及宋军的畏怯,再写到民众的极度恐慌,群臣的束手无策,金人的无理要求,钦宗的被迫出城,金人的贪婪凶残及民众对钦宗翘首以盼的场景。其诗中所写,几乎就是靖康之难的一段简史。而邓肃的另一首诗《贺梁溪李先生除右府》"奸臣草表遽书降,身率百官先拜舞……翠华竟作沙漠行,望云顿有关河阻"⑥,则又是靖康之难后期的一个缩影。邓肃两诗,所言之事亦多可在史书中得到印证。试举一例,《靖康迎驾行》中:"郊南期税上皇舆,截破黄流径归去。陛下仁孝有虞均,忍令征骑耸吾亲。不龟太史自鞭马,一出唤回社稷春。"⑦《贺梁溪李先生除右府》中:"十万兵噪龙德宫,上皇避狄几无所。嗣君匹马诣行营,朕躬有罪非君父。"除了有些细节为诗人想象,几乎全是实录:"戊午,

---

① [宋]张元幹:《芦川归来集》卷二。
② 《宋史纪事本末》卷五六,第587页。
③ 同上。
④ 《东莱诗词集》诗集卷一一,第163页。
⑤ 《宋史纪事本末》卷五七,第597页。
⑥ [宋]邓肃:《栟榈集》卷五,《影印文渊阁四库全书》本。
⑦ 《栟榈集》卷四。

何桌入言,金人邀上皇出郊。帝曰:'上皇惊忧而疾,必欲出之,朕当亲往。'"①除了上面所举数例,其他如李纲的《建炎行》《胡笳十八拍》、张元幹的《建炎感事》、刘子翚《汴京纪事》、李处权《送荣茂世》等等,或直接或间接地记录了这一历史巨变的各个方面。

除了靖康之难,南渡时期其他一些重大事件,亦经常出现于南渡诗人的笔下。二帝北狩,康王赵构于建炎元年五月在应天府即位,是为宋高宗,南宋政权正式确立。然而赵构的即位,并没有能够扭转乾坤、驱除金兵、迎还二帝。相反赵构小朝廷一直遭到金人的追击,金人屡次南侵,赵构政权还曾一度为金人追赶而被迫入海。当时整个社会也是动荡不安,盗贼横行,兵变不断,人民流离失所,社会经济生活遭到严重的破坏。所有这一切,都是诗人表现的对象。高宗建炎元年八月,杭州兵变,刘一止《闻杭州乱二首》中载了此事:"往时金陵囚刺史,今者杭城漕臣死。"②"漕臣"指吴昉,其史实在《宋史》中可见:"胜捷军校陈通作乱于杭州,执帅臣叶梦得,杀漕臣吴昉。"③高宗建炎三年十一月,金人大举南侵,攻破建康进入临安,赵构仓皇出逃,至明州乘舟入海。次年,金兵破明州,赵构君臣泛海逃至温州。这一历史事件,两位扈从诗人,不约而同地以诗歌形式记载下来,李正民写了《扈从航海》,沈与求写了《扈御舟泊钱清江口值雨》。绍兴四年,刘豫军伙同金人南侵,高宗赵构御驾亲征,击退刘豫军及金兵,刘一止据此写下了《闻亲征一首》和《贼臣刘豫挟敌骑犯两淮天子亲总六师出征贼骑摧衄宵遁銮舆既还效杜拾遗作欢喜口号十二首》,周紫芝写下了《亲征诏下朝野欢呼六首》,曹勋亦写下《大驾亲征》。高宗绍兴十一年,刘锜为东京副留守,五月,锜大败金人于顺昌,是为顺昌大捷,叶梦得闻讯欣然题诗,写下了《寄顺昌刘节使》:

> 四海胡尘久未清,遥闻苦战有奇兵。妖氛尽扫人谁敌,捷奏初传我亦惊。授钺已欣传帝泽,挥戈终见静王城。轩台固有英灵在,更遣将军得令名。④

诗中所言,除通常套语外,皆有史可依。所谓"奇兵"者并非虚言,实指刘锜屡用奇兵,杀敌无数,尤其与兀术主力军的交战中,刘锜事先在颍河上流

---

① 《宋史》卷二三,第434页。
② 《苕溪集》卷四。
③ 《宋史》卷二四,第448页。
④ [宋]叶梦得:《石林居士建康集》卷一,《丛书集成续编》本。

及草中投毒,致使兀术军人马困乏,刘锜军乘机出击,又以计破除金军之"铁浮图"与"拐子马",取得了巨大胜利。而诗中所言"传帝泽"者,亦非无根之言,刘锜指挥的顺昌之役,本来就是在其奉命赴任东京副留守,而金人败盟占据东京的情况下发生的,故刘锜具有对失地百姓传达宋高宗恩泽的使命。高宗十一年,杨沂中、刘锜又大败金兀术于柘皋,史称柘皋大捷,叶梦得闻讯又写下了《淮两军大破贼兵连六告捷喜成口号二首》。其他如辛道宗兵溃,赵鼎有诗《泊白鹭洲时辛道宗兵溃犯金陵境上金陵守不得入》;东南平定,周紫芝有《次韵道卿喜贼平》;柳州寇乱,曾几有《闻寇至初去柳州》;曹成、马友长沙兵乱,张元幹写下了诗歌《赠庆绍上人》,用很大的篇幅反映当时的情状。如此等等,不一而足。

　　从上面的描述中,不难发现这样一个现象:南渡诗坛关于靖康之难及其后的一系列重大社会事件的诗歌,都具有很强的纪实性,很大部分的诗歌都有史可稽、有案可查。之所以出现这一现象,笔者认为,一方面这类题材的诗歌与时政有着密切的关系,诗歌所表现的内容具有很强的现实性;另一方面与宋人普遍接受杜甫诗歌也不无关系。自从晚唐孟棨在《本事诗》中第一次拈出"诗史"二字概括杜诗的思想内容之后,"诗史"意识便逐渐为人们接受,尤其是宋人,他们将杜甫奉为诗歌创作的楷模,没有理由对"诗史"这一现象视而不见。事实上,宋人对"诗史"的内涵多有阐释。宋祁《新唐书·杜甫传赞》中称:"甫又善陈时事,律切精深,至千言不少衰,世号'诗史'。"①姚宽认为杜甫诗被称为诗史,因为能记"年月、地里、本末之类"②。释普闻《诗论》认为:"老杜之诗,备于众体,是为诗史。"③胡宗愈《成都草堂诗碑序》:"先生以诗鸣于唐,凡出处去就、动息劳佚、悲欢忧乐、忠愤感激、好贤恶恶,一见于诗,读之可以知其世。学士大夫谓之'诗史'。"④叶梦得《石林诗话》则言杜诗"穷极笔力,如太史公记、传"⑤。众多论述,除了释普闻纯粹从艺术角度论述,其他各家观点虽然不尽相同,但基本上都承认杜诗被称为"诗史",与杜诗表现重大历史事件有关。基于这一点,我们有理由猜测,南渡诗人写作重大事件的题材时,有些诗人会有自觉的诗史意识。而事实上,南渡诗人的确有认同诗史意识者,上述叶梦得诗论即为一例。又如李纲《读四家诗选·子美》言:"岂徒号诗史?诚足继

---

① [宋]欧阳修、宋祁:《新唐书》卷二〇一,中华书局1975年版,第5738页。
② [宋]姚宽:《西溪丛语》卷上,《丛书集成初编》本。
③ [宋]释普闻:《诗论》,涵芬楼《说郛》卷六七,见[元]陶宗仪《说郛三种》,上海古籍出版社1988年版,第1008页。
④ [宋]黄希原本,[宋]黄鹤补注:《补注杜诗·传序碑铭》,《影印文渊阁四库全书》本。
⑤ [宋]叶梦得:《石林诗话》卷上,《历代诗话》本,中华书局1981年版,第411页。

《风》《雅》。"①诗人们的创作,也似乎注意诗史意识,上文所举诗句,多数皆可从史书中找出根据,下面再略举数例:吕本中在汴京被围时,除了写钦宗被金人羁留这样的大事件有史实依据,其诗中所写的一些细节,往往也非无据之论。如其诗描写守城官兵战斗时遭遇到恶劣天气,"北风且暮雪,一雪三日寒。不念守城士,岁晚衣裳单"②,就与《宋史》中的记载,"粘罕军至城下。甲午,时雨雪交作"③,如出一辙。再如周紫芝作诗一首,其题名《五豀道中见群牛蔽野问之容州来感其道里之远乃作短歌以补乐府之阙》④,明确道明此诗为补阙之作,即有意识地将这段历史记录下来。

南渡诗歌具有纪实性,还可以从当时诗坛另一种现象中得到证实。诗人常常会给涉及重大时事的诗歌作自注或序。如陈渊《和参谋至日喜雪三首》自注:"是日报泚上大捷,故有是句,用李愬擒元济事也。"⑤周紫芝《二月二十八日雪晴步上西山亭示天用兄弟二首》自注:"时睦州乱。"⑥叶梦得《遣晁公昂按行濒江营垒》自注:"时闻虏遣乌陵思谨来请和。"⑦程俱《避寇仪真六绝句》其二自注:"是日闻浙西总管提兵自瓜州取道仪真度长芦,便道趋杭。"⑧又如李纲《建炎行》,诗前小序详细叙述了其靖康之难以后的行踪,以及其在朝时的举措及遭人攻击等种种怪异之事,这段序几乎可以将之当作李纲建炎为相期间的小史来读。

凡此种种,皆可说明南渡诗人在创作重大历史题材的诗歌时,往往存有或明确或不太明确的诗史意识,因而他们的创作具有纪实性与时代感。也正因为这一特征,我们一方面可以将该类诗歌作为了解南渡历史的史实来读,另一方面又可以将某些诗歌用以补史之阙。试举数例,叶梦得《石林词》有《满庭芳》一首,题为"次韵答蔡州王道济大夫见寄",王道济不见于《宋史》,我们无从得知其生平事迹。然而,恰好陈与义集中有《闻王道济陷虏》一诗,由此我们对这个蔡州刺史便有了更多的了解。再如吕本中《城中纪事》有句:"昨者城破日,贼烧东郭门。""十室九经盗,巨家多见焚。"⑨由此则可以知道金兵入汴时,曾放火焚烧东城门,入城之后,扰民甚

---

① 《李纲全集》卷九,第 97 页。
② 《守城士》,《东莱诗词集》诗集卷一一,第 163 页。
③ 《宋史》卷二三,第 433 页。
④ [宋]周紫芝:《太仓稊米集》卷二,《影印文渊阁四库全书》本。
⑤ [宋]陈渊:《默堂先生文集》卷九,《四部丛刊三编》本。
⑥ 《太仓稊米集》卷四。
⑦ 《石林居士建康集》卷一。
⑧ [宋]程俱:《北山小集》卷一一,《四部丛刊续编》本。
⑨ 《东莱诗词集》诗集卷一一,第 165 页。

为严重。吕诗提及的这些事件不见于史书,可以填补史书之空白。

南渡诗坛的时事诗,数量最多的不是上述反映重大历史事件的题材,而是那些被我们称为泛时事诗的诗歌,即以某一具体历史事件或某一大的历史环境为背景,创作出表现社会普泛性的状态以及人们在此历史条件下的种种感受的作品。这些诗歌不拘泥于史实,但又能体现时代特征。

战争意味着破坏。金人入侵以后,中原战火不断,金兵烧杀抢夺,饥民聚集成盗,土地荒芜,百姓逃亡,整个社会经济生活遭到了毁灭性的破坏。有社会责任感的诗人,用他们的诗笔记录下了这一幕幕人间惨剧。吕本中、周紫芝等在他们的诗中描写了人们在战争中死于非命的种种情状:"庐舍经兵火,头颅尚在门"①;"归寻故里不知处,白骨支撑满涂路。城西有屋无人居,城东有地无屋庐"②;"兵戈愁外满,人物眼中稀"③。战火中,人们朝不保夕,命若悬丝,随时随地都会遭遇死神的光顾。苍茫大地,遍地白骨,生人寥寥。战火所到之处,满目疮痍,不管是高堂华屋,还是茅棚草庐,都毁于一旦:"历言王侯故第宅,瓦砾半在高台摧"④;"昔年假道过长沙,烟雨蒙蒙十万家。栋宇只今皆瓦砾,生灵多少委泥沙"⑤;"昨日北风如箭疾,城南一燎三百室。城西片瓦不复存,今日风高火仍急……城中有屋无二三,道路横尸十六七"⑥。农民的生产生活也因战火而无法正常进行,田园荒芜,无人耕作,诗人们对此痛心疾首:"淮上故园生杞棘,江边大将列旌旗"⑦;"耕牛杀尽饱狂虏,桑下老农心更苦"⑧。战争的破坏性,除了表现在对人民生命财产的威胁上,还表现在对文化的破坏上。且不说北宋王室的图书毁于一炬,就连普通人家的书籍、文物也毁坏丢失很多。赵明诚与李清照于北宋时收集到的金文石刻,南渡途中遭窃,所剩无几。傅伯寿在为曾协《云庄集》作序言时亦言书籍散失:"文昭公家多书,已而毁于兵。"⑨这样的书厄亦时常出现于诗人的笔下,吕本中《兵乱后自嬉杂诗》云:"台沼余春草,图书散野烟。"⑩李纲《题刘仲高所藏文与可墨竹》:"自从兵火丧

---

① 《兵乱后自嬉杂诗》,《东莱诗词集》诗集外集卷三,第343页。
② 《双鹄飞行》,《太仓稊米集》卷二。
③ 《二月二十八日雪晴步上西山亭示天用兄弟二首》,《太仓稊米集》卷四。
④ [宋]晁公遡:《得东南书报乱后东都故居犹存而州北松槚亦无毁者》,《嵩山集》卷七,《影印文渊阁四库全书》本。
⑤ 《初入潭州二首》,《李纲全集》卷二九,第391页。
⑥ 《二月五日再火吾庐复免》,《太仓稊米集》卷一八。
⑦ [宋]李正民:《示侄淇》,《大隐集》卷八,《影印文渊阁四库全书》本。
⑧ [宋]刘一止:《二禽言》,《苕溪集》卷三。
⑨ [宋]曾协:《云庄集》原序,《影印文渊阁四库全书》本。
⑩ 《东莱诗词集》诗集外集卷三,第346页。

乱后,锦囊玉轴随埃尘。"①另外,胡宏《简彪汉明》还从动荡的社会致使人们无心向学这一角度阐释文化传播受阻,其诗云:"自从丧乱来,鼙鼓声阗阗。日事干戈末,那寻孔孟传。"②

战火纷飞,一方面农民流离失所,田园荒芜;另一方面,宋军为了与金人对抗及剿灭流寇,需要大量军需,不得不加大对农民征收租税的额度。对此,南渡诗人寄予深切的关注与同情。胡寅《登南纪楼》曰:"有田不敢耕,十倍出赋租。"③晁公遡《雨中》曰:"秋田获无时,农父相对泣。各言迫军输,督责甚峻急。"④两诗皆写出了农民租税之沉重、劳而无获的生活状态。对于农民的苦难,诗人们的心理是矛盾的:一方面他们怜悯农民,愿意为他们掬以同情之泪,当时有良知的官吏甚至因此而辞官离职,"催科急迫不忍言,鞭挞黎民非所喜。一朝解印谢疲民,至今豪强犹切齿";另一方面,诗人们的理性告诉他们国家的苛捐杂税在那个时代也是必须的,"国仇未雪兵未休,安得斯民无疮痍"。⑤战争年代,对于国家而言,最重要的任务就是平定天下,事实上也只有天下一统、海内澄清,百姓才能过上安居乐业的生活,因而诗人对老百姓生活质量的关心就退居到第二位,刘一止《南山有蹲鸱一首示里中诸豪》云"民食尚可纾,军食星火移"⑥,道出了战争时代人们普遍的取舍尺度。对于因公征税,诗人们还可以接受,对于那些浑水摸鱼、因公肥私、大发国难之财、加重百姓苦难的贪官污吏,诗人们则予以强烈的批判。李纲《八月十一日次茶陵县入湖南界有感》:"盗贼纵横尚可避,官吏贪残不堪说。挟威倚势甚豺狼,刻削诛求到毫发。父子妻孥不相保,何止肌肤困鞭挞!上户逃移下户死,人口凋零十无八。"⑦深刻揭露了官吏贪婪给百姓带来的深重灾难。王庭珪《和黄元授喜雨》:"官军从来仰征赋,农民岂解持戈铤。虽得一雨洗炎热,夜吏捉人谁使然。"⑧诗人对官员非法损害百姓之事深为厌恶,诗句间充满悲天悯人的情怀。冯时行的《山中宿小民家夜闻虎因有感》,对此更有形象的反映,也更含无穷寓意:

虎叩门,山风袅袅吹黄昏。编蓬为户邻虎穴,敢于虎口寄浮生。

---

① 《李纲全集》卷三一,第410页。
② [宋]胡宏:《五峰集》卷一,《影印文渊阁四库全书》本。
③ [宋]胡寅:《斐然集》卷一,《影印文渊阁四库全书》本。
④ 《嵩山集》卷七。
⑤ [宋]李正民:《寄尹叔》,《大隐集》卷七。
⑥ 《苕溪集》卷四。
⑦ 《李纲全集》卷二九,第388页。
⑧ 《卢溪文集》卷一二。

干戈时有人相食,吏猛于虎角而翼。虎叩门,不敢入,使我怆恻长叹息。①

老虎狠毒,但农民却甘愿与虎为邻,这种不正常的现象本身具有深刻的含义,极易引起读者的兴趣。诗人选取这一题材,倾向性极为明显,欲以虎之毒衬酷吏之残暴。诗人写作该诗,未作太多修饰,仅用白描的写法便将官吏的凶残揭露得入木三分。该诗情感深沉而无奈,俨然是柳宗元的《捕蛇者说》的另一版本,也令人联想到孔子的"苛政猛于虎"的感慨。

这些泛时事诗中,诗人的感情非常丰富。诗人们既对将士英勇抗敌的行为给予表彰,如"报主此其时,一死吾亦直"②;又对军中投机取巧之徒猛烈抨击、对贪生怕死之辈进行辛辣讽刺,如"敌来拥兵保妻子,敌去奏捷希侯封"③,"征尘漠漠四壁昏,诸dev变名窜军伍"④。既在诗歌中表现宋军取得胜利时诗人的喜悦,如"南北军书走羽毛,城头喜见赤云高。颇闻关陇尽归马,不独瓯闽行卖刀"⑤,"闻言江北好,一笑为传杯"⑥,"湖山争喜气,雁鹜送欢声。千里前塘路,应知客念轻"⑦;也用诗歌表达对时局的担心,如"向来虽著侍臣冠,忧国曾无一日欢"⑧,"王室如缀旒,寇盗结蜂蚁"⑨。

然而,在所有的感情中,黍离之悲是南渡诗人最具共性的情感。胡云翼在《宋词选·前言》中曾有过一个判断:"'黍离之感'可以说是南渡词人所共同选用的突出的主题。"⑩其实,南渡诗坛也是如此,而且南渡诗人对此也有清晰的认识。曹勋在其《北渡》赋中写道:"予怀兮靡陈,岂止黍离之叹。"⑪李石《送周行可》云:"国风惆怅黍离,只有周郎五字诗。"⑫仲并《钱检法及代期以诗告别因次其韵》云:"坐令王室尊,国风无黍离。"⑬

---

① [宋]冯时行:《缙云文集》卷三,影印文渊阁四库全书本。
② [宋]吕本中:《守城士》,《东莱诗词集》诗集卷一一,第163页。
③ [宋]李光:《可叹》,《庄简集》卷二,《影印文渊阁四库全书》本。
④ [宋]邓肃:《贺梁溪李先生除右府》,《栟榈集》卷五。
⑤ [宋]李弥逊:《近报陕右大捷又继闻王师遂平建寇用高字韵》,《筠谿集》卷一六,《影印文渊阁四库全书》本。
⑥ [宋]汪藻:《常山道中闻诸将屡捷》,《浮溪集》三〇,《四部丛刊初编》本。
⑦ [宋]王之道:《和子蓂官牌夹口韵是日闻官军破虏贼》,《相山集》卷七,《影印文渊阁四库全书》本。
⑧ [宋]吴芾:《再用前韵奉寄》,《湖山集》卷八,《影印文渊阁四库全书》本。
⑨ [宋]李纲:《自武陵舟行至德山》,《李纲全集》卷二三,第304页。
⑩ [宋]胡云翼:《宋词选》,上海古籍出版社2007年版,第6页。
⑪ [宋]曹勋:《松隐集》卷一,《影印文渊阁四库全书》本。
⑫ [宋]李石:《方舟集》卷四,《影印文渊阁四库全书》本。
⑬ [宋]仲并:《浮山集》卷一,《影印文渊阁四库全书》本。

黍离之感,几乎是每一个王朝更替时期共有的情感,故庾信《哀江南赋》云:"山岳崩颓,既履危亡之运;春秋迭代,必有去故之悲。"①亡国的悲痛,激发起人们浓重的怀旧情绪,而这种情绪的产生,又往往借助于外界事物的刺激,这类事物通常为前朝故物遗址,人们睹物思故,在历史与现实的撞击下产生强烈的悲怆之感。北魏杨衒之《洛阳伽蓝记·序》对此有很好的说明:"城郭崩毁,宫室倾覆,寺观灰烬,庙塔丘墟,墙被蒿艾,巷罗荆棘……麦秀之感,非独殷墟,黍离之悲,信哉周室。"②衰颓的景象,不由得使人追忆起往日的繁华,黍离之思便由此而生。邓肃诗云:"九天宫殿郁岧峣,目断离离变禾黍。"③自从二帝北狩,黍离之悲便不时出现于诗人们的笔下。

　　异族侵凌,山河破碎,南渡诗人心里充满悲哀:"中原满胡骑,一念一悲酸。"④他们中甚至有终日以泪洗面者:"忍将忧国泪,滴向菊花丛"⑤;"书生那知破贼事,且复雪涕论悲端"⑥。南宋小朝廷安于现状,偏安东南,中原恢复遥遥无期,尽管山河阻隔,诗人们对故国的思念从未停止,他们的悲痛甚至超越了自身的负荷,提及故国,情绪经常失控:"知君强记当年事,莫说家山恐泪流。"⑦日常生活中,他们又常常触景生情:"湘桃亦作春风面,与拭中原泪眼看。"⑧多愁善感的诗人只因湘桃与故国之桃同具美丽的花朵,便泪眼婆娑,怅望中原。

　　一般黍离之感的诗作,往往以览前朝故物而生发出亡国之痛这种模式来抒情,而南渡诗坛,除了如王庭珪的"恨臣不及宣政初,痛哭天涯观画图"⑨等为数不多的具黍离之感的诗歌采取这种抒情方式外,一般采取更隔一层的抒情方式。所谓更隔一层的抒情方式,就是指感情的生发情境与所要抒发的情感没有直接的关系,而需要通过其他媒介连接二者。这一抒情方式通常又有四种表现形式:

　　其一,不是直接面对前朝故物、遗址,而是先通过想象、传闻等方式获知上述信息,再抒发情感。如葛立方《避地伤春六绝句》:"洛阳宫阙半成

---

① [北周]庾信著,[清]倪璠注,许逸民校点:《庾子山集注》,中华书局1980年版,第101页。
② [北魏]杨衒之撰,范祥雍校注:《洛阳伽蓝记校注》,上海古籍出版社1958年版,第2页。
③ 《贺梁溪李先生除右府》,《栟桐集》卷五。
④ [宋]张纲:《僻居》,《华阳集》卷三六,《四部丛刊三编》本。
⑤ 《九日类试院雨中制司送酒关子二首》,李石:《方舟集》卷三。
⑥ [宋]汪藻:《次韵周圣举清溪行二首》,《浮溪集》卷三〇。
⑦ [宋]朱松:《示金确然》,《韦斋集》卷五,《四部丛刊续编》本。
⑧ [宋]黄彦平:《归途次韵》,《三余集》卷二,《丛书集成续编》本。
⑨ 《题宣和御画》,《卢溪文集》卷一。

灰,草草花枝溅泪开。"①《卫卿叔自青旸寄诗一卷以饮酒果核(殽)[肴]味烹茶斋戒清修伤时等为题皆纪一时之事凡十七首为报》:"汴京宫阙秋草长,望风屑涕心凄凉。"②两诗中的洛阳宫阙与汴京宫阙,都非诗人亲见,前者为诗人想象,后者乃诗人因卫卿叔诗而感发。再如李处权《将至兰陵道中以远岫重叠出寒花散漫开为韵》:"故家洛阳隅,烟林接云岫……传闻俱丘墟,凄凉兵火后。"③洛阳丘墟,也是根据传闻得知。

其二,吊他朝之古,抒本朝亡国之恨。如李纲《玉华宫用子美韵》:"阿房但遗基,铜爵亦飘瓦。兹宫制何朝?栋宇妙天下。溪山最清绝,画手不可写。于今黍离离,客过泪如洒。"④此诗中,无论阿房、铜爵,还是玉华宫,皆非本朝故物,但诗人仍是"泪如洒",所洒者,本朝之泪。这可谓借他人酒杯浇胸中块垒。再如王铚《追和周昉琴阮美人图诗》:

> 丹青有神艺,周郎独能兼。图画绝世人,真态不可添。却怜如画者,相与落谁手。想像犹可言,雨重春笼柳。⑤

周昉为唐代著名画家,画家所画,显然不可能是宋代人物。然而,诗人在写作该诗时却故作糊涂,发出"却怜如画者,相与落谁手"的疑问,联系诗前小序:"此画后归禁中,胡马惊尘,流落何许。而诗亦世不传,独仆旧见之,位置犹可想像也",则不难看出诗中所问实暗含对被金人掳去宫中女性命运的关注,有亡国之悲。其手法,借询问唐代美人命运,抒本朝遗恨。

其三,因无法获见故国之物,而抒发黍离之悲。如张嵲《往年沿檄金州谒女娲神祠是时犹未乱也绍兴壬子挈家避地三巴后过祠下登山椒以望江汉自是故园悬隔矣》:"阅世兴衰异,伤时涕泪流……渐觉山河异,凭高更少留。"⑥其题中即指明故国悬隔,诗中又再言"山河异",从而引起诗人"涕泪流"。再如李光《重阳后二日会严氏野趣亭坐客吴德永裴尧文杜志林林元宪李彦实严君锡魏介然及予八人因成拙诗以纪一时之集云》:"始知风景中原隔,对泣何须效楚囚。"⑦诗用"新亭对泣"之典:"过江诸人,每至美日,辄相邀新亭,藉卉饮宴。周侯中坐而叹曰:'风景不殊,正自有山河之

---

① [宋]葛立方:《侍郎葛公归愚集》卷一,《丛书集成续编》本。
② 《侍郎葛公归愚集》未收,见《全宋诗》卷一九五五,第21829页。
③ [宋]李处权:《崧庵集》卷一,《影印文渊阁四库全书》本。
④ 《李纲全集》卷一七,第216页。
⑤ [宋]王铚:《雪溪集》卷一,《影印文渊阁四库全书》本。
⑥ 《紫微集》卷六。
⑦ 《庄简集》卷五。

异!'皆相视流泪。唯王丞相愀然变色曰:'当共勠力王室,克复神州,何至作楚囚相对!'"①该典本身,便暗含黍离之悲,这种悲哀引发的外物并非可接触之物,而是与诗人具有距离感且这种距离无法消失的风景。再举一例:

>白发前朝旧史官,风炉煮茗暮江寒。苍龙不复从天下,拭泪看君小凤团。②

韩驹拭泪,字面上的意思是不复再获前朝皇帝赐予史官的龙茶,而诗人之所以会想龙茶,是因为友人赠予其凤团。因凤团茶而联想到龙茶,由龙茶而联想到前朝赐茶之事,由赐茶之事,而联想到自己的身份:前朝史官,再进而联想到前朝的灭亡,产生亡国之思。这种层层因果关系的联想,使得诗歌含义深隐且深沉。黍离之感的发生,同样不是直接面对故朝旧物,而是因它物而联想到故物的不可复得。

其四,在个人的个体生命体验中产生黍离之感。(详见本章第二节)

更隔一层的抒情方式之所以能成为南渡诗坛抒发黍离之感诗歌的特征,主要是因为南宋政权与金政权(包括伪齐政权)南北对峙,南渡诗人除了极少部分如因出使或领兵偶尔到达故都,一般诗人几乎没有直接凭吊故国的可能。这就决定了诗人写作该类题材的诗歌时,只能凭空想象,隔江凭吊。南渡诗人采用这一抒情方式,还有一个不太显著的原因,笔者以为与宋代诗歌喜用曲笔有关。我们知道,宋诗与唐诗的区别之一即为宋诗较唐诗刻意求奇,而南渡诗坛虽有向唐诗复归的倾向,但就其大处而言仍沿袭北宋遗风较多。故南渡诗人在该类诗歌创作中,有时故意避开唐人陈熟的写法而另辟蹊径。

第二节 流亡诗:"试问中原何处是"③

靖康二年,金人攻破汴京,中原人民便开始了流亡生涯。吕本中《围城中故人多避寇在邻巷者雪晴往访问之坐语既久意亦暂适也》:"共谈江南胜,闭眼想去路。"④可知他已有逃亡的具体构想。不久,大批的中原士民

---

① [南朝宋]刘义庆撰,徐震堮校笺:《世说新语校笺》卷上,中华书局1984年版,第50页。
② [宋]韩驹:《又谢送凤团及建茶》,《陵阳集》卷四,《影印文渊阁四库全书》本。
③ 《祁门道中四首》,《东莱诗词集》诗集卷一一,第170页。
④ 《东莱诗词集》诗集卷一一,第164页。

纷纷逃往江南,史载:"是时西北衣冠与百姓,奔赴东南者,络绎道路,至有数十里或百余里无烟舍者。州县无官司,比比皆是。"①流亡主题随着一批批诗人的南迁,逐渐成为南渡诗歌的一个重要组成部分。需要说明的是,流亡诗歌的作者不仅仅全是由北入南的诗人,其中有相当一部分就是南方本土诗人。

"十年去国九行旅"②,北方诗人流落到南方以后,并没有能够马上安定下来。由于金兵不断南侵,各地盗贼横行,南方也是战火纷飞,诗人们因此同样辗转各地。以吕本中为例,他流亡的踪迹遍布安徽、浙江、江苏、广西、广东、湖南、江西、福建等地。吕本中在诗中记载了他的行踪:《题泾县水西》云"江东住已厌,又却过江西"③,由江东而入江西;《题筠州僧房》云"敢道闲居便安稳,今年更欲下湖湘"④,由筠州又准备转涉湖南,不久他便离开,作《离筠州》一首;又《连州阳山归路三绝》记录他由广东连州入湖南湘潭之事。这种极不安定的生活使诗人饱受流离之苦,因此,以诗歌抒发诗人居无定所的漂泊之苦就理所当然。李弥逊《客至》诗中对人生的体验是:"人事等飘瓦,生涯各转蓬。"⑤张嵲在《初夏晚兴》中也道出同样的体会:"人生等如寓。"⑥又在《舟中感怀》中发出"故园此去浑如客,异县而今却是家"⑦这样的感叹。这种人生漂泊之感,在诗人笔下竟是如此相似,反映出流亡诗人因生存处境的类似而产生精神状态的趋同,从而体现出南渡诗人普遍的心理状况。类似这样的感慨,其他还有不少,如"田园已芜没,漂泊竟何之"(李正民《杂诗》)⑧;"五年元日只流离"(陈与义《元日》)⑨;"一从胡骑入,漂泊到今年"(周紫芝《寒食日归郡舟中作二首》)⑩;"江海飘零几送春,飞蓬无地寄孤根"(赵鼎《寒食日书事》)⑪。

上文提到,南方也是遍地战场,诗人们在流亡过程中,随时都会遇到生命危险,而事实上南宋士人(包括诗人)有不少死于战乱。汪俊根据《宋史》及《宋史翼》初步统计,指出仅1127年至1138年之间死于兵乱的士人

---

① [宋]徐梦莘:《三朝北盟会编》卷一三四,上海古籍出版社1987年版,第977页。
② [宋]陈与义:《赠漳州守綦叔厚》,《陈与义集校笺》卷二八,第774页。
③ 《东莱诗词集》诗集卷一一,第168页。
④ 《东莱诗词集》诗集卷一二,第176页。
⑤ 《筠谿集》卷一四。
⑥ 《紫微集》卷二。
⑦ 《紫微集》卷七。
⑧ 《大隐集》卷七。
⑨ 《陈与义集校笺》卷二四,第665页。
⑩ 《太仓稊米集》卷一九。
⑪ 《忠正德文集》卷五。

就达17人之多①,并且其统计仅仅根据上述两书有列传者。而我们知道,能够在上述二书中有传的士人,政治地位大多比较显赫,生活状态也相对较好,这些人尚且如此,那么普通士人死于战乱的人数肯定远远大于这个数字。② 对于江南的战乱,南渡诗人的流亡诗中也有所体现。周紫芝《避兵遣怀六首》:"掩面怜痴女,回头愧老妻。惊魂犹未定,边马莫频嘶。"③逃亡之际,惶恐不安,一副惊魂失措的模样。邓肃《玉山避寇》面对干戈遍地的世界,避难时发出无奈无助的喟叹:"天宇如许大,八口无处藏。"④

　　诗人们远离家园,流落在外,生活的艰辛,除了奔走之苦,还体现在其他各个方面。首先,饮食起居之苦在诗人的笔下表现得很充分。先看诗人们的饮食状况。邓肃《自嘲》诗云:"连年兵火四方沸,一饱鸡豚半月无。"⑤半个月才吃得上一点肉食,对于"踪迹平生半九区,醉倒时得蛾眉扶"这样一个曾经养尊处优的诗人而言,确实很是艰苦。王之道《次韵沈元吉兵火后初食羊》也有类似的表述:"时难盆甑久无膻,梦寐何郎食万钱。一胾乍惊肥羜美,五绐应喜敝裘全。"⑥平时经常出现于士大夫餐桌上的普通的羊肉,此时竟成无上美味,以至诗人食后兴奋不已,赋诗赞美。王洋在流亡途中的生活更是窘迫,冬至时节,居然连一块祭肉都无法求得,祭祀先祖只能开空头支票,敷衍了事:"待得故乡兵马空,共买羔羊荐清醑。"⑦这些诗人的记载,并非夸张之词。后来王庭珪曾有诗《和陈柄臣见赠》追忆流亡期间的饮食情况:"当年避敌初渡南,千官苍黄饭不足。"⑧朝廷官员尚且普遍缺食少餐,一般士人当然难免遭受饥饿之苦。再看诗人的居住条件。张嵲言:"连年频避地,憔悴客田家。"⑨又言:"避地依荒谷,衡茅苟自安。门前山四塞,不用买峰峦。"⑩王庭珪《和居东邨作》亦云:"敢嫌茅屋绝低小,净扫土床堪醉眠。"⑪诗人们居无定所,即便居住下来,环境也很是恶劣:张嵲

---

① 参见汪俊《两宋之交诗歌研究》,旅游教育出版社2001年版,第171页。
② 例如《浙江通志》卷一六六载:"詹柽……举进士,官迪功郎,教授孟州,死于靖康之难。"(《影印文渊阁四库全书》本)
③ 《太仓稊米集》卷八。
④ 《栟榈集》卷九。
⑤ 《栟榈集》卷二。
⑥ 《相山集》卷一一。
⑦ [宋]王洋:《近冬至祭肉未给因叙其事》,《东牟集》卷二,《影印文渊阁四库全书》本。
⑧ 《卢溪文集》卷三。
⑨ 《九日》,《紫微集》卷六。
⑩ 《幽居》,《紫微集》卷八。
⑪ 《卢溪文集》卷一一。

客居田家,面对荒山僻岭,只能自我安慰;王庭珪避难时的居所,仅有低小的茅檐与破旧的土床。然而即便面对如此简陋的居住环境,诗人也表现得很是知足,这种满足中流露出的是深深的无奈。反映诗人流亡期间饮食起居的诗歌,张嵲的《游独孤城下作》颇能反映当时一般士人的情况,具有一定的代表性,其诗曰:

> 利成山百丈,直下独孤城。事往岁月积,长江依旧清。昔人经过地,我辈复此行。但见竹树稠,石崖如削成。乔木晚未凋,青青发余荣。天寒远峰澹,日晏长川明。时危怀古意,岁暮羁旅情。一室寄绝岸,全家托柴荆。晨炊饭脱粟,似此田涧氓。群盗正猖獗,深居且偷生。反念故园日,默默何由平。①

该诗的主旨是游览独孤城而生发的种种感慨,诗人的体验很能代表流亡期间人们的心理。独孤城的风光也还可人,然而诗人身处其中,心情并不愉快,那是因为时危导致诗人有家难回,只能客居他乡。诗人在表达厌恶战争、思念家园的同时,也不忘补叙自己艰难的生活状态。诗人对自己饮食起居的描写虽然篇幅很小,但正面表现出当时士人一般的生活情状,同时也透露出流亡时期诗人特殊的心理状态,亡国之恨、流落飘零之感、客居怀乡之情在恶劣的生存环境的刺激下越发显得突出。

其次,诗人饱受他乡异常气候、奇风异俗之苦。南方气候与北方差异很大,气温高且湿度大,北人多不适应,南渡诗人诗中常有记录。周紫芝《病起负暄菊篱一首》指出令人难以适应的恶劣环境:"江乡郁毒雾,御湿无鞠蘥。"②吕本中《山水图》云"我行日畏盗贼逼,敢厌瘴疠同腥臊"③,虽言不敢厌,厌恶之意已不言而喻。吕本中稍后的《连州阳山归路三绝》云"稍离烟瘴近湘潭"④,则明显表达了远离瘴气的欣慰。南方的风俗习惯与北方也不尽相同,汪藻《何子应少卿作金华书院要老夫赋诗因成长句一首》云"笑随蛮俗且南冠"⑤,指出南北风俗的差异,诗人不得不入乡随俗。诗人们对此常常感到不适,陈与义《舟行遣兴》云"殊俗问津言语异,长年为客路歧难"⑥,就写出了身处异地,习俗、言语不通而产生的飘零之感。

---

① 《紫微集》卷二。
② 《太仓稊米集》卷一一。
③ 《东莱诗词集》诗集卷一二,第 178 页。
④ 《东莱诗词集》诗集卷一二,第 179 页。
⑤ 《浮溪集》卷三〇。
⑥ 《陈与义集校笺》卷二七,第 761 页。

其实,对诗人来说,异地的风俗习惯以及气候等的差异固然给自己带来不便,但诗人描写这些不适应,实际上是为了表现国家动荡的悲哀,且看朱敦儒的《小尽行》:

> 藤州三月作小尽,梧州三月作大尽。哀哉官历今不颁,忆昔升平泪成阵。我今何异桃源人,落叶为秋花作春。但恨未能与世隔,时闻丧乱空伤神。①

这是朱敦儒避地广中而作。没有官历,对于广中当地人来说没有什么异常,因为他们习惯于根据气候记时,可对于长期生活于中原的诗人来说却不适应。这种不适应,并不是因为缺少官历影响到诗人的生活(事实上,诗人生活在广中似乎还比较舒服,他居然有身处桃花源之感),而是敏感的诗人从异地的气候,联想到整个社会动荡不安,政府连官历也无法颁布,从而产生今昔之感。也就是说,异地的气候只是引起诗人生发国家兴亡感慨的因子。由此我们知道,对外界自然环境等的不满,是诗人内心爱国情感的外在体现。

友情与亲情诗也是南渡流亡诗中一个重要的题材。亲情、友谊是人类每个时期每个国度所具有的共同情感,也是诗歌创作的母题之一,南渡流亡诗人当然也不例外。南渡流亡诗中表现的亲情、友情,在情感类型上与其他时期的同类诗歌也没有本质差异,只是南渡时期社会动荡、诗人流亡于外,这一特定的创作背景决定了南渡流亡时期的亲情、友谊诗具有浓厚的战乱时期的色彩。先看一首赵鼎的《还家示诸幼》:

> 避地重遭乱,还家幸再生。一身今见汝,寸禄敢留情。更恐死生隔,浑疑梦寐惊。吾今犹有愧,未遂鹿门耕。②

从艺术角度来看,此诗无可圈点。然而诗中的情感及诗歌的表达方式,都体现出那个时代才具有的共性。诗人创作此诗是有感于伤乱,此前他有诗《将归先寄诸幼》云"扰扰干戈地,悬悬父子情"③,同样突出写作的社会环境。我们在这里强调战乱这个社会背景,并不是说平时父子情并不存在,只因身处乱世,生还偶然,父子间的亲情便尤其显得可贵。赵鼎这首诗歌

---

① [宋]周紫芝:《竹坡诗话》,《历代诗话》本,第356页。
② 《忠正德文集》卷五。
③ 同上。

就是当时人们对待亲情的典型心理,在这个朝不保夕的年代,所有的功名利禄都显得不重要了,而平时也许不太为诗人关注的父子父女之情此时却尤为重要。再看胡寅《初归范伯达弟相会夜归有成》:"乱后风尘稍破昏,归来骨肉喜全存。饮君竹叶醉不惜,映我梅花香正繁。问学掘今宜了了,唱酬从此定源源。夜寒踏碎滩头浪,为笃平生友弟恩。"①同样,平时比较普通的兄弟友于之情,因为战乱的洗礼而显得弥足珍贵。其他如李处权《见怀》:"邂逅干戈际,殷情骨肉亲。"②"骨肉亲"也是因为"干戈际"而得以显现。再如张元幹《次韵奉呈公泽处士》:"屏迹苕溪少往还,时危尤觉故人欢。"③王铚《送郭寿翁还庐陵》:"只有别离心似旧,乱来难得是交情。"④曹勋《答赵周卿》:"颇喜笑谈皆自在,兵戈聚首盖良难。"⑤凡言及友谊之珍贵者,皆强调时代环境的影响。

正因为亲情、友谊来之不易,诗人笔下的亲情、友谊也更显真挚。吕本中诗《与仲安别后奉寄》:

> 出门送君时,一步再徘徊。虽云非远别,念与始谋乖。欲求连墙居,故作千里来。君今不我待,欲跨洪沟回。我独滞一方,后会良未谐。冬初风浪息,蛟龙深蛰雷。其如中原盗,所至尚扬埃。子行莫夷犹,恐致狼虎猜。胡人更远适,畏死投烟霾。皇天久助顺,似不及吾侪。独以智力免,宁有此理哉!因书寄苦语,亦以谢不才。新春好天色,指望妖氛开。即当候归艎,取酒寻甀罍。欣然得一笑,便足禳千灾。豫章百里远,可以慰客怀。须君起我病,同上徐孺台。⑥

出门送友,徘徊再三;叮咛嘱咐,情感款款;期盼重逢,殷切真诚。读来让人体会到诗人对友人深切的关爱与不舍。

"乱定谁人不土思"⑦,战火,让诗人们背井离乡、流落天涯。伴随着诗人们南下脚步的是浓浓的思乡之情,流亡诗歌中的另一重要主题——思乡,也便应运而生。宋金对峙,中原消息不通,诗人翘首相待:"不乞隋珠与

---

① 《斐然集》卷三。
② 《崧庵集》卷四。
③ 《芦川归来集》卷三。
④ 《雪溪集》卷三。
⑤ 《全宋诗》卷一八九一,第 21149 页。
⑥ 《东莱诗词集》诗集卷一二,第 175 页。
⑦ [宋]胡寅:《酬师中见和》,《斐然集》卷四。

和壁,只乞乡关新信息。"①流落无归,诗人思念不断:"乱后今谁在,年来事可伤。云深怀故里,春老尚他乡。"②诗人甚至假借故乡口吻:"故园怪我归何晚。"③以故国的嗔怪,反衬诗人思乡之切。更有因归乡无望,而掬以泪水者:"中原耆旧老江东,泪洒军前草木风。"④

至于诗歌的具体创作技法,南渡流亡诗除了惯用的白描法外,还常使用以下两种表现方式:

其一,由此及彼法。是指诗人通过对可勾引起其归思或忆乡的物体、景物等的描写,抒发乡思之情。仲并《再过宜兴舟中见芍药数枝忆淮乡此花之盛为之怅然辄成三绝》云:"却是溪头消息真,故园十载漫风尘。"⑤该诗诗题中即指明写作缘起为因在宜兴见芍药而忆起淮乡之花,而诗句中又指出因所忆淮乡之花,联想到其所处环境,而表达对故国战乱的担忧,正是典型的睹物思乡法。周紫芝《得木犀》:"三年身在菰蒲里,手把岩花意惘然。折得秋芳香满袖,梦魂常绕故山前。"⑥诗人因见岩花,即木犀,联想到故乡山前之木犀,从而自然抒发对故乡的思念。需要注意的是,这些联想的因果关系,诗歌中并没有如笔者如此清晰地解析开来呈现给读者,而是省略了其中许多步骤,简单地将眼前之物与故乡列出,其间的种种关联由读者自己补充。王之道《乌江道中闻杜鹃有感》:"麻叶蓬蓬小麦肥,杨花风里杜鹃啼。故园尚阻归来赋,惭愧东坡雨一犁。"⑦这里,诗人同样将杜鹃与故国两个意象简单地并列,省略其中的因果关系,实际上,诗人的思维是:因杜鹃的啼声而联想到杜鹃啼叫的声音似"不如归去",再进而联想到归乡。睹物思乡的手法,优点在于含蓄,给读者留有很大补充的空间。因而比较适合篇幅较小的诗体,尤其是绝句。

其二,今昔比较法。南渡诗人大多曾经历过北宋的繁华与南宋的动荡,有着两种不同的人生体验,因而,当流亡诗人在遇到与北宋生活期间相似的生活经验时,会以比较的眼光审视现在与过去。较为普遍的比较是以昔日的繁华与今日的冷落相比。韩驹《信州连使君惠酒戏书二绝谢之》:"忆倾南库官供酒,共赏西京敕赐花。白发逢春醒复醉,岂知流落在天

---

① [宋]李清照:《上韩公枢密》,赵彦卫《云麓漫抄》卷一四,《影印文渊阁四库全书》本。
② [宋]张元幹:《乱后》,《芦川归来集》卷二。
③ [宋]张元幹:《过云间黄用和新圃》,同上卷三。
④ [宋]晁公遡:《感事三首》,《嵩山集》卷九。
⑤ 《浮山集》卷三。
⑥ 《太仓稊米集》卷二〇。
⑦ 《相山集》卷一五。

涯。"①当年在北宋朝廷为官时,赐酒赏花,何等风流,何等快活;如今却流落天涯,借酒浇愁,强烈的对比,衬托出诗人亡国之哀与羁旅之悲。另有一种对比,以往日的安宁衬今日之动荡。邓肃《避贼引》："回思当年侍玉皇,禁垣夜直宫漏长。驱驰谁谓遽如许,客枕不安云水乡。前日蹇驴冲火烈,今此扁舟压残雪。"②往日夜值,宫漏之声,清晰可闻,一派宁静;今日则到处奔波,无安眠之时,亦在对比中写出诗人流亡避地之苦。吕本中《发翠微寺》："却忆京城无事时,人家打酒夜深归。醉里不知妻子骂,醒后肯顾儿啼饥。如今流落长江上,所至盗贼犹旌旗。已怜异县风俗僻,况复中原消息稀。"③战前,诗人的生活并不得意,诗中所写,亦甚寒酸。然而,与现在流离失所的生活相比,就是那并不值得夸耀的平凡生活,在诗人的笔下却是那样的温馨,那样的遥不可及,那样的值得人留恋。

第三节　英雄诗："南渡诸君且书剑"④

　　黄袍加身的宋太祖赵匡胤,鉴于唐五代以来的历史教训,为防止黄袍再度加于他人之身,建国以后便实行了右文抑武的政策,并以之为家法,垂戒后代。在这种政策的导引下,北宋一代虽曾出现过如狄青等杰出的军事家,却很少见到人们对英雄的赞美与歌颂。整个社会因政策的引导而形成重文轻武的社会心理。尹洙说过一段很具代表性的话："状元登第,虽将兵数十万,恢复幽蓟,逐强敌于穷漠,凯歌劳还,献捷太庙,其荣亦不可及也。"⑤武功远远无法与文治相提并论,英雄崇拜已让位于状元崇拜。

　　靖康之际,金人的铁骑踏破了北宋的文治之梦,二帝北狩,随后建立的南宋小朝廷风雨飘摇。恢复中原,迎还二帝,成为社会的主导思想。岳飞《题新淦萧寺壁》云："雄气堂堂贯斗牛,誓将直节报君仇。斩除顽恶还车驾,不问登坛万户侯。"⑥作为武将,岳飞道出了那个时代的心声。宋高宗虽未必真心想迎回二帝,但作为政治口号,他还需作如是说,以获取人心。血与火的时代,呼唤英雄。社会的价值取向随之有所改变,英雄成为人们赞美的对象,成为人们崇拜的偶像。南渡诗人的笔下,出现了英雄主题。

　　南渡诗人亲历靖康之难,目睹陵谷巨变,他们的人生轨迹随之改变,他

---

① 《陵阳集》卷四。
② 《栟榈集》卷七。
③ 《东莱诗词集》诗集卷一二,第 174—175 页。
④ [宋]黄彦平:《己酉人日》,《三余集》卷二。
⑤ [宋]田况:《儒林公议》,《丛书集成初编》本。
⑥ [宋]岳飞:《岳忠武王集》,《丛书集成初编》本。

们无法不正视现实。驱逐金人，恢复中原，同样成为他们的人生理想。而他们清楚地意识到，要实现这一理想，离不开能征善战、足智多谋的英雄。对英雄的呼唤，顺理成章地出现于他们的诗中。陈渊《次韵光祖避地眉溪十绝》："当时先主得关张，能使西（周）[川]弱胜强。今日中原岂无士，坐愁豺虎乱要荒。"①诗歌借鉴历史，希望能有关张之辈出现，扭转乾坤。曹勋《秋怀》："胡骑连年颇内侵，胡尘漠漠翳高深。何当固赵如颇牧，遂佐兴宛破邑寻。"②金人入侵不断，诗人不禁期望能有如廉颇、赵牧这样的大将出现，固守疆土。张纲《用前韵》："伤时在处愁先满，讨贼无期梦自惊。谁解山东问消息，谢公应起为苍生。"③李处权《将至兰陵道中以远岫重叠出寒花散漫开为韵》："王民坠涂炭，志士怀愤郁。岂无卧龙人，想待三顾出。"④如此众多的诗句都是有感于生灵涂炭、战火不断，渴望有如谢安、诸葛亮这样的大才出山，匡扶天下，澄清宇宙。

呼唤英雄当然也就会赞美英雄，历史英雄由此常常出现于诗人笔下，成为他们歌颂的对象。晁公溯《郭中行自汉中寄近诗来奉简一首》："经行武都间，古来多英雄。前弔大耳儿，追怀隆准公。坏道想流马，深山埋卧龙。"⑤对古英雄充满崇敬之情。周紫芝《谢公墩》："烦公挥蝇须，谈笑安晋室。暮年淝水师，苻秦甚窘急。"⑥谢安风流倜傥，谈笑间退秦军安晋室的功勋，令人叹为观止，也为诗人津津乐道。郭印《八阵台》："天公若遂兴刘愿，功烈应非管乐侪。"⑦言天不兴刘，否则诸葛亮的功业，远非管仲、乐毅可比，言语间对孔明充满钦佩之情。刘子翚《双庙》："气吞骄虏方张日，恨满孤城欲破时。"⑧张巡、许远，临危报国，凛凛英气，千古不灭。诗人选择两个最悲壮的场面展示给读者，给人以震撼，赞美之情不言而喻。南渡诗人直接歌颂的历史英雄，以留侯张良为多，诸如李纲《读〈留侯传〉有感》、李弥逊《过留侯庙》、胡宏《张良》等等。其中李纲《读〈留侯传〉有感》最具代表性：

秦人失鹿解其纽，群雄竞逐死谁手？天方注意隆准公，故使留侯

---

① 《默堂先生文集》卷九。
② 《全宋诗》卷一八八九，第 21138 页。
③ 《华阳集》卷三五。
④ 《崧庵集》卷一。
⑤ 《嵩山集》卷三。
⑥ 《太仓稊米集》卷五。
⑦ [宋]郭印：《云溪集》卷一一，《影印文渊阁四库全书》本。
⑧ [宋]刘子翚：《屏山集》卷一五，《影印文渊阁四库全书》本。

作宾友。圯上老人亲授书,言从志合岂其偶?捕取项籍如婴儿,指麾诸将犹猎狗。运筹决胜帷幄中,楚汉存亡良已久。谁言刘季田舍翁,只听人言本无有。但能信用子房谋,何妨抱持戚姬日饮酒!①

诗中对张良运筹帷幄、决胜千里的才能赞叹不已;对云龙相会、君臣相得,更是无限向往。联系诗人李纲的身世,入相而遭人忌恨,有济时之才志而不获重用,便不难理解诗人对留侯的羡慕,也不难理解诗人何以一改以往人们对刘邦不屑的态度,反而赞美有加。可以说,在张良身上,诗人赋予了自己未能实现的人生理想。

诗人歌咏古代英雄,虽然角度并不完全相同。但大抵从以下几个方面着手:一、具有爱国情怀与爱国行动的英雄,如刘子翚《双庙》、周紫芝《过双庙》等;二、具备超人智慧的英雄,如郭印《八阵台》、李弥逊《过留侯庙》等;三、生逢其时,有施展才能的时机与空间,并作出了有利于国家,取得骄人功勋的英雄,如李纲《读〈留侯传〉有感》《读〈诸葛武侯传〉》中的张良与诸葛亮,又如周紫芝《卞公祠》中"岩岩六龙子,矫矫中兴佐"②所赞美的卞壶等。总之,只要有利于国家的人物,都是南渡诗人心目中的英雄。

对当下英雄的赞美,诗人们也不余遗力。李纲起用后不久,周紫芝有《秣陵行》:"今年新起故将军,灞陵醉尉勿浪嗔。文致太平武定乱,非渠谁复清风尘。"③后附自注:"此诗末章归美李纲。"邓肃因李纲入相,也有《贺梁溪李先生除右府》:"相公特起为苍生,下视萧曹无足数。词议云涌纷盈廷,群策但以二三取。老谋大节数子并,行见翠华归九五。"④对李纲的才能、品德,全面肯定。虽然很难说邓肃丝毫没有世俗的献媚,但纵观李纲此前及此后的出处,邓肃的赞美并非虚言。东京留守宗泽病逝,诗人纷纷赋诗凭吊,其中李纲《哭宗留守汝霖》,对其政绩军功,赞誉备至:"惠政拊疲瘵,威声慴奸凶。金汤治城堑,楼橹欻以崇。出师京洛间,屡挫黠虏锋。邦畿千里宁,夸说百岁翁。"诗人视其病逝为天穷我道:"皇天不慭遗,吾道何其穷!"并担心影响到南宋政权安危:"骅骝竟委离,冀北群遂空。梁摧大厦倾,谁与扶穹隆?"⑤刘锜顺昌大捷,叶梦得马上赋诗《刘太保招抚淮北刘马军屡奏捷》《寄顺昌刘节使》美之;沈与求曾作《次韵叶左丞见寄》对叶梦

---

① 《李纲全集》卷一八,第 240 页。
② 《太仓稊米集》卷五。
③ 《太仓稊米集》卷二。
④ 《栟榈集》卷五。
⑤ 《李纲全集》卷三二,第 430 页。

得才能赞叹不已:"小试经纶才,艰难佐筹帷。"①如此等等皆表现出对当代英雄人物由衷的赞美之情。这类作品中,以吴芾《哭元帅宗公泽》最具典型性,其诗曰:

呜呼哀哉元帅公,百世一人不易逢。堂堂天下想风采,心如铁石气如虹。正色立朝不顾死,半生长在谪籍中。真金百炼愈不变,流水万折归必东。落落奇才世莫识,欲知劲草须疾风。维时中原丁祸乱,尘氛涨天天濛濛。众人畏缩公独奋,毅然来建中兴功。雄图一定百废举,复见南阳起卧龙。呜呼哀哉元帅公,翩然遗世何匆匆。无乃天上亦乏才,故促我公还帝宫。公还帝宫应有用,何忍坐视四海穷。吁哉四海正困穷,兴仆植僵赖有公。公虽居东都,天下日望公登庸。公今既云亡,天下不知何时康。正如济巨川,中流失舟航。当今士夫岂无人,请问谁有公器业,谁如公忠良。公虽不为相,德望震要荒。公虽非世将,威棱詟豺狼。伟哉奇节冠古今,我试一二聊铺张。靖康元年冬,敌人正披猖。庙堂惊失色,愁睹赤白囊。公首慨然乞奉使,欲以口伐定扰攘。朝廷是时未知公,公之早志不获偿。忧国耿耿思自效,再乞守土河之旁。命下得磁州,翌日径束装。下车未三日,边骑已及疆。敌人闻之亟退舍,匹马不敢临城隍。顷之得兵数十万,康邸赖公王业昌。及公领留守,北顾宽吾王。恩威两得所,春雨兮秋霜。余刃曾不劳,危弱成安强。奸雄悉胆落,谁敢乱纪纲。呜呼哀哉公死矣,民今有粟安得尝。狙诈乘我虚,近复陷洛阳。洛阳去东都,雉堞遥相望。不闻敢侵犯,岂是军无粮。只畏我公霹雳手,气慑不复思南翔。呜呼哀哉公死矣,秋高马肥谁与防。天子久东狩,去冬幸维扬。都人心恋主,谓言何相忘。朝夕望回辇,断肠还断肠。公独以死请,再请意愈刚。呜呼哀哉公死矣,万乘何当归大梁。呫呫食肉人,尚踵蔡与王。奸谀蔽人主,痛毒流万邦。人怨天且怒,意气犹洋洋。所冀我公当轴日,尽死此曹膏剑铓。呜呼哀哉公死矣,始知国病在膏肓。我公我公经济才,设施曾未竟所长。但留英声与后世,永与日月争辉光。此死于公亦何憾,顾我但为天下伤。我闻天下哭公者,哀痛不翅父母丧。父母生我而已耳,岂能保我身无殃。邦人此时失所依,波迸东下纷苍黄。我公我公不复见,秋风在处生凄凉。百身傥可赎,我愿先以微躯当。灵丹傥可活,我愿万金购其方。彷徨愧无起公计,安得长喙号穹苍。

---

① [宋]沈与求:《沈忠敏公龟溪集》卷一,《四部丛刊续编》本。

呜呼哀哉元帅公,太平时节君不容。及至艰难君始用,民之无禄天不容。呜呼哀哉元帅公,古来有生皆有终。唯公存亡系休戚,千年万口长怨恫。嗟我草茅一贱士,念此抑郁气拂胸。衔哀挥涕何有极,愿以此诗铭鼎钟。①

这是吴芾哀悼宗泽的一首长诗。应该说该诗表现手法并无特别之处,然而它却能深深打动读者的心灵,其原因就在于该诗情感皆自胸中自然流出,真挚而饱满。诗人对宗泽之逝,悲痛欲绝,不时贯以哀叹之辞,诗人甚至产生以自己的生命换取宗泽复生这样的想法,而且这种奇思异想读来又是那么合情合理,丝毫不令读者感到矫情。诗人热烈赞美宗泽的才能、功业、忠义,并将他与其他士人对比,在比较中突出宗泽之杰出,对宗泽的赞美简直到了无以复加的地步。也正因为此,诗人对宗泽那种强烈的爱戴之情,是那么自然、那么感人,千古而下,犹能令今天的读者对宗泽之逝悲怆不已。然而我们注意到,诗人对宗泽的赞美与讴歌,是有感于宗泽对国家的作用。在诗人眼中,宗泽就是国家的栋梁,宗泽的去世,对国家的中兴事业是一个不可弥补的损失。从这个意义上说,诗人对宗泽去世表现出的超出常理的悲恸,是由那个血与火的时代决定的:在一个需要英雄的时代,人们对英雄更为珍惜、对英雄的热爱更为强烈。也正因为此,这首诗歌具有极为强烈的感染力,读来令人荡气回肠。

时代创造了英雄,英雄也同时成就了时代。人们在赞美英雄的同时,又创造出新的英雄。而新的英雄的创造,从人们的英雄主义观念开始。故国沦陷,面对支离破碎的山河,人们除了赞美英雄,从心底也生发出英雄的豪情。南渡诗人的英雄豪气,表现在三个方面。

首先,乐观的心态。北宋灭亡,士人们非但没有感到绝望,相反,他们潜在的英雄气倒被激发起来。他们坚信,中原必将恢复,宋室定会复兴。靖康元年冬,京师城破。张元幹就在《感事四首丙午冬淮上作》中预言:"本朝仁泽厚,会复见承平。"②吕本中于次年逃亡途中作《怀京师》亦云:"汉家宗庙有神灵,但语胡儿莫狂荡。"③如果说张、吕二人相信宋室必将复兴,还纯粹从道德层面上出发,认为北宋以仁政治天下、得民心,祖宗荫功泽被后代,那么刘子翚的《胡儿莫窥江》,则从地形、战备、作战能力、官兵士气等角度,警告金兵不要猖狂,胜利必将属于宋军,刘诗的自信更具物质

---

① 《湖山集》卷四。
② 《芦川归来集》卷二。
③ 《东莱诗词集》诗集卷一一,第166页。

基础:"胡儿莫窥江,长江限绝吴楚间。""胡儿莫窥江,楼船百尺高崔嵬,鼓枻叱咤生风雷。吴侬入水双眸开,汝不素习胡为来。""中兴将士材无双,抚剑气已驰龙荒。"①朱翌《陪董令升西湖阅竞渡》,也是从这一角度论述宋室必将中兴:"吴儿戏水用长技,太守行春如醉翁。社稷中兴岂无日,群鱼跃水正飞空。"②吴儿善水,太守善政,中兴指日可待,其自信心与乐观的心态正是建立在这些条件之上。

其次,尚武精神的稍稍恢复。上文提到,北宋从建国初开始便对武人实行防范的基本国策,统治者提倡文治,尚武的精神一直被抑制。其间哲宗、徽宗朝虽稍稍强调武功,但并未能最终成为整个社会的风尚。因而,北宋诗歌中极少有讴歌武功者,这种现象在南渡诗坛则有所改观。李纲作为文臣,其诗《五月六日率师离长乐乘舟如水口二首》云:"江山满目难留恋,试拥雕戈静楚氛。"③公然鼓吹以武力平定天下。王庭珪《送周解元赴岳侯军二绝句》云:"将军欲办斩楼兰,子欲从之路匪艰。十万奇才并剑客,会看谈笑定天山。"④豪情万丈,充满阳刚之气。又其《和刘端礼》:"何时去斩匈奴首,直取西凉尽处山。"⑤视取匈奴首级如探囊取物,言语间气概冲天,言战争而丝毫无悲苦之音,底气十足。尚武精神的恢复,还表现在诗人们对文士身份的轻视。我们知道,北宋社会重文轻武,文士的地位远比武人显赫,即便身居高位,如未有文士出身,也常觉气短。甚至有很多武人宁愿自降官职,换一个文阶。南渡诗人一改偏见,竟有如仲并者作《感时》诗,喊出"驰马弯弓今日事,儒冠深觉误平生"⑥这样石破天惊的话语。细检南渡诗人诗集,我们发现仲并这样的诗句并非孤立现象,其他诗人亦有类似的表达。王庭珪《送周解元赴岳侯军二绝句》云:"书生投笔未封侯,拔剑聊为万里游。"⑦诗取班超投笔从戎之典故,亦暗含贵刀剑、轻纸笔之意。李石《感事》云:"书生投笔砚,随口说兵机。"⑧同样不甘愿以文士自居。李处权《次韵德基效欧阳体作雪诗禁体物之字兼送表臣才臣友直勉诸郎力学之乐仍率同赋》:"书生长年营口腹,颇似蜘蛛空吐丝。""崆峒漫倚防身剑,

---

① 明正德七年(1512)刘泽刻本《屏山集》卷一一,《影印文渊阁四库全书本》有目无诗。
② [宋]朱翌:《潜山集》卷二,《丛书集成初编》本。
③ 《李纲全集》卷二九,第387页。
④ 《卢溪文集》卷二一。
⑤ 《卢溪文集》卷二四。
⑥ 《浮山集》卷三。
⑦ 《卢溪文集》卷二一。
⑧ 《方舟集》卷五。

枉负平生作男儿。"①诗人对自己仅仅作为一介书生,不能驰骋沙场、杀敌报国深感遗憾。

再次,参与意识的加强。南渡诗人的英雄豪情,还体现在他们在诗中抒发杀敌报国的理想。王之道《秋日书怀》:"安得尚方三尺剑,扫除骄寇献俘囚。"②纯然一个整装待发,相时而动的英雄形象。李石《谒武侯庙》:"借君白羽扇,万马饮黄河。"③亦恨不能马上指挥千军万马,赶赴战场。刘子翚《试弓》,更是热切地想于战场上一展身手:

> 结束拟从戎,秋堂试宝弓。角寒开拒手,弦劲响流空。巧易穿杨技,神夸饮羽功。挽强吾有待,狐兔莫争雄。④

刘子翚是个理学家,未尝有过从军经历。此诗可视为诗人内心深处的冲动与欲望,即自期拥有杀敌本领,亲自与敌人一比高下。刘子翚的诗歌,很能代表一部分南渡诗人的心声。他们在蒿目时艰的年代,不甘心皓首穷经、仅仅做一文人,而很想能够上马杀敌、建功立业。

南渡诗人的参与意识,有时并不如上述诗歌直白地表露,而是从嗟叹自己的无能入手。周紫芝《次韵吕居仁》:"自知赤壁功名晚,羞与周郎作耳孙。"⑤喻汝砺《八阵图》:"八年嫪恋饱妻子,洒涕东风肉生髀。""可怜阿伓(财)[才]女子,而我未刷邦家耻。"⑥张守《题舍弟舒啸亭》:"已惭成瑨功曹谚,空忆刘琨胡骑逸。"⑦陈渊《次韵沈公雅相庆》:"艰难思报国,犹未厕朝裾。""岂厌隆中卧,惭无八阵图。"⑧葛立方《携家避地》:"平羌无上策,医国付郡豪。"⑨这些诗人或许才能有高下,但在这些或自谦或自知的自我评价中,诗人渴望参与到抗金浪潮中的意愿则是显而易见的。

英雄主题诗歌多在赠答、唱和、送行等应酬性的诗体中以勉励他人的方式表现出来。翻开南渡诗人的集子,这样的作品随处可见,如曹勋《和孙倅见贻八首》云"中兴事业属清郎"⑩,李纲《以旧赐战袍等赠韩少师二首》

---

① 《崧庵集》卷三。
② 《相山集》卷九。
③ 《方舟集》卷五。
④ 《屏山集》卷一六。
⑤ 《太仓稊米集》卷一一。
⑥ 《桯史》卷一四,第 162 页。
⑦ [宋]张守:《毗陵集》卷一五,《丛书集成初编》本。
⑧ 《默堂先生文集》卷一〇。
⑨ 《侍郎葛公归愚集》卷一。
⑩ 《全宋诗》卷一八九二,第 21162 页。

云"山林衰病浑无用,持赠君侯立大勋"①,刘才邵《和李仲孙韵因以奉勉》云"正值朝家求切直,岂容奇逸恋云山"②。再如王之道《送管养正长歌》:

> 君不见元龙豪气真磊落,卧见许生自旁若。时危康济乃丈夫,问舍求田匪余乐。又不见越石夜半闻鸡鸣,披衣起舞贺友生。风尘汹洞四海乱,英雄攘臂收功名。古人相期盖如此,岂效世间儿女子。③

诗歌列举古人励志报国的故事,勉励管养正以国家为重,勿学世间小儿女做悲戚之态,慷慨激昂,词情恳切,一颗拳拳报国之心跃然纸上。

我们注意到这样一种情况,在这些勉励时人的作品中,诗人常常喜欢将对方比为谢安。下面试举数例:

> 谢公终为苍生起,裴相聊成绿野谋。(李纲《吕元直退老堂两章》)④
> 东岩端作东山望,行为苍生起谢安。(曹勋《题钱参政东岩》)⑤
> 东山宁久卧,行为苍生起。(李处权《送张巨山》)⑥
> 谢安盍为苍生起,休恋青山卧白云。(王之道《和王元渤留题松寿岩白云庵寄郑顾道二首》)⑦
> 有如此言公不食,东山那得留安石。自注:"公诗慨然有济时之志。"(沈与求《次韵葛鲁卿送示近作一通二首》)⑧

以上诗句都使用了"安石不肯出,将如苍生何"⑨这一典故。南渡诗人之所以喜欢使用这个典故,与南宋、东晋这两个政权建立的历史背景及偏安东南的局势相类有一定的关系。叶梦得在多篇文章中就以东晋的政治、军事形势比拟南宋,其《到任谢执政启》云"神州陆沉,固王衍当任其责"⑩,又《奏论金人札子》云"东晋之事固不足道"⑪;南宋其他士人也常常有与叶梦

---

① 《李纲全集》卷二八,第383页。
② [宋]刘才邵:《檆溪居士集》卷三,《影印文渊阁四库全书》本。
③ 《相山集》卷五。
④ 《李纲全集》卷三一,第417页。
⑤ 《全宋诗》卷一八八八,第21125页。
⑥ 《崧庵集》卷一。
⑦ 《相山集》卷一四。
⑧ 《沈忠敏公龟谿集》卷一。
⑨ [唐]房玄龄等:《晋书》卷七九,中华书局1974年版,第2073页。
⑩ 曾枣庄、刘琳:《全宋文》第147册,上海辞书出版社、安徽教育出版社2006年版,第271页。
⑪ 《全宋文》第147册,第79页。

得相似的类比,如刘一止《试馆职策》云:"若元帝则不然,憨、怀之难,晋祚既绝,元帝以琅琊王渡江……"①李光《乞车驾亲征札子》:"以区区晋元,草创建国于基绪既绝之际,犹能立宗社,修宫阙,兴学校农桑,保有江浙。"②南渡诗人身处南北宋之际,当然与叶梦得等人也有相同的感受,曹勋《绍兴癸丑上巳日》诗云:"中兴乐事虽无象,甲子先同晋永和。"③张嵲《次韵周子直四首》云:"晋马成南渡,宗周入国风。操戈谁卫社,群盗正争雄。"④李纲《夜霁天象明润成百韵》云:"东晋有江左,保守百余年。"⑤其次,南渡诗人喜欢使用这个典故与宋人对晋宋风流的欣赏也有一定关系。谢安既是晋宋风流的代表,又具经邦治国的才能,由其布置的淝水之战击败前秦苻坚大军,巩固东晋政权,这些自然令南渡宋人异常向往。再次,与整个宋代(包括北宋与南宋)文治思想也不无关联。虽然南渡初年乃至南渡中期,武人的地位一度有所提高。但南宋统治者对武人一直有所防范,害怕出现尾大不掉的情况。尤其经历了苗、刘之变,统治者更是对武人心存戒备,再加上秦桧与金人议和,害怕武人从中阻挠,也有意削弱将领的权力,并于绍兴十一年设计收回兵权。诗人生活在这样一个未能从根本上改变重文轻武的政治环境中,好以具有运筹帷幄本领而不以武将身份出现于战场的谢安勉励他人,也就是意料之中的事了。其实,这部分诗作,即便并非以谢安归美他人,也往往以诸葛亮等文士代替,相反,以纯粹武将勉人者则少之又少。再联系上文提到的诗人赞美古英雄的诗歌,我们同样发现,南渡诗人赞美的对象主要以文士如张良、诸葛亮、谢安、卞壶、颜真卿等为主,而对真正武将的赞美倒显得微乎其微。

就在人们为抗金摇旗呐喊之时,也出现了不和谐的主张逃跑与议和的声音,而且,这种声音居然越来越高,最后竟成为高宗朝的政策。从南宋小朝廷建立之初,宋高宗慑于金人的淫威,耽于一己之私利,听从黄潜善、汪伯彦的谗言,打击排挤名相李纲,一味逃跑。政权稳定以后,为了达到不可告人的目的,又对秦桧的和议言听计从,弃中原土地与人民不顾,也弃被掠皇室不顾,在抗金极有可能胜利的情况下,与金人议和,抗金告一段落。此后,秦桧独擅相权十多年,对抗金人士百般打击,诗坛顿时喑哑了,只偶尔有几声无奈的叹息。

---

① 《全宋文》第 152 册,第 206 页。
② 《全宋文》第 154 册,第 95 页。
③ 《全宋诗》卷一八九六,第 21192 页。
④ 《紫微集》卷六。
⑤ 《李纲全集》卷二六,第 351 页。

李纲因反对逃跑政策,反对迁都东南,遭到高宗冷落,权臣排挤,落职居鄂州,后允许其居家。在归乡途中,他写下了《江行即事八首》,其三曰:

> 置散徒怀报国心,还家欣得故园音。钩辀晓岸云林密,欸乃暮江烟水深。壮志已同灰炧冷,斑毛从使雪霜侵。卧龙只合耕南亩,抱膝空为《梁甫吟》。①

有心报国,却被投闲置散,诗人的爱国热情消磨殆尽。想着自己虽有满腹韬略,却不被重用,干脆躬耕南亩,闲吟梁甫曲。诗人对自己有志难伸的境遇很是不满,却也无可奈何,只能发发牢骚,自我安慰。英雄的苦闷,在李纲这里已露端倪。自绍兴和议后,抗金已成往事,抗金志士或抚琴自娱:"平戎万卷暗不吐,蟠向胸中作宫徵。"②或诗酒遣怀:"我公关中豪,志气青云齐。誓当剪豺狼,不复问狐狸。夫何丘壑间,从事酒与诗。"③在一声声长叹中,南渡的英雄诗落下了帷幕。

第四节 反思诗:"谁使中原干戈起"④

北宋政权在很短的时间内被一个刚刚崛起的外族击溃,有理性的南渡士人开始追问,是什么导致了北宋的灭亡,如何才能复兴王室。这些思考,在南渡文人的文章中有许多表述,在诗歌中也同样有所反映。

对于北宋政权灭亡的原因,有如下几说:一、开边说。宣和四年(1122),北宋朝廷错误地高估了自己的实力,对金军发动战争,结果惨败于金人的铁骑之下,金人以此为口实,发动了对北宋的进攻。因而南渡诗人有将此视为亡国之因者。持这种观点的诗人较多,如张元幹《奉送李叔易博士被召赴行在所》云"深知祸起取幽蓟"⑤,郑刚中《送方公美少卿宣谕京畿》云"胚胎此祸者,起自燕山役"⑥,周紫芝《次韵伯尹食糟民示赵鹏翔》云"昔年贯朽内府钱,诸公何苦开汉边"⑦,吴芾《续潘仲严秋夜叹》云

---

① 《李纲全集》卷二五,第337页。
② [宋]李石:《问赵有方乞琴》,《方舟集》卷二。
③ [宋]郭印:《和元汝功元日感怀》,《云溪集》卷二。
④ 李纲有诗云:"谁使干戈起。"见其《崇阳道中作四首》,《李纲全集》卷二〇,第260页。
⑤ 《芦川归来集》卷一。
⑥ [宋]郑刚中:《北山文集》卷一二,《丛书集成初编》本。
⑦ 《太仓稊米集》卷一〇。

"咄咄奸谀何误国,二十年来启边隙"①。二、师弱说。王庭珪《张持操携徐献之侍郎书见访兼出示著述中兴论诸杂文为赋诗一篇以文轴还之他日亦录寄献之也》:"宣和治极久忘战,北来边马嘶淮甸。是时犹屯百万师,无人北向放一箭。"②又《余弃官累年刘元弼作诗见勉次韵奉谢》:"往年承平久,出师无纪律。群盗尚纵横,岂但开边失。"③三、大臣无德无能说。李纲《夜霁天象明润成百韵》:"虽含恭俭姿,顾乏英伟臣。邪正相杂揉,盈庭事纷纭。机会一朝失,安危自兹分。愚懦不远虑,贼退已安眠。"④吕本中《无题》:"胡虏安知鼎重轻,祸胎元是汉公卿。"⑤又《兵乱后自嬉杂诗》:"夷甫终欺晋,群胡迫帝居。""汝为误国贼,我作破家人。""报国宁无策,全躯各有词。"⑥四、皇帝失德说。陈与义《邓州西轩书事十首》(其五):"东南鬼火成何事?终待胡锋作争臣。"⑦

如何复兴赵宋王朝,南渡诗人在诗歌中也提出不少意见,略举数例。李处权《寄萧国器》:"夷吾不去齐何患,叔向方来晋可知。得士则兴今亦古,可能只直五羊皮。"⑧指出人才对国家政权的作用。李纲《和渊明〈拟古〉九首》:"弃置帝王宅,乃欲保一隅。一隅岂易保?巨盗连荆舒。"⑨乃是对定都武陵的批评。晁公溯《送刘文潜如吴下》:"请言尧舜道,第一在安民。"⑩《李仁甫和予如字韵诗再用韵寄之》:"师克非在众,正当戒不虞。""皮亡毛安附,体肆心自舒。"⑪诗人们批评不顾百姓安危、一意出兵作战的短视行为,指出安民乃邦国大旨,只有安民才能复兴。所有这些,都是诗人对如何强国提出的看法。

总体而言,这些诗歌大多艺术性不是很强。在写法上,有以下一些特征:

首先,反思主题往往不具独立性。也就是说,反思主题往往不是整首诗的主题,而是其他主题的附属。例如李光《丙子正月二十三日纪事》:

---

① 《湖山集》卷四。
② 《卢溪文集》卷一。
③ 《卢溪文集》卷四。
④ 《李纲全集》卷二六,第350页。
⑤ 《东莱诗词集》诗集卷一一,第165页。
⑥ 《东莱诗词集》诗集外集卷三,第343、345页。
⑦ 《陈与义集校笺》卷一五,第410页。
⑧ 《崧庵集》卷六。
⑨ 《李纲全集》卷二一,第278页。
⑩ 《嵩山集》卷九。
⑪ 《嵩山集》卷五。

"圣君若用当时将,一洗烟尘宇宙清。"①对宋高宗未能好好任用岳飞、韩世忠等将领,致使中原未能恢复表示遗憾,属反思主题。但我们再联系全诗前六句:"风卷阴霾日月明,鲸鲵已戮海波平。奸憸藉手捐奇货,交友通书免诡名。旧俗衣冠嗟化劫,新疆兵革偃长城。"则不难发现此诗的主旨是为秦桧之死叫好,是对秦桧罪行的揭露,最后两句的反思,隶属于这一主题。再如张元幹《挽少师相国李公》:"不从三镇割,安得两宫迁。"②讲的是靖康元年,金人退兵后,朝廷内部就金人所提出的割让三镇(即太原、中山与河间)的问题展开的争论,结果以主和派占上风,同意割让。张元幹认为正是因为听从割让三镇,导致北宋的灭亡,属典型的反思主题,但我们联系下文"抗议行营上,排奸御榻前。英风成昨梦,遗恨落穷边",则是表彰李纲的忠义及表达对李纲建议未被采纳的遗憾,可见此处的反思乃是为下面的内容作铺垫。

其次,因为上述特征,反思主题往往又具有随意性,即其思考是感悟式的,而非逻辑式的。以王庭珪为例,其诗中有三处对北宋何以灭亡作了反思,两处说是因承平日久军队无战斗力(引文见上)。另一处则言大臣失德,《避乱东村逢南岳简上人》:"高谈微及古兴亡,为言致祸由时宰。"③再如,同样关于北宋灭亡原因的探讨,刘子翚的解释也前后不一。其《靖康改元四十韵》言"肉食开边衅,天骄负汉恩""运契天同力,时危祸有根"④,指出北宋灭亡,祸起于开边。而《汴京纪事》其二云:"朝廷植党互相延,政事纷更属纪年",认为党争误国。其五:"空嗟覆鼎误前朝,骨朽人间骂未销。夜月池台王傅宅,春风杨柳太师桥。"⑤王傅,指官封太傅楚国公的王黼;太师指官封太师鲁国公的蔡京。这首诗将批判的矛头指向这两个奸臣,认为是他们的胡作非为导致亡国。以上三处言辞各异,观点各不相同,都是根据不同需要反思而得出的不同结论。

再次,这些反思往往没有论证,多数是直接说出结论,或夹杂在叙述之中。同时,反思的结论常常不够全面,而仅就某一点进行发挥。例如李纲诗《和渊明〈拟古〉九首》:"弃置帝王宅,乃欲保一隅。一隅岂易保?巨盗连荆舒。"⑥对定都武陵提出异议。但具体理由为何,诗人并未作出太多解释。而此前诗人有奏议《议巡幸》:"议者谓车驾当且驻跸应天,以系中原

---

① 《庄简集》卷五。
② 《芦川归来集》卷二。
③ 《卢溪文集》卷六。
④ 《屏山集》卷一五。
⑤ 《屏山集》卷一八。
⑥ 《李纲全集》卷二一,第278页。

之心;或谓当遂幸建康,以纾一时之患;臣皆以为不然。夫汴京,宗庙社稷之所在,天下之根本也。陛下嗣登宝位之初,岂可不一幸旧都,以见宗庙社稷,慰安都人之心,下哀痛之诏,择重臣以镇抚之,使四郊畿邑之民入保,益治守御之具,为根本不拔之计哉!"①且不论李纲的定都理由正确与否,就其表述而言,我们可以找出其论证的痕迹,有理有据,而非如其诗歌纯粹将判断提出。这里,涉及诗与文在功能上的不同。虽然宋诗中议论已蔚为大观,诗歌具有议论的功能,但从总体上而言,诗歌因为受到韵脚、格律等方面的限制,议论的功能远远无法与文章相比。也因为此,涉及很复杂的问题时,诗歌的议论就显得相形见绌了。

南渡诗坛的反思诗数量不是很大,完全独立意义上的反思诗数量更少,艺术水准也参差不齐。但笔者仍辟出一小节,意在说明作为与时代紧密联系在一起的反思诗折射出了那个时代士人的用世精神与理性精神。

第五节 中兴诗:"直把杭州作汴州"②

中兴,是南宋朝野上下追求的最高政治目标。从南宋政权建立,人们就在鼓吹中兴,但直至南宋被外族灭亡,其间也从未出现过中兴局面。尽管如此,南渡时期诗歌中"中兴"之声仍不绝于耳,几乎使人误以为宋室南渡后真是历史上的民族大复兴时期。如果我们细细拨开南渡中兴诗的面纱,会发现所谓中兴,只是人们美好的愿望与自欺欺人谎言的结合体。

在南渡的最初阶段,诗人笔下的"中兴"多出现于赠答、言志等诗歌之中,含有对中兴的渴望之意。朱翌《送郑公绩赴试金陵八首》:"谁当挽天河,洗出中兴碑。"③表现出身处乱世,对中兴的向往之情。郭印《送陈守》:"行矣佐中兴,力扶天柱倾。"④勉励他人亦以能实现宋室的中兴为目标。类似的诗例,在南渡诗人的笔下触处可见。略举数例:

> 劳公力赞中兴业,衰病安然卧白云。(李纲《寄吕相元直》)⑤
> 天子中兴求谠论,故应启沃慰平生。(曹勋《怀赵希元》)⑥

---

① 《李纲全集》卷五八,第638页。
② [宋]林升:《题临安邸》,[清]厉鹗《宋诗纪事》卷五六,上海古籍出版社2008年版,第1425页。
③ 《潜山集》卷一。
④ 《云溪集》卷一。
⑤ 《李纲全集》卷二八,第378页。
⑥ 《全宋诗》卷一八九一,第21154页。

谁似樊侯哲且明,解将勋业佐中兴。(王之道《和历阳守张仲智观梅五首》)①

何日中兴烦吉甫,洗开阴翳放晴空。(邓肃《瑞鹧鸪》)②

这类诗歌中以激励君主有所作为的内容最为引人注目。李纲《夜霁天象明润成百韵》:"坐待天下定,此理恐太漫。胡不法光武,奋起由空拳。劳身马上治,介胄被沾汗。履危救民死,国祚乃复传。"③胡寅《题浯溪》:"颂声谐激不为难,君王早访平戎策。"④王之道《和陈勉仲春日偶成二首》:"中兴自古须群策,更愿君王慎厥猷。"⑤沈与求《将达行在所》:"率土朝方岳,何年洗兵甲。君王似光武,折箠看升平。"⑥以上各诗,或晓之以理,或动之以情,或期望,或鼓励,总之,凡是可以打动君主的手段,诗人都在诗中有所尝试。这些诗歌虽非直接献给高宗,但其语气,极似大臣谏书。从这些诗中,我们可以推测作者的心理——通过所有可能的途径,告诉高宗,要想达到真正的中兴,离不开君主的努力。诗歌于诗人,成为曲折进谏的手段。

另有一类诗歌中的"中兴",是在宋军有望胜利时诗人发出的欢呼及对未来的美好展望,通常这类诗歌会写于某些战役之后。张守《来诗过有称誉再和》:"喜闻复故境,中兴颂周宣。"⑦曹勋《闻江上捷音》:"师旅夙严新号令,版图行复旧提封。中兴大业书歌咏,愿刻浯溪颂九重。"⑧诗人得知前方战场传来胜利的消息,顿觉国家前途光明,中兴指日可待。这是诗人在期待中遭遇到的兴奋。这种兴奋,让人不自觉地对现有的胜利夸大,对未来的美好过度夸饰。这部分的中兴诗,反映出诗人因南宋朝廷一直在军事上处于劣势而产生的压抑心理的释放,以及一种终于有机会扬眉吐气的精神状态。

绍兴十二年,以宋高宗、秦桧为首的议和派,在解除了韩世忠、张俊、岳飞三大将的兵权,扫除了议和的路障之后,终于与金国签订了"绍兴和议"。此后又以"莫须有"的罪名杀害了岳飞父子。然而,就在这个具有屈辱性的和议签订之后,南渡诗坛居然出现了更多的中兴诗,而且,这些中兴

---

① 《相山集》卷一四。
② 《栟榈集》卷二。
③ 《李纲全集》卷二六,第351页。
④ 《斐然集》卷一。
⑤ 《相山集》卷一〇。
⑥ 《沈忠敏公龟谿集》卷三。
⑦ [宋]张守:《毗陵集》卷一五。
⑧ 《全宋诗》卷一八八八,第21123页。

诗,大多以歌颂所谓的"中兴"与"中兴"的缔造者秦桧为目的。这些诗歌,面目可憎,读来令人作呕。关于这一时期的"中兴"诗的特征与形成原因,沈松勤在其著作《南宋文人与党争》中已有很好的阐释。笔者下面仅就沈氏未涉及部分及与其观点不尽相同者提出自己的看法。

沈氏认为汗牛充栋的歌颂中兴、献媚秦桧的诸诗谀文,与秦桧辅助高宗"削尾大之势"得到广大忠于王室的文人士大夫的认同有很大的关系。因而,这些诗文虽然是中国文学史上的一大谎言,却又是发自肺腑的真实之声。沈氏此论,有其合理之处。宋代一直以防范武人为其家法,且得到文人的普遍认同,主战派的张浚为宰相时,便已有剥夺将领军权的举措。但是,南渡文人在谀颂诗文中,除了歌颂此事,同时还歌颂与金国议和这一事件本身,其歌颂的理由令人深思。以张嵲《绍兴中兴上复古诗》其序为例,其颂秦桧功德,有"于以风德于远方,而异类为之革面。达孝于绝党,而敌国为之改图"①之语。这显然是自欺欺人,但张嵲仍然堂而皇之地写入。其间透露出这样一个信息:欲颂其功,何患无辞。文士们为了讨好高宗、秦桧,自然挖空心思去寻找理由。基于这样的心理,我们不能因文士们在谀颂诗文中写了什么便相信其所言皆出自真心。对于南渡诗坛何以出现大量歌功颂德的诗文,笔者更倾向于沈氏概括的因高压政治而导致文丐奔竞。究其实际原因,主要是高压政治下文士人格独立性的丧失,而非如沈氏所言士大夫对秦桧助高宗收回兵权的认同。

当然,和议以后,真心诚意歌颂中兴的也不乏其人。王之望《次韵陈庭藻赴天申燕诗二首》:"中兴盛事须记述。"②李正民《次韵邢丞立春》:"恢复皇州送喜频……赓歌共睹中兴日,击壤难酬尧舜仁。"③刘一止《题徐次游通判小隐堂二首》:"遮藏得到中兴日,觞咏仍陪小隐仙。"④王之道《华亭风月堂避暑》:"吾皇中兴继商武,小雅不复歌车攻。"⑤这些诗歌,都非歌功颂德之作,而是诗人们平时与友人唱和、自我消遣时所作。而且,他们中的一些人并不依附秦桧,例如王之道,绍兴年间因极力反对和议,大忤秦桧,坐是论废达二十年之久,他自然不太会从心底里真心歌颂秦桧。因而这些诗人的吟咏中兴,当是发自肺腑。

一个矛盾的问题是,当时的确并非实现了真正的中兴,稍有理智的人

---

① 《紫微集》卷一。
② [宋]王之望:《汉滨集》卷一,《丛书集成续编》本。
③ 《大隐集》卷一〇。
④ 《苕溪集》卷七。
⑤ 《相山集》卷五。

都会意识到这一点。中原未能恢复,北宋皇室成员绝大部分仍羁留于金国,连市民中的优伶都清楚地认识到这一点,以致发出"尔但坐太师交倚,请取银绢例物,此镮掉脑后可也"①这样讽刺秦桧但以议和为功、不事恢复、忘记迎还二圣的感慨。南宋诗人自然更认识到此中兴非真中兴,但诗人又常常若有其事地歌颂中兴。这一矛盾的出现,笔者认为诗人们一方面受到当时政治舆论宣传的影响。反复的鼓吹,给诗人们带来的心理暗示不断加强。在朝廷上下一片谎话声中,诗人失去了应有的判断力。另一方面,诗人可能将中兴的标准降低。他们不再以恢复中原为中兴的标准,而是把标准降低为能过上衣食无忧的生活。因此,他们在歌颂中兴的诗歌中,常常出现诸如刘一止的"乱前犹省当时事,乱后浑如隔世人。得见升平且欢喜,莫将心念到亨屯"②,葛立方的"十载干戈仅脱身,残年重作太平民"③等等这种歌颂太平生活的作品。也就是说,人们在意识到真正的中兴不可能实现之后,将南渡初期艰难的生活作为参照系,从而对现有的安定生活产生某种满足感,将此作为中兴而歌颂。

第六节 隐逸诗:"要将闲适换深忧"④

一个有趣的现象是,南渡诗人表达隐逸高蹈之趣、高唱隐逸赞歌的诗篇比前代增多。如果单个诗人流传下来的诗歌达到一定数量,我们很容易从中找到一些与隐逸主题相关的诗歌。但我们同时发现,南渡时期真正的隐逸诗人并不多,与前朝相比甚至有减少的趋势。汪俊曾据《宋史》及《宋史翼》统计出两宋之交士人隐逸人数为21人⑤,这个统计因仅限于上述二书,可能会有一些遗漏。但考虑到汪氏的统计中包含一些未有诗篇流传的士人,故平衡之下,这个数据与当时实际隐逸诗人的数量相比,当不会有太大的偏差。

要合理地解释这一矛盾,笔者以为应将时代特征与诗人生活态度等诸方面因素综合起来考虑。

南渡初年,社会动荡不安。在四处流亡中,士人们过着朝不保夕的生活,其生命中充满恐惧、不安、苦难等不确定因素。南宋政权稍稍安定以

---

① 见《桯史》卷七,第81页。
② 《张仲宗判监别近三十年经由余不访余有诗次其韵》,《苕溪集》卷五。
③ 《春日野饮》,《侍郎葛公归愚集》卷六。
④ [宋]赵鼎:《雪中与洙辈饮》,《忠正德文集》卷五。
⑤ 参见汪俊《两宋之交诗歌研究》,第171页。

后,主战与主和之争此起彼伏,主战派内部又相互倾轧,政治氛围相当紧张。最后以高宗、秦桧为首的主和派占了上风,绍兴十二年南宋政权与金人签订了具有屈辱性的绍兴和议。为了巩固"绍兴和议"的成果,更为了巩固自己的独裁,秦桧在为相期间直至去世,一直对主战派予以残酷地打击,对朝臣以至地方官不断清洗,将异己者置之死地而后快,朝野上下正人气屈。也正是在这个时期,许多正义之士或自知不为秦桧所容之人,纷纷请求(或被迫)致仕归隐,或请求离开京都外任地方官员,或奉宫祠。总之,在南渡时期,太平之日短,动荡之日长;光明之时少,黑暗之时多。

人生体验充满悲剧色彩,成为当时士人们普遍的感受。外在氛围的灰暗都或多或少地影响到人们的心理,人们情绪悲观,看不到未来。尤其在慷慨激昂过后,有种亢奋后的懈怠。正因如此,当时的士大夫普遍都有一种人生幻灭感。冯时行《题涪陵杨彦广薰风亭》:"身世如浮云,百年一飘忽。"①李正民《和尹叔见寄》:"久知身世皆如梦,万事何须苦控抟。"②李处权《再和》:"阅世元如梦,除天总是尘。"③笼罩在这样的氛围中,诗人们因此又生出诸如及时行乐等消极想法,仲并《戏李彦平李德邵》:"人生贵适意,自苦良亦痴。百年同梦幻,富贵安所施……人生行乐耳,勋业知何时。"④李处权《和赏卿席上之韵》:"须信成名皆志士,故应行乐属吾人。"⑤这些消极念头产生的同时,诗人们对功名利禄也进行否定,从而又顺理成章地产生隐逸之想。李石《杨德彝立春日携诗远访次韵》:"虽云公卿贵,虚名竟成尘。况我已三黜,素志无一伸。遂去田舍畔,得与渔樵亲。"⑥即使如李纲、赵鼎这样的名相,也会吐露出归隐之念。李纲《趋藤山古风》云:"逝将适闽岭,买田自耕锄。结庐乱山中,聊以全妻孥。"⑦赵鼎《雪中与洙辈饮》云:"朝市邱园定孰优,要将闲适换深忧。"⑧如此之类,皆以诗歌言归隐之志。

士人们虽倦于世事,归隐之念时起,但很少有真正归隐者。这主要有两个方面的原因:第一,世事难忘。李纲《怀季言弟并简仲辅叔易》云:"黄

---

① 《缙云文集》卷一。
② 《大隐集》卷一〇。
③ 《崧庵集》卷四。
④ 《浮山集》卷一。
⑤ 《崧庵集》卷五。
⑥ 《方舟集》卷一。
⑦ 《李纲全集》卷二五,第334页。
⑧ 《忠正德文集》卷五。

屋尚飘泊,吾敢怀燕休……泫然念苍生,岂为吾身谋?"①《云岩月林堂偶成古风》又云:"借问尘埃中,还有此乐无?何当兵革息,归老山中居!"②而赵鼎有一组诗中的两首颇有些代表性,其《泊盈川步头舟中酌酒五首》其四曰:"会向武陵寻避世,此身已是捕鱼郎。"明明白白道出自己将避世归隐。其五却云:"收功不在干戈众,和议元非计策长。闻道搜贤遍南国,要令四裔识周郎。"③所言皆关乎朝政大事,一颗忧国忧时之心,宛然可见。这种既言归隐,又难忘国事的矛盾心理,颇能解释当时一部分士人不能真正归隐的原因。而这种矛盾心理的产生,则源于文人士大夫不同的生命体验与不同的文化心理的双重刺激。生活中的不如意、老庄虚无主义的影响等等,促使归隐心理的产生与增强;而文人士大夫秉持正统的儒家治国平天下的理念又导致他们无法忘怀世事。此外,也许更直接的理由是亡国之哀刺痛了文人士大夫的神经,他们心底里的爱国保种的热情被激发出来,社会责任感加强。最明显的例子要数朱敦儒,他由战前的隐士一跃而成为鼓吹抗金的号手④,社会角色陡然转换。两种力量彼此抗衡,在一方无法占绝对优势时,便有了上述矛盾的产生,形诸诗歌,便是鼓吹归隐的同时,又不肯亲身实践;心萦时事的同时,又向往江湖。第二,难离俸禄。宋代文人对生活的享乐要求较高,北宋真宗朝宰相寇准以豪奢闻名,素有太平宰相之称的晏殊也喜宴宾客:"未尝一日不燕饮。"⑤甚至刚直方正的司马光,生活亦与节俭无缘。南宋也是如此。朱胜非《闲居录》:"赵鼎起于白屋,有朴野之状。一日拜相,骤为骄侈,以临安相府不足居,别起大堂,奇花嘉木,环植周围。"⑥后人以为此则材料乃朱胜非杜撰攻击赵鼎,其实,如果我们联系整个宋代的享乐之风,很难轻易否定这条材料的真实性。宋代官员很多出身于普通百姓家庭,他们的家底并不殷实,他们的物质享受对俸禄的依赖性很大。北宋杜衍曾言:"衍本一措大尔,名位爵禄,冠冕服用,皆国家者。""一旦名位爵禄,国家夺之,却为一措大,又将何以自奉养耶?"⑦杜衍的这番话很能说明问题。相传晏殊为馆职时不与文馆士大夫宴集,因而为

---

① 《李纲全集》卷一八,第242页。
② 同上书,第236页。
③ 《忠正德文集》卷六。
④ 《宋史》卷四四五:"靖康中,召至京师,将处以学官,敦儒辞曰:'麋鹿之性,自乐闲旷,爵禄非所愿也。'固辞还山……敦儒不肯受诏。其故人劝之曰:'今天子侧席幽士,翼宣中兴,谯定召于蜀,苏庠召于浙,张自牧召于长芦,莫不声流天京,风动郡国。君何为栖茅茹藿,白首岩谷乎!'敦儒始幡然而起。"(第13141页)
⑤ [宋]叶梦得:《避暑录话》卷二,《宋元笔记小说大观》,上海古籍出版社2001年版,第2615页。
⑥ [宋]朱胜非:《秀水闲居录》,国学扶轮社1915年版。
⑦ [宋]朱熹:《丞相祁国杜正献公》,《五朝名臣言行录》卷七之一,《四部丛刊初编》本。

皇帝选为东宫官。皇帝面谕除授之意时，晏殊回奏："臣非不乐燕游者，直以贫，无可为之具，臣若有钱亦须往，但无钱不能出耳。"①颇能说明官俸对文人士大夫的重要性。在这一点上，南宋与北宋没有什么区别。对物质生活的追求，也使一部分士人虽言隐逸，却迟迟不肯去位。就算打算离职，他们也往往为自己准备好必要的物质资源，如赵鼎《清明诗》："向来轩冕非吾意，何处园林托此身。"②言归隐，很自然地想到隐逸的物质条件——园林，正显示出宋代士人对物质生活的依赖。又如李正民《寄尹叔》："为人疏懒自天真，从宦区区本为贫。"③又《闻元叔移居姚江》言："不须更说黄粱梦，二顷良田早自谋。"④又《再领宫祠》："挥毫拟就归田赋，检点山资苦未丰。"⑤李正民近乎直露的表白，也颇能代表一部分言归隐而不归隐者的心理。

总而言之，从逻辑上讲，在南渡时期险恶的社会、政治环境中，应该有很多士人归隐，而且很多人亦确有归隐之念。但另外几股强大的力量，又使士人们不能真正辞别魏阙、归隐山林。正因为此，南渡诗坛的隐逸诗歌呈现出有别于他时的特色。

第一，畏祸心理。南渡时期，政治环境险恶，尤其绍兴和议以后，秦桧专国，打击异己者不遗余力。朝士为之心寒，人人自危，畏祸心理很是普遍。比如折彦质，赵鼎首次为相时，其为签书枢密院事兼参知政事，赵鼎罢相，马上引疾求去，提举临安洞霄宫，寓居信州。又如王居正，知温州时，适秦桧专权，居正自知不为所容，"以目疾请祠，杜门，言不及时事，客至谈论经、史而已"⑥。再如孟忠厚，因不附丽秦桧，知不为所容，便主动请求外任。在有关隐逸的诗歌中，这种心理也很普遍。李处权《次韵表臣见遗喜归》："及此知机同免祸，季鹰初不为鲈鱼。"⑦冯时行《忆渊明二首》："贤哉等冥鸿，竟免婴祸罗。"⑧又《和杨良卿韵新自兴元归见贻二首》："人间平地有危机，归去应先未辱时。"⑨

第二，陶渊明崇拜与白居易、马少游生活态度取向的分离。应该指出，

---

① ［宋］沈括：《梦溪笔谈》卷九，上海书店出版社2003年版，第86页。
② 《忠正德文集》卷五。
③ 《大隐集》卷九。
④ 同上。
⑤ 同上。
⑥ 《宋史》卷三八一，第11736页。
⑦ 《崧庵集》卷六。
⑧ 《缙云文集》卷一。
⑨ 《缙云文集》卷三。

这种现象实际上是北宋士人思想与生活态度的延续,在北宋诗人的诗歌中也有所反映。就其现象本身而言没有太多的创新意义,但因南渡时期的政治环境较北宋更为险恶,这种思想成为当时诗坛很重要的思想且奉行者甚众,有必要单独拈出作一介绍。南渡隐逸诗歌创作之盛,一个最明显的例证是和陶、效陶诗作者与作品数量都颇为惊人,如李纲《次韵渊明读〈山海经〉》、冯时行《忆渊明二首》、范浚《陶潜咏》,其他如朱松、张九成等等,皆有数量不少的诗作,吴芾集中甚至有一卷皆为和陶效陶之作。此类诗歌,有很大部分对陶渊明无意仕进,归隐田园表示钦佩与向往。还有很大一部分对陶渊明在《桃花源记》和《桃花源诗》中创造的安宁的世界也异常向往,他们在诗中常常提及,如葛立方《避地复归故乡》云"半墩仙隐吾庐在,人认桃源鸡犬音"①,周紫芝《次韵常元明西坑见寄二首》云"闻道西坑堪避地,拟寻鸡犬问桃源"②。还有不少诗人专门仿作、解释,如李纲《桃源行并序》、汪藻《桃源行》等。如此众多的桃源诗,体现出动荡时代人们的普遍心理,也说明陶诗之契合当时诗人的心灵。

然而,我们同时注意到这样一个现象,尽管南渡诗人对陶渊明的人格毫无异议地赞美,对陶渊明归隐田园无限向往,甚至很多诗人在诗中表白愿意以其为榜样,躬耕南亩,李正民《寄和叔》云:"敢忘越石思枭房,终学陶潜自荷锄。"③郭印《十一月四日陪诸公游神泉南山院二十韵》云:"要希陶渊明,投绂事农畴。"④但真正效仿渊明的生活态度,归隐田园者则寥寥无几。更多的诗人,在生活态度上往往以白居易为榜样。李正民《自嘲》云:"闲如白傅不饮酒,穷似虞卿懒著书。"⑤张纲《老夫辞荣里居行年八十酒间谩成拙句二首述意而已不以示外也》:"绿野敢将前哲比,香山幸有老人同。"⑥另外,还有以马少游为取法对象者。李正民《南归》:"田园芜没身空老,却羡如今马少游。"⑦李纲《次昭武展省祖茔焚黄因会宗族二首》:"自嗟慷慨据鞍客,不及当年马少游。"⑧李处权《和如祖弟二首》:"老来风味淡于秋,愧负平生马少游。"⑨

---

① 《侍郎葛公归愚集》卷一。
② 《太仓稊米集》卷八。
③ 《大隐集》卷一〇。
④ 《云溪集》卷四。
⑤ 《大隐集》卷一〇。
⑥ 《华阳集》卷三七。
⑦ 《大隐集》卷一〇。
⑧ 《李纲全集》卷二九,第387页。
⑨ 《崧庵集》卷五。

马少游、白居易并未真正归隐山林,但诗人往往将其作为隐士赞美。刘一止《梅子渐朝议一首》:"田园竟老陶元亮,乡里谁如马少游。"在诗人的笔下,马少游与陶渊明并论,被塑造成纯然不求功名的隐士形象。关于马少游的主要事迹,《后汉书》中马援封侯后云:"吾从弟少游常哀吾慷慨多大志,曰:'士生一世,但取衣食裁足,乘下泽车,御款段马,为郡掾史,守坟墓,乡里称善人,斯可矣。致求盈余,但自苦耳。'"①如此,我们不难理解,实际上,马少游本非隐士,他与白居易一样只是知足常乐之人。马少游、白居易形象的隐士化,实际上是南渡诗人心目中的角色身份赋予的,是南渡诗人所愿意接受的隐逸方式。在生活方式的选择上,舍弃渊明而取马、白,这是因为自北宋苏轼发掘了陶渊明的意义之后,陶渊明已经成为一种象征,成为隐士的化身。但陶渊明躬耕南亩,极为清贫,可远观不可体验。马少游与白居易所代表的丰衣足食而又不追求太多功名利禄的生活方式,则现实可行,既可享口腹之乐,又可淡泊名利,抑制自身的欲望,远祸自保。因而,陶渊明是南渡士人理想之所在,马、白则是现实之指归。

---

① [南朝宋]范晔:《后汉书》卷二四,中华书局1965年版,第838页。

第三章　南渡诗歌的艺术取向

中国古典诗歌发展到元祐，宋调已经定型。至此，中国古代诗歌的两大审美规范（唐音与宋调）基本确立，这就意味着古典诗歌可供开拓的美学特征的空间越来越小。事实上，此后的诗歌在很大程度上继承前人业已开拓的风格，诗人很难摆脱唐、宋两种美学范式的影响而自创一格。南渡诗坛身处元祐之后，无论在诗歌创作，还是在诗歌理论的探讨上，都与元祐诗学有着千丝万缕的联系。总体而言，南渡诗学是元祐诗学的延续，诗歌创作仍以宋调为主，取法的对象主要是宋型诗人；南渡诗人讨论的诗学话题也基本在元祐诗学范围之内。不过，南渡时期毕竟不同于元祐，南渡诗人在继承元祐诗学的同时，开始关注其他诗歌渊源，也对元祐诗学开始质疑。虽然这些工作在当时还显得微不足道，但其意义却非同小可。它意味着人们对宋诗的反思已悄悄拉开了帷幕，诗歌的发展方向将有所偏离。

与对诗歌内容有所影响一样，靖康之难对南渡诗歌的艺术取向也有影响，其中重要的一点就是曾经在诗坛上久违的慷慨激昂与沉郁顿挫两种诗风重现于诗人的笔下。

第一节　南渡诗歌的多重艺术渊源

一、杜甫

几经探索与尝试，北宋诗坛最终确立了杜甫的诗学典范地位。王安石、苏轼等人对杜甫揄扬有加，黄庭坚对其更是推崇备至。黄庭坚直接取法杜诗，并因其创作实绩影响了当时诗坛风气，追随者甚众，以致有江西诗派之称。江西诗派也因学黄、陈而上溯到学杜，将杜甫视为诗家不祧之祖。再加上黄庭坚提倡的"夺胎换骨"与"点铁成金"的作诗手法被江西诗人普遍接受，影响到整个诗坛，诗人效法杜甫作诗已成习惯。南渡诗人紧随其后，崇杜、学杜也就理所当然。

南渡诗人取法杜甫是全方位、多角度的，但因诗人天分、才性各有差异，生活经历和艺术追求也不尽相同，南渡诗人学杜所得亦各不相同。总

体而言,杜甫其人其诗对南渡诗歌艺术的影响表现在以下几个方面:

其一,效法、化用杜甫诗句。杜诗高度的艺术成就体现在多个方面,如意象与结构的毫发无间、诗律的谨严工稳、意境的老成纵横等。不过,对于后来的效法者而言,杜诗的语言及由此而构成的诗歌的基本单位——诗句,则最易模仿或化用。也正因为如此,杜诗对南渡诗坛最明显、最普遍的影响就体现于此。略举几例,可以窥见当时诗坛之一斑:

> 忆昔开元全盛日。(杜甫):①。
> 忆昔元会日,汉家全盛时。(周紫芝)②
>
> 鸡虫得失无了时,注目寒江倚山阁。(杜甫)③
> 踟蹰倚山阁,得失漫鸡虫。(孙觌)④
>
> 惊定还拭泪……相对如梦寐。(杜甫)⑤
> 复疑是梦中,惊喜久乃定。(曾几)⑥
>
> 渭北春天树,江东日暮云。何时一樽酒,重与细论文?(杜甫)⑦
> 渭北江东无尽意,何时重得细论文。(王庭珪)⑧

诸如此类化用杜甫诗句者,可以说成了南渡诗坛一种具有普遍性的现象。我们几乎能从每个诗人的诗集中找出一定数量的例子。应该说明的是,化用前人诗句入诗,在诗歌史上并不罕见,南渡诗人除了化用杜甫诗句,同时亦化用李白、韩愈、苏轼、黄庭坚等人的诗句。但是,只有杜甫的诗句才被如此群体性地效法、化用。客观地讲,字摹句拟地学杜,并非善学杜者。早在北宋时期,陈师道就对这一现象提出批评:"今人爱杜甫诗,一句之内,至窃取数字以仿像之,非善学者。"⑨但我们应该看到,绝大部分诗人的才力与天分不及杜甫,又缺乏自立精神,效法杜甫自然会先从字句入手。而且,很多诗人对杜甫诗歌极为熟稔,自己创作时,或可能无意中会将杜甫诗句

---

① 杜甫:《忆昔二首》,[清]仇兆鳌注:《杜诗详注》卷一三,中华书局1979年版,第1163页。
② 《除夜杂兴三首》,《太仓稊米集》卷一七。
③ 《缚鸡行》,《杜诗详注》卷一八,第1566页。
④ [宋]孙觌:《衡州灵泉亭观竞渡二首》,《鸿庆居士集》卷三,《丛书集成续编》本。
⑤ 《羌村三首》其一,《杜诗详注》卷五,第391页。
⑥ [宋]曾几:《喜得洞霄》,《茶山集》卷一,《丛书集成初编》本。
⑦ 《春日忆李白》,《杜诗详注》卷一,第52页。
⑧ 《赠筠州司户施文叔二绝句》,《卢溪文集》卷二一。
⑨ [宋]张表臣:《珊瑚钩诗话》卷二,《历代诗话》本,第464页。

视为己作,反对字句模拟的陈师道自己的诗歌中化用杜句者亦为数不少。对此,葛立方解释:"用语相同,乃是读少陵诗熟,不觉在其笔下。"①葛氏的解释,虽有为陈师道辩解的嫌疑,但无形中道破了天机:杜诗包罗万象、感染力极强,能道他人所思,契合人心。这样,读其诗者遇到与杜甫相类的情感时会自觉不自觉中化用(或直接引用)杜诗,从而出现南渡诗坛群体性地化用杜甫诗句的现象。

除了上面所列一般性的原因外,南渡诗人如此普遍地化用杜甫诗句还与南渡这一特定的时代有关。南渡时期与唐代的安史之乱有很多可类比之处,南渡诗人的生活经历与杜甫也极其相似。杜甫在安史之乱中,用如椽之笔记录了时代的苦难、人民的流离、诗人自己的苦乐等等内容。南渡诗人在经历靖康之难后同样抒写上述内容与情感,杜甫理所当然地成为南渡诗人的隔代知音。李纲《重校正杜子美集序》云:"平时读之,未见其工。迨亲更兵火丧乱之后,诵其诗如出乎其时,犁然有当于人心。"②人们因战争而对杜甫产生了更为强烈的认同感。陈与义在流亡途中写道:"但恨平生意,轻了少陵诗。"③陈与义在战前就已经学杜,此处言"轻了少陵诗",并非指此前不重视杜诗,而是指亲身经历了杜甫在战乱时期的生活,多了一层情感体验,对杜甫诗歌的价值更为理解。

正是因为生活际遇的相似,南渡诗人创作时常常将杜甫视为一个宝贵的精神资源,我们可以从南渡诗人的作品中找出这样的例子。李清照《上韩公枢密》一诗为韩肖胄出使金国、通报两宫消息而作。这一题材要求诗歌写得庄重,李诗以"三年夏六月,天子视朝久"④开篇,其中便寓含着尊王统的含义,与杜甫《北征》首句"皇帝二载秋,闰八月初吉"⑤同一机杼。李诗学习杜诗的写法,很契合诗体的需要。更有甚者,直接借用杜甫诗句表达自己的感情,这就是集杜诗。李纲较早地进行了集杜诗创作,他的《胡笳十八拍》,专集古人诗句,其中杜甫个人的诗句所占比例较大,其《重阳日醉中戏集杜子美句遣兴》二首,则专集杜诗。在李纲看来,自己无须创作,借用杜甫诗句就能抒发内心的情感。所有这些,都促使人们效法、化用甚至直接借用杜甫诗句创作诗歌。另外,南渡诗人除了化用杜甫的诗句,还赋予杜诗中的许多意象、名物等以特定的含义。王铚《别故人张孝先》云:

---

① [宋]葛立方:《韵语阳秋》卷二,《历代诗话》本,第495页。
② 《李纲全集》卷一三八,第1320页。
③ 《正月十二日自房州城遇金房至奔入南山十五日抵回谷张家》,《陈与义集校笺》卷一七,第498页。
④ 《云麓漫抄》卷一四。
⑤ 《杜诗详注》卷五,第395页。

"平生尝叹少陵诗,岂谓残年尽见之。"①"少陵诗",在这里已经成为战乱、流离、苦难等等的代名词,它的含义已经远远超过了诗歌这一艺术形体本身,而具有丰富的社会内涵。王庭珪《用朱希真韵寄葛主簿》:"闻道石壕吏,今犹夜捉人。"②"石壕吏"出自杜甫"三吏三别",此处这个词语也具有了特定的含义,其功用相当于典故,这三个字的使用使得王庭珪的诗言简意深,具不尽之意。又其《安成再逢黄平国》:"行当献纳麒麟殿,看挽天河洗甲兵。"③"洗甲兵",亦取之于杜甫诗《洗兵行》。这种将杜诗经典化的现象,在整个南渡诗坛较为普遍,下面再略举数例:

忧患心知振古稀,北征读尽少陵诗。(曹勋《和人惠诗二首》)④

"北征"二字出自杜甫《北征》诗,这里曹勋用以指代他人诗歌与杜甫《北征》中的情感相通。另"古稀"二字亦可能化用杜甫"人生七十古来稀"⑤之句。

君愁尽写杜陵句,我老欲作嵇康书。(李弥逊《用硕夫韵述怀》)⑥

"杜陵句"(即杜甫诗)又具有悲苦穷愁的意义。

工部也应儿女隔,羡他相近水中鸥。(汪藻《次韵熊使君登楼感秋之作》)⑦

前句由自身的状况联想到当年杜甫也有同样的生活经历,后句亦化用杜甫"相亲相近水中鸥"⑧之句。

感慨伤春望,侨居多北人。(李纲《清明日得家书四首》)⑨

---

① 《雪溪集》卷三。
② 《卢溪文集》卷九。
③ 《卢溪文集》卷一一。
④ 《全宋诗》卷一八九一,第21149页。
⑤ 《曲江二首》,《杜诗详注》卷六,第447页。
⑥ 《筠谿集》卷一七。
⑦ 《浮溪集》卷三一。
⑧ 《江村》,《杜诗详注》卷九,第746页。
⑨ 《李纲全集》卷二五,第333页。

"春望"二字出于杜甫诗《春望》。此处用"春望"二字指代战火纷飞,山河破碎,家人揆隔。

其二,继承了杜甫用今体诗反映时事政治,并发表政治见解的传统。关于这个问题,莫砺锋师早在其《杜甫评传》中已经作出很好的说明。莫师的观点,概言之,有以下几个方面:一、杜甫以前,很少有表现政治题材的今体诗,杜诗中开始大量出现该主题的诗歌,杜诗这方面的开拓,影响到后代今体诗(尤其是七言律、绝)对政治主题的表现。二、杜甫开创的这个传统,在唐代继承者不多,主要有韩愈与李商隐两家。三、用今体表现时政主题,在宋代蔚为大观,北宋已有用七绝继承杜诗表现时政的作品,但七律尚罕见。到了南宋,用这两种诗体表现政治内涵的作品大批涌现。

莫砺锋师基本上概括了杜甫今体诗政治内涵的开拓与影响进程。这里稍可补充与强调者有两点:第一,南渡时期近体诗反映时事政治是当时诗坛普遍性的现象。除了《杜甫评传》中举出的几首名作外,我们还可以从许多不以诗名家的诗人那里找到同类主题的作品。那么,何以北宋时期受杜甫影响创作的直接以时政为主题的近体诗尚为少数诗人偶一为之,而到南渡时期会成批量涌现呢?我认为要回答这个问题可以从两方面寻找原因。首先,北宋诗人开始尝试接受杜甫该类创作,这为北宋之后的南渡诗坛的同类创作打下了基础,南渡诗人因此更易于选用近体诗表现时事政治。其次,北宋文网较密,诗人们写作该类诗歌的数量本来就少,用近体诗表现当然更是少之又少。南渡时期(主要指前期)的情况则与之不尽相同,其时因政局动荡,文网相对较疏,再加上时局的混乱也刺激着人们将该类主题写入诗中。这个时期时政诗的数量较此前大幅度地增加,相应地该类主题的律诗数量也会有所增加,从而导致该类主题的律诗大规模地、普遍性地出现。第二,南渡诗坛除了用七言今体诗表现时政题材,同样也使用五言今体(主要是五律及五排),而且选用该体的诗人并不在少数。除了我们较为熟悉的诗歌名作如陈与义的《感事》为五言排律、吕本中的《兵乱后自嬉杂诗》《丁未二日上旬四首》等为五律,其他如李纲《闻官军掩杀城中群寇次传道韵》《闻镇江贼平》,赵鼎《车驾还汴》,王庭珪《和周监丞闻京洛关中收复四首》等等直接表现时政内容的诗歌,也皆为五律。这类五言今体诗成规模地出现,实际上是南渡诗人继承杜甫以今体诗表现时政的延续,它意味着各种诗体的表现功能的差异进一步缩小。当然,南渡诗坛该类主题的五言今体诗数量并不能与七言今体诗相比,但该类五言今体诗群体性地出现,无疑向人们昭示杜诗的影响力越来越大。

其三,模仿杜诗沉郁顿挫的风格。杜甫是古代最伟大的诗人之一,其诗歌风格多种多样,有清新婉丽者,有雄奇雅健者。元稹《唐故工部员外郎杜君墓系铭并序》云"至于子美,盖所谓上薄风骚,下该沈、宋,古傍苏、李,气夺曹、刘,掩颜、谢之孤高,杂徐、庾之流丽,尽得古今之体势,而兼人人之所独专矣"①,指出其诗歌风格的多样性。宋人孙仅、王安石、张表臣、王应麟等人也有类似的意见。不过,就杜诗本身而言,最能体现其自身特色,可以称之为主导诗风的是沉郁顿挫。

关于沉郁顿挫在词源上的意义及杜诗"沉郁顿挫"风格的具体内涵,莫砺锋师在其专著《杜甫评传》中进行了详尽而精彩的探讨。为论述方便,将其关于杜诗"沉郁顿挫"风格的内涵作一简单介绍。莫师认为,杜诗之"沉郁顿挫"包括三个层面的含义:第一层面是诗歌的表层,包括语言之凝练、意象之精警、结构之波澜起伏、声调之抑扬顿挫等特征;第二层面是诗歌的艺术构思,要求构思深刻;第三层面是凝聚在诗歌中的感情和思想,要求感情真挚、思想深刻。同时,莫师指出"沉郁顿挫"的形成,还需要一个可以促使诗人产生沉重情感的时代。

后代能融杜甫生活经历与诗艺于一身的诗人甚少,但在特定时期,当诗人的情感与杜甫有相通之处,便会自觉不自觉地接受杜甫"沉郁顿挫"的风格。清人在评吕本中诗《还韩城》时云:"'江西派'原以工部为名,而适遭(建)[靖]康、建炎之世,与天宝、至德相似,则忠义激发,形诸篇什者,非工部而谁师?"②就指出两个时代的相似导致人们自然地选择杜诗"沉郁顿挫"为效法的对象。同样的意思,还体现在清人邓显鹤对陈与义的评价中:

> 简斋先生诗,以老杜为宗,避乱湖峤,间关万里,流离乞食,造次不忘忧爱,亦与少陵同。其《清明》诗云:"书生投老王官谷,壮士偷生漂母家。"盖明明以少陵自处。《伤春》诗云:"庙堂无策可平戎,坐使甘泉照夕烽。初怪上都闻战马,岂知穷海看飞龙。孤臣霜发三千丈,每岁烟花一万重。稍喜长沙向延阁,疲兵敢犯犬羊锋。"欲不谓之少陵,不得也。少陵诗至夔州而始盛,简斋诗至湖峤而益昌。③

---

① [唐]元稹:《元氏长庆集》卷五六,《四部丛刊初编》本。
② [元]方回选评,李庆甲集评校点:《瀛奎律髓汇评》卷三二引无名氏(甲)评,上海古籍出版社2005年版,第1352页。
③ [清]邓显鹤:《古杉唱和诗序》,《南村草堂文钞》卷二,《续修四库全书》第1501册影印清咸丰元年(1851)刻本,第452页。

这段话与上面引清人评价吕本中诗歌一样,表明动荡的社会造成诗人的生活经历及情感与杜甫趋同,从而导致陈与义创作时有意向杜甫靠拢。陈与义就是在这样的情况下,诗风转向沉郁顿挫。从某种意义上说,动荡不安的社会成就了陈与义的诗歌。因时代动荡导致诗歌自觉学习杜甫"沉郁顿挫"风格者并非仅吕本中、陈与义二人,也并非皆是爱国志士,而是诗坛一种较为普遍的风气。就连人品不足挂齿的孙觌也有类似杜甫该类风格的作品,如《感春四首》(其四):

> 春物菲菲自解欢,雨鸣孤枕夜漫漫。忘形不到公荣饮,绝意休弹贡禹冠。离乱家书万金直,艰难斗酒百忧宽。囊空甄倒谁能救,泪湿花枝不忍看。①

全诗笔力老劲,构思曲折抑扬,刻画冥心镂骨,真有老杜之神韵。所欠缺者,诗人过于拘窘于个人得失,缺乏老杜诗忧天下之忧的深沉情思。而诗中化用杜甫诗句者起码有三处:"囊空"系化用杜诗"囊空恐羞涩,留得一钱看"②;"离乱家书万金直"及末句系化用杜诗《春望》中"烽火连三月,家书抵万金"与"感时花溅泪,恨别鸟惊心"③两联。

其他诗人沉郁顿挫的作品,为节省篇幅,这里仅略举数联如下:

> 持杯欲下它乡泪,上(冢)[冢]宁无故国情。(周紫芝《次韵元进寒食感事》)④
> 时时传破虏,日日问修门。(徐俯《闻捷》)⑤
> 但愿官军破骄敌,不妨淮海寄余生。(王之望《次韵刘南伯二首》)⑥
> 感时恨别愁无那,赖有清樽慰此心。(王之道《经过合寨吊孟氏故居二首》)⑦
> 乱离俱老大,今夕意何涯。(李处权《守岁用少陵阿戎家韵寄怀萧国器》)⑧

---

① 《丛书集成续编》本《鸿庆居士集》无此诗,此据《全宋诗》卷一四八八,第 17015—17016 页。
② 《空囊》,《杜诗详注》卷八,第 620 页。
③ 《春望》,《杜诗集注》卷四,第 320 页。
④ 《太仓稊米集》卷一〇。
⑤ 《后村诗话》前集卷二,第 27 页。
⑥ 《汉滨集》卷二。
⑦ 《相山集》卷一五。
⑧ 《崧庵集》卷四。

> 自是望乡须泪落,不缘风树使心伤。(张嵲《舟泊宜都》)①
> 淮山已隔胡尘断,汴水犹穿故苑来。(刘子翚《北风》)②
> 酒添客泪愁仍溅,浪卷归心暗自惊。(周莘《野泊对月有感》)③

如此等等,不胜枚举。该类诗作,有些前人明确指出学杜,如徐俯诗,刘克庄认为"颇逼老杜"④;周莘诗,方回评曰"自可混入老杜集",纪昀亦批曰"起得超脱""深稳之中气骨警拔,自是简斋劲敌。虚谷评亦非过誉"⑤。有些虽未经前人指出,但可从字句中看出化杜诗之痕迹,如李处权诗句。另有一些,可从抑扬顿挫、千折百回的情感和诗歌技法中窥见杜诗的影子。

当然,南渡诗坛学杜最能得其神者还要数陈与义。陈与义中年流亡之后,写了一系列风格酷似老杜的诗篇,其中许多成为文学史上的名篇,下面以《巴丘书事》为例,以见其学杜之所得:

> 三分书里识巴丘,临老避胡初一游。晚木声酣洞庭野,晴天影抱岳阳楼。四年风露侵游子,十月江湖吐乱洲。未必上流须鲁肃,腐儒空白九分头。⑥

首联交代作诗之由,起得看似平淡无奇,却暗寓深沉的感慨,并且先从三分书即《三国志》引出巴丘,隐含着对该地军事意义的认识,为末联的议论作下伏笔。颔联向来为人称道,胡应麟称该句"得杜声响"⑦。的确,读上句,我们会很自然地联想到杜甫的名句"无边落木萧萧下"⑧,而该联声调之铿锵,亦大类杜诗。颈联将自己颠沛流离的生活置于萧瑟苍凉的秋景之中,两者相互烘托,又有机地结合在一起,构成一个时间与空间交相错杂的画面,给人以苍莽深邃之感。尾联是诗歌的核心部分,也是诗人诗题中所说的"书事",即希望朝廷派遣良将驻守上游。但诗人却不直陈其意,反而正话反说,说现在上流未必需要像鲁肃这样的将军,我这个书呆子却自寻烦恼,为此愁白了头。这种正话反说,使诗人的情感表现得更为曲折,更为深

---

① 《紫微集》卷七。
② 《屏山集》卷一七。
③ 《瀛奎律髓汇评》卷三二,第1369—1370页。
④ 《后村诗话》前集卷二,第27页。
⑤ 《瀛奎律髓汇评》卷三二,第1370页。
⑥ 《陈与义集校笺》卷一九,第552页。
⑦ [明]胡应麟:《诗薮》外编卷五,上海古籍出版社1979年版,第218页。
⑧ 《登高》,《杜诗详注》卷二〇,第1766页。

沉,也更为鲜明。该诗写景与抒情融为一体,空旷萧瑟的秋景,映衬着诗人深沉的忧思。全诗章法照应穿插,环环相扣。意境雄伟开阔,对仗精工而富于变化,声调音节洪亮沉着,中间两联"酣""抱""侵""吐"四字锻炼精警,风格沉郁顿挫,深得老杜真传,置于杜甫集中,几可乱真。

陈与义这类与杜甫"沉郁顿挫"诗风相似的作品还有很多,略举前人已有确评之数例:

> 吴子良评《同范直愚单履游浯溪》:盖当建炎乱离奔走之际,犹庶几少陵不忘君之意耳。①
> 纪昀评《闻王道济陷虏》:五、六乃良友相期以正之意,非痛词也。此亦似杜。六句千古。②
> 刘克庄评《感事》:简斋此诗,颇逼老杜。③
> 蔡正孙评《重阳》:简斋此诗,悲慨之情溢于言外,有老杜风。此后村所以谓其"造次不忘忧爱"也。④
> 纪昀评《登岳阳楼》:意境宏深,真逼老杜。⑤
> 陈衍评《再登岳阳楼感赋诗》:五六学杜而得其骨者。⑥

从数量上讲,陈与义该类风格的作品并不占其诗歌总量的很大比例;从其创作的时间跨度上讲,也并非最长,但该类诗歌却最能体现陈与义代表性的诗风,也是最为人们称道、最能体现其诗歌成就的部分。陈与义的成就给我们这样一个启示:在动荡社会中,要创作出好的作品,不仅要有强烈的社会责任感,同时也要求诗人选择一个最切合这个时代的诗歌风格。杜甫的"沉郁顿挫"正是动荡社会最具表现力的风格。这也正是后世每到战乱时代(或朝代更迭之际),杜诗每每成为人们精神资源的重要原因。

其四,借鉴杜诗的艺术构思。众所周知,杜甫在诗歌艺术的探索上颇有所得,南渡诗人常常在创作中自觉地继承杜甫这方面的宝贵遗产。因为这方面的内容比较零碎,这里仅对一些学杜痕迹十分醒目者略加论述。杜甫曾尝试用七言五句的形式创作诗歌,写出了《曲江三章章五句》,其诗曰:

---

① [宋]吴子良:《林下偶谈》卷二,《丛书集成初编》本。
② 《瀛奎律髓汇评》卷三二,第1356页。
③ 《后村诗话》前集卷二,第27页。
④ [宋]蔡正孙:《诗林广记》后集卷八,中华书局1982年版,第374页。
⑤ 《瀛奎律髓汇评》卷一,第42页。
⑥ 陈衍评选,曹中孚校注:《宋诗精华录》卷三,巴蜀书社1992年版,第398页。

曲江萧条秋气高,菱荷枯折随风涛,游子空嗟垂二毛。白石素沙亦相荡,哀鸿独叫求其曹。

　　即事非今亦非古,长歌激越捎林莽,比屋豪华固难数。吾人甘作心似灰,弟侄何伤泪如雨。

　　自断此生休问天,杜曲幸有桑麻田,故将移住南山边。短衣匹马随李广,看射猛虎终残年。①

应该说杜甫的这一探索并不成功,也因此没对后世产生太大的影响,但我们注意到,南渡诗人王之道有《酬秦寿之见赠三首》,其诗曰:

　　人言韩孟才相高,欲将诗骨追诗涛,可怜寒谷瘦不毛。青蒿倚松亦浪语,遂令后世称同曹。

　　谁能胸次浇今古,老去蓬茅杂榛莽,朴遬已甘无足数。品题忽及乃君余,顿觉焦枯得时雨。

　　静中真乐全吾天,勿轻舍己芸人田,甜均食蜜无中边。浊醪粗饭自不恶,那能问命推行年。②

王之道该诗不仅诗歌的结构与杜诗丝毫不差,就连韵脚也完全相同,王诗效法杜诗之迹甚明。另外,杜甫的咏物诗很有特色,尤其是几组咏动物之诗,托物讽喻,历来为诗评家看重,南渡诗人借鉴其法者亦不乏其人,如曾几《萤火》诗云:

　　浑忘生朽质,直拟慕光辉。解烛书帷静,能添列宿稀。当风方自表,带雨忽成微。变灭多无理,荣枯会一归。③

其托物比兴的手法,直承杜诗,我们将该诗与杜甫同题诗作一比较,就能很清晰地看到这一点:

　　幸因腐草出,敢近太阳飞。未足临书卷,时能点客衣。随风隔幔小,带雨傍林微。十月清霜重,飘零何处归。④

---

① 《杜诗详注》卷二,第137—139页。
② 《相山集》卷六。
③ 《茶山集》卷四。
④ 《杜诗详注》卷七,第612页。

曾诗与杜诗不仅所咏对象相同,而且遣词构思如出一辙,曾诗受杜诗影响一目了然;而杜诗中若有所指却又无法坐实的写法,亦直接影响到曾诗的创作。从某种程度上讲,曾诗是杜诗的模仿,但并不是简单字句层面的沿袭,而是基于遣词造句基础上的艺术构思的效法。与此相类的另有韩驹《嘲蚊》《嘲蝉》《嘲萤》《嘲蝇》等,学习杜诗的痕迹也很明显。

可以说,作为杜甫的第一个群体性的知音,南渡诗人对杜甫诗歌的接受或许不如其他时代的诗人那样深得精髓,但他们群起而效法之,对杜诗的进一步传播无疑有着积极的作用。而且,南渡诗人将杜甫诗句经典化,将杜诗用今体写政治题材的写法进一步推广,将杜诗沉郁顿挫的风格推尊为南渡时期的时代风格,都为后代接受杜诗提供了很好的榜样。

二、黄庭坚与陈师道

南渡时期,江西诗派方兴未艾,整个诗坛仍是江西诗风大行其道。不过,以黄庭坚、陈师道为代表的江西诗风对整个诗坛的影响主要体现在风貌上,而不是具体手法上。所谓风貌,是指以黄、陈为代表的诗风最能体现宋代诗歌的特征,是宋调的典型,如宋诗迥别于唐诗语言丰腴的瘦劲、用典的频繁等等。南渡诗歌基本上以宋调为主,这种诗坛格局,无疑与黄、陈等宋型诗歌的代表诗人的影响有着一定的关系。然而,江西诗派虽然标举学黄、学陈,推本溯源学杜,但由于诗派本身并没有统一的诗学宗旨,诗派内部成员也是风格各异,再加上北宋末年,江西诗人片面学黄、陈,一些流弊已经产生,南渡诗人对此进行反省,提出一些旨在纠正江西诗歌流弊的措施,如吕本中提出"活法说"就是一例。① 另外,有些江西诗人写诗直接取法杜甫,尤其是经历了与安史之乱相类的靖康之难后。因而,南渡诗坛即便是江西诗派成员也几乎没有完全恪守黄、陈诗法者,而是或取其一端,或某一时段受其影响。在此情形下,以黄、陈为代表的江西诗风对诗坛的影响则体现出虽可感知却难以具体指实的特征。所有这些导致南渡诗坛虽处处能感觉到江西诗风影响的存在,但真正在艺术渊源意义上以黄、陈为师法对象的诗人却并不太多。即便传统被认为是江西诗派成员的诗人如吕本中、韩驹、徐俯、曾几等人的创作,与黄、陈的诗歌风貌也有很大的区别。

当然,黄、陈对南渡诗歌的具体影响并非无迹可寻,只是不如我们想象的那么显著,人们因此很难把握。因为黄庭坚、陈师道等人在其生前身后

---

① 当然,亦有一些学者认为吕本中"活法说"的提出与江西诗派的弊端无关,如祝尚书所论。详见祝尚书《吕本中"活法"诗论针对性探微》,《中山大学学报》2011年第4期。

追随者甚众,江西诗风仍然大行其道,笼罩当时的诗坛,二人在南渡诗坛仍是人们学诗的榜样。南渡时期,除了如孙觌等为数不多的诗人明确表示不愿学江西①,大多数诗人仍奉黄、陈诗为圭臬。江西诗派诗人自不待言,即便一些传统上并不被视为江西诗派成员的诗人也常常在自己的诗文中表现出对黄、陈及江西诗派的向往。王庭珪《雷秀才尝学诗于吕居仁能谈江西宗派中事辄次居仁韵二绝赠行》:"忽逢雷子谈诗派,传法传衣共一途。"②张元幹《叶少蕴生朝三首》:"诗成山谷句中眼。"③邓肃《诫子》指导子弟:"习句法于黄。"④其他有类似意见的诗人还有曹勋、周紫芝等。另外有些诗人虽然未必宣称接受江西诗风的影响,但其创作中却显示出与江西诗风有着千丝万缕的联系。比如刘子翚,作为一个理学诗人,其创作有迥异于江西的主张,但其创作却并未与江西诗风绝缘。《宋诗钞》云:"(刘子翚)诗与曾茶山、韩子苍、吕居仁相往还。故所诣甚高。"⑤《四库全书总目》:"……惟七言近体派杂江西,盖子翚尝与吕本中游,故格律时复似之也。"⑥胡云翼:"(刘子翚)尝与吕本中游,故其诗格律颇染江西风味。例如:'梁园歌舞足风流,美酒如刀解断愁。忆得少年多乐事,夜深灯火上樊楼。'(《汴京纪事》)又如:'金碧销磨瓦面星,乱山依旧绕宫城。路人休唱三台曲,台上而今春草生。'(《铜爵》)"⑦

黄、陈诗歌在南渡诗坛的影响,当然主要还是表现在江西诗派成员的诗歌创作中,但也程度不等地体现在人数众多的一般诗人的作品中。而且即便是江西诗派成员,他们接受二人影响的范围与程度也各不相同。下面从多个方面来探讨黄、陈诗歌对南渡诗歌影响的具体表现:

第一,黄、陈对南渡诗坛的影响体现在点铁成金、夺胎换骨的创作理念上。

黄庭坚最重要的诗歌理论之一就是点铁成金、夺胎换骨。其《答洪驹父书三首》言:"青琐祭文,语意甚工,但用字时有未安处。自作语最难,老杜作诗,退之作文,无一字无来处,盖后人读书少,故谓韩杜自作此语耳。古之能为文章者,真能陶冶万物,虽取古人之陈言入于翰墨,如灵丹一粒,

---

① 孙觌有诗《虎邱沼老豫章诗僧也与余相遇于枫桥方丈诵所作徐献之侍郎生日诗有东湖孺子南极老人之句余爱其工赋小诗寄赠》云:"不落江西派,肯学邯郸步。"(《鸿庆居士集》卷六)
② 《卢溪文集》卷二四。
③ 《芦川归来集》卷三。
④ 《栟榈集》卷一三。
⑤ [宋]吴之振、吕留良、吴自牧编选:《宋诗钞》第2册,中华书局1986年版,第1506页。
⑥ [清]永瑢等:《钦定四库全书总目(整理本)》卷一五七,中华书局1997年版,第2106页。
⑦ 胡云翼:《胡云翼说诗·宋诗研究》,华东师范大学出版社2004年版,第257页。

点铁成金也。"①宋惠洪《冷斋夜话》载:"山谷云:'诗意无穷,而人之才有限,以有限之才,追无穷之意,虽渊明、少陵,不得工也。然不易其意而造其语,谓之换骨法;窥入其意而形容之,谓之夺胎法。'"②后人对这一诗歌理论争议很大,诟病者斥为剽窃之论,而赞同者则视为学诗之不二法门。关于这个理论的具体含义,前人讨论已多,这里不作介绍。简言之,黄庭坚提出这个理论的大意是诗歌创作应积极借鉴前人诗歌的语言艺术、新奇立意等方面,为我所用,推陈出新。

应该说,借鉴前人诗歌创作经验乃古典诗歌创作中常见的现象,并非黄庭坚首创,因而很难将宋代南渡诗坛大量借鉴前人的创作现象完全归因于黄庭坚的理论。但考虑到黄庭坚是第一个阐释点铁成金、夺胎换骨创作理论并提出独特而具体操作方法的人,又是追随者甚众的诗人,人们对其理论耳熟能详,因而我们有理由相信南渡诗坛众多诗人效法前人与黄庭坚的理论不无关系。而且,宋代南北宋之际,不少诗人及诗论家对黄庭坚此论或引用或阐释,蔚为大观。如张元幹在《跋山谷诗稿》中说:"山谷老人此四篇之稿,初意虽大同,观所改定,要是点化金丹手段。又如本分衲子参禅,一旦悟入,举止神色,顿觉有异。超凡入圣,只在心念间,不外求也。句中有眼,学者领取。"③《艇斋诗话》:"东湖言:'荆公《画虎行》用老杜《画鹘行》,夺胎换骨。'"④

南渡诗坛对黄庭坚这一创作理念接受最为明显的表现是效法、点化前人诗句。现举例如下:

陈与义《雪》:"天上春已暮,尽日花缤纷。"⑤	黄庭坚《咏雪奉呈广平公》:"风回共作婆娑舞,天巧能开顷刻花。"⑥
陈与义《来禽花》:"人间风日不贷春。"⑦	黄庭坚《双井茶送子瞻》:"人间风日不到处。"⑧
陈与义《和张规臣水墨梅五绝》(其四):"意足不求颜色似,前身相马九方皋。"⑨	黄庭坚《过平舆怀李子先时在并州》:"世上岂无千里马,人中难得九方皋。"⑩

---

① [宋]黄庭坚:《豫章黄先生文集》卷一九,《四部丛刊初编》本。
② [宋]惠洪:《冷斋夜话》卷一,中华书局1988年版,第15—16页。
③ 《芦川归来集》卷九。
④ 《艇斋诗话》,《历代诗话续编》本,中华书局1983年版,第283页。
⑤ 《陈与义集校笺》卷三〇,第824页。
⑥ 《黄庭坚诗集注·山谷诗集注》卷六,中华书局2003年版,第215页。
⑦ 《陈与义集校笺》卷一〇,第275页。
⑧ 《黄庭坚诗集注·山谷诗集注》卷六,第219页。
⑨ 《陈与义集校笺》卷四,第104页。
⑩ 《黄庭坚诗集注·山谷外集诗注》卷二,第786—787页。

续表

吕本中《游北李园三绝》:"自是芙蓉不耐寒""去马来舟绝往还"。①	黄庭坚《杂吟》:"芙蓉不耐寒。"② 黄庭坚《客自潭府来称明因寺僧作静照堂求予作》:"去马来舟争岁月。"③
吕本中《昨日晚归戏成四绝呈子之兼烦转示进道丈》:"卧疾江边久未回,懒随儿辈走尘埃。"④	黄庭坚《次韵元礼春怀十首》:"已被风光催我老,懒随儿辈绕春城。"⑤
王庭珪《和李巽伯少卿见怀》:"生儿了事正作痴,亦恐痴儿未能了。"⑥ 王庭珪《和曾英发见寄二首》:"闻君要了官中事,了事君今竟作痴。"⑦	黄庭坚《登快阁》:"痴儿了却公家事,快阁东西倚晚晴。"⑧
汪藻《食虾》:"短箱倾碎碧,纤指剥轻红。"⑨	黄庭坚《廖致平送绿荔支为戎州第一王公权荔支绿酒亦为戎州第一》:"试倾一杯重碧色,快剥千颗轻红肌。"⑩
汪藻:"野田无雨出龟兆,湖水得风生縠纹。"	黄庭坚:"山椒欲雨好云气,湖面逆风生水纹。"⑪
李弥逊《次韵陈泰定见赠》其二:"鸟鸣幽谷何妨静。"⑫	王籍:"鸟鸣山更幽。"⑬
李弥逊《春日奉陪子安诸公游后门》:"澄江静可鉴,合嶂青未了。"⑭	谢朓《晚登三山还望京邑》:"澄江静如练。"⑮杜甫《望岳》:"齐鲁青未了。"⑯
李弥逊《山居寄友人》:"结庐人境经过少。"⑰	陶渊明《饮酒二十首》:"结庐在人境,而无车马喧。"⑱

---

① 《东莱诗词集》诗集卷二,第18—19页。
② 《黄庭坚诗集注·山谷别集诗注》卷上,第1422—1423页。
③ 《黄庭坚诗集注·山谷诗外集补》卷四,第1687页。
④ 《东莱诗词集》诗集卷二,第26页。
⑤ 《黄庭坚诗集注·山谷诗外集补》卷三,第1671—1672页。
⑥ 《卢溪文集》卷二。
⑦ 《卢溪文集》卷一四。
⑧ 《黄庭坚诗集注·山谷外集诗注》卷一一,第1144页。
⑨ 《浮溪集》卷三〇。
⑩ 《黄庭坚诗集注·山谷诗集注》卷一三,第481页。
⑪ 《苕溪渔隐丛话》前集卷四九:"《高斋诗话》云:山谷诗云:'山椒欲雨好云气,湖面逆风生水纹。'"《苕溪渔隐丛话》前集卷四九:"汪彦章诗云:'野田无雨出龟兆,湖水得风生縠纹。'"(第336页)
⑫ 《筠豀集》卷一七。
⑬ [唐]姚思廉:《梁书》卷五〇,中华书局1973年版,第713页。
⑭ 《筠豀集》卷一一。
⑮ 《谢宣城集校注》卷三,第278页。
⑯ 《杜诗详注》卷一,第4页。
⑰ 《筠豀集》卷一六。
⑱ [晋]陶潜著,龚斌校笺:《陶渊明集校笺》卷三,上海古籍出版社1996年版,第219页。

续表

李弥逊《用硕夫韵述怀》:"少年正堕尘网中,晚岁臭味商山翁。"①	陶渊明《归园田居》:"误落尘网中,一去三十年。"②
赵鼎《役所书事用山谷观化韵》:"宦学平生着意深,要从黄卷古人寻。功名富贵非吾事,只有渊明会此心。"③	黄庭坚《观化十五首》(其十四):"淘沙邂逅得黄金,莫便沙中着意寻。指月向人人不会,清霄印在碧潭心。"④
赵鼎《役所书事用山谷观化韵》:"台高山远淡如无,愁极羁人念索居。一任东风吹鬓发,潇潇蓬葆不禁梳。"⑤	黄庭坚《观化十五首》(其二):"生涯潇洒似吾庐,人在青山远近居。泉响风摇苍玉佩,月高云插水晶梳。"⑥
徐俯《滕王阁》:"一日逢王造,千年与客游。"⑦	杜甫《玉台观二首》:"浩劫因王造,平台访古游。"⑧
徐俯:"此身终拟拂衣间。"⑨	谢灵运《述祖德诗二首》:"高揖七州外,拂衣五湖里。"⑩
曾几《次陈少卿见赠韵》:"了无适俗韵。"⑪	陶渊明《归园田居》:"少无适俗韵。"⑫
曾几《题临川宰徐伯章心远轩》:"悠然见南山。"⑬	陶渊明《饮酒二十首》:"悠然见南山。"⑭
王之道《追和李义山赋菊二首》:"采采东篱下,行歌对草堂。"⑮	陶渊明《饮酒二十首》:"采菊东篱下。"⑯
晁公溯《修竹二首》:"室幽境自闲,心远地愈静。"⑰	陶渊明《饮酒二十首》:"问君何能尔?心远地自偏。"⑱

---

① 《筠谿集》卷一七。
② 《陶渊明集校笺》卷二,第73页。
③ 《忠正德文集》卷六。
④ 《黄庭坚诗集注·山谷诗外集补》卷三,第1648页。
⑤ 《忠正德文集》卷六。
⑥ 《黄庭坚诗集注·山谷诗外集补》卷三,第1644页。
⑦ [宋]陈思编,[元]陈世隆补:《两宋名贤小集》卷一一四,《影印文渊阁四库全书》本。
⑧ 《杜诗详注》卷一三,第1092页。
⑨ 《艇斋诗话》,《历代诗话续编》本,第313页。
⑩ [南朝宋]谢灵运著,顾绍伯校注:《谢灵运集校注》,中州古籍出版社1987年版,第105页。
⑪ 《茶山集》卷一。
⑫ 《陶渊明集校笺》卷二,第73页。
⑬ 《茶山集》卷一。
⑭ 《陶渊明集校笺》卷三,第219页。
⑮ 《相山集》卷七。
⑯ 《陶渊明集校笺》卷三,第219页。
⑰ 《嵩山集》卷六。
⑱ 《陶渊明集校笺》卷三,第219页。

上面的例子,当然是笔者精心挑选的,但也并非不具有代表意义。从诗人艺术取向来说,这里既有被视为江西诗派成员的吕本中、陈与义等人,也有被视为苏派中坚的汪藻,更有被钱锺书称为"独来独往"的李弥逊。这些诗人都不排斥被后人视为剽窃之法的艺术借鉴,从一定程度上说明了黄庭坚理论影响之大。而且,从上面的例子还可以看出,不少诗人甚至直接取法黄庭坚诗歌的诗意与表述。类似的情况还可以举出很多例子。如曾几《所种竹鞭盛行》:"独绕笾笃径,令人喜欲颠。已持苏老节,更著祖生鞭。傍舍应除地,新梢拟上天。真成时夜卵,煨茁想明年。"①方回评此诗曰:"茶山此诗盖善学山谷《猩猩毛笔》诗者,所谓脱胎换骨也。"②陈师道诗《寄黄充》有句云:"俗子推不去,可人费招呼。"③这种同一联中两句相对的句式,为南渡许多诗人效法。例如,曾几《王岩起乐斋》:"欢惊挽不来,愁思推不去。"④韩驹《和李上舍冬日书事》:"推愁不去如相觅,与老无期稍见侵。"⑤周紫芝《次韵文伯与余游孤山》:"客尘费爬搔,佳士要推挽。"⑥《西窗见榴花分韵得花字》:"青春苦难挽,白日良易斜。"⑦

第二,黄、陈二人(尤其是黄)诗歌创作中大量运用典故的嗜好影响到南渡诗人创作。诗歌创作运用典故,自南朝时已经开始。经唐代杜甫、李商隐等人的不断推进,诗歌用典已经成为创作中的常识。诗歌发展到苏轼、黄庭坚时,诗人对用典这一技法已掌握得炉火纯青,用典的方法也更为丰富,正用、反用、直用、曲用,随心所欲。而用典之密,也发展到了极致,黄庭坚诗歌这方面表现得尤其突出。许尹《黄陈诗集注序》指出黄诗用事富瞻奥博云:"其用事深密,杂以儒、佛,虞初稗官之说,《隽永》《鸿宝》之书,牢笼渔猎,取诸左右。"⑧而黄氏诗歌用典之僻、用典之曲,也为人叹服。以其《和答钱穆父咏猩猩毛笔》为例,五言八句之中,用典达七处之多,而且这些典故似乎与所咏之物——毛笔毫不相干,但这些不相干之典经诗人的生花妙笔融化斡排,妙合无迹。诚如方回评该诗云:"此诗所以妙者,'平生''身后''几两屐''五车书',自是四个出处,与猩猩毛笔何干涉?乃善

---

① 《茶山集》卷四。
② 《瀛奎律髓汇评》卷二七,第1170页。
③ [宋]陈师道撰,任渊注,冒广生补笺,冒怀辛整理:《后山诗注补笺》卷九,中华书局1995年版,第342页。
④ 《茶山集》卷一。
⑤ 《陵阳集》卷三。
⑥ 《太仓稊米集》卷二二。
⑦ 《太仓稊米集》卷二六。
⑧ 《黄庭坚诗集注》序,第2页。

能融化斡排至此。末句用'拔毛'事,后之学诗者,不知此机诀不能入三昧也。"①

如黄庭坚这般纵横捭阖地运用典故,需要深厚的学养与很大的才力。南渡诗人这方面多不能与黄庭坚抗衡,他们即便学黄,也很难像黄庭坚随心所欲地使用各种各样的典故。南渡诗人学黄用典,偶尔会效其密,尤以江西诗派成员为是。吕本中《和李二十七食蛙听蛙二首》:"莫惊朋类多惊爆,曾伴中郎鼓吹来。今日属官本渠分,晚江烟雨闹池台。"②四句中有两个典故。又如陈与义《目疾》:

> 天公嗔我眼常白,故著昏花阿堵中。不怪参军谈瞎马,但妨中散送飞鸿。著篱令恶谁能对,损读方奇定有功。九恼从来是佛种,会如那律证圆通。③

八句之中用七事,冯班评云:"太填砌,如此何得薄'昆体'耶?""'江西派'承'昆体'之后,用事多假借狃合,往往不可通。'昆体'学三十六体用事,出没皆本古法。黄、陈多杜撰,所以不及。"④虽然冯班对这首诗并不认可,但他却敏锐地道出一个事实:该诗实与黄、陈用典之法如出一辙。冯氏道其堆砌,实则陈诗是将不相干的典故有机地结合在一起,与上面所举黄氏《和答钱穆父咏猩猩毛笔》异曲同工。而我们细察陈诗,发现其诗自嘲中透露出一种幽默与机智,这一点同样受黄庭坚诗影响较深。至于该诗语言之古朴,亦不出黄、陈之苑囿。用典密集之习,并非仅仅止于江西诗派成员。其他诗人亦偶有效法者。如晁公遡《次韵程愿以十诗见示篇中多及故起居舍人程子山老懒姑取其一用韵答之》:"故乡乔木莫知年,闻道端居似玉川。勿谓鲁侯吾不遇,试言卫政子奚先。传家学问三冬足,插架文书四库全。颇复因君怀柱史,当时高会有群贤。"⑤该诗八句无处不用典,且"鲁侯不遇""卫政"之典并不常见。又如张守《友人惠猩猩毛笔一枝秃甚作诗戏之》:

---

① 《瀛奎律髓汇评》卷二七,第1164页。
② 《东莱诗词集》诗集卷六,第81页。
③ 《陈与义集校笺》卷四,第111页。
④ 《瀛奎律髓汇评》卷四四,第1597页。
⑤ 《嵩山集》卷一三。

猩毛意重鹅毛赠,老不中书一怅然。宜付削毫贫郑灼,政堪握笔晋僧虔。判冥即合防抛失,塞冢宁甘便弃捐。瓦研蓬窗吾臭味,秃翁相对且忘年。①

该诗典故之密集,可与黄庭坚诗歌一较高下。而其诗歌题材显然也是借鉴了黄庭坚的《和答钱穆父咏猩猩毛笔》等篇,至于语言的瘦硬、古朴,亦有黄诗的痕迹。

另有一些诗人则将黄诗开拓之典用于自己的诗歌创作中,如周紫芝《张元明罗仲共赋郡池白莲仆时在淮西十二月中休方德修始出巨轴追和》的"花似当时傅粉郎,不须汤饼试新妆"②,直接受黄庭坚用何晏典之句"露湿何郎试汤饼"③的影响。《世说新语·容止》云:"何平叔美姿仪,面至白。魏明帝疑其傅粉,正夏月,与热汤饼,既噉,大汗出,以朱衣自拭,色转皎然。"④黄庭坚用何晏的男性仪容之美形容花美,颇为新奇,引起时人及后来者的关注,周紫芝诗亦用此典,受黄诗影响甚明。

又有诗人效法黄氏用典之僻。宋人用典喜僻,因僻而显学,黄庭坚这一方面的特征非常明显。宋代南渡诗人的学养不如黄氏,加之南渡诗人有意纠正江西诗歌因使用僻典造成的晦涩难懂,故有意回避僻典。不过,南渡诗人偶尔技痒,亦会刻意使用生僻的、不为人注意的典故。吕本中《怀京师》:"汉家宗庙有神灵,寄语胡儿莫狂荡。"⑤其中"汉家宗庙有神灵"一句,表面看来平淡无奇,实际上暗用典故。该句出自《汉书·元后传》:"既至,见孝元庙废彻涂地,太后惊,泣曰:'此汉家宗庙,皆有神灵,与何治而坏之!'"⑥又,曾季貍《艇斋诗话》云"吕东莱诗'准拟春来泰出游','泰出游',大出游也,出《汉田叔传》。叔相鲁王,'不泰出游'。"⑦徐俯《吕右丞挽词》"补衮家风在,名门不乏公"⑧,其中"不乏公"亦是易为人所忽视之典。《南史·柳世隆列传》:"帝谓元景曰:'卿昔以武威之号为随郡,今复以授世隆,使卿门世不乏公也。'"⑨

---

① 《毗陵集》卷一六。
② 《太仓稊米集》卷一五。
③ 《观王主簿家酴醾》,《黄庭坚诗集注·山谷外集诗注》卷一二,第1200页。
④ 《世说新语校笺》卷下,第333页。
⑤ 《东莱诗词集》诗集卷一一,第166页。
⑥ [汉]班固:《汉书》卷八九,中华书局1964年版,第4034页。
⑦ 《艇斋诗话》,《历代诗话续编》本,第301页。
⑧ 同上书,第326页。
⑨ [唐]李延寿:《南史》卷三八,中华书局1975年版,第983页。

不过,总体而言,南渡诗坛学黄、陈用典的现象并不突出,诗人效其用典,往往偶一为之。即便江西诗派内部成员,除了上面所举吕本中、陈与义外,其他如韩驹等人的诗集中很难找出有明显继承黄、陈用典之处。

第三,黄、陈诗歌对南渡诗坛的影响表现在章法上。黄庭坚、陈师道两人诗歌皆具有在章法上刻意求奇、转折陡急的特点。方东树曾专门论述过黄庭坚的这一创作特色,指出:"山谷之妙,起无端,接无端,大笔如椽,转折如龙虎,扫弃一切,独提精要之语,每每承接处,中亘万里,不相联属,非寻常意计所及。"①莫砺锋师也指出这一点:"黄诗结构的特点是在诗意的各个层次之间作较大的转折,却又有意把转折的脉络暗藏于文字后面,读者需反复吟咏玩索,才能悟到其中的草蛇灰线。"②这种刻意安排,造成诗歌意脉不畅,黄庭坚诗中表现得尤其突出,陈师道诗中只是偶一为之。到了南渡诗人那里,这种章法上的大起大落、似断实续的特点,并不为大部分的诗人采用,但仍有诗人对此法颇感兴趣,如:"师川云:'作诗要当无首无尾。'山谷亦云。"③徐俯的"无首无尾"说显然是黄庭坚诗歌章法说之一端,系承接黄氏之论。不过,南渡诗人即便偶有效此作法者,章法的开阖幅度也远不如黄、陈。

南渡江西诗派诗人吕本中、曾几的创作对黄、陈章法有所继承。吕本中《中秋日沈宗师约游城西泥雨不果因成四十字兼寄赵才仲》云:"遂阻城西步,兼怀雪上游。"④又《阳翟冬夜》云:"便往吾何敢,长闲力未能。"⑤仅从诗歌的语气来看,以上两联似乎顺承上文而来,应该在诗歌的中间两联或尾联,但偏偏这两联皆处于诗篇的首联,读来让人觉得没头没脑,很是突然,属于典型的"无首"诗歌章法。曾几该类作品亦有一定数量,然开阖的程度亦远不及黄、陈。其《禽声》曰:

> 不如归去东皋上,美酒提壶迎妇饷。何妨脱袴著新衣,百箔蚕丝茧如瓮。春泥滑滑未没腰,田间布谷初立苗。牧儿喜舞麦熟也,报答尔曹婆饼焦。⑥

---

① [清]方东树:《昭昧詹言》卷一二,人民文学出版社 1961 年版,第 314 页。
② 莫砺锋:《江西诗派研究》,齐鲁书社 1986 年版,第 48 页。
③ [宋]吴可:《藏海诗话》,《历代诗话续编》本,第 338 页。
④ 《东莱诗词集》诗集卷三,第 36 页。
⑤ 《东莱诗词集》诗集一〇,第 149 页。
⑥ 《茶山集》卷三。

又《闻李泰发参政得旨自便将归以诗迓之》曰：

> 苦遭前政堕危机，二十余年咏式微。天上谪仙皆欲杀，海滨大老竟来归。故园松菊犹存否，旧日人民果是非。最小郎君今弱冠，别时闻道不胜衣。①

前一首在结构上刻意将开头一句安排得警人耳目，读来令人感到劈空而至，突兀异常，从而引起读者强烈的阅读欲望。后一首则刻意在最后一联大做文章，将本来较为平常的迎人之诗表现得神采飞扬。该诗前六句写李光被贬二十余年，终于放还，物是人非。最后一句似乎随意抒写，甚至乍看有游离主题之感。细细寻绎发现别有意味，该联不仅与首联相呼应，而且以小见大，将李光贬谪之长久通过形象的方式体现。故纪昀评此诗云："后半只闲闲感慨，笔墨却高。"②

第四，南渡诗人对黄、陈的继承表现在句法上。黄庭坚、陈师道二人皆曾在诗歌句法上下过大功夫。黄庭坚学习杜诗的吴体并进一步发展，大量写作平仄不叶的拗体诗；又师法韩诗散文句式及用奇字险韵，故张戒批评黄诗："专以补缀奇字。"③陈师道作诗学句法于杜甫，黄庭坚称陈师道："作诗渊源，得老杜句法，今之诗人不能当也。"④黄、陈二人学前人各有所得，对后世诗人的创作产生了深远影响。南渡诗人身处其后，对黄、陈所倡导的句法更是津津乐道。陈与义《送王周士赴发运司属官》："书生得句胜得官。"⑤《春日二首》："忽有好诗生眼底，安排句法已难寻。"⑥

拗体诗是诗歌的格律定型以后的变体。杜甫首次在其诗中明确标示写作拗体，不过杜甫创作拗体诗，只是偶一为之。据《瀛奎律髓》统计，杜诗159首七律中，拗体仅19首⑦，而且，杜诗拗的程度也不大。黄庭坚学习杜诗拗体，并大量创作，其七律诗总数为311首，其中拗体占153首，占总数的近一半。⑧ 受其影响，后学诗人经常创作此体，南渡诗人中亦不乏其人。吕本中《张祎秀才乞诗》："白莲庵中张居士，梦断世间风马牛。风尘

---

① 《茶山集》卷五。
② 《瀛奎律髓汇评》卷四三，第1573页。
③ 《岁寒堂诗话》卷上，《历代诗话续编》本，第455页。
④ 《答王子飞书》，《豫章黄先生文集》卷一九。
⑤ 《陈与义集校笺》卷一一，第308页。
⑥ 《陈与义集校笺》卷一〇，第279页。
⑦ 《瀛奎律髓》卷二五"拗字类"，第1107页。
⑧ 参见莫砺锋《江西诗派研究》，第37页。

表物自无意,神仙中人聊与游。澄江似趁北城晓,苦雨不放南山秋。君当先行我继往,勾吴东亭留小舟。"《瀛奎律髓》将该诗收入"拗字类"中。其格律为:

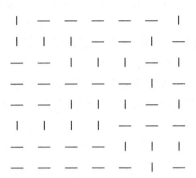

整首诗无一联合律,而且首联与颔联、颈联与尾联失粘。这种拗得太甚的诗句,几乎可与黄庭坚该体诗歌一比高下。方回评曰:"自山谷续老杜之脉,凡'江西派'皆得为此奇调。汪彦章与吕居仁同辈行,茶山差后,皆得传授。"①此类诗歌,在吕本中其他诗体中也有所体现,如其七绝《久不得才仲书因成两绝寄之》其一:"望大赵书如渴骥,忆老汪胶无续弦。看遍江南与江北,小屏微雨是斜川。"②首联亦拗得厉害。其他如汪藻《次韵向君受感秋》《春日》,胡铨《过三衢呈刘共父》等亦皆为大拗之作。南渡诗坛写作拗体诗最多的诗人是曾几,莫砺锋师云:"今本《茶山集》中共有一百四十六首七律。其中有三分之一是拗体。"③曾几曾师从吕本中,对杜甫、黄庭坚相当崇拜,多次作诗赞美二人:"工部百世祖,涪翁一灯传。"④"华宗有后山,句律严七五。豫章乃其师,工部以为祖。"⑤并以江西派中人自居:"老杜诗家初祖,涪翁句法曹溪。尚论渊源师友,他时派列江西。"⑥明了曾几与江西诗派的关系,我们有理由说曾几如此大规模地创作七律拗体,且为数不少的诗歌通篇无一联不拗,无疑受到黄庭坚创作的影响。

炼字也是自杜甫以来为许多诗人常常采用的诗歌技法之一。黄庭坚学习杜甫的同时,更直接取法韩愈,在诗歌中常常用一二奇异而传神的字

---

① 《瀛奎律髓汇评》卷二五,第1126页。
② 《东莱诗词集》诗集卷二,第28页。
③ 《江西诗派研究》,第172页。
④ 《东轩小室即事五首》之四,《茶山集》卷二。
⑤ 《次陈少卿见赠韵》,《茶山集》卷一。
⑥ 《李商叟秀才求斋名于王元渤以养源名之求诗》之二,《茶山集》卷七。

眼使诗句达到新奇而脱俗的效果。清姚范论诗曰："涪翁以惊创为奇,其神兀傲,其气崛奇,元思瑰句,排斥冥荃,自得意表。玩诵之久,有一切厨馔腥蝼而不可食之意。"①江西诗派中人对黄氏炼字之法最无异议。朱东润指出:"江西派对于炼字,特为重视,故山谷言句中眼,潘邠老言响字,吕本中言字字活则字字响。迄至方回对于诗中眼,尤为注意,此二百年中江西派之议论虽屡变,独其对于炼字,则始终一贯,未有或违者也。"②

南渡诗人受其影响,亦将该法频频用于创作中。吕本中"长河印晓月"③中的"印"字、"月挟清霜下,风随细浪行"④中的"挟"字;陈与义"一凉恩到骨"⑤中的"恩"字;曾几"僧窗各自占山色,处处薰炉茶一瓯"⑥中的"占"字、"竹树惊秋半,衾裯惬夜分"⑦中的"惬"字等等,皆是诗人刻意锻炼选用,是各自诗中的句眼。而且,南渡诗坛的炼字之法不仅仅在江西诗派成员中大行其道,其他非江西诗人亦常常乐此不疲。如李弥逊《春日杂咏九首》"竹色侵书静,松声落耳遥"⑧中的"侵"和"落"字,《再游龙潭》"水光沉树色,人语乱泉声"⑨中的"沉"与"乱"字;汪藻《次韵吴明叟集鹤林五首》"风来荷气度,日转松阴重"⑩中的"度",《宿鄢侯镇》"微凉初破候虫秋,水露草萤光不流"⑪中的"破"与"流"字。如此等等,皆是南渡诗歌重视炼字的表现。这些句眼之字,就单独来看,并无奇僻古怪之处,但用在诗中却显得别出心裁,有些达到了奇崛奥峭之美的效果。至于刘一止诗《从谢仲谦乞猫一首》最后四句"他时生(因)[囡]愿聘取,青海龙种岂足云。归来堂上看俘馘,买鱼贯柳酬策勋"⑫,所下"聘""贯"字亦显示出炼字之迹,而其用法则是取法于黄庭坚诗《乞猫》:"闻道狸奴将数子,买鱼穿柳聘衔蝉。"⑬在炼字方面,南渡诗人中受黄庭坚影响最大的当然还是江西诗派成员,尤其是韩驹。

韩驹作诗态度非常严谨,对字句的推敲极为重视。陆游《跋陵阳先生

---

① [清]姚范:《援鹑堂笔记》卷四〇,道光己未(1835)冬刊本。
② 朱东润:《中国文学批评史大纲》,上海古籍出版社2005年版,第136页。
③ 《九日晨起》,《东莱诗词集》诗集卷三,第36页。
④ 《江上二首》,《东莱诗词集》诗集卷一〇,第140页。
⑤ 《秋雨》,《陈与义集笺校》卷四,第95页。
⑥ 《张子公招饭灵感院》,《茶山集》卷五。
⑦ 《仲夏细雨》,《茶山集》卷四。
⑧ 《筠谿集》卷一四。
⑨ 同上。
⑩ 《浮溪集》卷三二。
⑪ 《浮溪集》卷三二。
⑫ 《苕溪集》卷三。
⑬ 《黄庭坚诗集注·山谷外集诗注》卷七,第975页。

诗草》云:"先生诗擅天下,然反覆涂乙,又历疏语所从来,其严如此,可以为后辈法矣。予闻先生诗成,既以予人,久或累月,远或千里,复追取更定,无毫发恨乃止。"①刘克庄也有类似的记载:"其诗有磨淬剪裁之功,终身改窜不已,有已写寄人数年,而追取更易一两字者,故所作少而善。"②从中不难看出韩驹注重文字锻炼的创作态度与黄庭坚非常相像,而其创作实践亦如是。胡仔云:"汪彦章自吴兴移守临川,曾吉甫以诗迓之云:'白玉堂中曾草诏,水精宫里近题诗。'先以示子苍,子苍为改两字:'白玉堂深曾草诏,水精宫冷近题诗。'迥然与前不侔,盖句中有眼也。"③的确,韩驹虽改写曾几诗二字,诗歌的风貌却与原诗迥然不同。曾诗中用"中""里"两方位词来描写汪藻文学侍从的生活未尝不可,但韩驹改换二字后,不仅未损害原诗的意义,同时还将宫殿的特征也在诗中表现出来,增加了诗歌的信息量。又其诗《和李上舍冬日书事》颔联云:"倦鹊绕枝翻冻影,飞鸿摩月堕孤音。"④其中的"翻""堕""冻""摩"四字锻炼精工,将冬夜的凛寒、倦鹊的孤凄、飞鸿的悲切生动地刻画出来。其《湖南有大竹世号猫头取以作枕仍为赋诗》"卖鱼穿柳不蒙聘,深蹲地底老欲哭"中的"聘"字,则直接取自于黄庭坚。

南渡诗人对黄陈句法的继承,还体现在大量散文句的使用。一般而言,诗歌语言有其自身的特征,尤其是律诗要讲究"半逗律",即"每顿由二字组成,它们既是一个音组,也应该同时是一个义组,如果有三个字成一个义组,无论在五言或七言中,它最好摆在句末,以避免头重脚轻的弊病。"⑤然而,从唐代韩愈等人开始,诗人有意打破五、七言诗固有的音节,用散文化的语言写诗。吉川幸次郎《宋诗概说》认为,宋人"用语也避免华丽,力求质实,甚或使用过去公认会破坏诗的调和的、过于质实的语言。譬如过去已成为散文用语而不入诗的辞汇,宋人也大胆地移入诗中"⑥。唐宋诗人中将这种诗歌语言运用到极致者,便是黄庭坚与陈师道。南渡诗人浸淫黄、陈诗歌日久,创作中不免带有以文为诗的风气。如吕本中《劝张李二君酒》:"两侯风味俱不恶,如芙蓉与木芍药。"⑦《久不得才仲书因成两绝寄

---

① 《渭南文集》卷二七,《陆游集》第5册第2235页。
② 《后村先生大全集》卷九五。
③ 〔宋〕胡仔:《苕溪渔隐丛话》后集卷三四,人民文学出版社1962年版,第264—265页。
④ 《陵阳集》卷三。
⑤ 熊笃:《诗词曲艺术通论》,中州古籍出版社2000年版,第293页。
⑥ 〔日〕吉川幸次郎著,李庆等译:《宋元明诗概说·宋诗概说》,中州古籍出版社1987年版,第34页。
⑦ 《东莱诗词集》诗集卷三,第31页。

之》："望大赵书如渴骥，忆老汪胶无续弦。"①曾几《食牛尾狸》："生不能令鼠穴空。"②《造侄寄建茶》："买应从聚处，寄不下常年。"③《二儿次韵予亦复次韵二首》："青犹须雨沐，直不要人扶。"④即便与江西诗派基本没有太大关系的冯时行等人，他们的创作中也有类似的情况。如冯时行《题香积寺》："雪如将路断，云实助山深。"⑤该诗句的散文化程度就很高，与黄庭坚该类句式有相似之处。

第五，黄、陈二人诗作对南渡诗人的影响表现在语言上。黄庭坚诗歌语言生新瘦硬，陈师道则质朴无华，两者差别较为明显，但二者亦有共同之处，即有意剥落诗歌美丽语言的外壳，洗尽铅华，表露本色。这样的语言属于典型的宋诗风格，南渡诗歌总体仍然未出宋调藩篱，因而基本上承袭这一语言特征。如吕本中《夜坐》：

> 所至留连不计程，两年坚卧厌南征。荒城日短溪山静，野寺人稀鹳鹤鸣。药裹向人闲自好，文书到眼病犹明。较量定力差精进，夜夜蒲团坐五更。⑥

纪昀评此诗"瘦硬而浑老"⑦，诚为的评。该诗意境清冷，语言绝无纤丽之气，瘦劲生硬，与黄庭坚诗歌语言非常相似。而这样的诗歌语言，在吕本中等江西诗派成员的诗集中还有很多。如：

> 往事高低半枕梦，故人南北数行书。（吕本中《孟明田舍》）⑧
> 夜欲生棱梦不成，城头高下打三更。（吕本中《曹州后圃夜行》）⑨
> 生不能令鼠穴空，但为牛后亦何功。（曾几《食牛尾狸》）⑩
> 偏为咨嗟惟尔念，是谁移种待君来。（徐俯《庭中梅花正开用旧韵贻端伯》）⑪

---

① 《东莱诗词集》诗集卷二，第28页。
② 《茶山集》卷八。
③ 《茶山集》卷四。
④ 同上。
⑤ 《缙云文集》卷三。
⑥ 《东莱诗词集》诗集卷一七，第250页。
⑦ 《瀛奎律髓汇评》卷一五，第561页。
⑧ 《东莱诗词集》诗集卷一〇，第149页。
⑨ 《东莱诗词集》诗集卷七，第97页。
⑩ 《茶山集》卷八。
⑪ 《两宋名贤小集》卷一一四《东湖居士集》。

积得重重那许重,飞来片片又何轻。(徐俯《戊午山间对雪》)①

除此以外,其他非江西诗派的诗人创作也偶有瘦硬奇峭的诗句,不过程度不同而已。如汪藻《汴中偶题》:"无官可缓三人带,有子能胜十具牛。"②《德劭亲迎而归乃有打包辟谷之兴以诗见贻戏用其韵》:"冬之夜永宜长虑,百计真从若个边。"③《湖南安抚刘龙图挽词二首》:"初惊楚俗招魂些,已见羊公堕泪碑。"④即便是以《选》诗为准的刘子翚,其诗中亦不乏瘦劲的诗句,如其《秋意》:"百年未半老相逼,四序平分秋独悲。"⑤

上述诗句语言生硬奇峭类黄庭坚,但与黄庭坚相比,又无其过于奇险之弊,显示出南渡诗人在效法前人的同时亦自觉地加以改造。与黄诗语言的影响范围较大相比,陈师道诗歌语言的影响力在南渡时期则小得多,受其影响较为明显的有陈与义与吕本中两家。如陈与义《今夕》:

今夕定何夕,对此山苍然。偷生经五载,幽独意已坚。微阴拱众木,静夜闻孤泉。唯应寂寞事,可以送余年。⑥

诗歌选用五言近体,恰是陈师道最擅长的体裁。而其诗歌言简义丰、质木无文,也接近陈师道诗歌。陈与义另一首《道中寒食二首》,纪昀批曰:"此诗逼近后山"⑦,同样也包含有对陈与义诗歌语言与陈师道拙朴风格相似的类比之意。吕本中部分质朴无华的五言诗,语言风格亦显示出受陈师道影响的痕迹。如《冬日杂诗》:

白日供多病,青山且旧居。柴门临水静,风叶舞霜余。老练时情熟,贫穷家计疏。墙东端可望,炙背饱翻书。⑧

诗中无一语用典,语言质木拙朴,而其中的寒窘之态,与陈诗亦有几分相像。

---

① 《两宋名贤小集》卷一一四。
② 《浮溪集》卷三一。
③ 同上。
④ 同上。
⑤ 《屏山集》卷一七。
⑥ 《陈与义集校笺》卷二四,第684页。
⑦ 《瀛奎律髓汇评》卷一六,第591页。
⑧ 《东莱诗词集》诗集外集卷一,第316页。

总体而言,南渡诗人中江西诗派成员或江西后学对黄、陈诗法的继承较多,而非诗派中诗人所受影响则相对较小。如果忽略各个诗人取法的个性特点,南渡诗人对黄、陈诗法中用典与章法继承较少,而对句法及语言继承较多,对黄氏夺胎换骨、点铁成金的创作理念虽争论很大,但继承也最为明显。再就黄、陈二人的影响程度而言,黄庭坚的影响远远超过陈师道。

三、苏轼

刘克庄概括北宋元祐以后诗坛的状况云:"元祐后,诗人迭起,一种则波澜富而句律疏,一种则锻炼精而情性远,要之不出苏、黄二体而已。"①刘氏所言,只是一种粗线条的勾勒,并不完全符合实际情况。仅就南渡诗坛而言,并不存在非此即彼的两种诗风,学苏、黄者亦不是互相对立,而是你中有我,我中有你。而且,当时诗坛除了继承苏、黄两种诗风外,还有其他前辈诗人为时人效法。不过,如果不从细节处苛求,刘克庄的概括也还是有可取之处。宋诗的特征及美感,在苏、黄二人手中共同完成。苏、黄之诗作为宋诗的典范,又作为北宋末南宋初诗人直接师法的对象,为稍后的诗人效法也在情理之中。而事实上,南渡诗坛上接受苏、黄影响也确是一种风尚。黄庭坚因江西诗派的存在,又因其具体诗法易于掌握,影响的可见度较大;相比较而言,苏轼诗歌如行云流水,无法可窥,南渡诗坛效法其作诗之法者虽众,却很难得其真传,因而苏诗对南渡诗坛虽有影响,但影响的可见度较小。不过,尽管如此,仔细考察,我们仍可以找出苏轼对南渡诗坛影响的一些可以言说的痕迹。

苏轼对南渡诗坛的影响是普遍的,受其影响较为明显者,集中体现在三类人身上。第一类是主要以苏轼为学习榜样的诗人,可归入这一类的诗人有孙觌、汪藻、郭印、李石、苏籀、周紫芝、刘才邵等。第二类是传统上属于江西诗派成员,但在具体创作中又接受苏轼影响的诗人。这类诗人往往自觉地学习苏轼不拘定法的创作精神,有意识地以苏诗之自然救黄诗之生硬。代表人物有徐俯、韩驹、吕本中、曾几等。第三类是那些因与苏轼有着相类似的流亡、贬谪等生活经历,以苏轼随遇而安的生活态度为榜样的诗人。这类诗人在接受苏轼生活态度的同时,诗歌创作也不自觉地受到苏诗的影响,其中以李纲、李光、张九成等为代表。南渡诗坛学苏,可以概括为下面几个方面:

首先,效法苏轼诗歌之自然。

---

① 《后村诗话》前集卷二,第26页。

与黄庭坚重视法度不同,苏轼论诗、作诗皆主自然。苏轼《自评文》云:"吾文如万斛泉源,不择地皆可出,在平地滔滔汩汩,虽一日千里无难。及其与山石曲折,随物赋形,而不可知也。所可知者,常行于所当行,常止于不可不止,如是而已矣。其他虽吾亦不能知也。"①又在《与谢民师推官书》中云:"大略如行云流水,初无定质,但常行于所当行,常止于所不可不止,文理自然,姿态横生。"②虽是论文,却同样适用于其诗歌创作。南渡诗人学苏,首先体现在这一点上。郑刚中《读坡诗》云:"公诗如春风,着物便新好。春风常自然,初不费雕巧。"③又《和赵晦之司户三首》云:"诗句如春风,容易亦新巧。"④孙觌《送僧德最》云:"诗如云态度。"⑤诸如此类的诗句或表明对苏诗自然风格的钦慕,或表达与苏轼类似的主张自然的诗学思想。至于具体的创作,学苏诗人则几乎都程度不等地具有这方面的倾向。例如,孙觌诗风很大程度上与苏轼相近,其中一个重要的相似点就是清通自然,如其《题临川孝义寺壁二首》(其一):

秋风嫋嫋转庭梧,客梦初惊一鸟呼。拣尽寒枝栖不稳,独行残夜影同孤。⑥

这首诗意脉清晰可见,首二句写因秋风起而庭梧转,庭梧转而栖于其上的鸟儿叫,鸟儿叫而诗人惊醒。后二句紧承上文鸟叫,风转庭梧,鸟儿无法安稳栖息,独自在夜幕下飞行。同时,后两句又在对形单影只的孤鸟的描述中寓以身世之感,诗中的鸟与人合而为一,人即是鸟,鸟即是人。诗中的语言清通流畅,无艰涩之气,整首诗风格自然,尤类苏诗。而其第三句则直接化用苏轼词《卜算子·黄州定慧院寓居作》中的"拣尽寒枝不肯栖"⑦之句。

江西诗派主要以黄庭坚、陈师道为学习的榜样,诗歌的风格也主要是生新瘦硬,南渡江西诗人在不同程度上继承了这一点。不过,正如张毅所指出的:"江西诗派自吕本中作宗派图起,习惯于以山谷诗为门径,上学杜甫,以自别于苏诗。但到了南宋绍兴年间,宋诗创作发展的实践证明苏、黄都是不可分的。山谷体那种规矩备具、用功深刻的诗格,若无苏诗那种变

---

① [宋]苏轼:《苏轼文集》卷六六,中华书局1986年版,第2069页。
② 《苏轼文集》卷四九,第1418页。
③ 《北山文集》卷二。
④ 《北山文集》卷一二。
⑤ 《鸿庆居士集》卷五。
⑥ 《鸿庆居士集》卷一。
⑦ [宋]苏轼著,邹同庆、王宗堂校注:《苏轼词编年校注》,中华书局2002年版,第275页。

化不测的自然气韵贯穿,很容易流于尖巧生涩。"①南渡江西诗人开始对黄、陈之诗的流弊进行反思,他们有意识地学习苏诗以救江西之不足。吕本中在《童蒙诗训》《紫微诗话》等书中要求人们学习黄庭坚的诗法,但同时也要求子弟熟读苏诗,明确表达了以苏济黄的诗学思想。吕本中诗受到苏轼的影响,部分诗歌(尤以晚年为多)风格自然清新,如其五古《山城》:"山城雨雪繁,春气来不早。思君如和风,未见意已好。"②五律《赠人》:"它年好兄弟,见我峤南时。相对能忘病,清言可疗饥。"③七绝《江梅》:"斜枝似带千峰雪,冷艳偷回二月天。"④如此之类为数众多的诗歌皆无江西生涩之病,而多苏诗自然流转之迹。尤其是第一例中的比喻,新奇而不怪异,亦可见受苏诗影响的迹象。更有甚者,吕本中诗歌为追求自然,往往有过于率易之弊,贺裳云:"吕居仁诗亦清致,惜多轻率。"⑤而我们知道,苏轼诗亦有率易之弊。我们不能简单地说吕诗有意效法苏诗的率易,但吕诗的率易产生于其对自然风格追求的过程中则是可以肯定的。

被视为江西诗派成员的韩驹,他的诗歌同样受苏轼自然诗风的影响较大。韩驹曾云:"作诗要从首至尾语脉联属有如理词状。"⑥又云:"凡作诗须命终篇之意,切勿以先得一句一联,因而成章;如此则意多不属。"⑦这些都是主张诗歌应意脉贯通、诗意完整,显然背离黄庭坚而近于苏轼。韩驹的诗歌创作同样有对苏诗自然风格吸收之迹。如其《登赤壁矶》:

  缓寻翠竹白沙游,更挽藤梢上上头。岂有危巢与栖鹘,亦无陈迹但飞鸥。经营二顷将归老,眷恋群山为少留。百日使君何足道,空余诗句在江楼。⑧

翁方纲评该诗云:"直到杜、苏分际。"⑨翁氏指出韩驹该诗与苏轼诗有相似之处,不仅因为其第三句化用苏轼《后赤壁赋》中语,亦不仅仅因诗中所写内容与苏轼的经历有关,还因为该诗用平淡无奇的语言将本无奇异之处的

---

① 张毅:《宋代文学思想史》,中华书局2003年版,第175页。
② 《东莱诗词集》诗集卷一七,第256页。
③ 《东莱诗词集》诗集一八,第266页。
④ 《东莱诗词集》诗集一八,第270页。
⑤ [清]贺裳:《载酒园诗话》,郭绍虞、富寿荪《清诗话续编》,上海古籍出版社1983年版,第442页。
⑥ [宋]范季随:《陵阳室中语》,涵芬楼本《说郛》卷四三,[元]陶宗仪《说郛三种》,第704页。
⑦ [宋]魏庆之:《诗人玉屑》卷六,中华书局2007年版,第171页。
⑧ 《陵阳集》卷三。
⑨ [清]翁方纲:《石洲诗话》卷四,《清诗话续编》本,第1429页。

题材表现得韵味十足,深得苏诗之神,故翁方纲云:"韩子苍诗,平匀中自有神味。"①韩诗的"平匀",实质就是不故意求奇,而将诗歌的韵味在自然的叙述中表现。当然,韩驹对诗歌追求的自然境界是那种经过人工雕琢的自然,江西诗派的锻炼之功较为显著,与苏轼任才使气的自然有所不同,因而,有研究者将其诗风视为融合苏、黄的典型。②

江西诗派中的徐俯与曾几,未曾明言学苏诗,也很难从其诗作中找出有明显学苏自然风格的作品。但应该指出的是,二人诗集中风格清新自然的作品所占比例较重。我们当然不能说徐、曾二人诗歌中自然平易的诗歌较多,就因此判断他们二人受到苏轼的影响,但如果考虑到整个南渡诗坛的诗人都是在苏、黄的影响之下学习写诗这一现实,我们仍然有理由相信徐、曾二人诗歌之自然与苏轼有着或浅或深的关系。

其他一些既不属苏轼诗派,又不是江西诗派成员的诗人,实际创作中学习苏轼自然诗风也较为常见。如仅王之道一人诗集中就有诸如《寄古上人若之用东坡径山韵》《追和东坡梅花十绝》等十多首追和苏诗、用苏诗韵等有意识学苏之作,其中大部分语言畅达,意脉贯通清晰。李纲、李光诸人平时的诗作风格清淡,创作或许已受到苏轼自然风格的影响。他们贬谪后经常化用苏轼诗句、次苏诗韵、和苏诗等,接受苏轼影响的迹象明显。我们能够很有信心地指出这些诗人贬谪期的自然诗风与苏轼有一定的渊源关系。李纲《冬日闲居遣兴十首》(其一):"岁暮碧山中,清霜日自浓。隐床吟蟋蟀,拂槛老芙蓉。风月成三友,家山梦九龙。道人知睡美,将晓小鸣钟。"③该诗最后一联化用苏轼《纵笔》"报道先生春睡美,道人轻打五更钟"④之句,而全诗层次分明,语言不甚用力,亦当是学苏的结果。

其次,效法苏轼诗歌风格之俊逸雄放。

苏轼的诗歌笔力劲健,不主故常,常常天马行空、飘逸洒脱、纵横捭阖,风格雄奇伟丽。南渡诗人对此颇为向往,效法者甚多。南渡诗人以此为主导风格者,主要体现在苏派诗人当中,其中代表性的诗人有刘才邵、李石、苏籀、汪藻、叶梦得等人。《四库全书总目》对前三人的主导风格皆有总结性的描述,称刘才邵"诗源出苏氏,故才气颇为纵横"⑤;称李石"诸体诗纵

---

① 《石洲诗话》卷四,《清诗话续编》本,第1429页。
② 详见张明华:《徽宗朝诗歌研究》,上海古籍出版社2008年版;姚大勇:《论韩驹的诗歌创作》,《抚州师专学报》2001年第1期。
③ 《李纲全集》卷二二,第291页。
④ [宋]苏轼著,王文诰辑注,孔凡礼点校:《苏轼诗集》卷四〇,中华书局1982年版,第2203页。
⑤ 《钦定四库全书总目(整理本)》卷一五六,第2098页。

横跌宕,亦与眉山门径为近也"①;称苏籀"诗文雄快疏畅"②。对于叶梦得诗歌,王士禛评价曰:"石林,晁氏之甥,及与无咎、张文潜游,为诗文,笔力雄厚,犹有苏门遗风。非南渡以下诸人可望。"③至于汪藻,清代吴乔在《围炉诗话》中称其《书宁川驿壁》"俊逸似大苏",又称《醉别刘季高侍郎》诗"亦洒落可喜"④。诚如《四库全书总目》等所言,这些诗人的诗歌的确有如苏轼诗纵横跌宕之处,如苏籀《将军一首》:

> 将军义勇名,蜂蚁尝旅拒。拊迓建赤油,招摇挥白羽。不辞援枹鼓,岂以遗君父。匈奴恨未灭,致官逾唅伍。麾下例千金,赫然士豫附。家庭树曲旃,天街腾露布。平昌平恩侯,议论宁肯忤。万金十千户,募斩将亡虏。列屋锁名倡,连车载清酤。用钱取水衡,卜宅凌武库。山岳势能移,震电赫凭怒。画地成江河,鼻息吹云雾。私斗患不怯,公战则先务。可怜金玉帛,殊胜烟埃土。嗟彼绅佩侜,索寞何太窭。试移名将传,予汝频晤语。⑤

诗中的将军忠义勇敢、正直不屈、豪放不羁,形象十分鲜明。而这一艺术形象得以充分体现,主要得益于诗人淋漓恣肆的笔墨、纵横自如的运笔。而夸张手法的运用,又为全诗增添了几许气势。整首诗笔力雄健,有其祖苏轼之风。当然,苏籀及南渡时期其他苏派诗人毕竟不是苏轼,他们无论在学养还是才气上都无法与苏轼抗衡,因而,他们诗歌的雄放风格无法臻于苏轼诗歌出神入化的境界。就以上面所举苏籀诗而言,雄则雄矣,终不及苏轼诗伸缩自如、姿态摇曳,而其雄与放的程度也远不及苏轼同类风格之诗。其他如周紫芝《与同舍郎观潮分韵得还字一字江字三首一字江字为坐客作》:"烈风惊洪涛,浩荡吹海立。迅雷忽翻空,掩耳嗟不及。汉兵百万骑,已夺秦关入。击石惊倒流,势若三峡急。沧波忽喧豗,众目俱骇慄。"⑥这样的描写,也有明显的苏轼诗歌的雄放,不过其下语急促而狠重,不如苏轼诗歌之飘逸自然。

江西诗派中人学苏,亦有学其雄奇恣肆者。吕本中指导他人作诗云:

---

① 《钦定四库全书总目(整理本)》卷一五九,第2128页。
② 《钦定四库全书总目(整理本)》卷一五七,第2109页。
③ [清]王士禛:《居易录》卷一,《影印文渊阁四库全书》本。
④ [清]吴乔:《围炉诗话》卷五,《清诗话续编》,第637页。
⑤ [宋]苏籀:《双溪集》卷二,《丛书集成初编》本。
⑥ 《太仓稊米集》卷二五。

"东坡长句,波澜浩大,变化不测;如作杂剧,打猛诨入,却打猛诨出也。"①吕本中在《与曾吉甫论诗第一帖》中论东坡、太白诗"读之使人敢道,澡雪滞思,无穷苦艰难之状,亦一助也。要之,此事须令有所悟入,则自然越度诸子"。②《与曾吉甫论诗第二帖》又批评曾几诗歌:"而波澜尚未阔。"③吕氏所言"波澜浩大",即要求诗人作诗思路开阔,不拘于眼前一景一物,而要上钩下连、纵横古今。吕本中本人早年的一些诗作就有这样的特点,主要体现在长篇古体、歌行体和排律上,尤以七古为甚,如其《言志》《山水图歌》等,气势恢弘、议论风发、气韵贯通、不主一格,颇有东坡之风。故陆游称:"其诗文汪洋闳肆。"④陈岩肖也说:"今观东莱诗,多浑厚平夷,时出雄伟。"⑤韩驹论诗也主张豪纵:"诗文要纵,纵则奇,然未易到也。"⑥事实上,韩驹诗集中虽然不多但确有一些豪荡不羁之作。徐俯流传下来的诗歌不多,相应地,他受到苏轼该类风格影响的作品数量也并不多,仅《画虎行为吉州假守苏公作》稍有苏诗豪荡之气。

除此以外,当时并无明确诗歌审美取向的诗人创作中也常有苏轼此类风格的影子,如张元幹《登垂虹亭二首》:

> 一别三吴地,重来二十年。疮痍兵火后,花石稻粱先。山暗松江雨,波吞震泽天。扁舟莫浪发,蛟鳄正垂涎。
> 熠熠流萤火,垂垂倒饮虹。行云吞皎月,飞电扫长空。壮观江边雨,醒人水上风。须臾风雨过,万事笑谈中。⑦

诗歌写景,涵天纳月,气势雄伟;思游四方,开阖自如。情感由苍凉悲壮而转化为豪迈慷慨,继而又变为疏朗旷达,运笔自如,了无痕迹,其高妙之处,深得东坡之神。

再次,效法苏轼诗歌之譬喻新奇。

苏轼诗歌妙趣横生的譬喻也颇具特色。关于譬喻的使用,古人早就有理论总结,刘勰在《文心雕龙·比兴》中说:"夫比之为义,取类不常:或喻于声,或方于貌,或拟于心,或譬于事……故比类虽繁,以切至为贵;若刻鹄

---

① [宋]吕本中:《童蒙诗训》,郭绍虞:《宋诗话辑佚》,中华书局1980年版,第590页。
② 《苕溪渔隐丛话》前集卷四九,第333页。
③ 同上。
④ 《吕居仁集序》,《东莱诗词集》附录二,第370页。
⑤ [宋]陈岩肖:《庚溪诗话》卷下,《历代诗话续编》本,第182页。
⑥ [宋]吴曾:《能改斋漫录》卷一〇,《丛书集成初编》本。
⑦ 《芦川归来集》卷二。

类鹜,则无所取焉。"①黄侃对"切至"作了这样的解释:"切至之说,第一不宜沿袭。"②苏轼的譬喻闻名于整个文学史,钱锺书云:"他(苏轼)在风格上的大特色是比喻的丰富、新鲜和贴切。"③南渡诗人有意学苏,主要学其譬喻之新颖独特:

  客舍秋风我欲愁,世途如漆莽悠悠。(孙觌《志新诵近诗次韵二首》)④
  飘零怀抱少倾倒,一见故人如故园。(汪藻《次韵过顾子美话旧因游惠山》)⑤
  酒如震泽三春渌,诗似芙蕖五月红。(吕本中《督山伯萧远和诗并示舍弟》)⑥
  身如三眠蚕,已老翻自缠。(叶梦得《用前韵送惇立》)⑦
  物色浓如酒,风光驶若飞。(郭印《感春·又用前韵》)⑧
  命薄官如虱,年多鬓似银。(周紫芝《闷题》)⑨
  万甲光寒若流水,杀气高随鼓声起。(刘才邵《塞下曲二首》)⑩

如此等等,皆构思新奇,譬喻自然贴切,具有苏轼诗歌的机智。如果说上述诗歌对苏轼譬喻的借鉴体现在求新求奇,乃从气貌上而言,难以确指,下面所举的一些例子则可以清晰看出苏轼对南渡诗人明晰的影响。苏轼《饮湖上初晴后雨》中"若把西湖比西子"⑪,以人喻物的手法颇为新颖,南渡诗人时有效法。例如,韩驹《次韵程致道馆中桃花》:"桃花如昭君,服饰靓以丰。"⑫郭印《九月二十日率赵彦和王平叔刘谊夫游栖岩寺彦和有诗次其韵》:"峰峦如佳人,一顾销百忧。"⑬《七月十三日对月小集》:"酒如君子

---

① [南朝梁]刘勰著,詹锳义证:《文心雕龙义证》比兴第三六,上海古籍出版社1989年版,第1362—1368页。
② 见《文心雕龙义证》比兴第三十六,第1369页。
③ 钱锺书:《宋诗选注》,人民文学出版社1989年版,第61页。
④ 《鸿庆居士集》卷二。
⑤ 《浮溪集》卷三〇。
⑥ 《东莱诗词集》诗集卷一,第15页。
⑦ 《石林居士建康集》卷二。
⑧ 《云溪集》卷七。
⑨ 《太仓稊米集》卷二一。
⑩ 《檆溪居士集》卷二。
⑪ 《苏轼诗集》卷九,第430页。
⑫ 《陵阳集》卷二。
⑬ 《云溪集》卷二。

厚,月似故人明。"①孙觌《读李光远诗卷次韵二首·泗州南山》:"南山如高人,摽格自矜爽。"②吕本中《初去白沙再望路中江南诸山慨然有怀》:"青山如美人,浓淡各有态。"③周紫芝尤其喜爱使用这一手法,其"世间尤物如异人,青山不入诸山群"(《雨晴望青山太白墓在其下》)④,属于譬喻手法上的借鉴,而其"西湖如静女,婉然真彼姝"(《十日不至湖上》)⑤、"西湖如西子,好句岂易酹"(《周秀实陈庭藻携酒见过徜徉湖山间甚款明日秀实有诗乃次韵》)⑥,则在字面上完全承袭苏轼诗句。可以看出,上述诗歌的譬喻手法与苏轼诗歌有着非常明确的渊源关系。群体性的效法则更能说明苏轼譬喻特征为南渡诗人所熟知。苏轼诗歌善用博喻,钱锺书《宋诗选注·苏轼诗前言》曰:"一连串把五花八门的形象来表达一件事物的一个方面或一种状态。这种描写和衬托的方法仿佛是采用了旧小说里讲的'车轮战法',连一接二的搞得那件事物应接不暇,本相毕现,降伏在诗人的笔下。"⑦南渡诗人虽然不能如苏轼那样写得出神入化,但也有些尝试,如汪藻《古镜行》:"高台不辞倚,恐客难称容。绳穷匣半启,四室来悲风。日车当昼留,羞涩如顽铜。森然发上指,凛若临霜锋。"⑧写辟邪之剑冷光四射,从三个方面譬喻,言其镜光之寒如悲风四来,镜光之亮可使日光相形失色,镜光之神可使照映之发如秋霜凝结,森然上指。多个角度的譬喻,流动而丰满,正是苏轼典型的博喻手法。

总体而言,南渡诗人学苏轼之譬喻,虽有意学习,却难以臻于其境。相对而言,南渡时期学苏轼譬喻有所得者为吕本中、汪藻及韩驹三家。吕本中《赠唐充之兼简益中》:"三年白沙看江山,可当中原故人面。"⑨本体"江山"与喻体"故人面"之间似乎没有必然联系,将广阔的江山与故人之面通过可人这一共同特点联系起来,奇思妙想而又贴切自然,颇得譬喻之妙。又如汪藻《次韵胡德广书怀》:"如何窘穷途,狺狺吠群狗。平生笑俗士,反欲较妍丑。譬如恶影人,乃与影竞走。"⑩诗人劝慰友人无须理会陋俗之士的讥讽之辞,以为如果在意,乃是明知其丑而与之相较,则自降身价,如影

---

① 《云溪集》卷七。
② 《鸿庆居士集》卷二。
③ 《东莱诗词集》诗集卷五,第63页。
④ 《太仓稊米集》卷二〇。
⑤ 《太仓稊米集》卷二一。
⑥ 《太仓稊米集》卷二二。
⑦ 钱锺书:《宋诗选注》,第61页。
⑧ 《浮溪集》卷二九。
⑨ 《东莱诗词集》诗集卷五,第64页。
⑩ 《浮溪集》卷二九。

随形。譬喻构思巧妙而意味深长。又其《咏古四首》:"世事如大弩,人若材官然。乘势易发机,非时劳控弦。又如大水中,置彼万斛船。虽有帆与樯,亦须风动天。"①议论以譬喻方式进行,新颖独特而贴切自然,颇得苏轼诗歌之意。韩驹本人对苏轼诗歌譬喻之法颇为向往,《陵阳室中语》称苏轼诗"长于譬喻"②,其创作亦借鉴苏轼譬喻之法甚多,如《入鸣水洞循源至山上》:

> 崇山蓄灵泉,万古去不息。潴为百斛深,散入千渠溢。其东汇民田,又北寻山腋。断崖如破瓜,飞瀑中荡激。大声或雷霆,细者亦竽瑟。末流垂半山,十里见沸白。得非拖天绅,常恐浮地脉。吕梁丈人老,尚与泪偕出。我欲蹑惊湍,下穷龈齶石。惜哉意徒然,属此岁凛慄。安得汝南周,断取白蛟脊。归之龙泉峰,山门夜喧席。③

该诗亦以譬喻新颖而密集见长。以破瓜喻承接瀑布水流之断崖,奇特而准确。喻瀑布之声响或如雷霆,或如竽瑟,喻瀑流之长如拖天之绅,化抽象为具象,形象生动,而博喻手法的使用,隐约可见苏轼譬喻之迹。《避贼严阳山次蜀僧清雅韵》"白发如荒草,秋来不可耘"④,前人写白发往往注意其色彩,诗人以譬喻的方式,不仅写出其色彩之白,还表明白发之稀疏,一喻而道两层含义,新奇异常,不同凡俗。

最后,效法苏轼诗歌中的旷达情怀。

苏轼诗歌对南渡诗坛的影响,还体现在其随遇而安的生活态度为南渡诗人普遍吸收,进而导致大量该类主题的诗歌出现。随遇而安的生活态度作为一种思想资源由来已久,孔子就曾提出"达则兼济天下,穷则独善其身"的人生准则,而"孔颜乐处"也一直为古代文人称道。但现实生活中依此标准生活的士人却不多见,人们往往汲汲于功名的追求,很难真正做到随遇而安,而苏轼恰恰用其旷达的性情实践了这种生活态度,给后世同样处于困境中的士大夫提供了一个生活的榜样。

无论什么时代(包括太平盛世),总会有不得志之人,而动荡的时代,这种类型的人更会频频出现。南渡诗人不得意者甚多,因而对经过苏轼实践过的随遇而安的生活态度常常情有独钟。吕本中南渡后有诗《初秋》写

---

① 《浮溪集》卷二九。
② 《诗人玉屑》卷一七,第550页。
③ 《陵阳集》卷一。
④ 《陵阳集》卷四。

自己的困顿云:"客病浑如昨,囊空却自由。因闲得饮酒,端坐胜封侯。"①明明是描写自己的贫困交加,诗人却写得趣味横生,似乎反而因祸得福,其积极乐观与苏轼同类主题诗歌表现出的精神状态如出一辙。南渡诗坛受到苏轼随遇而安生活态度的影响而创作出表现旷达人生观主题的诗人集中在因种种政治迫害而遭到贬谪的士人群中,代表性的诗人有李纲、李光、郑刚中、张九成、王庭珪等。这些诗人因与苏轼有共同的生活际遇而对苏轼有较强的认同感,进而对苏轼诗歌的艺术手法也有所吸纳。(详论见第四章第一节)

苏轼对南渡诗坛的影响,除了上面几个主要的方面,还有其他一些零星的表现,如苏轼《李思训画〈长江绝岛图〉》:"山苍苍,水茫茫。大孤小孤江中央。崖崩路绝猿鸟去,惟有乔木搀天长。客舟何处来?棹歌中流声抑扬。沙平风软望不到,孤山久与船低昂。峨峨两烟鬟,晓镜开新妆。舟中贾客莫漫狂,小姑前年嫁彭郎。"②借"孤"与"姑"谐音,将自然界之小孤山幻化为美丽曼妙的小姑,节外生枝,妙趣横生。韩驹受其影响,创作了《题大姑山》:"小姑已嫁彭郎去,大姑长随女儿住。寂寞荒山春复秋,但见空濛结愁雾。行商再拜祈神休,插花买粉姑应羞。不如一酹杯中物,与尔闲消万古愁。"③韩驹沿着苏轼的思路,从大姑这个角度生发,趣味横生,神似苏轼之作。苏轼又有《续丽人行》云:"画工欲画无穷意,背立东风初破睡。若教回首却嫣然,阳城、下蔡俱风靡。"④韩驹吸收其以虚写实之法,作《题伯时所画宫女》云:"睡起朝阳暗淡妆,不知缘底背斜阳。若教转盼一回首,三十六宫无粉光。"⑤苏轼有《次韵杨公济奉议梅花十首》云:"月地云阶漫一樽,玉奴终不负东昏。临春、结绮荒荆棘,谁信幽香是返魂。"⑥陈与义名作《墨梅》云:"粲粲江南万玉妃,别来几度见春归。相逢京洛浑依旧,只是缁尘染素衣。"陈善认为陈诗取法于苏诗。⑦ 陈善的眼光非常敏锐,陈诗将墨梅拟人化,其手法正源于苏轼的《梅花》诗。至于诗人在自己的作品中化用苏轼的诗句,则更是当时诗坛的一种风尚,如曾几《五月六日为丛珍之集于南池呈座中诸公》"待得跳珠雨,来听打叶声"⑧,分别化用苏轼诗

---

① 《东莱诗词集》诗集卷一五,第228页。
② 《苏轼诗集》卷一七,第872—873页。
③ 《陵阳集》卷二。
④ 《苏轼诗集》卷一六,第811—812页。
⑤ 《陵阳集》卷四。
⑥ 《苏轼诗集》卷三三,第1737页。
⑦ 详见[宋]陈善《扪虱新语》上集卷四,《丛书集成初编》本。
⑧ 《茶山集》卷四。

《六月二十七日望湖楼醉书五绝》中的"白雨跳珠乱入船"①以及词《定风波》中的"莫听穿林打叶声"②之句;李处权《次韵巽老》中"识字信为忧患始"③、周紫芝《蠹鱼》中"读书本不求甚解,姓名足记知有余"④,皆化用苏轼《石苍舒醉墨堂》的"人生识字忧患始,姓名粗记可以休"⑤;李弥逊《过鲁公观牡丹戏成小诗呈席上诸公》中"轻颦浅笑各有态,淡妆浓抹俱相宜"⑥,化用苏轼《饮湖上初晴后雨二首》的"淡妆浓抹总相宜"⑦。

　　对苏轼诗句的化用,南渡诗人中以陈与义最为显著。陈与义对苏轼诗歌的化用,有些是单纯的语言因袭,如陈与义《题许道宁画》的"向来万里意"⑧之于苏轼《被酒独行遍至子云威徽先觉四黎之舍三首》的"莫作天涯万里意"⑨;陈与义《次韵乐文卿北园》的"故园归计堕虚空"⑩之于苏轼《次韵舒教授寄李公择》的"悬知此欢堕空虚"⑪;陈与义《春日二首》的"安排句法已难寻"之于苏轼《和苏州太守王规父侍太夫人观灯之什余时以刘道原见访滞留京口不及赴此会二首》的"安排诗律追强对"⑫。除此以外,陈与义对苏轼诗歌的化用,还有意识地学习其巧妙的构思方式,如陈与义《春日二首》"万事一身双鬓发,竹床敧卧数窗棂"⑬,借数窗棂表达寂寥心情,正源于苏轼的《汲江煎茶》"坐听荒城长短更"⑭;陈与义《夜步堤上三首》中"梦中续清游"⑮,以梦中仍然游赏表达清游之兴,写法别致,而阅读苏轼《江月五首》中"起寻梦中游,清绝正如此"⑯之句,则发现陈与义的构思实乃借鉴苏轼,反其意而言之。诸如此类的借鉴,体现出陈与义高超的鉴赏力与创造力。

　　需要交代的是,南渡诗人大多有意识地学习苏轼诗歌,然而苏轼本人

---

① 《苏轼诗集》卷七,第340页。
② 《苏轼词编年校注》,第356页。
③ 《崧庵集》卷六。
④ 《太仓稊米集》卷一六。
⑤ 《苏轼诗集》卷六,第236页。
⑥ 《筠谿集》卷一三。
⑦ 《苏轼诗集》卷九,第430页。
⑧ 《陈与义集校笺》卷四,第98页。
⑨ 《苏轼诗集》卷四二,第2322—2323页。
⑩ 《陈与义集校笺》卷八,第198页。
⑪ 《苏轼诗集》卷一六,第832页。
⑫ 《苏轼诗集》卷一一,第550—551页。
⑬ 《陈与义集校笺》卷一〇,第281页。
⑭ 《苏轼诗集》卷四三,第2362页。
⑮ 《陈与义集校笺》卷一四,第383页。
⑯ 《苏轼诗集》卷三九,第2140—2141页。

创作并无明确的、可供效法的法度,加上绝大多数诗人并无苏轼的旷世才华,因而后人学苏常在可指与不可指之间。即便可以明确指示师法苏轼者,除了如陈与义等极少数诗人外,大多南渡诗人的学苏之诗在艺术上常常无法臻于苏轼诗歌的化境,往往有画虎类犬之弊,这也是不容否认的。

四、陶谢韦柳

首先需要说明的是,陶、谢、韦、柳的诗歌差异是明显的,而且在南渡时期被接受的程度也是各不相同,然而这四人(或可理解为五人,谢,主要指大谢谢灵运,有时又可指小谢谢朓)的诗风又有很多类似之处,皆被视为清淡诗风的代表人物。后人也常常以四人并称,如《四库全书总目》称程俱:"诗则取径韦、柳以上窥陶、谢,萧散古澹,亦颇有自得之趣。"[1]张嵲《陈公资政墓志铭》称陈与义:"公尤邃于诗,体物寓兴,清邃超特。纡余闳肆,高举横厉,上下陶、谢、韦、柳之间。"[2]

对南渡时期的诗人而言,他们所标举的陶、谢、韦、柳的意义又不止于这四个诗人,常常借机被放大为魏晋诗歌甚至魏晋六朝诗歌。《宋诗钞》评价刘子翚诗:"五言幽淡卓炼,及陶、谢之胜,而无康乐繁缛细涩之态。"[3]朱熹则曰:"某闻先师屏翁及诸大人先生皆言:作诗须从陶、柳门庭中来,乃佳耳。盖不如是,不足以发萧散冲澹之趣,不免于尘埃局促,无由到古人佳处也。如《选》诗及韦苏州诗,亦不可以不熟读。近世诗人,如陈简斋,绝佳,吴兴有本可致也。张巨山愈冲澹,但世不甚喜耳,后旬当寄一读。胸中所欲言者无他,大要亦不过如此。"[4]曾季貍《艇斋诗话》:"东湖尝与予言:'近世人学诗,止于苏黄,又其上则有及老杜者,至六朝诗人,皆无人窥见。若学诗而不知有《选》诗,是大车无輗,小车无軏。'东湖尝书此以遗予,且多劝读《选》诗。近世论诗,未有令人学《选》诗,惟东湖独然,此所以高妙。"[5]无论是南渡诗人徐俯对于六朝诗歌的推崇,还是后人对刘子翚诗歌特征及诗学主张的揭示,都说明当时南渡诗人已经有意将陶、谢、韦、柳放大为魏晋六朝的文学传统,扩大了诗歌的取法对象。除此之外,我们从其他一些零星的论述中,也可以看出这一点。李弥逊《暇日约诸友生饭于石泉以讲居贫之策枢密富丈欣然肯顾宾至者七人次方德顺和贫士韵人赋一

---

[1] 《钦定四库全书总目(整理本)》卷一五六,第 2097 页。
[2] 《紫微集》卷三五。
[3] 《宋诗钞》第 2 册,第 1506 页。
[4] 束景南:《朱熹年谱长编》卷上引朱熹《与程允夫书》,华东师范大学出版社 2001 版,第 135 页。
[5] 《艇斋诗话》,《历代诗话续编》本,第 296—297 页。

章》之"子立":"枢君有美子,酷爱柳柳州。作诗陋元白,欲拟晋魏俦。"①因而,本文所称的陶、谢、韦、柳,实际上是这四人为代表的以平淡自然诗风为旨归的诗歌传统,这个传统下其他平淡风格的诗人如王维、孟浩然、梅尧臣、张耒等也为当时诗人效法。

南渡诗坛的主导诗风虽然不是上述的平淡自然,但不乏以此诗风为艺术追求的诗人。当然,更多的则是为数不少的诗人在某个时期或某类题材中以上述诗风为准的。例如,张嵲诗,朱熹《答巩仲至》称:"张巨山乃学魏晋六朝之作,非宗江西者。其诗闲澹高远,恐亦未可谓不深于诗者也。"②李纲诗,黄登称:"诗如和陶,得冲淡高远之风。"③朱松诗,傅自得《韦斋集序》评曰:"且言古之诗人,贵冲口直致,盖与彭泽'(把)[采]菊东篱下,悠然见南山'同一关棙……爱其诗高远而幽洁。"④周紫芝诗,陈天麟《太仓稊米集序》云:"宣人之为诗,盖祖梅圣俞。"⑤周紫芝则自称诗似孟浩然,其《次韵赵签判用李漕韵见示》云:"名虽已愧周公瑾,诗或时参孟浩然。"⑥《宋史翼》则又称其:"得诗法于张文潜、李端叔。"⑦又如郑刚中偶尔学梅尧臣,其《暮春》中"鸠鸣近似见桑叶,村暗全然无杏花"⑧,自注:"鸣鸠桑吐叶,村暗杏花残,梅圣俞诗也。"当然,最为其时诗人效法者当属陶渊明。其时虽未出现以陶诗风格为主导诗风的诗人,但诗坛上明确标举自己的某些作品以陶诗为榜样者则不在少数。我们可以从以下诗人诗歌的题目中得到证实:

  朱松《效渊明》
  张九成《拟归田园》
  朱翌《雨止读陶有感》
  吴芾《和陶停云》
  李纲《次韵和渊明饮酒诗二十首》
  郭印《和渊明韵赠耕道》

---

① 《筼谿集》卷一二。
② 《晦庵先生朱文公文集》卷六四,《朱子全书》第 23 册,第 3093 页。
③ 《李纲全集》附录三,第 1768 页。
④ 《韦斋集》序。
⑤ 《太仓稊米集》序。
⑥ 《太仓稊米集》卷二五。
⑦ [清]陆心源:《宋史翼》二七,中华书局 1991 年影印本,第 295 页。
⑧ 《北山文集》卷一九。

如此等等,可见学陶风气之一斑。其他虽未在诗题中道明学陶,但在诗歌风格上实际以陶诗为效法对象者亦时有出现。

以陶、谢、韦、柳为代表的清淡诗派对南渡诗歌的影响,在题材、立意、语言、风格等等方面皆有表现。然而,就其具有共性特征的影响而言,大体可以概括为下面三个方面:

首先,平淡自然的语言。

陶、谢、韦、柳等人的诗歌语言并非完全一致,即便是同一个诗人的诗歌语言也并非仅有某种单一的风格。比如,韦应物诗歌语言以古朴著称,但又不乏流丽之作;再如,柳宗元诗歌语言古澹,但亦有部分如韩愈狠怪之作。不过,上述四人诗歌的语言总体上,或者说他们被后人理解的语言风格,为平淡自然。这里,稍微需要辨析一下的是谢灵运的诗歌语言特征。一般将谢灵运的诗歌与陶渊明的比较时,常常将谢灵运的诗歌语言概括为繁缛,然而如果将谢灵运与其同时代的诗人如颜延之相比,则显得平淡自然,汤惠休所谓:"谢诗如芙蓉出水,颜如错彩镂金。"①鲍照曰:"谢五言如初发芙蓉,自然可爱。"②萧纲也认为:"谢客吐言天拔,出于自然。"③

陶、谢、韦、柳等诗人对南渡诗坛语言的影响,可以从两个层面上来理解。其一,陶、谢等人的平淡自然的语言风格,作为古诗风格中的一种,南渡诗人创作中无意与之暗合。这种情况难以具体研究,姑置不论。其二,南渡诗人在创作中,有意模仿上述诗人的平淡自然。这是需要关注的,然研究的难点在于介于两者之间的情况。因为文学创作不等同于工艺模仿,有其独特的规律:文学作品即便对前人模拟,也常常失真,而且也必须如此才能达到创作的效果。这样,探讨陶、谢、韦、柳等人的诗歌语言对南渡诗坛的影响,为了研究的明晰化必然会因此而有意忽略一些诗人诗作,从而部分损害丰富性的呈现。

我们将陶、谢、韦、柳等人的诗歌语言概括为平淡自然,其实平淡自然是较为模糊的提法,或者说是一个较大的概念。如果对之进行细化,还可以细化为古朴、清丽、流丽、浅切等风格。陶、谢、韦、柳的诗歌,仅从语言上看,其实可以分为两个系统,其一为以陶渊明为渊源的古朴风格;另一为以谢灵运为渊源的清丽风格。韦应物与柳宗元则两种语言特征兼具。南渡诗人借鉴以陶、谢、韦、柳为代表的诗歌语言,主要着眼于吸收古朴与清丽

---

① 《诗品》卷中,《历代诗话》本,第13—14页。
② 《南史》卷三四,第881页。
③ 《南史》卷五〇,第1247页。

这两种,而尤以古朴为多。先讨论对古朴诗歌语言的接受。纵观南渡诗坛,以清淡诗风作为艺术追求的诗人大多视陶渊明为经典诗人。陶渊明诗歌的语言,以古朴著称。钟嵘《诗品》称:"其源出于应璩,又协左思风力。文体省净,殆无长语。笃意真古,辞兴婉惬。每观其文,想其人德。世叹其质直。"①唐代的韦应物、柳宗元直承陶渊明衣钵,诗歌语言亦以古朴为主要特征。尽管程俱说过"欲学靖节诗,慎勿学其语"②,但相比较立意、风格等其他方面而言,诗歌的语言无疑最可能被人注意且最易效法,因而南渡诗坛陶渊明式的质朴古直的语言在清淡诗风的诗人之作中最为常见也就理所当然。略举数例:

  衡门久栖迟,永日孰与俦。既绝车马喧,遂适林塘幽。荷香因雨来,水鸟鸣相酬。虚怀睨物表,可以观天游。古来英雄人,何异貉一丘。茫然不知归,没世随波流。(曾几《咏南池》)③

  归去田园好,秋还橘柚乡。稻梳紫带水,茅枕束乌篁。绝迹公门步,薰心佛土香。(李弥逊《次韵贲远归田》其三)④

  勿云千金躯,今视如埃尘。(陈与义《杂书示陈国佐胡元茂四首》其二)⑤

  五音不害道,其如哇淫何?聊以写我心,素琴时按摩。澹泊有妙意,岂忧焚天和?贤哉等冥鸿,意免婴祸罗。(冯时行《忆渊明二首》)⑥

  风霜已摇落,天气犹清和。聊将一樽酒,自饮还自歌。朝心愁不开,暮发白已多。朱颜与绿鬓,飒若霜菱荷。流年不我与,不饮如老何!(李纲《和渊明〈拟古〉九首》其一)⑦

  庭柯一叶失,风挟凉气归。湛湛陂水青,芙蕖脱红衣。非无岑寂士,句法妙玄晖。独怀履霜戒,德人贵知微。(朱松《秋怀六首》)⑧

  子往治黟邑,趣装亦良勤。惠然来过我,话别更情亲。顾我老且病,已与死为邻。独思陪胜侣,倍觉惜清晨。忍唱阳关彻,与子从此分。愿子且少驻,醉我瓮头春。子虽未宦达,意气已凌云。今去天尺

---

① 《诗品》卷中,《历代诗话》本,第13页。
② 《读陶靖节诗》,《北山小集》卷三。
③ 《茶山集》卷二。
④ 《筠谿集》卷一四。
⑤ 《陈与义集校笺》卷二,第59页。
⑥ 《缙云文集》卷一。
⑦ 《李纲全集》卷二一,第277页。
⑧ 《韦斋集》卷二。

五,腾上岂无因。要无求速化,切莫虑长贫。抱才能自重,何患不如人。(吴芾《和陶与殷晋安别韵送陈顺之赴官》)①

事贱及多暇,居卑适无虞。人间不争地,聊此谢畏途。岂无营营子,熟视付一吁。廛中亦何有,坐听日月逾。展卷阅千古,置书忘万殊。不妨权子母,亦复商有无。平生仅识字,乃与忧患俱。持此游学海,层台渐积苏。年来但遮眼,颇觉心恬愉。囊钱足自饱,肯怖驺朱儒。起卧一榻间,兀如㮚株拘。凉风北窗下,不减愚溪愚。谁能三万卷,悬头苦劬劬。小极正当寐,睡魔不须驱。(程俱《和柳子厚读书》)②

上引皆当时较为典型的学习陶诗古朴语言的诗歌,甚至不少诗歌的语言直接引用或化用陶渊明的诗句。其中吴芾《和陶与殷晋安别韵送陈顺之赴官》尤为值得注意,其诗题中表明诗歌题材与陶诗相似,但诗中预言故人将会飞黄腾达,这一诗意却与陶诗的思想内容格格不入,颇有旧瓶装新酒的意味。然而该诗的语言与陶诗的渊源关系较为明显,古朴而亲切,这也说明陶诗对南渡诗坛最具普遍意义的影响体现在语言上。程俱诗歌所和原作柳宗元的《读书》诗,《艇斋诗话》称:"柳子厚《觉衰》《读书》二诗,萧散简远,秾纤合度,置之《渊明集》中,不复可辨。予尝三复其诗。"③韦应物、柳宗元等人的语言,就古朴的特征而言,与陶渊明诗并没有明显的区别,南渡诗人对他们的效法,如果诗人未作特殊说明,读者很难具体辨析,甚至可能作者本人也未必有明确的效法目标。比如张嵲《柴门晚步》:"柴门一延伫,暮色集四山。雨歇林霭变,岁阴岚气寒。峰高看月上,巢昏迟鸟还。游眺暂自适,裴回反长叹。幽思招隐作,怆恨南涧篇。羁怀定谁识,凄然独掩关。"④该诗前半部分,与陶渊明诗歌的语言几乎无异,而读到"怆恨南涧篇",方才得知诗人实际效法的是柳宗元。至于《借居》:"借屋得修竹,复近清江湄。衡门独看雪,众物有余姿。幽鸟下庭静,野泉通椁迟。既谐避世心,况与尘事违。幸无井臼劳,未免亲锄犁。已放西山烧,种粟方俟时。此外复何作,闭户但成诗。"⑤就其语言而言,读者能够感受其古朴的特征,然而几乎无法辨析出何处有陶、韦之迹及何处效柳。

---

① 《湖山集》卷一。
② 《北山小集》卷二。
③ 《艇斋诗话》,《历代诗话续编》本,第295页。
④ 《紫微集》卷三。
⑤ 《紫微集》卷二。

南渡诗歌的古朴语言,除了陶渊明等人的渊源外,还有一个重要的渊源就是以《古诗十九首》为代表的汉魏古诗。例如刘子翚《闻筝作》:

> 月高夜鸣筝,声从绮窗来。随风更迢遰,紫云暂徘徊。余音若可玩,繁弦互相催。不见理筝人,遥知心所怀。宁悲旧宠弃,岂念新期乖。含情郁不发,寄曲宣余哀。一弹飞霜零,再抚流光颓。每恨听者稀,银甲生浮埃。幽幽孤凤鸣,众鸟声难谐。盛年嗟不偶,况乃容华衰。道同符片诺,志异劳百媒。栖栖墙东客,亦抱凌云才。①

诗歌中借美人迟暮写志士不遇的主题,比兴手法的运用正是汉魏古诗中常见的,而其诗歌语言高古亦如汉魏古诗。朱熹《跋病翁先生诗》云:"此病翁先生少时所作《闻筝》诗也。规模意态,全是学《文选》《乐府》诸篇,不杂近世俗体,故其气韵高古,而音节华畅,一时辈流少能及之。"②再如《独坐》:"幽禽感时鸣,绕树飞还集。常恐逐惊飙,无阶恋俦匹。兴怀念良游,岁月更相及。佳人独弃余,何以慰岑寂。褰裳迷所向,望远时伫立。心知徒百忧,沉思不能释。"③语言及构思皆有阮籍《咏怀》诗的味道。张嵲《拟苏(少)[子]卿寄内》:"话别河梁上,踟蹰古道边。男儿重意气,握节向幽燕。一来单于庭,五闰犹未还。黄云愁瀚海,朔雪暗燕然。塞柳春犹白,河冰暖尚坚。有怀幽闺妇,二八政婵娟。寄言当永决,欲语讵能宣。忍苦聊相待,恐乖全盛年。二事热中肠,吞声徒向天。纷纷节旄落,泪尽秋风前。"④题材来自于作者对苏武出使匈奴被扣留的想象,而创作的直接触媒则是旧题《苏子卿诗》(其三),诗曰:"结发为夫妻,恩爱两不疑。欢娱在今夕,嬿婉及良时。征夫怀往路,起视夜何其?参晨皆已没,去去从此辞。行役在战场,相间未有期。握手一长欢,泪为生别滋。努力爱春华,莫忘欢乐时。生当复来归,死当长相思。"⑤如果将张嵲的诗歌与此作一比较,则不难发现语言的相似度非常高,皆古朴流畅、亲切自然。其他如徐俯之作,曾季貍曰:"东湖《朝容篇》有古乐府气象"⑥,"东湖论诗多取《选》诗","东湖《送谢无逸》二诗,全似《选》诗"⑦,"东湖'吕侯离筵一何绮','一何绮'三

---

① 《屏山集》一〇。
② 《晦庵先生朱文公文集》卷八四,《朱子全书》第24册,第3968页。
③ 《屏山集》一〇。
④ 《紫微集》卷二。
⑤ [南朝梁]萧统编,[唐]李善注:《文选》卷二九,上海古籍出版社1986年版,第1355页。
⑥ 《艇斋诗话》,《历代诗话续编》本,第297页。
⑦ 同上书,第299页。

字出《选》诗,有'高谈一何绮',又'高文一何绮'"①。

就整个诗坛而言,以陶、韦、柳诗歌古朴语言为直接效法对象的诗人诗作的数量远远高于效法汉魏古诗者。据笔者不完全统计,效法陶、韦、柳等古朴语言的南渡诗人有刘子翚、朱松、陈与义、张嵲、冯时行、韩驹、曾几、吴芾、程俱、李纲、李光、胡寅、王之道等等,而效法汉魏古诗者则仅有刘子翚、张嵲、徐俯、吕本中等数人。

再说清丽语言对南渡诗坛的影响。谢灵运作为山水诗的开创者,其诗歌以富艳精工为特征,然而谢灵运之精工,在其成熟的作品中,又以自然平淡的面貌出现,表现为清幽婉丽的语言特征。此后谢朓的山水诗直承大谢衣钵而又自成面目,形成清新疏朗、明丽葱倩的语言特征,影响到六朝诗歌并与大谢一起影响到后世的韦应物、柳宗元等山水诗人。韦、柳的诗歌语言古朴之外,虽各有自身的特点,但亦有共性,明代王祎《张仲简诗序》概括云:"唐之诗始终凡三变……而韦、柳之诗,又特以温丽靖深自成其家。"②南渡诗坛以清淡诗风为旨趣的诗人创作中对由大谢开启,谢朓、韦应物、柳宗元等继承并丰富的清幽流丽语言效法也有所体现。

其时,继承这类语言特征的,主要有徐俯、程俱、张嵲、陈与义等数人。徐俯本人就有这方面的理论阐释,吕本中《吕氏童蒙训》曾载其言"人言苏州诗,多言其古淡,乃是不知言苏州诗。自李、杜以来,古人诗法尽废,惟苏州有六朝风致,最为流丽。"③张嵲的诗歌尤其是五古,大多语言古朴,然亦有清丽之作,如其《月下观海棠》:

　　澄空流华月,列炬林梢缀。众焰烁明霞,红燻花似醉。流连陶嘉月,共惜春风驶。预叹他日来,余红纷满地。④

该诗语言流畅自然,写景如画,海棠之艳丽经诗人的描绘,呼之欲出,而之所以能达此效果,与诗人有意使用明艳亮丽的字眼有关,类似的情况在张嵲集中为数不少。再如《村居早出》:"草白露初晓,好鸟啼高林。篱下水流急,门前山气深。花光迷近甸,柳色映遥岑。"⑤诗歌意象疏朗,语言清新流动。程俱的诗歌效法韦、柳较为明显,其诗歌语言更接近柳宗元,常常表

---

① 《艇斋诗话》,《历代诗话续编》本,第315页。
② [明]王祎:《王忠文集》卷五,《影印文渊阁四库全书》本。
③ 《苕溪渔隐丛话》前集卷一五,第99页。
④ 《紫微集》卷四。
⑤ 《紫微集》卷二。

现出幽峭的特征,如其《初秋偶题》:"凉风入高梧,冷翠滴幽露。新娥欲西流,绰约一回顾。中宵汲冰华,爽气拂庭户。萧然视天宇,目送流萤度。微云澹河汉,云汉亦容与。宜搜静中境,安得此佳句。"①而其《独游保宁凤凰台》:"山川丽晚日,氤氲发余熏。"②则又颇有谢朓及韦应物诗歌流动明丽的特征。南渡诗坛,诗歌语言最能得韦、柳风神者,当为陈与义。元人吴师道言:"世称宋诗人,句律流丽,必曰陈简斋。"③陈衍说:"宋人罕学韦、柳者,有之,以简斋为最。"④胡明亦云:"然而简斋诗确还有平淡清远的一面,或温润恬雅如陶谢,或婉秀俊逸如韦柳。"⑤陈与义早年学诗于崔鹏,而崔鹏之诗,《郡斋读书志》称"清婉敷腴"⑥。朱熹将之与张耒相提并论:"张文潜大诗好,崔德符小诗好。"⑦《宋史》则称崔"尤长于诗,清峭雄深,有法度"⑧。陈与义早年诗歌因此就带有较为浓厚的韦、柳特征。其《夏日集葆真池上以绿阴生昼静赋诗得静字》曰:"鱼游水底凉,鸟语林间静。谈余日亭午,树影一时正。清风不负客,意重百金赠。聊将两鬓蓬,起照千丈镜。微波喜摇人,小立待其定。梁王今何许?柳色几衰盛。"⑨语言清通,闲雅自然。据载,"诗成,出示坐上,皆诧为擅场……云京师无人不传写也"⑩。靖康之难发生后,陈与义的诗风发生了转变,语言也变得深沉,但即便如此,韦、柳诗歌语言对陈与义的影响也还是很明显。当然,陈与义晚年的诗歌语言更接近韦、柳,略举数例:

青山隔岸迎人去,白鹭冲烟送酒来。(《题水西周三十三壁二首》)⑪
行过竹篱逢细雨,眼明双鹭立青田。(《罗江二绝》)⑫
花岛红云春句丽,月梅疏影夜香闻。(《和孙升之》)⑬
人间风日不贷春,昨暮胭脂今日雪。舍东芜菁满眼黄,胡蝶飞去

---

① 《北山小集》卷二。
② 《北山小集》卷一。
③ [元]吴师道:《吴礼部诗话》,《历代诗话续编》本,第593页。
④ 《宋诗精华录》卷三,第394页。
⑤ 胡明:《关于陈与义诗歌的几个问题》,《中州学刊》1989年第2期。
⑥ [宋]晁公武撰,孙猛校证:《郡斋读书志》卷一九,上海古籍出版社1990年版,第1023页。
⑦ 《朱子语类》卷一四〇"张文潜诗有好底多"条,《朱子全书》第18册,第4328页。
⑧ 《宋史》卷三五六,第11217页。
⑨ 《陈与义集校笺》卷一〇,第281页。
⑩ [宋]洪迈:《容斋随笔·四笔》卷一四,中华书局2005年版,第805页。
⑪ 《陈与义集校笺》卷二六,第716页。
⑫ 《陈与义集校笺》卷二五,第692页。
⑬ 《陈与义集校笺》外集,第906页。

专斜阳。(《来禽花》)①

苍苍散草木,莽莽杂山河。荒野虫乱鸣,长空鸟时过。(《小阁晚望》)②

鸦鸣山寂寂,意迥川冥冥。(《游东岩》)③

高崖落绛叶,恍如人世秋……溪急竹阴动,谷虚禽响幽。(《出山道中》)④

披丛涧影摇,集鸟纷然散。(《与夏致宏孙信道张巨山同集涧边以散发岩岫为韵赋四小诗》)⑤

上面列举的诗句,前四例用词淡雅而明丽,语言呈现出流丽清新的特点,与韦应物语言之流丽非常相似;后四例色彩稍显暗淡,语言清幽似柳宗元。大体而言,陈与义流亡期间的诗歌语言更类柳宗元,后期诗歌更类韦应物。

南渡诗人语言上追求平淡自然,有一些必然的原因。北宋诗歌在建立自身的审美规范时,自梅尧臣开始,就有意以平淡作为自觉的艺术追求,此后,经欧阳修、苏轼等人的努力,终于形成了宋诗平淡坦易的语言特征。此后黄庭坚后期的诗歌也体现出这样的倾向。然而,北宋末黄庭坚、陈师道等人对诗坛的影响更大,就语言方面而言,黄庭坚早中期诗歌的生新瘦硬、陈师道诗歌的质木无文更为人们效法,而南渡诗坛开始反思其弊,尝试新的诗歌语言风格,重续由梅尧臣等人开拓的平淡自然的语言风格也成为当然的选择。而且,又由于北宋的平淡自然尤其是苏轼的诗歌语言是建立在对元稹、白居易诗歌平易浅切的批判基础之上,因而陶、谢、韦、柳格调高雅的语言风格便被视为圭臬。

其次,萧散闲远的意境。

陶、谢、韦、柳对南渡诗歌的影响,还体现在萧散闲远的意境上。清初魏裔介《清诗洄溯集》卷首曰:"陶、谢、韦、柳为正声,何也?以其才清也。"⑥可见后人将此四人视为清淡诗派的代表。而他们诗歌创作的共性又是什么呢?苏轼《书黄子思诗集后》:"李、杜之后,诗人继作,虽间有远韵,而才不逮意,独韦应物、柳宗元发纤秾于简古,寄至味于澹泊,非余子所

---

① 《陈与义集校笺》卷一〇,第275页。
② 《陈与义集校笺》卷二九,第819页。
③ 《陈与义集校笺》卷一八,第511页。
④ 同上书,第528页。
⑤ 同上书,第521页。
⑥ [清]魏裔介:《清诗洄溯集》卷首,转引自蒋寅《古典诗学中"清"的概念》,《中国社会科学》2000年第1期。

及也。"①除了指出韦、柳二人诗歌语言特征外,更间接指出韦、柳诗歌具有"远韵",所谓远韵,除了言近旨远的表达方式外,还包含诗歌意境上的萧散清远、闲肆容与。苏轼对韦、柳的评价,实际上暗含着陶、谢、韦、柳诗歌意境上的特点。

  南渡诗人既然有以陶、谢、韦、柳等人的诗歌审美旨趣为准的者,较易为人注意的诗歌意境自然被效法。陶渊明诗歌的特点之一即为意境萧散淡泊,南渡时期蔚为大观的和陶、效陶诗大多具有这样的特点。例如,《老学庵笔记》云:"茶山先生云:'徐师川拟荆公"细数落花因坐久,缓寻芳草得归迟",云"细落李花那可数,偶行芳草步因迟"。初不解其意,久乃得之,盖师川专师陶渊明者也。渊明之诗,皆适然寓意而不留于物,如"悠然见南山",东坡所以知其决非望南山也。今云细数落花,缓寻芳草,留意甚矣,故易之。'又云:'荆公多用渊明语而意异,如"柴门虽设要常关。云尚无心能出岫"。要字能字,皆非渊明本意也。'"②可见,陶渊明那种无意于物,悠然忘怀的诗歌意境为南渡诗人所追求。学陶而得其萧散闲远意境的诗例此前列举颇多,兹不赘言。南渡诗人中,诗歌风格以此为主导特征或主导特征之一的诗人主要有陈与义、张嵲与程俱。

  陈与义诗歌意境的萧散闲淡,前人多有论述。张嵲《赠陈符宝去非》诗赞曰:"癯瘦藏具美,和平蓄余豪。"③罗大经《鹤林玉露》说:"自陈、黄之后,诗人无逾陈简斋。其诗由简古而发秾纤。"④刘克庄称其诗"以简洁扫繁缛"⑤。三家之论虽未明确指明其萧散闲淡的特点,但其实暗含了这样的意思。朱松对陈与义的评价则更为明确,傅自得《韦斋集序》言:"予少时学诗,尝以作诗之要扣公(朱松)……公因为予举简斋'开门知有雨,老树半身湿'及韦苏州'诸生时列坐,共爱风满林'之句,且言古之诗人,贵冲口直致,盖与彭泽'(把)[采]菊东篱下,悠然见南山'同一关棙。三人者,出处穷达虽不同,诵此诗则可见其人之萧散清远。"⑥下面以《山斋二首》为例说明:

    夏郊绿已遍,山斋昼自迟。云物忽分散,余碧暮逶迤。寒暑送万古,荣枯各一时。世纷幸莫及,我麈得常持。

---

① 《苏轼文集》卷六七,第2124页。
② 《老学庵笔记》卷四,第50页。
③ 《紫微集》卷四。
④ 《鹤林玉露》甲编卷六"简斋诗",第105页。
⑤ 《后村诗话》前集卷二,第27页。
⑥ 《韦斋集》序。

> 虽愧荷锄叟,朝来亦不闲。自剪墙角树,尽纳溪西山。经行天下半,送老此窗间。日暮烟生岭,离离飞鸟还。①

两首诗写于南渡之后,乃是诗人流离失所之际偶遇片刻安宁,然而如果不是诗歌中"经行天下半"这样语句的提醒,读者甚至以为诗人正安然山居。两诗出语平淡、节奏和缓,所描绘之景亦普通平常。细绎诗作,读者不难感受到诗人并不宁静的内心,但诗歌中表现出来的诗人形象却恬静而超脱。因而,诗歌从总体上呈现出安宁而温润的感觉,虽有柳宗元诗歌少许的抑郁,却更多韦、柳诗歌中共有的闲远。类似的诗歌,我们从陈与义的诗集中可以找出不少,例如:

> 孙子独不言,揩颐数烟岫。(《与夏致宏孙信道张巨山同集涧边以散发岩岫为韵赋四小诗》)②

张嵲诗歌意境萧散闲远也早为前人揭示。朱熹《跋张巨山帖》云:"近世之为词章字画者,争出新奇,以投世俗之耳目。求其萧散澹然绝尘如张公者,殆绝无而仅有也。"③刘克庄《后村诗话》赞其诗:"词语高简,意味幽远,此类不可殚举,真南渡巨擘。"④阅读张嵲的诗歌,不难发现其诗歌的确如上述二人所言。略举数例:

> 闭户长春草,日晏独高眠。起步绕广庭,爱此风景妍。青山罗廊外,白日当中天。坐见柳意浓,亦知花向残。鸡鸣水外村,人耕原上田。玩物意方适,居闲情转延。忽悟是作客,骤使心悄然。(《春昼睡起偶书二首》其二)⑤
>
> 溪水东流去,何时合大江。岂无双鲤鱼,附书还故乡。不忧溪水迟,所恨垅坂长。临流一叹息,四顾山苍苍。(《溪水》)⑥
>
> 阳春今已归,孟夏饶草莽。积雨树阴成,新晴渚蒲长。前山涧水喧,隔竹黄鹂响。一径度乔林,涓流会心赏。野静阒无人,萧条成独

---

① 《陈与义集校笺》卷二六,第717—718页。
② 《陈与义集校笺》卷一八,第526页。
③ 《晦庵先生朱文公文集》卷八一,《朱子全书》第24册,第3851页。
④ 《后村诗话》后集卷二,第68页。
⑤ 《紫微集》卷四。
⑥ 同上。

往。(《喜晴》)①

上述三首诗歌较为典型地体现出张嵲诗歌意境萧散闲远的特征。与韦应物、柳宗元同类风格的诗歌稍有不同的是,张嵲的诗歌因常在诗歌末尾抒发感慨,导致诗歌或多或少给人以意境上不如韦、柳诗歌完整的感觉。

张嵲该类意境的诗歌以五言古诗为多。据研究者统计,张嵲《紫微集》存诗654首,其中五古136首,仅次于254首七绝的数量。② 在格律诗非常成熟的宋代,张嵲对五古情有独钟,从某种意义上体现出其诗歌的艺术旨趣。元人杨载《诗法家数》:"(五言古诗)须要寓意深远,托词温厚,反复优游,雍容不迫。或感古怀今,或怀人伤己,或潇洒闲适,写景要雅淡,推人心之至情,写感慨之微意,悲欢含蓄而不伤,美刺婉曲而不露,要有三百篇之遗意方是。观汉魏古诗,蔼然有感动人处,如《古诗十九首》。"③其中就提出五古诗歌的意境问题。晚清陈衍亦言:"北宋人多学杜、韩,故工七言古者多。南宋人稍学韦、柳,故有工五言者。南渡苏、黄一派,流入金源。宋人如陈简斋、陈止斋、范石湖、姜白石、四灵辈,皆学韦、柳,或至或不至。"④

南渡诗人中程俱的诗歌也继承陶、谢、韦、柳的萧散闲远的意境。其《豁然阁》:"云霞堕西山,飞帆拂天镜。谁开一窗明,纳此千顷静。寒蟾发澹白,一雨破孤迥。时邀竹林交,或尽剡溪兴。扁舟还北城,隐隐闻钟磬。"⑤该诗语言上既具有大谢的精致、小谢的亮丽,又兼具陶、韦、柳的淡雅,而萧散、宁静、闲远的意境如此协调,堪称佳构。南渡时期,另有不少诗人虽然主导诗风并非如此,但亦有刻意追求这样诗歌意境的尝试。例如:

今日菊始华,丛雁鸣相和。若无一觞酒,如此重九何?悠然数酌尽,会心岂在多。醒来不复记,散发东山阿。(韩驹《题采菊图》其二)⑥

竹色千钟静,溪光一鉴开。岩隈宿风雨,人迹老莓苔。控鲤定何在,骑鲸今不来。空余泉上月,与我共徘徊。(李弥逊《琴溪》)⑦

虚窗倚修竹,阴晴见佳景。雨隙落余滋,风棂乱疏影。室幽境自

---

① 《紫微集》卷四。
② 详见尹波霞《张嵲及其诗歌研究》,华中科技大学2010年硕士论文,第24页。
③ [元]杨载:《诗法家数》,《历代诗话》本,第731页。
④ 陈衍:《石遗室诗话》卷一八,人民文学出版社2004年版,第290页。
⑤ 《北山小集》卷三。
⑥ 《陵阳集》卷二。
⑦ 《筠谿集》卷一四。

闲,心远地愈静。丁宁护云根,留伴岁寒永。(晁公遡《修竹二首》其一)①

最后,幽独寂寞的情怀。

陶、谢、韦、柳等人生前或身后尽管诗名甚著,但他们这些人在他们那个时代却是寂寞的。我们从其诗歌中或后人的评述中皆可明显看出。陶渊明《杂诗十二首》(其二):"欲言无予和,挥杯劝孤影。"②韦应物《郡中西斋》:"似与尘境绝,萧条斋舍秋。"③金人元好问《论诗绝句三十首》:"谢客风容映古今,发源谁似柳州深?朱弦一拂遗音在,却是当年寂寞心。"④正因为如此,除了陶渊明,大谢、韦、柳等人的诗歌中也常常表现出幽寂的特点。如谢灵运《七里濑》:"孤客伤逝湍,徒旅苦奔峭。"⑤韦应物《夏至避暑北池》:"门闭阴寂寂,城高树苍苍。"⑥柳宗元《南涧中题》:"回风一萧瑟,林影久参差。"⑦

南渡诗人既然接受陶、谢、韦、柳等人的影响,自然或有可能受到这方面的影响。受上述诸人影响且在诗歌中表现出较为浓郁的此种情怀的南渡诗人主要有陈与义、张嵲与程俱。

陈与义的早期诗歌就体现出幽独寂寞的情感,例如《休日早起》:

胧胧窗影来,稍稍禽声集。开门知有雨,老树半身湿。剧读了无味,远游非所急。蒲团着身宽,安取万户邑。开镜白云度,卷帘秋光入。饱受今日闲,明朝复羁絷。⑧

陈与义南渡之后的诗歌幽寂情怀更为明显,尤其是流亡时期的作品,例如《游东岩》:

散策东岩路,梦中曾记经。斜晖射残雪,岩谷遍晶荧。鸦鸣山寂寂,意迥川冥冥。乘兴欲穷讨,会心还少停。新晴远村白,薄暮群峰青。危途通仙境,胜日行画屏。岂独净一念,将期朝百灵。不同《南

---

① 《嵩山集》卷六。
② 《陶渊明集校笺》卷四,第291页。
③ [唐]韦应物著,孙望校笺:《韦应物诗系年校笺》卷九,中华书局2002年版,第456页。
④ 郭绍虞笺释:《元好问论诗三十首小笺》,中华书局1978年版,第72页。
⑤ 《谢灵运集校注》,第51页。
⑥ 《韦应物诗系年校笺》卷九,第422页。
⑦ [唐]柳宗元著,王国安笺释:《柳宗元诗笺释》卷二,上海古籍出版社1993年版,第181页。
⑧ 《陈与义集校笺》卷一二,第332页。

涧》咏,悲慨满中扃。①

诗歌中所提到的"南涧咏",乃指柳宗元幽冷峭拔风格的代表作《南涧中题》。虽然陈与义该诗不同于《南涧中题》诗中的悲愤,但诗歌中的幽独的意境以及由此所表现出的诗人的寂寞情绪却显而易见。又如《愚溪》:

> 小阁当乔木,清溪抱竹林。寒声日暮起,客思雨中深。行李妨幽事,栏干试独临。终然游子意,非复昔人心。②

愚溪乃柳宗元贬官永州司马时所居之所,柳宗元曾作《愚溪诗序》及《八愚诗》(诗已佚)。陈与义当时避难于此,家国覆亡之恨、身世飘零之感顿时涌上心头,而柳宗元寄托悲哀之所在则成为激发陈与义忧思的引子并形成比较。其他如《雨晴徐步》《同信道晚登古原》,皆与柳宗元的幽寂情怀相似。刘辰翁评《雨晴徐步》云:"似可渐近晋人,酷欲复胜《南涧》,亦不可得,然已逼。"③评《同信道晚登古原》:"甚似!甚似(《南涧中题》)!"④

张嵲的诗歌同样也具有明显幽独的情怀,如"屏居倦幽独"⑤"人事日萧寂"⑥之类的诗歌即为如此。无独有偶,张嵲对柳宗元的《南涧中题》也表现出极大的兴趣,其《南涧亭诗序》云:"初冬风日凄厉,咏柳子厚《南涧》诗,颇与之合,因以名其亭。亭东数步,抵山足,复为小亭,水鸣箵竹间,如弄琴筑,名曰鸣筑。虽境皆甚美,然过时坐久,使人神意悄怆,非天资静素不徇世纷者,未易居也。"其诗曰:"遐思南涧作,仿佛识仪刑。"当然,张嵲的诗歌与柳宗元相比,清幽则有之,而悲怆则不及。同样在《南涧亭诗》中,张嵲曰:"不似投荒柳,悲吟涕泪零。"⑦其《鸣筑亭》又曰:"虽疑境过清,未必伤幽独。"⑧

当然,张嵲的诗歌中并非没有悲怆与寂寞,如《方城驿》:

> 古驿藏幽谷,回还乱峰稠。驿前山特秀,翠气光浮浮。晴日经短

---

① 《陈与义集校笺》卷一八,第511页。
② 《陈与义集校笺》卷二七,第748页。
③ 《陈与义集校笺》卷一八,第514页。
④ 同上书,第515页。
⑤ 《种竹》,《紫微集》卷三。
⑥ 《吊和靖故居》,《紫微集》卷四。
⑦ 《紫微集》卷四。
⑧ 同上。

檐,奇温惊敝裘。门前万山道,过客空悠悠。忆昔庐戟黎,伐庸此淹留。山中老鹳鹤,应识旌旆愁。事去一转首,岩花几经秋。石磴与涧道,犹是曩者否。只应军旅声,长咽寒溪流。①

该诗后半部分诗境非常幽清,诗人亦表现出悲哀与寂寞的情怀。不过,与柳宗元那种近乎凄厉的悲伤不同,诗人的感慨来源于外界的刺激,或者说由外界环境而激发起的历史感怀。因而,张嵲的寂寞幽独中少了一些愤激而多了一些喟叹。类似的作品在张嵲诗集中不为少数,如前文已引用之《溪水》,再如:

> 寒食光辉薄,古原多夕阴。行经平陵道,感慨一何深。将军昔封此,汉史传至今。山川宛如旧,事迹嗟已沉。聚落有人烟,故国无乔林。尚想英雄气,千古犹森森。边尘久未定,干戈日相寻。兴怀几内恸,何必鼓鼙音。②

与张嵲的诗歌学柳相似,程俱的诗歌也常常得柳之幽独而去其凄厉。例如《和傅冲益冬夜独酌用柳子厚饮酒诗韵》:

> 忽忽岁晼晚,幽怀寄芳樽。及兹寒夜永,写我忧思烦。放杯独长谣,翕如负晴暄。那知曲身直,但觉冰肠温。遥思石亭林,玉雪今正繁。安能松窗下,捻须哦五言。须君寻昔游,攀梅撷兰荪。胜事难重得,悠然空默存。③

因为该诗为用柳宗元韵且题材相似,故将柳诗列出,以作比较。柳宗元《饮酒》曰:

> 今旦少愉乐,起坐开清樽。举觞酹先酒,为我驱忧烦。须臾心自殊,顿觉天地暄。连山变幽晦,渌水函晏温。蔼蔼南郭门,树木一何繁。清阴可自庇,竟夕闻佳言。尽醉无复辞,偃卧有芳荪。彼哉晋楚富,此道未必存。④

---

① 《紫微集》卷三。
② 《过平陵汉苏建所封》,《紫微集》卷三。
③ 《北山小集》卷二。
④ 《柳宗元诗笺释》卷二,第254页。

不难看出,程俱诗歌与柳宗元诗歌有直接的渊源关系,两诗的景物皆清幽淡远,情感亦烦忧多思。然而,如果联想诗人写作的背景,细细体会,可以看出柳宗元诗歌旷达之中蕴藏着无尽凄楚,而程俱诗歌中的情感则显得较为泛泛。对于程俱与柳宗元诗歌的差异,其实程俱本人亦有清晰的认识,其《再和一篇以答固穷之句》云"平生笑何人,戚戚柳州柳"①,正道出二者诗作差异之由。

五、余 论

以上从四个方面概括了南渡诗歌主要的艺术渊源。杜甫、黄庭坚、陈师道、苏轼主要体现出南渡诗歌对宋调诗歌传统的继承,而陶渊明、谢灵运(包括谢朓)、韦应物、柳宗元等则从某种意义上体现出南渡诗歌对宋调之外诗歌传统的继承。当然,陶、谢、韦、柳尤其是其诗歌平易自然的语言本身也构成宋调诗歌的渊源,但比较而言,他们的诗歌更多地体现出唐诗的特征,因而南渡诗歌对陶、谢、韦、柳的学习,从某种意义上体现了对唐诗传统的继承,当然,这里的唐诗传统并非典型的盛唐诗与晚唐诗。

还有一点必须说明,宋代南渡诗坛的诗歌传统,除了上文重点介绍的数家,还有其他一些前代诗人,只不过这些诗人影响的范围较小,常常是对个体的南渡诗人产生影响,没有形成诗坛的风气。这里简单介绍如下:

李白诗在南渡诗坛也为一些诗人效法,如陈渊《和人独酌二绝》中的"举盏但能邀皓月"②,系化用李白《月下独酌四首》中"举杯邀明月"③之句。王庭珪《赠蜀僧妙高》中的"峨眉山头古时月,浮云卷尽尘埃灭"④,《江上》中的"谁寄愁心与明月,肯随君到夜郎溪"⑤等亦化用李白诗句。其他如林季仲《谢李端明惠李翰林集》《次韵酬黄季章》、范浚《拟李太白笑矣乎》等诗风格奔放,亦可见受李白影响的痕迹。

南渡诗人学李白最力者为邓肃。邓肃对李白很推崇,这可以从他对朋友的赞美中表现出来,他常常以谪仙人来称道朋友。"谪仙骑鲸天上来"⑥

---

① 《北山小集》卷四。
② 《默堂先生文集》卷一。
③ [唐]李白撰,[清]王琦注:《李太白全集》卷二三,中华书局1977年版,第1063页。
④ 《卢溪文集》卷六。
⑤ 《卢溪文集》卷二三。
⑥ 《送李状元还朝》,《栟榈集》卷四。

"吾宗赖有谪仙人"①"我携谪仙人"②"珍重谪仙人"③,如此等等都说明邓肃对李白的关注非同一般。邓肃继承李白诗风,摒弃李诗的奇诡而取其热烈奔放,这可以从《再韵明复和来》中得到验证:

>　　男儿匹马追风嘶,朝燕暮越去如飞。谈笑功名在钟鼎,卵破草折驱健儿。悲吟误学愚溪柳,落笔幸无龙蛇走。诗成不直水一杯,谁解金龟与换酒。能言嗟我闭雕笔,九万扶摇政属公。好震雷威养霖雨,要须磨赋未央宫。游戏诗坛整部伍,笔锋光怪横天宇。畏法请歌七月篇,恶食卑官赞神禹。④

全诗激情四射,无论是积极乐观的精神还是悒郁的情绪,都能给人以心灵的震撼,而澎湃的气势、一气呵成的语言,都有太白遗风,其中"诗成不直水一杯,谁解金龟与换酒"两句诗,则明显化用李白诗句"万言不直一杯水"⑤。邓肃诗集中另一些与此风格相近的作品如《戏天启作时文》等。

韩愈诗在南渡诗坛的整体影响不大,但亦偶有诗人学其下语狠猛、效其特殊句法。前者有王庭珪《送刘熙载赴省试》"奇怪惊我前,雷电杂风雹"⑥、孙觌《水退》"荡沃波澜大,凭陵意气粗。射潮鲛鳄怒,鞭石鬼神驱"⑦、吕本中《听琴》"初闻平野飞鸿鹄,歘听金盘起珠玉。绕坛古树郁嵯峨,六月吹霜作寒绿"⑧等。后者如曾几《晁侍郎折赠芍药三种》"或浓若猩血,或浅若鹅黄"⑨、王洋《和沈子美梅诗》"有如比红儿,观者亦呵叱。有如当皱玉,却欲数梨橘。又如奏金石,秋虫并啁唧"⑩等,皆明显效仿韩愈独具特征的博喻手法。

温、李诗风经过北宋诗文革新的冲击,到北宋中后期在诗坛的影响已经微乎其微。不过,到了南渡时期又有了稍稍的复兴,诗坛上出现了几家以温、李诗歌为主要学习榜样的诗人。如《四库全书总目》称王铚:"诗格

---

① 《送成材》,《栟榈集》卷七。
② 《游东山》,《栟榈集》卷九。
③ 《次韵李舍人》,《栟榈集》卷九。
④ 《栟榈集》卷七。
⑤ 《答王十二寒夜独酌有怀》,《李太白全集》卷一九,第911页。
⑥ 《卢溪文集》卷七。
⑦ 《鸿庆居士集》卷一。
⑧ 《东莱诗词集》诗集卷四,第57页。
⑨ 《茶山集》卷二。
⑩ 《东牟集》卷一。

近温、李。"①《宋史·朱弁传》称朱弁:"诗学李义山,词气雍容,不蹈其险怪奇涩之弊。"②

朱弁现存作品不多,很难窥见其诗全貌。王铚学温、李诗风较为显著,他的诗集中有《无题》诗,虽然诗体并非李商隐惯常所写的七律,但王诗的主题模糊、辞藻华瞻则与温、李同类诗如出一辙。再如其七律《夜坐》:

> 夜久灯花自吐红,岁华已尽尚飘蓬。身游百越风波外,路入千山雨雪中。失马旧知无得丧,拂龟那更问穷通。懒将今古从头数,几度邯郸梦不同。③

这首诗主题深隐朦胧,情调旖旎伤感,这些特征都带有明显的义山诗特征。而诗中典故的运用、工稳的对仗亦是温、李诗歌惯常的手法。当然,王铚有意学习温、李,并不意味着诗歌写得完全如温、李。与温、李诗歌相比,王铚该诗典故不及温、李奇僻,色调的艳丽、形式的精工与语言的朦胧程度亦皆有不及。王铚集中如《夜坐》这类的作品占有一定的数量。总体而言,王铚学温、李,主要在诗歌深婉不迫的情调上,如"目断路不断,魂飞花更飞"④,"水泛残香不可寻,更堪烟雨锁花心。只知赐浴恩波重,未识和戎怨泪深"⑤。

王铚以外,吕本中诗学温、李亦值得注意。吕本中诗总体上学黄、陈,但并不专主一家,对李商隐诗歌亦很是推崇,《紫微诗话》中有下列三则材料:

> 东莱公尝言,少时作诗,未有以异于众人,后得李义山诗,熟读规摹之。始觉有异。
>
> 东莱公深爱义山"一春梦雨常飘瓦,尽日灵风不满旗"之句,以为有不尽之意。
>
> 杨道孚深爱义山"嫦娥应悔偷灵药,碧海青天夜夜心",以为作诗当如此学。⑥

---

① 《钦定四库全书总目(整理本)》卷一五八,第2112页。
② 《宋史》卷三七三,第11553页。
③ 《雪溪集》卷四。
④ 《古意》,《雪溪集》卷三。
⑤ 《雨中》,《雪溪集》卷五。
⑥ [宋]吕本中:《紫微诗话》,《历代诗话》本,第367—368页。

这里的东莱公并非指吕本中本人,而是指其父吕好问。上引三则材料,虽非吕本中本人称道李商隐诗,但他将之收入诗话,表明同意这些观点。不仅如此,吕本中写诗对李商隐亦时有借鉴,曾季貍云:"吕东莱'粥香饧白是今年','粥香饧白'四字本李义山《寒食》,诗云:'粥香饧白杏花天。'"①又有整首诗效法李诗者,如其《听雨》:"日数归期似有期,故园无语说相思。芭蕉叶上三更雨,正是愁人睡觉时。"②显然由李商隐《夜雨寄北》而来。③ 当然,吕本中对李商隐诗的学习,不仅仅体现在字摹句拟上,更重要的体现在诗歌风格上。试看下面的《高安道中有怀故人李彤》:

  寒起溪边芦荻风,霜林病叶未全红。雁随云落斜阳外,舟傍山行晚照中。极目闲愁愁欲绝,满川离恨恨无穷。天涯更送亲朋去,尊酒何时得再同。④

全诗情感诚挚缠绵,又两用复辞造成回环往复的艺术效果。诗人的离愁别绪得到充分的表现,深得李商隐诗歌之遗韵。

  南渡诗坛其他受到温、李诗风影响的还有王洋、王庭珪、范浚等,不过受影响的程度不深。有些是偶尔仿效其体,如范浚《同弟茂通效温飞卿体》、王洋《和李商隐赋红梅》等;有些是化用他们的诗句,如王庭珪"君王夜半应前席"⑤化用李商隐"可怜夜半虚前席"⑥之句。

  为南渡诗人效法的前辈诗人还有孟郊、贾岛、李贺、大历诗人、卢仝、寒山、苏舜钦及唐前诗人。南渡诗人学孟郊主要效其写穷愁境遇及寒窘的意境,如吕本中《本中将为江浙之行念当与梦觊远别感叹伤怀因成长韵奉呈》云"虚庭觉气润,远视萤火湿"⑦,周紫芝《秋意三首》云"幽虫泣床下,可是不知心"⑧,《择之得鹿割鲜见饷以诗为谢》云"饥肠罄一饱,状若蹲鸱冻。茅檐坐局促,山禽听晓哢"⑨,王之道《癸酉闰十二月朔旦入夜雪复作

---

  ① [宋]曾季貍:《艇斋诗话》,《历代诗话续编》本,第284页。
  ② 《东莱诗词集》诗集卷一五,第223页。
  ③ 其诗曰:"君问归期未有期,巴山夜雨涨秋池。何当共剪西窗烛,却话巴山夜雨时?"(《李商隐诗歌集解》编年诗,第1230页)
  ④ 《东莱诗词集》诗集外集卷一,第318页。
  ⑤ 《送魏彦成赴召》,《卢溪文集》卷一九。
  ⑥ [唐]李商隐:《贾生》,刘学锴、余恕诚集解:《李商隐诗歌集解》不编年诗,中华书局1998年版,第1518页。
  ⑦ 《东莱诗词集》诗集卷一三,第194页。
  ⑧ 《太仓稊米集》卷一五。
  ⑨ 同上。

静言岁欷斯人艰食展转不能寐强沃一杯径醉因成此诗》云"鸣肠时一沃，曲身渐和柔"①。不过，孟郊等人对当时诗坛的创作并没有产生太大的影响，很多为诗人一时兴起，偶尔仿作，作练笔或游戏之用。

第二节　南渡热点诗学命题

众所周知，以苏轼、黄庭坚等为代表的元祐诗人的诗歌是宋诗的典型，他们的诗学主张代表着宋诗的审美取向。距元祐诗坛不远的南渡诗论家们无法对此熟视无睹。无论对元祐诗歌及其诗论接受与否，他们谈诗论艺都很难超越苏、黄等人业已讨论的话题，因而他们的诗论往往以元祐诗论为出发点。苏、黄二人的诗论共同构建了宋诗的美学特征，但二人又有所差异。相对而言，黄庭坚的诗歌创作与诗论更能代表宋诗的特征，而且对随后的徽宗诗坛与南渡诗坛影响更著，因而，南渡之际，热点的诗学命题主要集中于对黄氏诗学主张的讨论上。

宋代文化极为发达，陈寅恪在《邓广铭宋史职官志考证序》中有个著名的论断："华夏民族之文化，历数千载之演进，造极于赵宋之世。"②王国维、邓广铭诸学者也有类似的观点。发达的文化造就了一大批学识丰富的诗人，也在某种程度上促成了宋诗某些特征的形成，如以学问为诗。元祐诗人如苏、黄包括王安石等人的创作就明显具有这一特征，他们的诗集中有不少逞才使气、炫耀学问之作。同样，他们论诗也强调学养。黄庭坚《论作诗文》云："词意高胜要从学问中来。"③《与徐师川书四首》云："诗政欲如此作，其未至者，探经术未深，读老杜、李白、韩退之诗不熟耳。"④关于这段话，可以从两个层面来解读：其一，要写好诗，需要从前辈诗人如李、杜、韩那里学习诗法，提高写作技巧；其二，要通过阅读其他类别的书籍提高自己的学养，这两方面相互补充，诗歌方能写好。

在黄庭坚等人的影响下，南渡诗论也很重视诗人的学养。葛立方《韵语阳秋》云："杜甫云：'读书破万卷，下笔如有神。'欲下笔，当自读书始。"⑤吴文治据此认为葛氏"推崇杜甫和苏、黄，认为创作的源泉在于书本"⑥。吴氏的判断，笔者以为有欠稳妥。什么是诗歌创作的源泉，葛氏未

---

① 《相山集》卷三。
② 陈寅恪：《金明馆丛稿二编》，上海古籍出版社1980年版，第245页。
③ 《山谷集》别集卷六，《影印文渊阁四库全书》本。
④ 《豫章黄先生文集》卷一九。
⑤ 《韵语阳秋》卷一，《历代诗话》本，第487页。
⑥ 吴文治：《五朝诗话概说》第一章《宋代的诗话》，黄山书社2002年版，第34页。

有明确论述,但他论杜甫诗时,有这样一句话:"老杜寄身于兵戈骚屑之中,感时对物,则悲伤系之。"①从中,我们不难发现葛氏的言论中暗含着诗人生活际遇对诗歌创作的影响。吴氏的观点在学术界普遍存在,早在1964年,刘大杰在他的论文《黄庭坚的诗论》中就断言:"黄庭坚把书本学问看作是文学创作的唯一源泉。"②莫砺锋师对此专门提出反驳,其中谈到"多读书和注意观察现实生活并不是势不两立的两件事"③。据此,我们不能因南渡诗论中强调诗人学养而轻易得出南渡时期的诗论家持有向书本中寻找创作源泉的观点,而应具体情况具体分析,综合他们其他言论及实际创作分析问题。

深厚的学养对诗歌创作的影响是多方面的,其深层的影响表现在诗人判断能力的提高,世界观、人生观的形成及诗人性情的陶铸等方面。不过,学养对诗歌创作影响的具体而直接的表现则往往在一些诗歌技巧方面。南渡诗人论学养,亦多着眼于此。试看下面几例:

> 作诗压韵是一巧,《中秋夜月诗》,押尖字数首之后,一妇人诗云:"蚌胎光透縠,犀角晕盈尖。"又记人作《七夕诗》,押潘、尼字,众人竟和无成诗者。仆时不曾赋,后因读《藏经》,呼喜鹊为乌尼,乃知读书不厌多。(《彦周诗话》)④

> 东坡性喜嗜猪,在黄冈时,尝戏作《食猪肉诗》云:"黄州好猪肉,价钱等粪土。富者不肯吃,贫者不解煮。慢著火,少著水,火候足时他自美。每日起来打一碗,饱得自家君莫管。"此是东坡以文滑稽耳。后读《云仙散录》,载黄昇日食鹿肉二斤,自晨煮至日影下西门,则曰"火候足"。乃知此老虽煮肉亦有故事,他可知矣。(《竹坡诗话》)⑤

> 老杜《端午赐衣》诗:"自天题处湿,当暑著来轻。""自天""当暑"皆有出处,"自天申之""当暑袗绤缔"是也。(《艇斋诗话》)⑥

上述三例,讨论的角度各不相同,但强调诗人学养的重要性却是一致的。《竹坡诗话》对东坡作《食猪肉诗》暗用典故大为钦佩,体现出对诗人学问的推崇之情。《艇斋诗话》替老杜诗中用语找出处,显然受到黄庭坚论杜

---

① 《韵语阳秋》卷一,《历代诗话》本,第484页。
② 《文学评论》1964年第1期。
③ 详见《江西诗派研究》,第203页。
④ [宋]许𫖮:《彦周诗话》,《历代诗话》本,第384—385页。
⑤ 《竹坡诗话》,《历代诗话》本,第351页。
⑥ 《艇斋诗话》,《历代诗话续编》本,第290页。

甫诗无一字无来历的影响,其论诗旨趣,无疑有重学问的倾向。《彦周诗话》讨论的是作诗知识储备问题。宋人作诗喜压险韵,以难见巧这种作诗方法对诗人的知识积累要求很高,许彦周从自身的经历出发,认识到加强学养的重要性。类似的讨论充斥于南渡之际诗论家的著作中。吴聿《观林诗话》用了很大篇幅考证诗歌用典,论述用事之由,纠正诗人用典之误等。其他诗论家如葛立方、严有翼、张表臣、周紫芝、陈岩肖等等,都程度不等地表现出重诗人学养的诗学旨趣。南渡时期的诗论重诗人学养之论,除了有些明显沿袭黄庭坚的说法,其他很难笼统简单地归结为受黄庭坚的影响。笔者以为合理的解释是,在当时整个社会浓郁的文化氛围中,南渡诗论家受到前辈诗人及学者诗歌创作实践与诗学思想的影响,产生了群体性自觉重视学养的诗学旨趣。之所以用群体性这一定语,是因为南渡诗论家中除了张戒论诗有反对以学问入诗这一明显倾向外,绝大多数诗论家对以学问入诗持肯定态度,即使没有明确论述者,其论诗的方法也体现出这一旨趣。

黄庭坚的诗论内涵非常丰富,但对后学影响最大的是其一系列的诗法论,这也是他之所以有一大批追随者的根本原因。黄庭坚诗歌创作谨严,注意篇章结构的惨淡经营、字句的精心锻炼,指导后辈作诗,亦多授之以法。莫砺锋师在《江西诗派研究》一书中总结出黄庭坚指点初学者作诗的具体方法有以下几个方面:一、谋篇布局;二、句法;三、炼字炼句。这些方法可操作性强,因而为初学者所喜,诗论家亦乐于记载,并以此作为评诗的标准。南渡诗论中,有很大一部分就是这方面的内容,他们转述前辈的作诗心得,总结前人作诗之得失,探讨作诗的法则。下面略举数例,以窥当时论诗一斑:

> 杜牧之云:"杜若芳州翠,严光钓濑喧。"此以杜与严为人姓相对也。又有"当时物议朱云小,后代声名白日悬",此乃以朱云对白日,皆为假对,虽以人姓名偶物,不为偏枯,反为工也。如涪翁"世上岂无千里马,人中难待九方皋",尤为工致。①

> 王介甫尝读杜诗云:"无人觉往来",下得"觉"字大好。"暝色赴春愁",下得"赴"字大好。若下"起"字,此即小儿言语。足见吟诗要一字两字工也。②

> "雕虫蒙记忆,烹鲤问沉绵",不说作赋而说雕虫,不说寄书而说

---

① [宋]吴聿:《观林诗话》,《历代诗话续编》本,第118页。
② [宋]严有翼:《艺苑雌黄》,《宋诗话辑佚》本,第582页。

烹鲤,不说疾病而云沉绵;"颂椒添讽味,禁火卜欢娱",不说节岁但云颂椒,不说寒食但云禁火,亦文章妙也。①

　　凡作诗若正尔填实,谓之"点鬼簿",亦谓之"堆垛死尸"。能如《猩猩毛笔诗》曰:"平生几两屐?身后五车书。"又如:"管城子无食肉相,孔方兄有绝交书。"精妙明密,不可加矣,当以此语反三隅也。②

　　文人用故事有直用其事者,有反其意而用之者。([王]元之《谪守黄冈谢表》云:"宣室鬼神之问,岂望生还;茂陵《封禅》之书,惟期死后。"此一联每为人所称道,然皆直用贾谊、相如之事耳)。李义山诗:"可怜夜半虚前席,不问苍生问鬼神。"虽说贾谊,然反其意而用之矣。林和靖诗:"茂陵他日求遗稿,犹喜曾无《封禅书》。"虽说相如,亦反其意而用之矣。直用其事,人皆能之;反其意而用之者,非识学素高,超越寻常拘挛之见,不规规然蹈袭前人陈迹者,何以臻此。[马子才有句云:"可怜一觉登天梦,不梦商岩梦邓郎",用此意也。]③

所举例子当中,第一则讨论假对这种修辞手法取得的艺术效果;第二则玩味前人下字之工;第三则说明用典之妙;第四则讨论用典成功与失败之由;第五则介绍反用故事法。所有论述,都是从诗歌创作的角度探讨诗歌的内部规律,具体而切实,有利于后人借鉴。我们知道,对诗歌艺术技巧的探讨并非始于黄庭坚,南渡诗论该类性质的讨论也不能全部归结为受黄氏的影响。但黄庭坚的影响无疑是存在的,最明显体现在南渡诗论对黄庭坚"夺胎换骨""点铁成金"等独特诗歌创作方法的复述与使用上:

　　晋宋间,沃州山帛道猷诗曰:"连峰数千里,修林带平津。茅茨隐不见,鸡鸣知有人。"后秦少游诗云:"菰蒲深处疑无地,忽有人家笑语声。"僧道潜号参寥,有云:"隔林仿佛闻机杼,知有人家在翠微。"其源乃出于道猷,而更加锻炼,亦可谓善夺胎者也。④

　　东坡和章质夫《杨花》词云"思量却是,无情有思",用老杜"落絮游丝亦有情"也。"梦随风万里,寻郎去处,依前被莺呼起",即唐人诗云:"打起黄莺儿,莫教枝上啼。几回惊妾梦,不得到辽西。""细看来不是杨花,点点是离人泪",即唐人诗云:"时人有酒送张八,惟我无酒

---

① 《童蒙诗训》,《宋诗话辑佚》,第587页。
② 《彦周诗话》,《历代诗话》本,第379页。
③ 《艺苑雌黄》,《宋诗话辑佚》,第566—567页。
④ 《庚溪诗话》卷下,《历代诗话续编》本,第176页。

送张八。君有陌上梅花红,尽是离人眼中血。"皆夺胎换骨手。①

山谷咏明皇时事云:"扶风乔木夏阴合,斜谷铃声秋夜深。人到愁来无处会,不关情处亦伤心。"全用乐天诗意。乐天云:"峡猿亦无意,陇水复何情。为到愁人耳,皆为断肠声。"此所谓夺胎换骨者是也。②

"夺胎换骨"与"点铁成金"是黄庭坚借鉴前人成功的创作经验,为我所用、以故为新,集借鉴与创新为一体的一种创作手法。以前曾有人视之为"蹈袭剽窃",莫砺锋师对此已作辨正。上面几种诗话中明确提到这一创作手法,受黄氏影响的痕迹很明显。其他另有一些诗话著作中虽未使用这两个词语,但常有与此意相类的提法,如《优古堂诗话》有"沿袭不失为佳者"之类,亦当受到黄庭坚影响。

一般而言,过分热衷于在技法上揣摩的诗人创作出的诗歌常常雕琢痕迹较为明显,黄庭坚早期的诗歌就有这样的特点。这种因雕琢而创作出的瘦硬生新的风格又成为其代表性的诗歌风格,为后学效法。对于以黄庭坚为代表的具有明显雕琢痕迹的诗风,南渡诗论家大多持否定态度③。如朱弁批评"西昆体":"后人挹其余波,号西昆体,句律太严,无自然态度。"④张戒云:"潘、陆以后,专意咏物,雕镌刻镂之工日以增,而诗人之本旨扫地尽矣。"⑤其他如黄彻《䂬溪诗话》、叶梦得《石林诗话》、张表臣《珊瑚钩诗话》等诗话著作及邓肃、张九成等人的诗论中皆有明确否定雕琢诗风的言论。

否定雕琢,必然提倡的是自然平淡风格的诗风。南渡诗论中关于这方面论述较多,略举数例:

此皆工妙至到,人力不可及,而此老独雍容闲肆,出于自然,略不见其用力处。⑥

篇章以含蓄天成为上,破碎雕镂为下。如杨大年西昆体,非不佳也,而弄斤操斧太甚,所谓七日而混沌死也。以平夷恬淡为上,怪险蹶趋为下。如李长吉锦囊句,非不奇也,而牛鬼蛇神太甚,所谓施诸廊庙

---

① 《艇斋诗话》,《历代诗话续编》本,第309页。
② 同上书本,第314—315页。
③ 当然,亦偶有肯定者,如陈岩肖《庚溪诗话》卷下云:"至山谷之诗,清新奇峭之极也。"刘一止《题丁氏堂六言二首》:"总是胸中描出,不妨怪怪奇奇。"(《苕溪集》卷七)
④ [宋]朱弁:《风月堂诗话》卷下,中华书局1988年版,第112页。
⑤ 《岁寒堂诗话》卷上,《历代诗话续编》本,第450页。
⑥ [宋]叶梦得:《石林诗话》卷中,《历代诗话》本,第420—421页。

则骇矣。①

  古之作者,无意于文也,理至而文则随之。如印印泥,如风行水上,纵横错综,灿然而成者,夫岂待绳削而后合哉?②

  然而,我们发现很多诗论家在推崇自然风格的同时,却又对诗歌技法(包括黄庭坚的诗法)津津乐道。要解释这一现象,需要对中国古代诗歌的发展作一简要的回顾。汉魏以前,诗歌创作的束缚较小,人们对诗歌技法的探讨亦不深入。到了晋宋之际,诗人雕琢的创作之风露出端倪,南朝齐梁时期沈约等人提出"四声八病"之说,更标志着诗歌创作越来越往人工雕琢的方向靠近。入唐之后,经过几代人的探索,近体诗的格律最终定型,这意味着浑沌之美被破坏成为必然。唐人钻研诗艺,诗歌创作技巧越来越丰富。宋人生于唐人之后,有感于唐诗取得的高度成就,不得不另辟蹊径,继续探索诗歌技法。到南渡时期,宋人可继承的诗法已经很多。在一个已有一定规范的诗歌创作环境中,学习写诗不懂技法无疑寸步难行。因而,南渡诗人及诗论家尽管认识到诗法会损坏诗歌的自然之美,但仍然乐此不疲地探讨。人们希望掌握诗歌技法并能够随心所欲地使用,从而使诗歌达到自然的境界。也就是说,探讨诗歌技法是手段,创作出具有自然天工的诗歌才是目的。这种诗学思想源于苏、黄。苏轼在给其侄儿的信中写道:"大凡为文,当使气象峥嵘,五色绚烂,渐老渐熟,乃造平淡。"③黄庭坚一方面强调诗法,另一方面又说:"好作奇语,自是文章病。但当以理为主,理得而辞顺,文章自然出群拔萃,观杜子美到夔州后诗,韩退之自潮州还朝后文章,皆不烦绳削而自合矣。"④又云:"但熟观杜子美到夔州后古律诗,便得句法简易,而大巧出焉。平淡而山高水深,似欲不可企及。文章成就,更无斧凿痕,乃为佳作耳。"⑤南渡诗论家继承苏黄的这一诗学思想,一方面在理论上追求平淡自然的艺术境界,一方面又在实际操作中探讨诗歌技法。他们追求的自然,也很值得我们深究。高古、混沌、没有雕琢的境界是他们向往的最高境界。吕本中提倡"活法",但这并不是他最推崇的境界,他认为诗歌最高的境界应该是"无意于文之文":"然余区区浅末之论,皆汉魏以来有意于文者之法,而非无意于文者之法也。"⑥叶梦得亦云:"'池

---

① 《珊瑚钩诗话》卷一,《历代诗话》本,第455页。
② [宋]汪藻:《鲍吏部集序》,《浮溪集》卷一七。
③ 《竹坡诗话》,《历代诗话》本,第348页。
④ 《与王观复书三首》之一,《豫章黄先生文集》卷一九。
⑤ 《与王观复书三首》之二,《豫章黄先生文集》卷一九。
⑥ 《后村先生大全集》卷九五。

塘生春草,园柳变鸣禽。'世多不解此语为工,盖欲以奇求之耳。此语之工,正在无所用意,猝然与景相遇,借以成章,不假绳削,故非常情所能到。诗家妙处,当须以此为根本,而思苦言难者,往往不悟。"①叶氏认为所引诗句之妙,妙在无意为文者,摆脱了一切技巧,天然而成。但同时,我们发现南渡诗论家,包括叶梦得在内,所赞赏的自然诗风大多是经雕琢以后泯灭了斧斤之迹的自然。叶梦得云:"诗语固忌用巧太过,然缘情体物,自有天然工妙,虽巧而不见刻削之痕……至'穿花蛱蝶深深见,点水蜻蜓款款飞',深深字若无穿字,款款字若无点字,皆无以见其精微如此。然读之浑然,全似未尝用力,此所以不碍其气格超胜。"②这里,叶氏承认诗歌忌讳雕琢,但对于人为锻炼之作亦不是完全否定。只要人工刻削之迹隐而不显,也被视为自然之作。相似的观点存在于王庭珪、周紫芝、葛立方等人的诗学思想中。其他一些诗论家如邓肃等虽然没有明确表达这一思想,但在品藻前人作品、指导他人作诗时亦隐含着这一观点。

南渡诗论家对"自然"含义的理解,反映出诗歌法则的极度丰富与宋人整体性追求平淡自然诗风审美思潮的调和。从严格意义上讲,这种调和体现在每个时期每一个有意追求平淡自然诗风的诗人身上。但南渡诗论在江西诗派盛行之际讨论这个问题有特殊的意义:它预示着人们将会对诗歌法则重新审视,代表性的讨论就是吕本中的"活法说"。吕本中在《夏均父集序》中说:

> 学诗当识活法。所谓活法者,规矩备具,而能出于规矩之外;变化不测,而亦不背于规矩也。是道也,盖有定法而无定法,无定法而有定法。知是者,则可以与语活法矣。③

吕本中的"活法说"看起来似乎有点神秘,其实并非如此。吕本中所说的"有定法",是指作诗有其基本的规范与技巧;"无定法",是指不拘泥于一定的法则。其诗论的精神基本是黄庭坚既重法度又重平淡自然诗学思想的延续,仅从创新的角度而言,其意义不是太大;但结合当时江西诗风盛行、江西流弊逐渐暴露的诗坛状况来考察,吕氏所论的意义便突显出来。当时诗坛效法黄庭坚创作者甚众,"众人方学山谷诗时,晁叔用冲之独专学

---

① 《石林诗话》卷中,《历代诗话》本,第426页。
② 《石林诗话》卷下,《历代诗话》本,第431页。
③ 《后村先生大全集》卷九五。

老杜"①。一个"独"字,写出了当时诗坛学黄盛况。诗学山谷,好处在于有法可循,天分不高的诗人亦可以写出中规中矩的诗歌;缺点在于有许多诗人入而不出,一味模仿,创新较少,诗歌缺少自然态度。如吕本中所言:"近世江西之学者,虽左规右矩,不遗余力,而往往不知出此,故百尺竿头,不能更进一步,亦失山谷之旨也。"②对黄庭坚诗歌,吕本中是给予很高评价的,他要求人们学诗从江西始:"近世欲学诗,则莫若先考江西诸派。"③但他同时也看到了黄庭坚诗歌的不足:"鲁直诗有太尖新、太巧处;皆不可不知。"④因而,他论学诗主张兼学众人,尤其是学诗歌创作法度不强的李白、苏轼之作:"《楚词》、杜、黄,固法度所在,然不若遍考精取,悉为吾用,则姿态横出,不窘一律矣。如东坡、太白诗,虽规摹广大,学者难依,然读之使人敢道,澡雪滞思,无穷苦艰难之状,亦一助也。"⑤

正是因为认识到黄庭坚及其后学过于恪守诗法的不足,吕本中提出活法诗论。吕本中主张以苏轼自然无法则之诗济黄庭坚法度谨严之诗,显然与上文所论南渡诗论家所谓平淡自然实乃人工雕琢后之自然有相通之处。而其活法论中"有定法"指诗歌创作有人为雕琢的行为;"无定法"非指法则不存在,而是诗歌创作时虽依照一定的法则,但人们却觉察不出人为用功的痕迹。这就是要求人们作诗既不丢弃法则,又能挥洒自如,两者相得益彰,与平淡自然寓于雕琢之中异曲同工。

吕本中的活法论如果孤立地看,是一个单一的理论,而结合南渡众多诗论家既主张追求平淡自然又重视法度这一美学思潮,则可以将其视为整个南渡时期关于法则与自然讨论的代表性意见。它既反映出江西诗派内部成员对江西后学片面接受黄庭坚诗歌理论的纠正,表现出江西诗派的自立精神,也预示着诗法发展到极致后必将为人们重新审视、选择乃至扬弃。南宋中后期诗坛大多数诗人背离江西,转而选择其他诗歌作为学习榜样,乃至自我作古,就体现了这一历史发展的趋势。

黄庭坚的诗歌刻意求奇,《后山诗话》云"黄鲁直以奇"⑥,正概括了他的诗歌主导特征。受其影响,南渡诗论中对新奇的诗歌往往评价颇高,其中代表性的诗论家为陈岩肖。他说:"至山谷之诗,清新奇峭,颇造前人未尝道处,自为一家,此其妙也。至古体诗,不拘声律,间有歇后语,亦清新奇

---

① 《紫微诗话》,《历代诗话》本,第361页。
② [宋]吕本中:《与曾吉甫论诗第二帖》,见《苕溪渔隐丛话》前集卷四九,第333页。
③ 《童蒙诗训》,《宋诗话辑佚》,第597页。
④ 同上书,第591页。
⑤ 《与曾吉甫论诗第一帖》,见《苕溪渔隐丛话》前集卷四九,第332—333页。
⑥ [宋]陈师道:《后山诗话》,《影印文渊阁四库全书》本。

峭之极也。"①指出山谷诗自成一家,其妙之一在于"奇"字,显然对"奇"这一特征是正面评价。陈氏论诗,多有"语益奇""此乃奇语""语佳而意新"之类褒扬语。与此相类的论述,在其他诗论家的论述中亦时时可见。他们皆将新奇视为一种很高的艺术水准,如吴聿云:"用意愈工,出人意外。"②黄彻云:"用事出人意表,尤有余味。"③吴可云:"老杜句语稳顺而奇特,至唐末人,虽稳顺,而奇特处甚少,盖有衰陋之气。"④当然,南渡诗论家亦有少数对新奇诗风不以为然者。周紫芝云:"作诗正要写所见耳,不必过为奇险也。"⑤周紫芝此论,没有明确的批判对象,但从中我们不难想见他对当时诗人一味追求险怪的不满。张表臣亦云:"以平夷恬淡为上,怪险蹶趋为下。"⑥更明确批评怪险诗风。至于邓肃《诗评》:"学李长吉者忌奇僻,学李太白者忌怪诞。"⑦同样表明不以奇险为是。

"宁律不谐而不使句弱,用字不工不使语俗"⑧,这是黄庭坚对庾信诗歌的评价,也是其自身艺术追求之一。这一诗学思想,同样对南渡诗论有很大的影响。黄庭坚代表性的诗歌,声调拗峭,不刻意求工,其艺术效果则为避免圆熟,给人以矫健峭拔之感。在黄庭坚那里,音律不谐与用字不工是两种现象合而为一,句弱与语俗也是一个问题的两个方面。到南渡诗论家这里,他们基本沿着黄庭坚的思路来论述。吴可云:"凡诗切对求工,必气弱。宁对不工,不可使气弱。"⑨将用字工否与气格卑弱与否结合起来考察,对应关系与黄庭坚的诗论有差异,这种差异正说明南渡诗论直接继承了黄庭坚论诗求新求变的精神。

不过,在具体问题的论述上,南渡诗论往往将忌弱与忌俗分开讨论。先讨论忌弱。南渡诗论家中除了上文所举吴可论诗忌弱,其他如李光《县斋清坐有怀》云"气凌李杜豪,力振曹刘弱"⑩,亦主壮黜弱。对这个问题讨论较多的是陈岩肖,他的《庚溪诗话》中有下面三则材料:

  今上皇帝以英睿之姿,宸文圣作,焕然超卓。方居王邸时,从太上

---

① 《庚溪诗话》卷下,《历代诗话续编》本,第182页。
② 《观林诗话》,《历代诗话续编》本,第116页。
③ [宋]黄彻:《䂬溪诗话》卷一,《历代诗话续编》本,第348页。
④ 《藏海诗话》,《历代诗话续编》本,第330页。
⑤ 《竹坡诗话》,《历代诗话》本,第343页。
⑥ 《珊瑚钩诗话》卷二,《历代诗话》本,第455页。
⑦ 《栟榈集》卷二五。
⑧ 《题意可诗后》,《豫章先生文集》卷二六。
⑨ 《藏海诗话》,《历代诗话续编》本,第331页。
⑩ 《庄简集》卷一。

皇帝视师江左,经由京口,题诗金山曰:"屹然山立枕中流,弹压东南二百州。狂虏来临须破胆,何劳平地战貔貅。"辞壮而旨深,已包不战而屈人兵之意矣。①

汉高帝《大风歌》,不事华藻,而气概远大,真英主也。至武帝《秋风辞》,言固雄伟,而终有感慨之语,故其末年,几至于变。魏武魏文父子,横槊赋诗,虽道壮抑扬,而乏帝王之度。六朝以后人主,言非不工,而纤丽不逞,无足言也。②

宋景文有诗曰:"扪虱须逢英俊主,钓鳌岂在牛蹄湾。"以小物与大为对,而语壮气劲可嘉也。而东坡一联曰:"闻说骑鲸游汗漫,亦尝扪虱话悲辛。"则律切而语益奇矣。③

我们注意到,《庚溪诗话》中所忌的"弱",当然包含用字造语方面,但似乎更偏重于诗歌所写内容方面,即要求诗歌表达出的诗人的气概、气度、胸襟等超群不凡。如果说黄庭坚讨论的问题是如何写(即怎样写诗才能避免诗句软弱),那么陈岩肖讨论的是写什么(即写什么样的内容才能气格壮劲)。由如何写到写什么的转变,体现的不仅仅是诗论家看问题的角度与方法的差异,而是一种思路的转变。它预示着南渡诗论已开始摆脱黄庭坚诗论的影响,背离仅仅从技法上讨论诗歌创作的思维,探讨诗歌的创作内容的倾向已初露端倪。

再讨论忌俗。关于这一点,南渡诗论涉及较多。如吴可云:"七言律诗极难做,盖易得俗,是以山谷别为一体。"④周紫芝云:"白乐天《长恨歌》云:'玉容寂寞泪阑干,梨花一枝春带雨。'人皆喜其工,而不知其气韵之近俗也。"⑤葛立方云:"孟郊诗'楚山相蔽亏,日月无全辉。万株古柳根,挐此磷磷溪。大行横偃脊,百里方崔嵬'等句,皆造语工新,无一点俗韵。"⑥

南渡诗论忌俗,常常建立在对他人诗歌批评的基础上。自从苏轼对白居易诗下了"元轻白俗"的断语后,人们往往以"俗"看待白居易之诗。周紫芝诗论受东坡影响较大,在这一点上也继承了东坡的说法,上文所引对白居易《长恨歌》的批评,就说明了这一点。吴聿对白居易亦有类似的批

---

① 《庚溪诗话》卷上,《历代诗话续编》本,第164页。
② 同上书,第165页。
③ 《庚溪诗话》卷下,《历代诗话续编》本,第180页。
④ 《藏海诗话》,《历代诗话续编》本,第335页。
⑤ 《竹坡诗话》,《历代诗话》本,第346页。
⑥ 《韵语阳秋》卷一,《历代诗话》本,第487—488页。

评:"然乐天既知韦应物之诗,而乃自甘心于浅俗,何耶? 岂才有所限乎?"①南渡诗论家对"俗"的批评,更集中在对晚唐诗人的批判上。如周紫芝云:"郑谷《雪诗》如'江上晚来堪画处,渔人披得一蓑归'之句,人皆以为奇绝,而不知其气象之浅俗也。东坡以谓此小学中教童蒙诗,可谓知言矣。"②由对诗歌语言"俗"的批评,南渡诗论转而对"浅"也提出了不少批评,如吴可云:"'大书文字隄防老,剩买谿山准备闲。''隄防''准备'四字太浅近。""盖唐末人诗轻佻耳。"③

忌弱避俗的诗学观点,是对北宋诗学思想的沿袭,仍是南渡时期的主流审美思潮。不过,因为其时及稍前的诗坛效法黄庭坚创作者甚众,缺少创新精神的诗人写出的诗歌流弊渐多,南渡诗论对片面强调忌弱避俗的思想开始提出一些批评。如葛立方云:"近时论诗者,皆谓偶对不切,则失之粗;太切,则失之俗。如江西诗社所作,虑失之俗也,则往往不甚对,是亦一偏之见尔。"④陈岩肖云:"然近时学其诗者,或未得其妙处,每有所作,必使声韵拗捩,词语艰涩,曰'江西格'也,此何为哉?"⑤这些皆是针对江西末流过于追求忌弱避俗而发。这些批评此时还是零星的,批评的力度也不大,只是纠正江西末流不知变通、死守墨规的做法,并未从根本上否定这一诗学思想。这种批评较为公允平正,但也正因为如此,其意义常为人们忽视。从本质上讲,陈、葛二人的批评,与上文所列举吕本中、周紫芝等对江西末流的批评一样,是江西诗派内部小范围的反思与纠正,但同时也是新的批判的起点。

上述讨论的四个问题,基本上都是承接北宋(尤其是元祐)诗论的思想,即便有异议之处,皆属于局部纠正,而未从根本上动摇这些诗学思想的基础。不过,在一些小的修正中,我们看到了一些新的思想已经萌芽。南宋中后期的诗论对元祐诗论的反动,很大程度上皆可以从中找到源头。南渡诗论家对北宋以来诗论批评力度较大的问题体现在以下两个方面:

首先是关于诗歌的功用问题。我们知道,从《论语》开始,人们便讨论这一话题,元祐诗坛对此亦有讨论。苏轼《题柳子厚诗》中说"诗须要有为

---

① 《观林诗话》,《历代诗话续编》本,第131页。
② 《竹坡诗话》,《历代诗话》本,第341页。
③ 《藏海诗话》,《历代诗话续编》本,第333页。
④ 《韵语阳秋》卷一,《历代诗话》本,第486页。
⑤ 《庚溪诗话》卷下,《历代诗话续编》本,第182页。

而作"①,黄庭坚也说"文章功用不经世,何异丝窠缀露珠"②,都指出诗歌应该发挥社会功用。从思想渊源上讲,南渡诗论关于诗歌功用的讨论源于苏、黄等人,其观点亦不出苏、黄。如葛立方评刘叉《冰柱诗》《雪车诗》云:"如此等句,亦有补于时。"③黄彻评苏轼《荔枝叹》云:"补世之语,不能易也。"④其诗歌有为而作的精神与苏、黄如出一辙。然而,由于黄庭坚在《书王知载朐山杂咏后》中明确提出反对诗歌讪谤怒骂的主张,又在《答洪驹父书三首》中云:"《骂犬文》虽雄奇,然不作可也。东坡文章妙天下,其短处在好骂,慎勿袭其轨也。"⑤多次强调诗歌的温柔敦厚,给人造成黄庭坚论诗回避现实这样一种错觉,且黄庭坚此论的确误导了一些江西后学。因而,人们对黄庭坚这一主张的批评,便具有很强的现实性。对黄庭坚这一主张批评最为激烈的是黄彻,他在《䂬溪诗话》中有这样的反驳:

  山谷云:"诗者,人之性情也,非强谏争于庭,怨詈于道,怒邻骂坐之所为也。"余谓怒邻骂坐固非诗本指,若《小弁》亲亲,未尝无怨,《何人斯》"取彼谮人,投畀豺虎",未尝不愤。谓不可谏争,则又甚矣,箴规刺诲,何为而作! 古者帝王尚许百工各执艺事以谏,诗独不得与工技等哉! 故谲谏而不斥者,惟风为然。如《雅》云:"匪面命之,言提其耳。""彼童而角,实讧小子。""忧心惨惨,念国之为虐。""乱匪降自天,生自妇人。"忠臣义士,欲正君定国,惟恐所陈不激切,岂尽优柔婉晦乎? 故乐天《寄唐生》诗云:"篇篇无空文,句句必尽规。"⑥

黄彻对黄庭坚的批判力度很大,不仅从根本上否定了黄庭坚反对诗歌讪谤怒骂的主张,而且进一步将黄庭坚的主张定性为无视社会功用,其文末引白居易诗所指甚明。客观地说,黄彻对黄庭坚的批评有失公允,黄庭坚在其论述中并未明确否定诗歌的社会作用,而且黄庭坚在其他时期也曾肯定诗歌应有补于时(见上文)。但正因为批判有失偏颇,黄彻的观点更吸引了人们的注意,从而将诗歌创作的社会批判意义凸显到一个很高的程度。从这个意义上讲,南渡诗论提出诗歌应有补于时,发挥讽谏作用,便具有了颠覆前人的意义。

---

① 《苏轼文集》卷六七,第 2109 页。
② 《戏呈孔毅父》,《黄庭坚诗集注·山谷内集诗注》卷六,第 225 页。
③ 《韵语阳秋》卷三,《历代诗话》本,第 507 页。
④ 《䂬溪诗话》卷五,《历代诗话续编》本,第 368 页。
⑤ 《豫章黄先生文集》卷一九。
⑥ 《䂬溪诗话》卷一〇,《历代诗话续编》本,第 395 页。

其次是关于对待前人文学遗产的态度问题。元祐之后的诗坛,因苏、黄诗名甚著,诗歌创作成就颇高,门下弟子又众,导致效法其作者很多,整个诗坛几乎为苏、黄两种诗风笼罩,因而也自然形成了以苏、黄诗风为主导的审美倾向。苏、黄二体相比,学黄者又远远多于学苏者,黄诗生新瘦硬的风格更为流行。

我们知道,苏、黄二人创作,杂取众家,对前人的诗歌广采兼收,苏轼学习的对象有李白、杜甫、刘禹锡、韩愈、陶渊明等;黄庭坚学习的对象有杜甫、李商隐、韩愈等。但是,后人学习苏、黄,尤其是学黄时,常常亦步亦趋,专主一家,流弊甚明。吴萃《视听钞》描述了当时产生的危害:"黄鲁直诗非不清奇,不知自立者翕然宗之……而乃字字剽窃,万首一律,不从事于其本,而影响于其末,读之令人厌。"①

有鉴于此,南渡诗论家有意识地提倡兼学多家,允许多种风格的诗歌存在。吴可云:"看诗且以数家为率,以杜为正经,余为兼经也。如小杜、韦苏州、王维、太白、退之、子厚、坡、谷、'四学士'之类也。如贯穿出入诸家之诗,与诸体俱化,便自成一家,而诸体俱备。若只守一家,则无变态,虽千百首,皆只一体耳。"②其要求诸家兼学,众体俱备,很显然乃为纠正江西末流而发。提倡众体兼学者非止吴可一家,其他如许彦周、日本中、黄彻、陈岩肖、李纲等人皆有相类的提法。至于诗歌风格,南渡诗论大体以老杜、苏、黄为正宗,其他如李白之飘逸、杜牧之俊爽、韩愈之奇险、韦应物、柳宗元之淡泊等,亦皆为人们肯定。尤其值得注意的是,虽然其时论诗仍有不少人受苏、黄的影响,轻视元白平易、郊岛寒瘦及中晚唐纤丽诗风,但同时,我们发现其时已有一些诗论对上述风格开始有限度地肯定。如葛立方论孟郊云:

> 孟郊诗"楚山相蔽亏,日月无全辉。万株古柳根,挐此磷磷溪。大行横偃脊,百里方崔嵬"等句,皆造语工新,无一点俗韵。然其他篇章,似此处绝少也。李翱评其诗云:"高处在古无上,平处下观二谢。"许之亦太甚矣。东坡谓"初如食小鱼,所得不偿劳。又似食蟛蜞,竟日嚼空螯",贬之亦太甚矣。③

葛氏认为孟郊好诗不多,对李翱褒之过甚表示不满;但同时对苏轼过于贬

---

① 涵芬楼本《说郛》卷二〇,《说郛三种》,第 365 页。
② 《藏海诗话》,《历代诗话续编》本,第 333 页。
③ 《韵语阳秋》卷一,《历代诗话》本,第 487—488 页。

低孟郊的做法同样不赞同。葛立方对中、晚唐诗人,并不是如苏、黄那样排斥,而是认为有可取之处。他曾援引陈与义诗论并予以肯定态度:"后之学诗者,倘或能取唐人语而掇入少陵绳墨步骤中,此连胸之术也。"①陈与义所言唐人,乃指中唐诗人,具体指孟郊等苦吟诗人。② 葛立方在此肯定陈与义的观点,无疑亦是肯定孟郊等人的价值。由此看来,前面所称引葛立方纠正苏轼对孟郊的判断,非偶然之举,乃是其通达诗学观的表现。与葛立方有限度地肯定孟郊不同,曾季貍则非常欣赏孟郊之诗:

> 予旧因东坡诗云"我憎孟郊诗"及"要当斗僧清,未足当韩豪。何苦将两耳,听此寒虫号",遂不喜孟郊诗。五十以后,因瑕日试取细读,见其精深高妙,诚未易窥,方信韩退之、李习之尊敬其诗,良有以也。东坡性痛快,故不喜郊之词艰深。要之,孟郊、张籍,一等诗也。唐人诗有古乐府气象者,惟此二人。但张籍诗简古易读,孟郊诗精深难窥耳。孟郊如《游子吟》《列女操》《薄命妾》《古意》等篇,精确宛转,人不可及也。③

曾氏称自己也因受苏轼对孟郊诗评价的影响而对孟诗持有偏见,但他真正接触到孟诗以后,发现其可取之处甚多,甚至认为孟郊诗在唐诗中最具古乐府气象。这个评价是相当高的,曾季貍诗学思想受徐俯影响很大,推崇《选》诗,可见曾氏对孟郊的评价完全摆脱了前人的影响。对孟郊诗风的认可,同样存在于他人的诗论中,如曾协《次韵翁士秀见赠二首》(其一)云:"久知书作征南癖,更觉诗同东野清。"④俞桂《吟诗》云:"自古岛郊贫彻骨,诗逢穷处始为奇。"⑤

除了为郊、岛诗风正名外,其他为苏、黄不喜的诗风此时亦有诗论家不弃,给予一定的地位。如张嵲《读梅圣俞诗》云:"至于五言律诗特精,其句法步骤,真有大历诸公之骚雅云。"⑥赞美梅尧臣而称其诗似大历诗风,以大历诗风为高标,对大历诗风的肯定不言而喻。胡寅《二弟在远经年无书

---

① 《韵语阳秋》卷二,《历代诗话》本,第493页。
② 上面引文之前,陈与义有这样一段叙述:"唐人皆苦思作诗,所谓'吟安一个字,撚断数茎须','句向夜深得,心从天外归','吟成五字句,用破一生心','蟾蜍影里清吟苦,舴艋舟中白发生'之类是也。故造语皆工,得句皆奇,但韵格不高,故不能参少陵之逸步。"
③ 《艇斋诗话》,《历代诗话续编》本,第324页。
④ [宋]曾协:《云庄集》卷二。
⑤ [宋]俞桂:《渔溪诗稿》卷二,《丛书集成续编》本。
⑥ 《紫微集》卷三二。

张倩忽来相看蔡生以诗见庆次其韵》:"东榻人材惭润玉,西昆诗韵胜芳兰。"①同样赞赏西昆诗风。又黄彻云:"淮海诗亦然,人戏谓可入小石调,然率多美句,但绮丽太胜尔。子美'并蒂芙蓉本自双'……谁谓不可入黄钟宫邪?"②黄氏对绮艳诗风也持欣赏态度,这实在与苏、黄论诗大异其趣。

  南渡诗论对众多前辈诗人的创作成就兼收并蓄,既纠正江西末流诗歌创作的弊端,又指明了诗歌发展的正确途径。无论何种风格的诗歌,只要曾在历史上出现过,并且有一定的影响,总有其存在的理由。读者的欣赏趣味各异,也要求不同风格的诗歌存在。上述理由,南渡诗论家都有所认识。周紫芝《书徐师川诗后》云:"公因言:'余平生正坐子美见误。'思道问其故,公曰:'今人饭客,饮食中最美者无如馒头夹子,连日食之,如嚼木札耳。'"③徐俯并非认为杜甫诗不好,只是认为再好的杜诗,终究是一家,不能涵盖所有的风格,也就不能满足读者追求多样性的要求。另外,不同风格的诗歌表现范围也是有差异的,单一的审美取向必然导致诗歌表现力的衰竭。李纲《书四家诗选后》对此有所阐释:"然则四家者,其诗之六经乎?于体无所不备,而测之益深,穷之益远。百家者,其诗之诸子百氏乎?不该不(遍)[偏],而各有所长,时有所用,览者宜致意焉。"④

  由于上述原因,南渡诗论开始对一度为人们忽视的诗歌传统重新给予相应的地位。如果仅就这一现象而言,似无特别的意义,因为历史上各种风格并存或多种诗歌资源同时被吸收的现象并不罕见。但因为南渡诗坛是处于宋调定型并且流弊已露端倪,而对其大规模的批评尚未到来这样一个特定的时期,讨论这一话题便具有描述宋调与唐音关系的意义。南渡诗论对一度不为宋调代表性诗人所喜的诗风重新持肯定态度者不在少数,这就意味着诗坛主导风格已开始受到挑战,诗风的重新整合已势在必然,后来的事实也证明了这一点。

  综上所述,南渡诗论典型地体现了宋调成型之后流弊渐露,而诗坛尚未找到新的诗歌榜样这一过渡时期的芜杂状态。一方面,其时诗论继承并发展元祐诗歌尤其是黄庭坚的诗学思想;另一方面,又对因学习黄庭坚诗歌而产生的流弊进行批评,并因此给人造成一种修正黄庭坚等人诗学观念的印象。同时,还有一些诗论直接批驳以黄庭坚为代表的江西诗派及以苏、黄为代表的元祐诗学,其中最具有代表性的是张戒。其《岁寒堂诗话》

---

① 《斐然集》卷五。
② 《碧溪诗话》卷三,《历代诗话续编》本,第360页。
③ 《太仓稊米集》卷六六。
④ 《李纲全集》卷一六二,第1488页。

对苏、黄等人典型的宋调进行强烈的抨击:"诗妙于子建,成于李、杜,而坏于苏、黄。""苏、黄用事押韵之工,至矣尽矣,然究其实,乃诗人中一害,使后生只知用事押韵之为诗,而不知咏物之为工,言志之为本也,风雅自此扫地矣。""子瞻以议论作诗,鲁直又专以补缀奇字……诗人之意扫地矣。""苏、黄习气净尽,始可以论唐人诗。"①如此等等,皆有反动宋调之意。从某种意义上讲,张戒的这一诗学思想是超前的,应属于下一阶段。

第三节 南渡诗歌的时代风格

朱熹曾这样评价南渡文坛:"及绍兴渡江之初,亦自有人才。那时士人所做文字极粗,更无委曲柔弱之态,所以亦养得气宇。"②朱氏所言极是,靖康之难既改变了原有的政治格局,也改变了士人的生活追求与情感体验。作为抒发情志的诗歌,其表现形态也随之有所改变。抛开诗歌表现的内容不谈,仅就诗歌艺术而言,其变化也是较为显著的。这种变化主要表现为慷慨激昂之音与沉郁顿挫之致两类风格的诗歌成规模地出现。

关于慷慨与沉郁的具体内涵,目前学界尚无统一的看法。但不管人们对这两个概念理解有多大差异,有一点是一致的,即无论是慷慨还是沉郁,都与人的情感紧密联系在一起,都是人的内心强烈情感的外在表现形态。

南渡诗坛的慷慨激昂之作,主要表现两类情感。一类是借诗歌抒发对金军入侵及由此给国家和人民带来深重灾难的强烈谴责与愤懑,这一方面,代表性的诗人是吕本中。金人攻打汴京之时,吕本中正在围城之中,他亲身经历了这场战争,亲眼目睹了金兵入城后惨绝人寰的杀戮与掠夺。作为一个有良知的诗人,他用自己的诗歌记下了这一幕幕人间惨剧,同时抒发了自己的悲愤之情。靖康二年二月,汴京城破,吕本中悲痛欲绝,写下了《丁未二月上旬四首》:

> 丞相忧宗及,编氓恐祸延。乾坤正翻覆,河洛倍腥膻。报主悲无术,伤时只自怜。遥知汉社稷,别有中兴年。
>
> 厄运虽云极,群公莫自疑。民心空有望,天道本无知。野帐留黄屋,青城插皂旗。燕云旧耆老,宁识汉官仪。

---

① 《岁寒堂诗话》卷上,《历代诗话续编》本,第452—455页。
② 《朱子语类》卷一○九"说赵丞相欲放混补"条,《朱子全书》第17册,第3541—3542页。

羽檄从天下,于今久未回。如何半年内,不见一人来。周室仍遭变,宣王且遇灾。犹存九庙在,咫尺得祈哀。

主辱臣当死,时危命亦轻。谁吞豫让炭,肯结仲由缨?洒血瞻行殿,伤心望房营。尚留仪卫否?早晚复神京。①

诗中,吕本中融纪事与抒情于一体,既记载了当时的政治军事形势,又抒发自己愤懑、自责等复杂的情感。诗人不时追问、反思,并对天道提出怀疑,又对宋室灭亡这一现实不肯接受,幻想有朝一日收复汴都。诗歌苍凉激越,情感如火山般喷薄而出,具有慷慨激昂的特征。

另一类慷慨激昂之作往往抒发驱除金军的豪情壮志。金人南侵且在不长的时间内致使北宋朝廷覆亡,这对宋朝朝野上下来说无疑是奇耻大辱,因而驱除金人、恢复中原就成为整个民族的首要任务。反映到诗歌当中,便有了杀敌报国的主题,而这类主题的诗作,往往最易写得慷慨激昂。早在汴京沦陷之前,宋金两军对峙,朱松《丁未春怀舍弟时在京师》云:"狂虏送死河南北,王事遥怜弟行役。胡命须臾鱼在鼎,(宫)[官]军低回鹭将击。"②诗歌对金军充满蔑视,认为金军失败势在必然。朱松的这个判断自然是错误的,但其诗歌中的自信乐观却很具感染力,慷慨激昂,催人奋进,富有鼓动性。汴京沦陷以后,诗坛曾一度很难见到这样充满必胜信念的诗句,而宋军形势稍有好转,这样的诗句便又重现诗坛。其中王庭珪诗集中这样的诗歌较多。例如"边头将军耀威武,捷书夜报擒龙虎。便令壮士挽天河,不使腥膻污后土"(《和周秀实田家行》)③,"皇威振海岱,戈甲耀霜日。自可扫欃枪,掩耳惊雷疾"(《余弃官累年刘元弼作诗见勉次韵奉谢》)④。其他诗人作品如王之道《秋日书怀》云"安得尚方三尺剑,扫除骄寇献俘囚"⑤,吕本中《钱逊叔诸公赋石鼓文请同作》云"庶几我皇亦如此,一扫狂虏随风飞"⑥,周紫芝《送别徐南美》云"手提大钺杀两将,日御少却公重扶"⑦,如此等等皆是这种情感的体现。

需要说明的是,南渡诗坛慷慨激昂之音并不如我们想象的那么激烈,该类诗作亦不是很多。而且,很多诗歌中表现出的慷慨激昂的情绪还不是

---

① 《东莱诗词集》诗集卷一一,第163—164页。
② 《韦斋集》卷三。
③ 《卢溪文集》卷五。
④ 《卢溪文集》卷四。
⑤ 《相山集》卷九。
⑥ 《东莱诗词集》诗集卷一三,第199页。
⑦ 《太仓稊米集》卷一二。

诗人独立情感的自然表现,往往是用以激励他人、赞美他人而故作慷慨之状。之所以出现这样的情形,笔者以为有以下几点原因。首先,与北宋建国以来重文轻武的传统有关。外族入侵、山河破碎,人们固有的重文轻武的观念有所改变,在诗歌中对英雄赞美不遗余力,但作为南渡诗人主体的文人,并不像唐代文人那样愿意血战沙场,因而诗人很难产生奔赴战场时的情感体验。其次,与宋代文人理性精神的高涨也有一定关系。宋人与唐人一个很重要的区别是唐人重感性而宋人重理性。当诗人的思维受制于理性思考时,往往很难产生偏差太大的判断,在敌我力量过于悬殊之时,自然无法产生必胜的信念。自信心的缺乏导致诗歌缺少激情,因而很难产生慷慨激昂之音。

与慷慨激昂之音相对缺乏相比,沉郁顿挫的诗风在南渡诗坛却颇为盛行,称之为"时代的风格"可谓名副其实。翻开南渡诗人的诗集,只要有一定诗歌数量流传下来的诗人,无论是王侯将相还是贩夫走卒,无论是诗坛领袖还是诗界后学,都会有该类风格的诗歌存在。沉郁顿挫的诗风适于表现悲痛的情感,南渡诗坛许多主题的诗歌都以这种风格呈现。举凡思乡、忆旧、登览、凭吊等等之类的作品,最常见的诗风便是沉郁顿挫。而且南渡诗坛最成功的作品亦往往是该类风格,如陈与义《伤春》《次韵尹潜感怀》《登岳阳楼二首》《巴丘书事》《再登岳阳楼感慨赋诗》、周莘《野泊对月有感》、吕本中《连州阳山归路》、汪藻《己酉乱后寄常州使君侄》、韩驹《又谢送凤团及建茶》等等。这类风格的诗歌都有这样的特点:情感饱满但却发之以较为平和的语气。与慷慨激昂风格的诗歌将诗人的情感衮衮说尽不同,这种诗风的表现形态是欲言又止,抒发某种深沉的情感时顾左右而言他,但诗歌的意义又较为显豁。因而该类诗歌会发人深省、耐人咀嚼。下面以曾几《寓居吴兴》为例,以管窥一斑:

  相对真成泣楚囚,遂无末策到神州。但知绕树如飞鹊,不解营巢似拙鸠。江北江南犹断绝,秋风秋雨敢淹留?低回又作荆州梦,落日孤云始欲愁。①

南渡之时,很多诗人奔走流离,过着居无定所的生活。诗人在该类题材的诗作中常常寓以很深的感慨,曾几该诗具有一定的典型性。曾几此诗的主题是抒发亡国之痛、流离之苦及有心报国、无力请缨之感慨。这种题材的

---

① 《茶山集》卷六。

作品写法多样,可以冲口而出、直抒胸臆,也可以如曾几这般写得含而不露。该诗首联用典,让人有不知所云之感。但解开典故之后,发现这样的开篇又很自然。诗人首先将自己情感中最强烈的部分提出,诗人的忧国情怀便昭然可见。而"真成""遂无"顿挫有力,更强化了这种情感。次联用比喻暗示自己奔走流离的生活状态及愚钝的生活态度。末联又暗用典故,并用带有象征含义的景象烘托自己无所依托的身世。曾几该诗在写法上吞吐反复、低回婉转、转折时起,典型地体现了沉郁顿挫的诗风。而其诗中蕴含的家国之感,则是该诗风得以体现的内在保证。

南渡时期沉郁顿挫诗风之所以极为盛行,有如下两点原因:首先是悲剧性的时代引发了诗人强烈而深沉的情感。北宋灭亡,诗人的情感体验发生了重大改变,面对强大的敌人和屡战屡败的宋室军队,他们的心情变得沉重而无奈。宋军军事形势稍有好转后,朝廷内部议和派又占上风,投降卖国的政策付诸实施,人们有心杀敌却报国无门,心情同样灰暗,意志更为消沉。这无疑为沉郁顿挫的诗风提供了情感基础。其次,杜诗的榜样作用。杜甫在安史之乱及其后写作了一系列该类风格的诗歌,南渡诗人因有着与杜甫相同的生活经历和相似的情感体验,在本来尊杜崇杜风气就很浓郁的诗坛纷纷效法杜甫该类风格也就理所当然。

"国家不幸诗家幸",时代的灾难使诗人的情感变得丰富而强烈,也使诗人的诗作更具感动人心的力量。慷慨激昂之音与沉郁顿挫之调是由南渡动荡的社会造就,它们为整个宋代的诗坛添上了精彩的一笔。北宋自建国以来,诗坛上不乏各种各样的探索,但偏偏很少见到这样两种诗风流传,南渡诗坛上这两种诗风的流行,弥补了宋代诗歌史的缺憾。

第四章 南渡四大诗人群

宋代南渡诗坛并没有出现严格意义上的诗歌流派和诗歌群体,即便是被认为对诗坛影响最大的江西诗派实际上也仅仅是一个松散的诗人群。然而,这并不意味着南渡诗坛诗人们的创作杂乱无章,难以归纳出具有共性特征的诗人群体。事实上,如果以不同的标准对南渡诗人进行划分,可以分出各种类型的创作群体。笔者认为,与诗歌创作关系最为密切的标准当是社会所赋予诗人的特定身份,尤其是一些具有特殊经历的诗人,他们的创作共性更为明显。这里选取贬谪诗人、使金诗人、武将诗人、布衣与下层官员诗人四大诗人群体进行研究,以探索诗人身份的差异对南渡诗歌创作的影响。

第一节 贬谪诗人群

中国古代统治者对获罪官员有多种不同的惩罚方式,其中贬谪、流放较为常见。与前代相比,宋代统治者因为采取右文抑武的政治措施,再加上文官阶层力量的空前壮大,逐渐形成了不杀士人的传统。因此,贬谪也就多代替其他惩罚官员的措施而最为常见,贬谪官员的人数相应增加。宋代南渡时期社会动荡、政局复杂、政治斗争激烈,加之秦桧专权后实行高压政策,遭到贬谪的官员数量更是大增。这些贬谪官员中,很大一部分具有较高的文学素养,这就应运而生了一个数量较大的创作群体——贬谪诗人群。

纵观整个宋代,贬谪官员的安置之地,以岭南居多,此外湖湘一带亦常见。南宋政权偏安于一隅,北方的大片土地为金国占有,贬谪官员的安置更多集中于此。岭南,是指中国南方的五岭之南地区,相当于现在广东、广西、海南全境,以及湖南、江西等省的部分地区。南宋以前,该地未曾有大规模的开发,尚处于半蛮荒状态,生活环境、风土人情迥异于中原。加之炎热、多雨潮湿气候导致该地瘴气弥漫,常常致人死亡。民间有谚云"春、循、梅、新,与死为邻;高、窦、雷、化,说着也怕"①,表明当时人们对该地的恐惧之情。可想而知,被贬至此的诗人心理上必然会产生很大的震撼,也因此影响到诗歌创作。

一、异域风情的展示

"土风渐觉异中华"②,岭南对于从遥远的中原或江南被贬而来的诗人来说,是一个完全陌生的环境。这里的山水、风物、人情、言语等等都与中原和江南地区差别甚大,对周围世界本来较常人更为敏感的诗人们对此不可能视而不见,更何况是带着满腹冤屈与不满的贬谪诗人。岭南的风物现诸诗人笔下也就理所当然。

首先为诗人所注意的是岭南界限模糊的春夏秋冬四季。郑刚中《癸酉年梅花开已逾月而窗外黄菊方烂然》:"岭外四时惟一气,难分冬雾与秋阴。"③即是对岭南气候特征的概括。一方气候生一方物产,诗人表现岭南节候的特征,常常体现为描写当地节物。李光《人日偶得酒果因与客饮成鄙句并纪海外风物之异》云:"燕归茅屋草芊绵,节物方惊海外偏。"④在《海外自去冬不雨至今农圃俱病郡侯率僚友为民祈祷二月十八日祭社致斋是日雨作喜而成诗呈逢时使君》中"草色青青连粟垄"一句下自注云:"海外俗不种小麦,惟赖粟以接禾稻。"⑤正是其海外节物偏的具体说明。《新年杂兴十首》中的描写更为明显:"北客惯寻寒食路,不知人日已无花","海邦人日似深春,篱外桃花半不存"。⑥中原四季分明,春夏秋冬,暖热凉寒,各有特点,而岭南常年溽热,几乎无秋冬。中原尚春寒料峭的人日,岭南已是残花凋零,宛如暮春,诗人在中原、江南寒食时节的生活经验在此全然不见。郑刚中的诗歌则更饶有意味,其《山斋霜寒》云:"南方得此冬,天用享孤客。只恐明朝晴,复作三春色。"⑦《去冬》云:"去冬竹瓦迎新雪,曾下珠玑到酒盘。"⑧在中国古典文学中,霜雪常常给人以寒意,不为人喜爱,而在被贬岭南的郑刚中眼里却成了珍稀之物,诗人不吝使用赞美之词,甚至以为此乃上天对自己的恩赏,唯恐转瞬即逝。与郑刚中相类,被贬诗人偶尔

---

① [宋]朱熹:《三朝名臣言行录》卷一二之三引《道护录》,《四部丛刊初编》本。
② [宋]李纲:《象州道中二首》,《李纲全集》卷二三,第307页。
③ [宋]郑刚中:《北山文集》卷一九。
④ [宋]李光:《庄简集》卷五。
⑤ 同上。
⑥ 《庄简集》卷七。
⑦ 《北山文集》卷二一。
⑧ 《北山文集》卷二二。

碰上这样的气候,常常欣喜不已,赋诗歌咏。张九成《十一月忽见雪片居此七年未尝见也》:"今年盈尺瑞,天以慰吾心。呼儿具杯盘,开樽须满斟。更制白雪辞,入我绿绮琴。"①李光《人日》:"人日灵川县,山深雪未融。谁知桂岭北,宛似浙江东。"②

其次为诗人所关注的是当地物产。李纲有《槟榔》诗,郑刚中、李光等人亦有类似的作品,尤其郑刚中的《广南食槟榔……》,在诗题中即介绍了槟榔的食用方法、食用风俗等等。如果说槟榔在诗人的笔下往往仅是作为蛮荒之地的新奇之物,有时甚至为诗人稍微排斥的话,那么荔枝则显然不被诗人视为普通物产,而成为诗人赞美的对象。李纲《荔枝五首》:"玉盘磊珂三千颗,犹忆甘芳绕齿寒。"③郑刚中《封州》:"莫道封州是小州,封州虽小客何愁。荔枝受暑色方好,茉莉背风香更幽。"④此外,紫笑、龙眼等地方物产也常常被诗人援引入诗。

再次,岭南地区的风土人情也时时见诸诗作。如李光《丙寅元日偶出见桃李已离披……》:"溪边赤足多蛮女,门外青帘尽酒家。"⑤描述海南百姓的装扮及酒馆之标志。郑刚中《广人谓取素馨半开者囊置卧榻间终夜有香用之果然》,则表现广人的熏香方式。李纲作《次琼管二首》,序曰:"南渡次琼管,江山风物,与海北不殊,民居皆在槟榔木间。黎人出市交易,蛮衣椎髻,语音兜离,不可晓也。"⑥

当然,最为贬谪至岭南的诗人关注的是瘴疠之气。瘴气,按照现代科学的说法,就是热带或亚热带山林中的湿热空气,对人体的危害很大。虽然与前人相比,南渡诗人已不太直接以瘴气为表现的内容,也不经常直接抒写对瘴气的厌恶之情,但瘴气这一意象并没有从诗歌中销声匿迹。李纲《桂林道中二首》云"瘴雨岚烟殊气候,玉簪罗带巧溪山"⑦,指出瘴气作为区别于中原气候的特征,似乎还带有介绍的性质;郑刚中《自颂》云"山深坐觉困烟瘴,天阔日思沾雨露"⑧及李光《赠裴道人》云"蛮烟瘴雾隘空虚,谨守药炉谁敢触"⑨,则明确表示诗人们对所处的这种环境并无好感。张

---

① [宋]张九成:《横浦集》卷一,《影印文渊阁四库全书》本。
② 《庄简集》卷三。
③ 《李纲全集》卷二三,第310页。
④ 《北山文集》卷二二。
⑤ 《庄简集》卷五。
⑥ 《李纲全集》卷二四,第319页。
⑦ 《李纲全集》卷二三,第306页。
⑧ 《北山文集》卷二一。
⑨ 《庄简集》卷二。

九成《辛未闰四月即事》云"须臾倒江湖,一扫蛮瘴腥"①,更直接道出摆脱烟瘴困扰的愿望。

南渡诗人的笔下,有关岭南风物的作品层出不穷。应该承认,在南渡以前已有不少贬谪岭南的诗人用诗笔表现岭南风物,而且不乏名篇。南渡贬谪诗人在题材上并无首创之功,但南渡贬谪诗人数量多、贬谪时间长,该类题材诗歌的数量也就相应增加。与此前的该类创作相比,南渡贬谪诗歌中有关岭南风物的内容更加丰富多彩。

更为重要的是,与此前的贬谪岭南的诗人同类作品相比,南渡贬谪岭南诗在思想情调上发生了显著的变化。钱建状认为与元祐文人相比,南渡贬谪岭南的文人更多地体现出人与自然趋向融合而不是对抗。② 这种看法很有见地,我们对该时期此类作品作一总体分析,发现诗人在创作这类题材的诗歌时,尽管有丰富复杂的情感,但表现方式相对温和且客观。李光有诗,题名为"丙寅元日偶出见桃李已离披海南风土之异不无感叹独追维三伏中荔支之胜又江浙所不及也因并见于诗",诗人并不讳言因见海外风物而产生感慨,但同时也肯定海南荔枝美如冰雪堆盆,言其可以夸耀于江浙。此诗态度平正,几乎难以看出诗歌之外的感慨寄托。但需要说明的是,南渡贬谪诗人与自然的对抗仍然存在,这里仅以张九成为例进行说明。其《子集弟寄江蟹》云:"别来九年矣,食物那可睹。蛮烟瘴雨中,滋味更荼苦。池鱼腥彻骨,江鱼骨无数。每食辄呕哕,无辞知罪罟。"③《食苦笋》亦表示类似的意思:"头髡甲斓斑,味恶韵粗俗。儿童不惯尝,哕噫惊媪仆。"④从表面看,张九成表现的只是贬谪之地的食物之恶,而且前一首诗是以此作为江蟹的陪衬,后一首诗诗人在结尾用"丈夫志有在,何事校口腹。呼奴更倾酒,一笑风生谷"这样高亢、旷达的意思来消解此前诗中的厌恶情绪,降低诗歌的感情强度。不过,细细体会,不难发现诗人真实的生活感受是厌恶岭南的生存条件,之所以没有出现"知汝远来应有意,好收吾骨瘴江边"⑤"山林瘴雾老难堪,归去中原荼亦甘"⑥这样的表述,是诗人有意回避。换言之,诗人在很多时候表现出与自然对抗的缓和,甚至与自然的和谐只是内心调节后的结果,并非内心真实的感受。诗人们的不满情绪尽

---

① 《横浦集》卷二。
② 钱建状:《南渡前后贬居岭南文人的不同心态与环境变化》,《浙江大学学报》2005 年第 5 期。
③ 《横浦集》卷三。
④ 《横浦集》卷一。
⑤ [唐]韩愈:《左迁至蓝关示侄孙湘》,钱仲联集释:《韩昌黎诗系年集释》卷一一,上海古籍出版社 1984 年版,第 1097 页。
⑥ [宋]苏辙:《和子瞻过岭》,《苏辙集·栾城后集》卷二,中华书局 1990 年版,第 905 页。

管表现出克制,但常常会在不经意间流露。除了上面所举张九成的例子,其他诗人的诗作也常常表现出与张九成相类的情感,其时诗作中常常出现诸如李光《己巳重九小集拙诗记海外风景之异呈亨叔》这样将兴奋点集中于岭南之异就足以说明这一点。至于"海外俗不种小麦,惟赖粟以接禾稻"①"羯来海南邦,腥咸厌蛮羞"②,则是这一观点的最好注脚。可以说,南渡贬谪诗人常常有意消解与自然环境的对抗,对自然表现出亲近之感,但他们的内心又无法真正接受岭南的自然,只好转换对抗的方式,用似乎客观的笔触淡化内心的对抗情绪,从而减弱对抗的力度以换取心理的平静。

二、对前辈的追慕与比拟

对南渡贬谪诗人进行全面调查后发现,除了作品数量极少者以及为数不多的理学家诗人外,这个群体的诗人往往以一个或多个古人作为自己的人生榜样或情感认同者。例如,郑刚中诗中就常常引用、化用柳宗元诗句,《无寐》诗云:"瓦裂慨平生,无眠枕半横。逐臣常内讼,谪梦自多惊。"其在首句下自注:"柳子厚云:男儿立身一败,万事瓦裂。"③联系到郑刚中此时贬谪封州的事实,不难理解郑刚中借柳宗元诗句自悼、自喻之意。总体来说,这些能够为贬谪诗人引为同调的古人,一般都有贬谪的经历,而且贬谪地也多与南渡贬谪诗人相同。赵鼎曾谪清远军节度副使,潮州居住,故其作诗《潮阳容老出游闽浙过泉南当谒涌老禅师因寄四句偈》曰:"老矣潮州韩吏部,饥餐渴饮似当年。明明月夜长相照,莫怪无书寄大颠。"④韩愈曾经贬谪至潮州,故赵鼎以之自喻;又韩愈与僧人大颠有交往,故又以之比拟涌禅师。李纲被贬至湘江一带,以屈原自喻;贬谪至海南,又引李德裕、寇准、苏轼为同调。

在古人中,最为贬谪诗人认同的是苏轼。不夸张地说,南渡贬谪诗人中难得有人丝毫不受苏轼的影响,只是有隐性与显性之分罢了。南渡贬谪诗人受苏轼的影响是多方面的。东坡贬谪期间,追慕陶渊明,作和诗,南渡贬谪诗人也纷纷或以渊明自喻,或仿效苏轼作"和陶诗";苏轼贬谪后作有关养生的文字,胡铨作《续东坡养生说》。凡与苏轼稍有关联的事物,都会成为诗人关注的对象。苏轼贬谪海南,饮双泉之水,李光便多次赋诗、作

---

① 《海外自去冬不雨至今……》,《庄简集》卷五。
② 《忆笋》,《庄简集》卷二。
③ 《北山文集》卷二二。
④ 《忠正德文集》卷六。

记。其《双泉诗》曰:"方池湛寒碧,曾照东坡影。"①苏轼游黎氏园,李光作《绍圣中苏公内翰谪居儋耳尝与军使张中游黎氏园爱其水木之胜劝坐客酾钱作堂黎氏名子云因用扬雄故事名其堂曰载酒予始至儋与琼士魏安石杖策访之退作二诗》:"缅怀东坡老,陈迹记旧痕。"②苏轼渡海,作《六月二十日夜渡海》,李纲遂作诗,其序曰:"次地角场,以疮疡不果谒伏波庙,俾宗之摄祭,期以二十五日渡海,一卜即吉,夜半乘潮解桴,星月灿然,风便波平,诘旦已达琼管。东坡谓'斯游奇绝冠平生',非虚语也,作二诗纪之。"其诗曰:"老坡去后何人继,奇绝斯游只我同。"③有些甚至与苏轼并无直接关系的事物,也能引起南渡贬谪诗人对东坡的追忆。郑刚中得镴杯,马上联想到苏轼曾有银杯,作《记砗磲杯》曰:"坡苏居海南,尽鬻酒器以给衣食,余一银荷叶,工制巧妙,心所甚爱,独存之。予初抵岭右,于桂阳经营得镴杯十只,岂复有银荷叶,视坡苏益贫矣。"④王庭珪贬谪后作家书《与百八娘》:"我在此安健,正如东坡先生在黄州时。"⑤郑刚中的镴杯与苏轼的银杯并无必然联系,王庭珪贬谪后向家人报平安,也没有非要与苏轼类比之必要。诗人们的行为,可以说是习惯思维使然。

那么,南渡贬谪诗人何以群体性地对前辈贬谪官员,尤其是对苏轼产生认同呢?这可以从两个方面考虑。

其一,宋人浓郁的人文情结决定了南渡贬谪诗人对前辈贬谪官员的认同。整个宋代诗人的文化素养较高,即便是北宋末、南宋初这个文化遭到多重重创的时期,与前代及后代相比,文人的素养仍值得称道。生活在一个较为浓郁的人文环境下的诗人,被贬谪至人烟稀少、文化相对落后的环境中,自然会有人文情怀的失落。历史上的贬谪官员往往同时兼具文人的身份,他们的到来,增加了贬谪之地的人文色彩。汪藻《永州柳先生祠堂记》:"然零陵一泉石、一草木经先生品题者,莫不为后世所慕,想见其风流。"⑥在一个人文氛围极为缺乏的情况下,这些具有人文色彩的前辈自然为时人关注。不仅贬谪诗人如此,即便一般地方官员对贬谪之地的前贤也常常具有特殊的情感。文安礼知柳州军州事时,撰《柳先生年谱》,又作《柳文年谱后序》即是一例。作为与前贤具有同样身世的贬谪诗人,当然更热衷于追逐且自觉承担起记载、传承这一传统的重任。李光作《琼州双

---

① 《庄简集》卷一。
② 《庄简集》卷二。
③ 《李纲全集》卷二四,第318页。
④ 《全宋文》第178册,第326页。
⑤ 《全宋文》第158册,第174页。
⑥ 《全宋文》第157册,第260页。

泉记》云:"非苏公一顾之重,则斯泉也委于荒榛蔓草间,饮牛羊而产蛙鲋矣。"①南渡贬谪诗人汪藻受柳宗元的影响,在贬谪之地,也常常徜徉于山水,孙觌《宋故显谟阁学士左太中大夫汪君墓志铭》曰:"间遇胜日,幅巾葛履,登西山,循钴䥈潭,入愚溪,并湘流,沈文以吊古人,而自肆于山水。"②

其二,南渡贬谪诗人寂寞的精神需要得到抚慰,而现实生活中却常常很难找到知音,尤其在高压政治环境下。前辈贬谪官员(多数同时是诗人)有着与诗人相似的遭遇,易于得到南渡贬谪诗人的情感认同,引为异代知音。这些前辈贬谪诗人往往是历史上著名的人物,他们的风流、业绩、诗才、生活观念等等皆有值得借鉴之处。郑刚中对柳宗元情有独钟,其诗《柳子厚放鹧鸪词首章曰楚越有鸟甘且腴嘲嘲自名为鹧鸪前日相识惠野鸡一笼云骨脆而美糁之良妙视之则鹧鸪也使庖人具蔬食作小诗送之山中》:"厨人不用催烟火,已学罗池放鹧鸪。"③柳宗元自悼身世,开笼放飞鹧鸪,郑刚中亦如法炮制,表现出对前辈诗人的认同与追慕之情。众多前辈诗人中,苏轼的生活方式尤为当时诗人效法。苏轼一生当中,贬谪时期较长,贬谪之地又多,加上距南渡贬谪诗人的时代不远且南宋朝廷拨乱反正、为之正名,是当时政坛与文坛所肯定的对象,更易于为南渡贬谪诗人接受;更为重要的是其屡遭贬谪而依然傲岸不屈,笑对苦难的精神颇为人称道。换言之,苏轼积极乐观的精神感染、鼓舞着南渡贬谪诗人,成为他们身处逆境的精神寄托。

苏轼通过自己在贬谪之地的生活向这些诗人提供了一种可供借鉴、效法的生活模式,即用可操作的方法笑对生活的苦难。王水照曾对苏轼的文化性格进行总结,概括为狂、旷、谐、适四个方面。④后三个方面,集中体现在苏轼贬谪之后对人生的思索与对生活的态度,而这也正是南渡贬谪诗人最感兴趣之所在。旷是一种人生态度,是对是非、荣辱、得失的超越。南渡贬谪诗人大多吸收苏轼的这一精神资源。李纲对苏轼的旷达很是心仪,两次在其诗题中、两次在诗歌主体中引用苏轼的"菊花开日即重阳"之句;郑刚中《即事》云"鸟呼人笑荔枝熟,如此封州已二年"⑤,李光《雪中过盘石山寄刘季山》云"我心本无虑,莫作拘囚看"⑥,同样也是受苏轼积极乐观心

---

① 《全宋文》第 154 册,第 234 页。
② 《全宋文》第 161 册,第 13 页。
③ 《北山文集》卷一九。
④ 王水照:《苏轼的人生思考和文化性格》,《王水照自选集》,上海教育出版社 2000 年版,第 301—320 页。
⑤ 《北山文集》卷一九。
⑥ 《庄简集》卷一。

态影响的表现。甚而至于,当时不少诗人连苏轼旷达的方式也有所学习。苏轼被贬后,常常用提高贬谪之地的生活期望,以摆脱苦闷情绪的包围。南渡诗人常常借鉴,胡铨《和王民瞻送行诗》:"不因湖外三年谪,安得江南一段奇。"①李光《赠裴道人》:"嗟予流转海南村,智者方明祸中福。"②高登《登翠微天公喜我来阁雨云垂垂坤灵喜我来》:"投荒得胜践。"③王庭珪《游贡游洞》:"窜身楚西极,幽奇颇穷历。"④这些诗歌中都表现出因祸得福的意味,当然不是纯粹的巧合,而是苏轼对其影响的集中表现。"谐"是苏轼具有标志性的文化性格,没有其气质与胸襟,很难达到其用轻松、幽默化解苦难的境界,南渡贬谪诗人对此继承不多。"适"是一种高超的生活哲学,是追求心灵的自由,达到宁静隽永、淡泊清空的审美情趣。苏轼的"适,主要反映了个人主体展向现实世界的亲和性,从凡夫俗子的普通日常生活中发现愉悦自身的美"⑤,换言之,从平凡的现实生活中寻找美,实现由现实人生向艺术人生转变。苏轼的《谪居三适》是典型的闲适之作,"旦起理发""午窗坐睡""夜卧濯足"本皆日常小事,诗人却能从中发掘诗意。受其影响,南渡诗人也常常效法,如李纲作《次韵谪居三适》、张九成作《读东坡谪居三适辄次其韵》。至于苏轼的闲适之心,在其他南渡贬谪诗人的作品中更是常见。李光《五月十三日北归雷化道中》:"谪居了无营,赢得一味闲。"⑥郑刚中《幽趣十二首》:"幽趣无人会,人应为我愁。山深云易聚,市远酒难谋。恃力豺惊鹿,争巢鹊避鸠。老夫春睡美,蝴蝶是庄周。"⑦李纲《冬日闲居遣兴十首》:"岁暮碧山中,清霜日自浓。隐床吟蟋蟀,拂槛老芙蓉。风月成三友,家山梦九龙。道人知睡美,将晓小鸣钟。"⑧胡寅《治园二首》:"瘴重难求药,心闲易看书。"⑨从精神深处来说,这些诗作未必完全达到苏轼的高度,但基本继承了苏轼通过对日常生活的体认达到心灵解放的意图。

三、贬谪生涯的情感取向

人都有情感的需求,贬谪诗人远离家乡、远离亲朋好友、也远离了朝

---

① 《全宋诗》卷一九三四,第 21587 页。
② 《庄简集》卷二。
③ [宋]高登:《东溪集》卷上,《影印文渊阁四库全书》本。
④ 《卢溪文集》卷七。
⑤ 王水照:《苏轼的人生思考和文化性格》,《王水照自选集》,第 318 页。
⑥ 《庄简集》卷二。
⑦ 《北山文集》卷二二。
⑧ 《李纲全集》卷二二,第 291 页。
⑨ 《斐然集》卷五。

廷,在完全陌生的环境中生活,与完全陌生的人交往,在这样的情况下,诗人对情感的诉求显得尤为强烈,诗人对外界的事物也显得更为敏感。

通常情况下,贬谪诗人情感需求的缺位可以通过与贬谪之地官员、士子及百姓的交往而弥补。然而,南渡尤其是秦桧专权时期险恶的政治环境以及由此而导致的浇薄士风使诗人很难遇上知音。① 李光在《与胡邦衡书》中介绍自己在海南的生活状况:"出无友之说,诚如东坡所云。"② 一方面,秦桧鼓励告讦,导致一些品格低下者到处打探甚至故意设计骗取为秦桧打击者的消息,从而谄媚秦桧。比如,李光被贬藤州之时,知州周谋表面同情李光,引诱李光与之唱和,背后却把那些抨击和议、讽刺秦桧的篇章献给秦桧,导致李光被贬至更偏远的琼州。③ 另一方面,秦桧对于与其反对者有关联之士百般打击,致使很多人不敢与贬谪诗人交往。方滋知秀州期间,因厚待过路的贬谪官员,遭到言者弹劾:"自为秀守,凡遇迁客,必款延厚遇,以结其他日复用之欢。"④ 结果落职。

如此险恶的政治环境,决定了贬谪诗人不敢轻易相信他人,而贬谪诗人的故交好友也常常避之唯恐不及。王庭珪《慰杨建之》"追思往日,被窜沅陵,平生故人视若不相识"⑤,说的即是当时的情景。相同的意思,李光有两首诗歌表述得非常清楚。其《送孟博二首》曰:"岂无平生交,鄙远多遁藏。"⑥《赵丞相过藤州相从累日因言在朝与诸史官会话论修史事恐它时不免南行坐有一士云若有此某当从行今日到此音问也不通退作小诗》:"平时尽道相随去,度岭何曾见一人。赖是随身有孤影,灯前月下却相亲。"⑦ 类似的表述,还出现于其他诗人的笔下,如王庭珪《次韵李宜仲见怀朱崖夜郎二逐客》:"殊方少客通南北,厚禄无书访死生。"⑧ 张九成《十二月初七日述怀》:"孤飞只影人谁念,万里长途心自安。"⑨ 诸如此类都是对当时世态炎凉、人情冷暖的真实反映。

情感需求的难以满足,诗人往往借助其他手段弥补,但毕竟难以真正替代。因此尽管由于诗歌亡佚等原因,南渡贬谪诗人亲情、友情主题的诗

---

① 详见第一章。
② 《全宋文》第 154 册,第 203 页。
③ 参见韩酉山《秦桧传》,第 162 页。
④ 《要录》卷一四七,"绍兴十二年十有二月庚申"条,第 2370 页。
⑤ 《全宋文》第 158 册,第 193 页。
⑥ 《庄简集》卷一。
⑦ 《庄简集》卷六。
⑧ 《卢溪文集》卷一六。
⑨ 《横浦集》卷四。

歌数量不算很多,却往往具有鲜明的特色。特色之一:诗中时代、地域特征较为明显。诗人在诗题或诗中往往或显或隐地显示上述信息,比如李光的《有怀念一兄三二弟》,首联"晚堕容江侧,蛮蜑且杂居"①,较为明显地交代了李光此诗写作的地点以及写作的生活环境。胡寅《示程生二首》:"鹤可罗时烦宠顾,鸢尝跕处重经过。"②后一句借用马援征战交趾的典故暗示自己所处环境。之所以诗人们有意表现这些内容,与诗人创作时特定的心态有关。一方面交代背景,可以表明情感之所由,李纲《余来湖外家问不通者累月因和渊明停云篇以遣怀》,标题中的信息为其遣怀抒情奠定了基础;另一方面,背景的交代,可以有利于其他思想情感的抒发。比如张九成《癸亥初到岭下寄汪圣锡》:"怜我窜庾岭,色惨颜不欢。书来每慰荐,苦语余辛酸。不上泰山顶,安知天地宽。相思暮烟起,片月过前滩。"③诗歌抒发对朋友的感激与思念之情,真挚感人。而设想如果没有诗人遭贬的背景介绍,则显然难以如此感人至深。特色之二:诗人对亲情、友情异常珍重。亲情、友情是人类共同的情感,本无奇异之处,然而因此类情感长期缺位,南渡贬谪诗人偶然获得便容易表现出超乎寻常的激动之情。张九成《彦执赏予诗》:"年来百念灰,求友良未已。一昨窜逐来,万事风过耳。忽得故人书,惊喜或不寐。"④诗人得故交之书,欣喜至极以致夜不能寐,这种情况在一般情况下不会发生,然而因为诗人身处寂寞之地,"终年寡俦侣",自然可信。得朋友书信尚且如此,有客人来访,诗人的兴奋更是可想而知。事实上,诗人对于知音的到访,的确正如我们所预期的那样:"况我谪逐人,穷巷宜阒寂。今夕复何夕,门有此佳客。"⑤对于客人的来访,诗人竟然生发出不知今昔何夕这样的感慨。特色之三:诗歌的情感常常在对比中显示。前文已述,南渡贬谪诗人不仅知音难求,即便平日交游亦常常弃之而去,李纲诗《摘鬓间白发有感》中"交游莫援手,仇怨惟下石"⑥,就是这一事实的注脚。在这样的环境里,一份真挚的友谊常常引起诗人丰富的联想。李光有诗《送秦令元发赴吉阳》曰:"世情冷暖难开口,怀抱因君得尽倾。"⑦王庭珪《再和施通判以诗惠茶》亦云:"当面输心多背笑,爱君高义似雷陈。"⑧两

---

① 《庄简集》卷三。
② 《斐然集》卷五。
③ 《横浦集》卷一。
④ 《横浦集》卷二。
⑤ 《即事》,《横浦集》卷二。
⑥ 《李纲全集》卷二二,第289页。
⑦ 《庄简集》卷五。
⑧ 《卢溪文集》卷一五。

位诗人褒扬朋友的方式异曲同工,皆借对世俗小人的讽刺从而突出朋友情谊之不易。

身处异域而亲情、友情又缺位的诗人还容易产生思乡之念。郑刚中《初春七言》:"万里家山孤枕梦,满城风雨五更心。"①胡寅《送黄权守归八桂三首》:"路从簪玉去,增我故山情。"②张九成《次施彦执韵》:"高秋木落雁为伴,久雨江深吾欲东。"③诸如此类的情感表达尽管在南渡贬谪诗歌中数量不算很多,但情感强度却很大,甚至诗人在观照事物时,常常产生习惯性的思乡情感。比如,杜鹃这一意象就多次出现于不同诗人的笔下。李纲《闻子规》:"江南四月五月时,空山月夜啼子规。劝我不如归去好,我方远谪何时归?"④王庭珪《次韵蔡德亿年闻子规》:"逐客思归正倦闻。"⑤杜鹃作为中国诗歌中意蕴较为丰富的意象,往往具有悲剧性的意义。南渡贬谪诗人援引杜鹃入诗,一方面可能是因为恰好有所见闻,另一方面与诗人的思乡之念关系密切。再比如,古人常以灯花为吉祥之物,南渡贬谪诗人见此亦常产生思乡之情。李纲《灯花》:"禅室方清夜,寒灯自结花。那知人有喜,且慰客思家。"⑥郑刚中《正月十一夜灯开双花》:"门阑将有喜,每事吉先兆。而我方朽衰,负炭落南峤。胡为今夕光,熠熠似相报。无乃天地慈,四海施洪造。阳和随根性,溥为脱枯槁。吾其得归欤,顶戴君恩老。"⑦李纲否认灯花能够带来喜讯,郑刚中郑重其事地叙述因见灯花而产生美好的想象,表面看是意思完全相反,而实质却完全一致,皆为诗人思乡之情极度浓郁的变相表现。此外,诗人还将思乡之念投射到平时本与乡情几乎无关的事物之上,如李光有一首长诗,其题为"海南有五色雀土人呼为小凤罕有见者苏子瞻谪居此郡绍圣庚辰冬再见之常作诗记其事公实以是年北归癸酉冬予亦两见之今二年矣乙亥八月二十二日会客陈氏园飞鸣庭下回翔久之众客惊叹创见因赋是诗"。该诗写作的缘由在诗题中表述得非常明晰,苏轼因见小凤而北归,诗人亦在贬谪期间见此物,以为乃北归之征兆。

南渡贬谪诗人的思乡之诗,还有一个更为重要的特点——思乡之念与归隐之思合二为一。思乡之情乃常人之常情,而隐居对于古人来说,则是一种非正常的情感。古人产生隐逸之思的理由很多,但孔子所说:"邦有

---

① 《北山文集》卷二二。
② 《斐然集》卷五。
③ 《横浦集》卷四。
④ 《李纲全集》卷一八,第236页。
⑤ 《卢溪文集》卷一九。
⑥ 《李纲全集》卷一二,第137页。
⑦ 《北山文集》卷二一。

道,则仕;邦无道,则可卷而怀之。"①则是最为重要的原因,这一点对于南渡贬谪诗人尤其如此。南渡贬谪诗人之所以遭到贬谪,绝大多数是因为坚持正义遭到权臣的打击。郑刚中贬谪前有一首诗《初夏忆故园》表达归隐之念,其诗曰:"四山木叶绿交加,数架茅茨是我家。窗隙微风入飞絮,竹边清露养孤花。得眠稳寐梦须好,无句不幽诗可夸。底事年来只流汗,文书埋没鬓毛华。"②诗歌通过为官前后不同的生活对比,表达对官场繁冗事务的厌恶,希望归隐。这样的感慨读来相对较为空泛。而后期诗《即事二首》曰:"本是吴侬归不早,青鞋天遣踏诸方。"③自我调侃的口吻中流露的是对未能及时归隐而致贬谪之祸的自责,其中自然也隐含着当下向往隐逸的理由:避开政治迫害。其《癸酉中冬四日江行》更明晰地道出了这层意思:"自念此何许,而容区中囚。旁有老人笑,谓予失初谋。贪前慕垂饵,遂为香所钩。今兹穷瘁身,抱病炎荒陬。"④诗中老人对诗人的分析,其实就是诗人自我反省的结论:入仕险恶,不如归隐。这样的感慨发自切实的体验,是诗人特定时期内心的真实表露,典型地反映了贬谪诗人的内心世界。

朝政黑暗、仕途无望而又身处蛮荒之地,诗人们既有思乡之念,又生隐逸之想完全在情理之中。不仅如此,思乡与思隐本来就有内在的相通之处。一般而言,思乡者所期望回归之处为自己的故乡;思隐者所期望的是远离朝廷、京都或者喧嚣的尘世。中国古代是农耕社会,绝大部分的官员自幼生活在农村。而农村常常符合隐居的基本条件,故隐者隐于家乡者居多。李纲在一首诗的诗序前半部分表明自己有归隐之志曰:"余既居梁溪,有田园可乐,又生平爱钱塘湖山之胜,常欲治书室湖上,买小舟,浮家泛宅,往来苕、霅间,以终其余年,此素志也。"⑤其中所提到的隐居之所梁溪即为其家乡。如此,既有思乡之情,又有思隐之念的贬谪诗人将二者结合起来,可以笼统地称之为思归。李纲《望洞庭》即为典型:

> 江湖渺无涯,怅然怀震泽。地分吴楚远,天共云水白。鲈鱼正堪脍,蟹螯亦可擘。何日归去来?秋风思迁客。⑥

李纲被贬谪至洞庭湖,望着渺茫无际的湖面,产生怅惘之情,情不自禁地想

---

① 《论语·卫灵公》,[宋]朱熹:《四书章句集注》卷八,中华书局1983年版,第163页。
② 《北山文集》卷一八。
③ 《北山文集》卷一九。
④ 《北山文集》卷二一。
⑤ 《李纲全集》卷二一,第276页。
⑥ 《李纲全集》卷一九,第249页。

到另一处水域——家乡的震泽,同时想到此时眼前云水一色的洞庭湖与震泽虽面貌相似,而实质却是远隔千里,并非诗人的故乡。诗歌至此,诗人的思乡之情已一览无余。但接下来,诗歌接连用了东晋张瀚见秋风起思故乡鲈鱼与莼菜而毅然归隐苏州与陶渊明赋《归去来兮辞》两个典故,表明诗人归隐之心志。由此反观诗歌前一部分中所谓的思乡则是思隐之意的外在表现。张九成《十二月二十四夜赋梅花》:"他年若许中原去,携汝同往西湖边。更寻和靖庙何许,相与澹泊春风前。"①《闻沈元用帅南海喜而有作》:"怅望故园江渚外,还惊横浦瘴烟边……顾我不才仍老矣,只思归棹五湖船。"②两诗的构思与李纲诗歌完全一致,皆先表达对故园的思念,进而表达此种情思实则与归隐之思彼此关联。

除了上述两种常见的情感,南渡贬谪诗人中的佞佛、信道乃至养生等寻求外在寄托的思想也较为流行。诗人贬谪岭南,常有生还无望之感,事实上也的确有不少诗人客死他乡。不仅如此,贬谪之地异常痛苦的生活更令诗人感到绝望。胡铨在《与庄昭林知宫小简》中介绍自己的生活处境:"某寓绝岛,与魅为邻,尚尔假息,圣恩不訾,何以为报,亦荷法力余庇也。一别如许,阅尽险阻艰难,虽坡老谪海外,未历此险,亦无如许之久,其况可知。"③郑刚中在贬谪期间,常常面临绝粮的窘境,以至于诗歌中出现"厨中饭尽鼠嫌贫"这样令人触目惊心的刻镂。除了物质的贫乏,诗人还常常遭受到精神上的折磨。郑刚中买酒,遭到拒绝,其《岳阳道中》一诗自注曰:"旁有酒肆,终日不售。予往沽之倍贵,谓予无占位牌,诈官也。"④其又有诗《偶题窗间》曰"一骑山行岂是侯,霸陵要自莫呵休"⑤,体现出诗人如李陵失意后的心理感受。胡铨的心理感受则更为强烈,他在吉阳时,为了避免军守张生的侵扰,不得不俯首"尽礼事之,至作五十韵诗,为其生日寿"⑥。胡铨《与陈守小简》亦云:"东坡犹俯首于詹使君,况仆乎哉!"⑦

诗人物质极度贫乏、精神又极度苦闷与诗人信仰宗教之间并没有必然联系,却有所关联。李光对佛、道态度的转变颇能说明问题。贬谪以前,李光对宗教的态度较为理性。其《补之以炼养之说勉德循眷眷之意并见二诗若惧其不我从者以待德循可也他人能无诮乎因次韵奉寄》云"不用休粮学

---

① 《横浦集》卷二。
② 《横浦集》卷四。
③ 《全宋文》第 195 册,第 185 页。
④ 《北山文集》卷二二。
⑤ 《北山文集》卷一九。
⑥ [宋]洪迈:《容斋随笔·容斋三笔》卷一,第 436 页。
⑦ 《全宋文》第 195 册,第 185 页。

隐沦,眼前无事即仙人"①,对神仙之事持怀疑态度。而后期,诗人则频频引仙、佛之事入诗。其《赠裴道人》:"世人那识天地根,往来绵绵无断续。嗟予流转海南村,智者方明祸中福。君不见庞道蕴,尽将活计沉湘江,自织笊篱供口腹。又不见成都市上严君平,终日垂帘唯卖卜。王侯蝼蚁同丘墟,学道从来贵幽独。蚌生珠,石含玉,看我丹成跨鸿鹄。马蹄去去稳着鞭,关山路永多坑谷。"②几乎完全是信道者的口吻。至于李光等人何以前后期的思想发生如此大的逆转,其《律师通公塔铭》说得非常清楚:"百谪之余,颇欲归依佛乘,究生死之说。"③

值得强调的是,南渡以及其他时期的文人对佛学、道教都有浸染,但很多时候这些宗教学说对于文人来说仅仅只是一种文化素养,而南渡贬谪诗人与之不同,往往将之视为信仰并身体力行。李光贬谪期间,还有一首《谪居古藤病起禁鸡猪不食与儿子攻苦食淡久之颇觉安健吕居仁书来传道家胎息之术因作食粥诗示孟博并寄德应侍郎》:"燕坐朝黄庭,妙理端可瞩。"④诗歌题目与内容中皆表明其对道教的修炼之术深信不疑。李光在贬谪期对宗教激发起的热情一直延续到其晚年,他后期有一首诗,标题为"予生世几八十年交游士友有昧平生而一见气合者有同乡并舍而终身情乖者因悟笑曰此释氏所谓宿缘也知此则可以忘忧恼泯是非免轮回而脱生死也因作拙句以道其意云"⑤,对佛教的思想深信不疑,并以此作为解释生活的依据。郑刚中《饭后以水噀蚁时予有华严日课》:"蚁子寻香满地旋,岂知锅釜久无膻。赠渠一滴华严水,好去生他忉利天。"⑥其诗题介绍了诗人写作的背景,即正在做华严日课,这正是诗人信佛的具体表现。而诗中的内容,又是受《华严经》影响而产生的思维模式。至于其《盆池白莲》:"芬陀利出盆池上,妙香熏我三生障。月明风细愈严净,政恐下有威光藏。"更是纯粹的佛理阐释,因为内容难解,诗人还特意自注:"十风轮最上轮名殊胜。威光藏上持香水。大莲花,即华藏世界千叶白莲花名。芬陀利、威光藏,见《华严经》;芬陀利见《合论》。"⑦

由此不难看出,南渡贬谪诗人援引佛、道入诗,乃诗人信仰所致,而信仰产生之由,又常因其贬谪生活之无望,宗教逐渐由诗人本身的文化修养

---

① 《庄简集》卷四。
② 《庄简集》卷二。
③ 《全宋文》第 154 册,第 259 页。
④ 《庄简集》卷一。
⑤ 《庄简集》卷五。
⑥ 《北山文集》卷一九。
⑦ 同上。

转化为精神寄托。换言之,苦难的贬谪生活促成了诗人宗教观念的形成并成为诗人度过艰难生活的精神动力。

上述情感之种种,乃人之常情。令笔者最感困惑的是南渡贬谪诗人乐观的人生态度。岭南等地乃蛮荒之地,诗人贬谪至此当有悲戚之感,但南渡贬谪诗人中除了李纲、郑刚中等为数不多的诗人有一定量的作品存在这样的情感倾向外,大部分诗人很少或偶尔流露出这样的情绪。不仅如此,南渡贬谪诗人有时甚至还表现出豪情。胡铨《次雷州和朱彧秀才韵时欲渡海》:"争似澹庵乘兴往,银山千叠酒微酣。"①他对苏轼偶然的叹息也不以为然:"儋耳道中还可乐,东坡安用叹途穷。"②王庭珪《谪辰州》同样也并不以贬谪为意,慷慨陈词:"得失真何事,文章妙入场。隐身三十载,汗简几千张。名落江湖外,气干牛斗傍。吾衰任飘泊,朝夕渡沅湘。"③李光《独居自遣一首寄厚之》:"北客不劳频问讯,已拼终老海南滨。"④如此等等,不一而足。

对于这一现象,钱建状认为应该从外部的社会环境寻找答案,即南渡后大量北方文人迁居岭南促进了当地文化教育和岭南经济地位的上升,加之地理位置的相对安全导致岭南文人的心态发生了转变。⑤ 这种说法有一定的道理,但有些现象用这个观点似乎仍解释不通。先以胡铨为例进行考察。胡铨贬谪期间不仅创作诗歌,还创作了不少文章。然而将其诗歌与文章作一对比,不难发现其诗歌中几乎没有悲惨凄切之态,也没有对艰难生活的描绘,而文章中此类内容却不在少数。除了上文引用的几则材料,其他如《与周去华小简》云:"海外炎瘴异常,不知彼复如何。"⑥《与刘辰告小简》:"寻即浮海,与中州士人遂绝……兀然穷岛之上。戚戚嗟嗟,日与死迫。"⑦再如郑刚中,其诗歌常常毫不避讳言愁,《即事五首》云:"消愁惟是酒,无奈酒尊空。"⑧《夏夜用人韵》:"散员居事外,罪籍比刑余。"⑨《循省》:"㒁居栽竹暮清幽,萦系其如是楚囚。高枕亦成惊枕梦,小窗长作客窗愁。扪心罪在愚臣戆,肉骨恩归圣主优。日有省循千点泪,临风分付与

---

① 《全宋诗》卷一九三二,第 21574 页。
② 残句,《全宋诗》卷一九三四,第 21592 页。
③ 《卢溪文集》卷一〇。
④ 《庄简集》卷五。
⑤ 《南渡前后贬居岭南文人的不同心态与环境变化》,《浙江大学学报》2004 年第 5 期。
⑥ 《全宋文》第 195 册,第 182 页。
⑦ 《全宋文》第 195 册,第 209 页。
⑧ 《北山文集》卷一九。
⑨ 《北山文集》卷二二。

江流。"①郑刚中本来依附于秦桧,后遭到忌恨而被贬谪。郑刚中的诗歌当然不能完全排除向当权者示好的意味,其诗歌中就常以"罪臣"自称,但诗歌中表现的愁闷却是真实的。其《与张叔靖》一文对自己被贬后的心情有所描述:"为别一年,奇祸万变。使人尝有卧不安枕之忧。吾生岁暮日斜,所遭如此,愤今怀古,尝无佳抱。"②再如李纲被贬后也常常悲愤不已,其所悲者内容很多,有为国是而悲者,如《伏读三月六日内禅诏书及传将士牓檄慨王室之艰危悯生灵之涂炭悼前策之不从恨奸回之误国感愤有作聊以述怀四首》;也有自悲身世者,如《张氏二甥寄诗可喜》:"渭阳正续《离骚赋》,频寄诗来慰客愁。"③

如此看来,大多数南渡贬谪诗人在诗歌作品中群体性地回避消极悲观情绪,当非仅仅如钱建状所论外界文化环境的改变,而另有他因。原因之一,如前所论,苏轼作为南渡贬谪诗人最直接的人生榜样,用简单可行且经自身践行了的方式给后人提供了一种解脱痛苦的良方。可以说,苏轼解救了南渡贬谪诗人,而南渡贬谪诗人则是苏轼第一批真正的知音。

原因之二,南渡贬谪诗人大多因为反对秦桧议和而遭到政治打击,虽然他们在政治上是失败者,但在道义上却是胜利者。尽管秦桧专权后曾采取各种各样的方式阻止人们与贬谪诗人交往且取得了实质性的效果,但社会的道德天平却一直向贬谪诗人这一端倾斜。王庭珪《与胡邦衡》:"某自去年闻邦衡以言事贬韶州,中外耸瞻,尝约刘校书作送行诗,以俟邦衡之南走,欲效昔人送唐介,为一时盛事。既而恨邦衡谪太轻,此作遂废。"④胡铨上书请斩秦桧等人遭到贬谪,王庭珪等人相约作诗为胡铨送行的目的很明显,即表明对胡铨赞同,给予道义上的支持。后来胡铨再贬,王庭珪果然作诗送行且获罪。王庭珪获罪遭贬,担心遭世人排斥,没料到时人同样给予其道义上的支持。其《答刘乔卿书》云:"老舅初被遣就道,惧人以为罪人而鄙斥之,所至逆旅,辄杜门不使之知姓名。自入荆湖界,行路之人皆逆知之,争相迎问。士大夫或至相贺,谓此祸非庸人所宜得。自昔名士,天必厄之,子厚至永而文始盛,鲁直至涪而诗益工,况我无二子之才,而又谪轻地,盖虚有其名,岂非造物者见赐甚厚,而获蒙圣朝宽大之宠邪?"⑤李光被贬,也同样受到了礼遇。其《与胡邦衡书》云:"茂远奇士,仆初南迁过临川,预

---

① 《北山文集》卷二二。
② 《全宋文》第 178 册,第 142 页。
③ 《李纲全集》卷二二,第 296 页。
④ 《全宋文》第 158 册,第 182 页。
⑤ 同上书,第 158 页。

以书戒其勿出,渠回书慨然,反出十余里外相迓清谈,终夕倾倒,然中间消息甚恶,心不以为然。"①其诗歌亦有记载,《庚午春予得罪再贬昌化琼士饯送者皆怅然有不忍别之意严君锡魏介然追路至儋耳兹事当求之古人感叹成古风二首送行》云:"绍兴庚午春,李子复南徙。仓皇就长途,夜担不敢弛。饯我无杂宾,亦有方外士。裴杜二耆哲,矍铄浑童稚。老禅不忍别,握手挥涕泪。"②大多贬谪诗人作为正义的坚持者,作为当时士林中最精英的力量,作为与秦桧正面对峙的政治力量,早就预知自己的命运,知其不可为而为之,求仁得仁,自然不会效小儿女悲苦啼哭。

由此,带来了另一个需要解释的谜团:南渡贬谪诗人既然大多是秦桧等政治势力的反对者或不合作者,贬谪诗人理应创作出不少政治题材的诗歌,但实际的情况恰恰相反。通检现存的南渡贬谪诗人的作品,除了李纲诗歌关注现实政治较多,就是王庭珪得知秦桧死讯后作诗讽刺,其他诗人只是偶尔隐约地发出一些空泛的感慨。这似乎不符合我们的预想。

要回答这个问题,不得不考虑当时的政治环境。③ 李纲被贬之时,尽管政局为汪伯彦、黄潜善等人左右,但毕竟士风尚有好的表现,故李纲能够在诗歌中关注现实,甚至对误国乱政的政敌予以抨击。秦桧专权后,采取一系列措施,导致文字狱盛行。虽然南渡贬谪诗人可能无所畏惧,但考虑到家庭、朋友,不得不韬光养晦。其时诗人或尽量避不作诗,如赵鼎;或将文字付之一炬,如李光,其《与胡邦衡书》云:"近缘虚惊,取平生朋友书问悉付丙丁"④;大部分诗人则在诗歌中尽可能回避敏感话题。

四、贬谪生活对诗歌创作的影响

南渡贬谪诗人贬谪期间创作的诗歌数量各不相同,有贬谪后很少创作的,如赵鼎,原因上文已述;有创作数量陡增的,如李纲、李光、张九成等。至于李纲等人的创作数量何以不降反升,需要从诗人的创作观念与生活境遇两个方面考虑。

先谈创作观念。前文提及,南渡贬谪诗人对与自己身世相类的前辈诗人皆有情感上的认同,其中包含对其文学观念的体认。中国文论向来有诗言志、为情造文的传统。南渡贬谪诗人身在贬所,一股抑郁不平之气充塞于中,重提这种文学观念并不奇怪。胡铨《澹陵文集序》:"凡文皆生于不

---

① 《全宋文》第154册,第210页。
② 《庄简集》卷二。
③ 参见本书第一章。
④ 《全宋文》第154册,第210页。

得已……柳宗元、刘禹锡、李白、杜甫,此数子者皆崎岖厄塞,而后溢为词章。是皆有不能自已者。"①《卢溪先生文集序》又云:"卢溪先生以明经中科而宦不达,落落与时左,凡忧悲愉快,窘穷喜怒,思慕怨恨,无聊不平,有感于怀,必于诗文发之。"②虽然这两篇序言未必皆作于贬谪期间,但显然有感于自己身世而发。李纲《湖海集序》云:"自江湖涉岭海,皆骚人放逐之乡,与魑魅荒绝,非人所居之地,郁悒无聊,则复赖诗句摅忧娱悲,以自陶写。每登临山川,啸咏风月,未尝不作诗。而蓼不恤纬之诚,间亦形于篇什,遂成卷轴。"③在这样的文学观念推动下,诗人们尽管在当时的环境下不得不回避政治问题,不能完全抒写自己的真实想法,但诗歌创作无疑是一种行之有效的情感宣泄方式。郑刚中诗歌集中体现了这一观念下的诗歌创作。其《自怜》:"木偶漂来万里身,自怜藏拙向三春。人穷但有哦诗债,意懒终无下笔神。"④《闰四月夜草亭独坐玩月》:"颇思得诗句,颂道好时节。"⑤《寒食》:"欲将诗句慰穷愁,眼中万象皆相识。"⑥《白居易有望阙云遮眼思乡雨滴心之句用其韵为秋思十首》:"哦诗诗未成,览镜添霜髭。"⑦

再谈生活境遇。南渡贬谪诗人贬谪之前绝大部分是朝廷官员,政务的繁忙与对政敌的防范导致诗人既可能缺少创作诗歌的时间,也没有安全的诗歌创作环境。李纲《湖海集序》:"余旧喜赋诗,自靖康谪官,以避谤辍不复作。及建炎改元之秋,丐罢机政……未尝不作诗。"⑧贬谪后,这些诗人反而因贬得闲,同时也因远离政治中心,创作环境相对安全,因而创作的条件反而有所改善。李光《新年杂兴十首》:"信是闲中日月迟,颓然那惜寸阴移。消磨永昼非无术,袖手旁观数局棋"⑨,正表明写诗于诗人意义之所在:打发时光。南渡贬谪诗人在诗歌中常常有其日常生活的记载,其中大多为生活琐事,除了一般的应酬外,经常表现的内容是杜门索居、读书赋诗。郑刚中《山斋霜寒》云:"寂寥贤圣心,颠倒文书册。"⑩张九成则一连好几首诗歌表现贬谪生活,《辛未闰四月即事》:"终年客不到,终日门亦

---

① 《全宋文》第195册,第263—264页。
② 同上书,第270页。
③ 《李纲全集》卷一七,第213页。
④ 《北山文集》卷二二。
⑤ 《北山文集》卷二一。
⑥ 同上。
⑦ 同上。
⑧ 《李纲全集》卷一七,第213页。
⑨ 《庄简集》卷七。
⑩ 《北山文集》卷二一。

关……饱读古人书,会意有余欢……吟哦更咀嚼,未羡朱两轓。""横浦亦何好,人烟渺荒墟。所以常闭门,九年唯读书。"①《读书》:"大哉黄卷中,日与圣贤对。""饥寒何以遣,唯以文字消。"②张九成的读书不排除其有作为理学家一以贯之提高修养的目的,但该类诗歌写作于贬谪期间,不能不被视为以读书、写诗作为消遣时光的方式,事实上,上述诗歌本身也明确提到这一点。

  诗人的贬谪生活对南渡贬谪诗歌的第二个重要影响是以苏轼、屈原为代表的前辈贬谪诗人的创作手法得到回响。南渡贬谪诗人因为相似的经历与前辈贬谪诗人在思想上产生共鸣,将前辈的生活经验作为自己的榜样。除此以外,因为浸淫于上述前辈的诗文时日长久,南渡贬谪诗人在经意或不经意之间也吸收了其诗歌创作艺术手法。南渡贬谪诗人对前辈贬谪诗人诗歌艺术继承最常见的方式是引用、化用前人诗句。郑刚中诗《读柳子厚若为化得身千亿散上峰头望故乡之句有感》中"思乡化作身千亿,底事柳侯深念归"③即为典型。当然,最受南渡贬谪诗人青睐的还是苏轼。南渡诗人引用、化用苏轼诗句的现象层出不穷。李纲诗集中四见苏轼"菊花开日即重阳"之句。郑刚中《就寝》中"夜坐苍颜得酒红"④、张九成《倅车送海棠》中"晕脸应知是酒红"⑤,皆化用苏轼诗《纵笔三首》的"一笑哪知是酒红"⑥。李光《丙寅十月二十二日孟坚理旧箧见纯老送行诗有见及语因次其韵》中"任从生死病,莫问去来今"⑦,化用苏轼《过永乐文长老已卒》的"三过门间老病死,一弹指顷去来今"⑧。诸如此类的诗篇还有很多,这里不一一列举。

  对苏轼诗歌的继承,尤为甚者体现在不少南渡贬谪诗人对苏轼诗《寓居定惠院之东,杂花满山,有海棠一株,土人不知贵也》的共同关注上。苏轼诗作反复刻画海棠的幽独、高雅、娇艳、多情,其中即深深地寓含着诗人自己的影子。苏轼非常得意此诗,曾曰:"吾平生最得意诗也。"⑨该诗因为高超的艺术水准和强烈的身世之感引起了南渡贬谪诗人强烈的共鸣。他

---

① 《横浦集》卷二。
② 《横浦集》卷一。
③ 《北山文集》卷二二。
④ 《北山文集》卷一九。
⑤ 《横浦集》卷四。
⑥ 《苏轼诗集》卷四二,第2328页。
⑦ 《庄简集》卷三。
⑧ 《苏轼诗集》卷一一,第566—567页。
⑨ 《王直方诗话》,[宋]阮阅编著:《诗话总龟》前集卷二九,人民文学出版社1987年版,第297页。

们纷纷汲取其营养,创作出不同题材的作品,如张九成《倅车送海棠》:"瘴雨蛮烟西复东,海棠岭下占春风。清肌本自同梅洁,晕脸应知是酒红。澹着燕脂春未透,半匀胡粉日初烘。此花不与凡花并,桃李休矜造化工。"①纯然吸收苏轼比兴手法,以高洁的海棠花自喻;李光《和杜得之探梅之什》则将苏诗中的海棠形象移植于梅花:"家山富梅林,开落纷无数。二年屏荒村,踏遍溪头路。孤标凛冰雪,幽香袭巾屦。阳坡照晨曦,永夜泣月露。端如玉妃谪,清绝欲谁顾。岁寒偶相逢,政复慰迟暮。君看桃杏面,争妍竞深注。何如丛棘中,获此秀杰句。"②

作为贬谪诗人之祖的屈原,其诗歌艺术也得到了南渡贬谪诗人的继承。孙觌《次桂州二首》云"三闾逐客何时到,八桂宜人且少休"③,李光《寄内》云"谁怜泽畔屈原醒"④,皆有以屈原自喻的意味。南渡贬谪诗人中,对屈原诗艺继承最为显著的是李纲。李纲曾贬谪至澧浦,该地正是当年屈原流放之地,这就为李纲更好地感知屈原、理解屈原提供了他人无可比拟的优越条件。

李纲对屈原诗歌的继承首先体现在对楚辞特有意象及语言的继承上。楚辞语言有自己的特色,除了黄伯思《校定楚词序》中所说"书楚语,作楚声"⑤,还表现在专有名词的使用上。李纲《次通城送季言弟还锡山二首》:"陆离长佩切云冠,泽畔行吟且佩兰。"⑥《望洞庭》:"渺渺帝子愁,欲降山之阿。兰蒸奠桂酒,浩唱闻《九歌》。""美人渺何在? 使我怀抱恶。""采兰欲寄之,终朝不盈握。"⑦其中,长佩、云冠、桂酒、《九歌》等,皆为楚辞中常见的名物,而陆离、泽畔、渺渺、帝子愁、山之阿等虽不专属于楚辞,但在楚辞中最为常见。李纲将如此常见于楚辞中的词语汇集到一起,显然并非巧合,而是对楚辞有意借鉴的结果,尤其是诗句中"美人""兰"等具有浓郁楚辞特色的象征意义的意象,最能说明李纲准确把握了楚辞"香草""美人"的象征手法。

其次,李纲对屈原诗艺的继承体现在对屈原高大峻洁的抒情主人公的体认与学习上,其《五哀诗·楚三闾大夫屈原》即为典型。该诗对屈原忠而被谤、被迫流亡却坚持理想的高尚人格致以敬意,对小人得志之徒椒兰

---

① 《横浦集》卷四。
② 《庄简集》卷一。
③ 《鸿庆居士集》卷三。
④ 《庄简集》卷五。
⑤ [宋]黄伯思:《东观余论》卷下,《影印文渊阁四库全书》本。
⑥ 《李纲全集》卷一八,第237页。
⑦ 《李纲全集》卷一九,第249页。

予以诅咒:"夫岂椒兰徒,据势长不死?"①诗歌情感激昂,悲愤异常,如果联想到李纲在政治上的遭遇,几乎难以区分是李纲在替屈原抒情,还是李纲借屈原而自抒怀抱。李纲其他诗作中也常有坚贞高洁的抒情主人公形象,如《自蒲圻临湘趋岳阳道中作十首》:"益坚节操行吾志,龟策从来自不如。""变心从俗吾何敢?千古骚人共此愁。"②李纲这样的胸志正是其作为政治家高尚品德的表现,其九死犹未悔的精神正与屈原千古相接。

再次,李纲对屈原诗歌的继承体现在其诗歌中幽婉哀伤的情调上。屈原的诗歌,大多具有缠绵哀婉的风格特征,尤其是《九歌》中的作品。屈原作品幽微绵缈的情致对李纲诗作有较为明显的影响。将李纲在江湘之地的创作与其他时期的作品作一简单比较,能够明显感知截然不同的特色。虽然李纲的作品没有屈原作品中人神之恋的缠绵哀怨,但却在不少题材中不自觉地表现出缥缈迷蒙的忧郁色彩。试看《望九疑》:

> 洞庭渺渺芦苇秋,九疑联绵烟霭浮。重瞳一去不复返,苍梧云物空凝愁。两阶千(干?)羽久寂寞,千古夷夏相仇雠。安得垂衣转琴轸,薰风为解吾民忧!③

这首诗其实是作为政治家李纲的抒怀,体现出解救天下苍生于倒悬的理想,具有现实的意义,但诗歌却表现得氤氲迷蒙。首联景色迷迷蒙蒙,给整首诗定下了虚幻缥缈的基调;颔联转入对历史上舜的悲剧的复述,具有历史的久远感;最后两联回归现实的思考,不过,诗人同样借古说事,且以希冀之语作结,乃诗人无能为力而发出的感慨。整首诗歌情调感伤,表现空灵,得屈原作品之神。类似情感特征的诗歌,在李纲此段时期内有一定的数量,略举数例。《黄陵庙》:"玉佩风摇云冉冉,翠帷烟湿草离离。凄凉清泪留斑竹,寂寞深林叫子规。"④《自蒲圻临湘趋岳阳道中作十首》:"更欲投书吊汨罗,西风袅袅水增波。江分梦泽于菟远,地近芳洲杜若多。"⑤《无因再游道林岳麓》:"苍梧九嶷云漠漠,青草洞庭风袅袅。"⑥

贬谪生活对诗人的另一个影响是在某些题材的诗歌中表现出风格的变异。如郑刚中《广南食槟榔……》:

---

① 《李纲全集》卷一九,第246页。
② 《李纲全集》卷二三,第299页。
③ 《李纲全集》卷一九,第248页。
④ 同上。
⑤ 《李纲全集》卷二三,第299页。
⑥ 《李纲全集》卷一八,第244页。

海风飘摇树如幢,风吹树颠结槟榔。贾胡相衔浮巨舶,动以百斛输官场。官场出之不留积,布散仅足资南方。闻其入药破痃癖,铢两自可攻腹肠。如何费耗比菽粟,大家富室争收藏。

邦人低颜为予说,浓岚毒雾将谁当。荖藤生叶大于钱,蚬壳火化灰如霜。鸡心小切紫花碎,灰叶佐助消百殃。宾朋相逢未唤酒,煎点亦笑茶瓯黄。摩挲赭孙更兼取,此味我知君未尝。吾邦合姓问名者,不许羔雁先登堂。盘奁封题裹文绣,个数惟用多为光。闻公嚼蜡尚称好,随我啖此当更良。

支颐细听邦人说,风俗今知果差别。为饥一饭众肯置,食蓼忘辛定谁辍。语言混杂常嗳嚅,怀袖携持类饕餮。唇无贵贱如激丹,人不诅盟皆歃血。初疑被窘遭折齿,又怪病阳狂嚼舌。岂能鼎畔窃朱砂,恐或遇仙餐绛雪。又疑李贺呕心出,咳唾皆红腥未歇。自求口实象为颐,颐中有物名噬嗑。噬遇腊肉尚为吝,饮食在颐尤欲节。酸咸甘苦各有脏,偏受辛毒何其拙。那知玉液贵如酥,况是华池要清洁。我尝效尤进薄少,土灰在喉津已嚽。一身生死托造化,琐琐谁能污牙颊。①

郑刚中的诗歌风格虽然不能归为平淡的美学范畴,但总体来说尚在好读之列,而该诗的风格奇崛诡怪类韩孟或李贺。诗歌可以分为三个层次:第一层次从首句至"大家富室争收藏",介绍槟榔的产地、去向、药用以及为当地人喜爱。第二层次从"邦人低颜为予说"至"随我啖此当更良",写邦人介绍槟榔的吃法、交际中的功用并劝诗人食用。第三层次从"支颐细听邦人说"至结尾,乃诗人所见所感所思。该诗结构上没有奇特之处,但诗人对与槟榔有关的描写却带有浓重的传奇性。如写槟榔树,言其大,用"如幢"形容。邦人介绍槟榔的食用方法,详尽而烦琐,泼墨如水的写法与诗歌创作中一般惜墨如金的创作习惯截然相反。而诗人关于食用槟榔后,人们嘴巴鲜红的一段描写,竭尽想象之能事,用很多怪异的比喻来强化读者的视觉想象。诗人之所以如此描写,其意图非常明显:因为槟榔对于中原或江南地区的人来说比较稀罕,故予以详细介绍。也正因为槟榔于诗人来说是稀奇之物,其审美眼光也发生变异,诗歌表现重点便侧重于奇异。无独有偶,李纲也有一首《槟榔》诗,其中有"烟湿颓虬卵,风摇翠羽旗"②这样的描写,其审美视角正与郑刚中不谋而合,表现出槟榔的奇异。

---

① 《北山文集》卷二一。
② 《李纲全集》卷二四,第319页。

第二节 使金诗人群

使者,又称行者,自古以来一直活跃于各个政权之间。使者的礼遇程度和个人尊严往往与其所处政权力量的强弱密切相关。宋代南渡时期,南方的宋朝与北方的金国在军事上极不对等:宋弱金强。为了达到缓解军事压力、保持政治局面的稳定等目的,宋朝不间断地、甚至是密集地向金国派出使节。宋朝派出的使节,既有文臣,亦有武将,但无论文臣还是武将,一般都具有较高的文化修养和雄辩的口才,事实上出使金国的不少武将文化修养很高,如朱弁、曹勋等。这些使臣有不少长期羁留于金国甚至为此殉难,这样的经历往往令他们终生难忘。也正因为如此,这部分诗人尽管整个一生创作的时段较长,但出使期间的诗歌创作及追忆使金经历的作品往往是他们诗文集中最有特色的部分,因此,使金诗人群也就自然形成。

从理论上讲,使金诗人群应该是一个较大的群体,也应该创作了不少的诗歌。张荣东根据《宋史·交聘表》《金史·交聘表》及《宋史·本纪》统计,整个宋代共向金国先后派出使节190次。其中北宋15次,南宋175次,派出使节共计359人。[①] 显然,正如张荣东所说,这些统计是不全面的。即便如此,将这些使臣的人数平均到南宋与金国并存的百余年中,也是较为可观的。如此多的使臣理当有不少诗人及诗歌,但遗憾的是,南渡使金诗人与作品的数量都很有限。这既有主观方面的原因,如张邵在北地讲学之余,还颇有著述,然其回到南宋后,因担心与时局不合,招惹祸端,就将诗文稿全部焚毁[②];又有客观方面的原因,北地文化环境不如南方,创作既少交流的对象,文献又不易保存。如此种种,造成了现存使金诗不成规模的状况。

因为南渡使金诗人人数少(且不少诗人只有零星诗歌传世),传世诗歌数量不多,对该类诗歌进行整体研究时很难找出规律性的特征。当然,毕竟该类诗人有着较为相同的使命、际遇与创作环境,诗歌中也应该具备一些共性的成分。这里挂一漏万,姑妄析之。

一、具有强烈的使臣意识

诗人在不同的时期扮演着不同的角色,但并非每个时期都明显地在诗

---

① 张荣东:《宋使金诗人考》,《北方论丛》2006年第4期,第31—34页。
② 详见《三朝北盟会编》卷二二二,第1606页。

歌中表现出某一身份角色意识。这种现象在中国古典诗歌中普遍存在,很多诗歌无法编年即便作一粗略的编年也不可就能说明这一点。然而,南渡使金诗人,无论是其人还是其诗,皆能够强烈地表现出使臣角色意识。先撷取部分使臣事迹,以窥知大概:

> 绍兴二年,金人忽遣宇文虚中来,言和议可成,当遣一人诣元帅府受书还。虚中欲弁与正使王伦探策决去留,弁曰:"吾来,固自分必死,岂应今日觊幸先归。愿正使受书归报天子,成两国之好,蚤申四海之养于两宫,则吾虽暴骨外国,犹生之年也。"(《宋史·朱弁传》)①

> 弁……天会六年,以通问见留。命以官,讬目疾固辞,猝然以锥刺之,而不为瞬。(《中州集》)②

> 至潍州,接伴使置酒张乐,邵曰:"二帝北迁,邵为臣子,所不忍听,请止乐。"至于三四,闻者泣下。翌日,见左监军挞揽,命邵拜,邵曰:"监军与邵为南北朝从臣,无相拜礼。"且以书抵之曰:"兵不在强弱,在曲直。宣和以来,我非无兵也,帅臣初开边隙,谋臣复启兵端,是以大国能胜之。厥后伪楚僭立,群盗蜂起,曾几何时,电扫无余,是天意人心未厌宋德也。今大国复裂地以封刘豫,穷兵不已,曲有在矣。"挞揽怒,取国书去,执邵送密州,囚于祚山砦。(《宋史·张邵传》)③

> (韩)昉怒,始易皓官为中京副留守,再降为留司判官。趣行屡矣,皓乞不就职,昉竟不能屈。金法,虽未易官而曾经任使者,永不可归,昉遂令皓校云中进士试,盖欲以计堕皓也。皓复以疾辞。(《宋史·洪皓传》)④

> 金人谕之曰:"国破主迁,所以留公,盖将大用。"迫令易服,茂实力拒不从,见者堕泪。(《宋史·忠义传·滕茂实传》)⑤

> 行可尝贻书金人,警以"不戢自焚"之祸:"大国举中原与刘豫,刘氏何德?赵氏何罪?若亟以还赵氏,贤于奉刘氏万万也。"(《宋史·忠义传·魏行可传》)⑥

---

① 《宋史》卷三七三,第11551—11552页。
② [金]元好问:《中州集》卷一〇,中华书局1959年版,第514页。
③ 《宋史》卷三七三,第11555—11556页。
④ 同上书,第11560页。
⑤ 《宋史》卷四四九,第13224页。
⑥ 同上。

以上是众多有关使金诗人史料中的一部分。很明显,这部分使臣以使节要求为取舍标准决定自己的行为。无论是朱弁、洪皓、滕茂实的辞官,还是张邵的分庭抗礼及上书质问金人,皆有维护使节身份的意义。相反,凡是违背使臣准则的举动都会受到其他使臣的鄙视。宇文虚中出使金国后,接受金国的任命,为朱弁、洪皓等人不齿。李任道曾将朱弁与宇文虚中的文章合编,命名为《云馆二星集》,朱弁写诗回应。编者注曰:"叔通受官,而少章以死自守,耻用叔通见比,故此诗以不敢齐名自托。"①洪皓诗歌《次大风韵》下亦有按语:"集中次韵诗,于原作姓名往往不载,岂当时龚璹之流后皆降仕,故削而不录。"②虽然这些按语未必就是诗人们的本意,但结合朱弁、洪皓的行为看,则可以视为合理的推断。

使金诗人不与金朝统治者合作,却与民间人士保持一定的联系。不少使金诗人与当地诗人有诗歌唱和,如司马朴残篇《雪霁同韩公度登圆福寺阁和李效之诗》,其中韩公度是金初大臣韩昉之子韩汝嘉,洪皓有《赠彦清》等,彦清为金相陈王固新长子。而且,这些使金诗人还有意识地将中原文化传播给金人。洪皓曾经教授陈王固新子弟汉地文化,"诲其八子"③。当时洪皓传授文化的条件非常艰苦,据传,"因无纸,则取桦叶写《论语》《孟子》《大学》《中庸》传之,时谓之桦叶四书"④。史载,张邵在金国亦热心传播汉文化,"人知公以儒学,士多从之授书,生徒断木书于其上,捧读既过,削去复书",其讲授《易经》,引得"一时听者毕至"⑤。使金诗人不愿接受金朝的官职,却愿意传播中原文化,其中的原因耐人寻味。中国古人强调夷夏之辨,但夷夏之防不在血统,而指文化。凡是外民族认同中华民族文化的,亦无须以夷狄视之。使金诗人传播汉文化,主观上不无此意,史载:"金国名王贵人多遣子弟就学,(朱)弁因文字往来说以和好之利。"⑥洪皓在诗歌中也对其学生彦清等常灌输中原道德,《赠彦清》曰:

好生恶杀号苍天,天悯斯民欲息肩。自是大邦兵不戢,在于南国使无愆。论功弗用矜三捷,持胜何如保万全。愿早结成修旧好,名垂史策画凌烟。⑦

---

① 《中州集》卷一〇,第 524 页。
② [宋]洪皓:《鄱阳集》卷一,《影印文渊阁四库全书》本。
③ [宋]洪适:《盘洲文集》卷七四,《四部丛刊初编》本。
④ 《钦定盛京通志》卷九〇,《影印文渊阁四库全书》本。
⑤ 《三朝北盟会编》卷二二二,第 1605 页。
⑥ 《宋史》卷三七三,第 11553 页。
⑦ 《鄱阳集》卷一。

诗歌的用意非常明显,希望彦清能够阻止金国对宋用兵。这样的诗句还有:"倘能一语宁三国,应有嘉名万古传"①,"仁者自然天锡寿,若修阴德更何疑"②,"折腰翘袖为公寿,愿赞监军早戢戈"③。显然,这是诗人使节使命的延续。事实上,诗人除了对陈王固新的子弟们予以和平思想的渗透,还阻止过固新本人发动战争。《宋史·洪皓传》:"或献取蜀策,悟室持问皓,皓力折之。悟室锐欲南侵,曰:'孰谓海大,我力可乾,但不能使天地相拍尔。'皓曰:'兵犹火也,弗戢将自焚,自古无四十年用兵不止者。'"④洪皓的言论与诗句是其使节使命职责的体现,而其劝阻发生战争所陈述的理由却是中原文化中的一些重要观点。如"好生恶杀号苍天",乃儒家思想中天有好生之德思想的体现;"仁者自然天锡寿"则显然是《论语·雍也》中"知者乐,仁者寿"⑤思想的诗歌表述;"若修阴德更何疑",则又是中原文化中朴素善恶报应观的表现,《汉书·于定国传》:"我治狱多阴德,未尝有所冤,子孙必有兴者。"⑥或为诗句所本。

如洪皓这样用诗歌的形式直接行使外交使命的诗人并不太多,其他诗人以诗歌发出感慨实际也体现出他们自觉的使臣使命意识。朱弁《谢崔致君饷天花》:"偃戈息民未有术,虽复加餐只增愧。"⑦诗人因有人送来天花(即蘑菇)而产生愧疚之情,以为口腹之乐徒增诗人未能完成外交使命的心理负担。此诗乍看颇有矫情之感,但知人论世,联系朱弁在使金过程中的忠贞表现,不难理解其外交使命感的强烈。更为集中表现这一情感的是其《炕寝三十韵》:

> 遥知革辂中,旰食安豆粥。陪臣将命来,意恳诚亦笃。有奇不能吐,何术止南牧。君心想更切,臣罪何由赎。此身虽自温,此志转烦促。论武贵止戈,天必从人欲。安得四海春,永作苍生福。聊拟少陵翁,秋风赋茅屋。⑧

诗歌前半部分写诗人入乡随俗,在寒冷的北方使用温暖的炕床;诗歌后半

---

① 《赠彦清》,《鄱阳集》卷一。
② 《彦清生辰》,《鄱阳集》卷一。
③ 《次彦深韵》,《鄱阳集》卷一。
④ 《宋史》卷三七三,第 11559 页。
⑤ 《四书章句集注·论语集注》卷三,第 90 页。
⑥ 《汉书》卷七一,第 3046 页。
⑦ 《中州集》卷一〇,第 519 页。
⑧ 同上书,第 517 页。

部分转而想到中原战争未曾平息,皇帝尚宵衣旰食,作为臣子,自己虽然殚精竭思,却回天无力,不能阻止金人南侵的步伐,从而为皇帝分忧、实现天下和平。这种强烈的自责,同样也是诗人使臣使命感的体现,是其作为使臣习惯思维的发散。

除了具有强烈的使臣角色意识与使臣使命感,使金诗人的使臣意识还表现在诗人们对使者身份的体认。他们在诗歌中,自觉或不自觉地展示自己的使臣身份。这些诗歌的表现方式大体有如下数种:

其一,直言使节身份或用使节信物代称。

朱弁《李任道编录济阳公文章与仆鄱制合为一集且以云馆二星名之……》:"词源未得窥三峡,使节何容比二星。"①《独坐》:"使节空留滞,侯圭未会同。"②诗中直接用"使节"二字点明诗人身份。洪皓《次彦深韵》中"坐中我是江南客,万里寻盟负恩眷"③,用"江南客"暗指自己南宋使臣的身份。该类表述中,更多的以使者信物"符节"来指代诗人身份:

> 应怜持节人,饷此为问讯。(朱弁《北人以松皮为菜……》)④
> 常令汉节在,莫作楚囚悲。(朱弁《上巳》)⑤
> 一持旄节出,五见菊花开。(宇文虚中《又和九日》)⑥

古代的使臣出使所持的符节具有凭证或信物的意义,是使者身份的象征,也代表着国家的尊严。因而,使者应将其视为与生命同等重要。《汉书·苏武传》中说苏武虽羁留于匈奴,但他"杖汉节牧羊,卧起操持,节旄尽落"⑦。《宋史·朱弁传》:"伦将归,弁请曰:'古之使者有节以为信,今无节有印,印亦信也。愿留印,使弁得抱以死,死不腐矣。'伦解以授弁,弁受而怀之,卧起与俱。"⑧正因为节杖对于使臣的特殊意义,诗人们在表述自己身份时,更乐于选择这一名物。

其二,借用典故点明身份。

宋人写诗喜用典故,使金诗人亦不例外。历史上,能够坚守节操的使

---

① 《中州集》卷一〇,第 524 页。
② 同上书,第 521 页。
③ 《鄱阳集》卷一。
④ 《中州集》卷一〇,第 515 页。
⑤ 同上书,第 521 页。
⑥ 《中州集》卷一,第 9 页。
⑦ 《汉书》卷五四,第 2463 页。
⑧ 《宋史》卷三七三,第 11552 页。

臣最为著名者为苏武,因而,苏武也就成为不少使金诗人自觉期许的对象:

> 前身愧苏武,异县识仇香。(洪皓《过封邱见熊主簿》)①
> 半世囚拘愧牧羊,生还四载却投荒。(洪皓《过曹溪》)②
> 苏氊久绝寝衣想,姜被忽分挟纩香。(张邵《谢枢密王公伦惠锦衾》)③
> 传闻已筑西河馆,自许能肥北海羊。(宇文虚中《在金日作三首》)④
> 就使牧羊吾不恨,汉旄零落雪花春。(李若水《呈副使王坦翁》)⑤

洪皓将自己被拘金国十多年的经历以苏武自喻,第一首是自谦,第二首是类比。不管出发点如何,用苏武来指代自己身份之意显而易见。张邵诗歌中"苏氊",典出《汉书·苏武传》,原文曰:"武卧啮雪与旃毛并咽之。"⑥苏武出使匈奴,没有食物,只能以旃毛和雪吞下填充肚子。我们在文献中无法看到张邵曾有如苏武以旃毛为食物的记载。诗人显然是借用这个典故说明缺衣少食的处境,借此表明自己与苏武相同的身份与相同的信念。宇文虚中尽管接受了金朝的任职,在行为上属于失节,但其思想上(起码最初)也是愿意以苏武自许。李若水同样也使用苏武牧羊的典故表达自己对宋朝的忠贞之情。苏武在使金诗人心中,已经成为对抗外在恶劣环境与政治压力的精神支柱。不仅诗人们如此,连宋高宗对使臣的赞许也同样如此,洪皓回南宋朝廷后,请求一郡以养母。"帝曰:'卿忠贯日月,志不忘君,虽苏武不能过,岂可舍朕去邪!'"⑦当然,使金诗人也并不仅仅自比苏武,有时也会使用其他典故,或与苏武之典并用,如朱弁《客怀》:

> 兵气常时见,客怀何日开。形骸病自瘦,鬓发老相催。已负秦庭哭,终期汉节回。风雷识我意,一雨洗氛埃。⑧

诗人为了表达自己的使臣身份及使臣的作为与期望,连续用了两个典故。

---

① 《鄱阳集》卷二。
② 同上。
③ 《宋诗纪事》卷四〇,第1036页。
④ 《宋诗纪事》卷三八,第961页。
⑤ 《三朝北盟会编》卷八一,第612页。
⑥ 《汉书》卷五四,第2463页。
⑦ 《宋史》卷三七三,第11560—11561页。
⑧ 《中州集》卷一〇,第518页。

"已负秦庭哭",用申包胥出使秦国之事。《左传·定公四年》:"初,伍员与申包胥友。其亡也,谓申包胥曰:'我必复楚国。'申包胥曰:'勉之!子能复之,我必能兴之。'及昭王在随,申包胥如秦乞师,曰:'吴为封豕、长蛇,以荐食上国,虐始于楚。寡君失守社稷,越在草莽,使下臣告急……'秦伯使辞焉,曰:'寡人闻命矣。子姑就馆,将图而告。'对曰:'寡君越在草莽,未获所伏,下臣何敢即安?'立,依于庭墙而哭,日夜不绝声,勺饮不入口七日。秦哀公为之赋《无衣》。九顿首而坐。秦师乃出。"①"终期汉节回"则使用苏武被拘匈奴十九年,最终回到汉朝之事。两个典故,共同表达出朱弁作为使者的所为与所冀。

二、体现无奈的弱国心态

整个宋朝积弱积贫,宋朝的使臣出使周边政权时,往往缺乏唐人昂扬的气概,底气不足。即便如此,北宋使臣与辽国等周边政权交往,还处于一个相对对等的水平上。然而,到了南北宋之际,金国在很短的时间内战胜北宋,使之亡国,而南宋朝廷又被金国步步紧逼,后来尽管宋金军事力量有了些许改变,但最终南宋却在外交上向金国称臣。如此局面,宋朝使臣在创作(尤其与金人的文字交往)过程中往往表现出弱国的心态。

《宋史·宇文虚中传》曰:"虚中恃才轻肆,好讥讪,凡见女真人,辄以'矿卤'目之,贵人达官,往往积不平"②,后或有可能因此遭人诬陷,死于非命。然而,就是这样一个不拘小节、狂放不羁之人,作为使臣与金人交往时也表现出谦卑的一面。其《上乌林天使三首》:

平生随牒浪推移,只为生民不为私。万里翠舆犹远播,一身幽囚敢终辞。鲁人除馆西河外,汉使驱羊北海湄。不是故人高议切,肯来军府问钟仪。

拭玉辕门吐寸诚,敢将缓颊沮天兵。雷霆倪肯矜雕弊,草芥何须计死生。定鼎未应周命改,登坛合许赵人平。知君妙有经邦策,存取威怀万世名。

当时初结两朝欢,曾见军前捧血盘。本为万年依荫厚,那知一日遽盟寒。羊牵已作俘囚献,鱼漏终期网罟宽。幸有故人知底蕴,下臣获考敢谋安。③

---

① 杨伯峻:《春秋左传注·定公四年》,中华书局1981年版,第1547—1548页。
② 《宋史》卷三七一,第11529页。
③ 《中州集》卷一,第8页。

首先值得注意的是宇文虚中称呼对方使臣为"天使",意谓天朝之使者。天朝之称是汉文化圈国家对中国古代正统王朝的尊称,被汉人视为蛮夷之邦的金国显然不应该有这样的称号,宇文虚中此举显然出于谄媚。其次,对于徽、钦二帝被金人牵播于异域与诗人被拘禁,诗人并非无动于衷,而是情感相当沉痛,但诗歌却以较为平缓的口气表达。同样,关于宋金战争的是非曲直,诗人自然洞若观火,但诗人却刻意回避这一问题,用"盟寒"一词,轻描淡写地一笔带过;诗人更多的反而是强调宋朝的态度,愿意接受战败的事实,请求金国能够网开一面。而且,诗人还不忘对金国使者做一番恭维,以获取对方欢心。显然,我们不能据此指责宇文虚中人格卑下,毫不顾及国家的尊严。事实上,诗人此诗乃为获取对方同情,阻止战争继续而发,但诗歌中表现出的摇尾乞怜的态度的确非常鲜明地反映出作为战败国使者的艰难处境与无奈心情。

  类似的情况也体现在洪皓诗歌中。洪皓滞留金地,曾为陈王固新教八子。然而洪皓在与其弟子彦清、彦深的诗歌赠答、唱和中,却表现得异常客套,而这种客套中不乏恭维的色彩,同样也流露出作为被羁使臣的弱国心理。如:

> 自是大邦兵不戢,在于南国使无怼。(《赠彦清》)①
> 谏父休兵已可嘉,延儒教子尤堪羡。(《小王仲冬望置酒学士赋诗次韵》)②
> 折腰翘袖为公寿,愿赞监军早戢戈。(《次彦深韵》)③

如果说诗中的"大邦"之称还带有礼貌性质,表示对对方国家的尊重;那么并非金国大臣的洪皓称其弟子为"公",则显然有违中原文化中的师道尊严。洪皓此举,是一个弱国使节落魄心理不自觉地流露。而通过阅读下面的《小王亲迎赋此赠行卒章聊遣鄙怀》这首诗歌,则可以较为全面与直观地理解洪皓的心理:

> 混同江水秀可掬,李氏太师女如玉。妇德妇功应凤成,施肇施衽亦初熟。舜华美艳年逾笄,未遭良匹求名族。风流儒雅王家郎,燕食东床坦其腹。纳币委禽六礼成,送车百两皆丹毂。三星在天四月中,

---

① 《鄱阳集》卷一。
② 同上。
③ 同上。

今夕何夕会花烛。绸缪谨始待如宾,伉俪要终贵和睦。且闻祁祁多娣媵,将见诜诜众似续。我来乞盟阅八千,除馆又经融火六。老母八十漫嗟予,男女有九赋采绿。固知我后恤不遑,人岂无情捐骨肉。万里一身祇自怜,其谁高义哀茕独。况复恶疾屡缠绵,呼天耻作穷途哭。因子告行遂赠言,忽忘旧学膺天禄。①

诗歌前半部分竭尽赞美之能事,从所迎娶女子的妇容、妇德、妇功、妙龄到男方的家世、气质以及聘礼的优厚等等一一描写;诗歌后半部分突然转入对自己身世的哀叹。从诗歌的形式上说,前后两个部分实则是各自独立的个体,但诗人将之合二为一,其用意在于形成强烈鲜明的对比。客观上既讨好了对方,又抒发了自己的抑郁情怀。洪皓虽未必有意以此获得对方怜悯,但作为弱国使节的悲哀心理却一览无余。

当然,使金诗歌中也有慷慨激烈之作,例如:

矫首向天兮,天卒无言。忠臣效死兮,死亦何怨!(王履《临难歌》)②
念念通前劫,依依返旧魂。人生会有死,遗恨满乾坤。(何桌《在金营题诗》)③
马革盛尸每恨迟,西山饿踣更何辞。姓名不到中兴历,付与皇天后土知。(何宏中《述怀》)④
万里心驰怀故国,千行泪洒望行宫。孤臣不死忠诚在,为报无忘此犬戎。(魏行可《自誓》)⑤

乍见上述诗歌,令人耳目一新,以为使金诗人生发出唐人的豪迈气概。然而,透彻地了解了这些诗歌写作的背景与当时的环境及诗人们的心理后会发现,这些诗歌与其说是激烈壮怀的表现,不如说是为国捐躯的誓言,而且是明知无力回天,仅仅为保持尊严的选择。事实上,上述诗歌如王履的《临难歌》就是殉难前所作,而何桌与魏行可也都死于节难。滕茂实亦因忧愤而成疾去世,临终前,"令黄幡裹尸而葬,仍大刻九字云:宋使者东阳

---

① 《鄱阳集》卷一。
② 《宋诗纪事》卷三二,第 785 页。
③ 《宋诗纪事》卷三九,第 988 页。
④ 《中州集》卷一〇,第 506 页。
⑤ 《全宋诗》卷一三九四,第 16021 页。

滕茂实墓"①。他的《临终诗(并序)》很清楚地表现出其生死抉择。其小序云：

> 某奉使亡状，不复反父母之邦，犹当请从主行，以全臣节，或怒而与之死，幸以所仗节幡裹其尸，及有篆字九，为刊之石，埋于台山寺下，不必封树，盖昔年大病，梦游清凉境界，觉而失病所在，恐于此有缘，如死穷徼，则乞骸骨归，悉如前祷，预作哀词，几于不达，方之渊明则不可，亦庶几少游之遗风也。②

上述诗篇字字皆血，是诗人为了国家的尊严而发出的雄壮之声。然而，联系到这些诗人特定的身份，发现其实这些诗歌体现出诗人们作为弱国使臣的无奈与绝望。上述诗歌中除了何宏中的《述怀》还隐约希冀着中兴，其他诗人皆无此想法。

需要说明的是，诗人们的弱国使臣心态与诗人本身品质等因素无关，而是由宋金局势所决定的。弱国无外交。北宋本身军事力量就弱，与金共同灭辽以后，遭到金国的侵略，很快政权瓦解，二帝北狩。而南宋朝廷成立后，惧怕与金军交战，一味逃避。后来，在宋金军事局面发生了一些改变的情况下，宋高宗又急不可耐地与金人讲和。如此种种，给使金诗人没有任何可以预见国家中兴希望的可能，故而使金诗人一直处于或自怜自艾或悲愤难当的心理状态中。

三、表现矢志不渝的民族气节

一般情况下，诗人创作的题材与情感相对多样。然而，考察南渡使金诗人的作品，却很容易发现诗人们的创作几乎都围绕着使者身份而展开。即便一些非常常见的题材，使金诗人也常常将之与出使经历、感受等联系到一起。如朱弁《冬雨》诗，前六句围绕冬雨展开，最后一联却以"端能洗兵甲，足慰此时心"③作结，与诗人作为使者需要完成而未能完成的使命联系起来。更具有说服力的是洪皓的诗歌，其使金期间的诗歌很容易判别，而归宋之后，不少作品如果不刻意求证，则很难判定其所作时地，如《戏用迈韵呈吴傅朋兼简梁宏父向巨原》谈诗论艺，时代性就不明显。使金诗人诗歌情感的共性最为明显地体现在多表达矢志不渝的民族气节。

---

① 《中州集》卷一〇，第 501 页。
② 同上书，第 503—504 页。
③ 同上书，第 523 页。

使金诗人不少具有被羁留金国的经历,而且为时不短,洪皓、朱弁等人滞留北地甚至达十多年之久。这对于诗人个人而言无疑是痛苦的,然而也更能磨炼诗人的意志,激发出他们强烈的民族情感。除了上面列举的王履等诗人的诗作外,朱弁、洪皓等人也有相当数量的此类作品。如:

仗节功吴在,捐躯志未闲。不知垂老眼,何日睹龙颜。(朱弁《有感》)①

常令汉节在,莫作楚囚悲。早晚鸾旗发,吾归敢恨迟。(朱弁《上巳》)②

强拟登台豁旅愁,五行今日到金囚。土牛始正农祥候,彩胜初衔鬼隐谋。司启空传青鸟氏,迎春不见翠云裘。一卮寿酒何缘受,觅纸题诗死不休。(洪皓《立春有感》)③

求成虐执四三年,一木难支大厦颠。致死存孤思杵臼,恃强轻敌笑苻坚。(洪皓《次观表文韵》)④

朱弁与洪皓的事迹,我们在第一部分已有所介绍,他们抵挡住了金人的利诱与威逼,拒绝降金。他们的诗歌也从某些方面反映出他们的精神气质。朱弁的两首诗歌表现不辱使命、坚强豁达、为国捐躯等情感,洪皓也表现"致死存孤"的决心和恋阙思主的情感。这类情感皆属于使金诗人诗歌的题中应有之义,也是表现民族气节最为常见的方式。不过,因为该类诗歌思想过于正统,也因此缺乏多样性,显得有点程式化,倒是节操有所亏损的宇文虚中的该类诗歌颇为值得玩味。

宇文虚中,初名黄中,宣和五年(1123)宋徽宗亲改其名为虚中,字叔通,别号龙溪居士。成都广都(今成都双流)人。宋徽宗大观三年(1109)进士,官至资政殿大学士,两宋之际曾多次出使金国。后被金国扣留,被迫官礼部尚书、翰林学士承旨,封河内郡开国公,并被尊为"国师",后被杀。关于其死因,有多种说法,然皆无确证,只能存疑。然而,不管如何,宇文虚中降金是一个既定的事实,起码与宇文虚中同时期的人如此看待。比如洪皓的《使金上母书》《乞不发遣赵彬等家属札子》《进金国文具录札子》等文章中皆有对宇文虚中的指责之词。《乞不发遣赵彬等家属札子》更是力诋

---

① 《中州集》卷一○,第 518 页。
② 同上书,第 521 页。
③ 《鄱阳集》卷二。
④ 《鄱阳集》卷一。

宇文虚中的失节行为:"宇文虚中以儒术进,尝为近臣,犹且卖国图利,靡所不为。"①然而,我们发现宇文虚中的诗集中却有不少表现坚守使者气节的诗歌。比如《在金日作三首》:"传闻已筑西河馆,自许能肥北海羊。"②《上乌林天使三首》:"鲁人除馆西河外,汉使驱羊北海湄。"③两诗皆明确表明诗人绝不会受金人诱惑,将如苏武那样保持民族气节。另外,又有诗寄张孝纯曰:"有人若问南冠客,为道西山赋薇薇。"④同样表述自己将如伯夷、叔齐誓不食周粟那样,绝不会与金朝统治者合作,其情亦不可谓之伪。不仅如此,宇文虚中在给家人的家书中,也表达了以身殉国的决心。与其妻书曰:"自离家五年,幽囚困苦非人理所堪。今年五十三岁,须发半白,满目无亲。衣食仅续,惟期一节,不负社稷,不愧神明。至如思念君亲,岂忘寤寐;俯及儿女,顷刻不忘。度事势决不得归,纵使得归,亦得在数年以后,兀然旅馆待死而已。"⑤虚中与弟(南阳公)书亦云:"虚中囚系异域,生理殆尽,困苦濒死,自古所无。中遭胁迫,幸全素守,惟一节一心,待死而已,终期不负社稷。"⑥宇文虚中最后一次出使金国的目的是祈请金人遣还徽、钦二帝,宇文虚中也的确为着这个目标而努力,甚至不顾自身的安危,主动要求留在北地:"(建炎)二年,诏求使绝域者,虚中应诏,复资政殿大学士,为祈请使,杨可辅副之。寻又以刘海为通问使,王贶为副。明年春,金人并遣归,虚中曰:'奉命北来祈请二帝,二帝未还,虚中不可归。'于是独留。"⑦其爱国之心亦昭昭可见。宇文虚中《己酉岁书怀》曰:"去国匆匆遂隔年,公私无益两茫然。当时议论不能固,今日穷愁何足怜。生死已从前世定,是非留与后人传。孤臣不为沉湘恨,怅望三韩别有天。"⑧在迎还二帝未果的情况下,迷茫而又充满希冀。甚至金天会十年(1132),王伦自金归宋,亦曾向朝廷汇报:"虚中奉使日久,守节不屈。"⑨

然而,宇文虚中后来毕竟投降了金国。宇文虚中是真心实意归降,还是如后人猜测的那样从事间谍活动,已无从得知,但有一点可以肯定,宇文虚中现存的诗歌中几乎没有涉及在金国政治生活的题材。这当然与宇文

---

① 《鄱阳集》卷四。
② 《宋诗纪事》卷三八,第961页。
③ 《中州集》卷一,第8页。
④ 《三朝北盟会编》卷一四九,第1085页。
⑤ 《三朝北盟会编》卷二一五,第1546页。
⑥ 同上。
⑦ 《宋史》卷三七一,第11528页。
⑧ 《中州集》卷一,第7页。
⑨ 《宋史》卷三七一,第11528—11529页。

虚中诗歌大多已亡佚不无关系,但考虑到其现存的诗歌中不少表现坚守民族气节、思念故国等等内容,而唯独没有与其密切相关的北地政治生活,未尝不可以理解为宇文虚中不愿表达或故意回避此类内容。笔者的推测,宇文虚中尽管后来降金,但内心或有难言之隐,或充满负疚感。因而,宇文虚中有关政治方面的内容,在金国前期的诗歌中表述得淋漓酣畅,而后期则有意回避。这样的行为本身,颇为耐人寻味。

四、表现对故国、亲人的思念

旅人思家,使臣念国,这是中国古典诗歌中较为常见的题材。使金诗人尤其是长期滞留于金地的诗人更是如此。洪皓《思归》:"垂翅东隅四五年,不知何日遂鸿鶱。传书燕足徒虚语,强学山公醉举鞭。"①朱弁《独坐》:"阶除雪不扫,独立数归鸿。"②这些思归之作,颇有一些共性的特点。

中国的传统节日多含有阖家团圆之意,羁留于异域的使金诗人思家之念较常人愈发强烈,更热衷于借节日抒发此类情感,因而这一类诗歌数量较多。如洪皓《重九》:"箭穿化鹤君何在,书寄宾鸿使未还。引领庭闱方寸乱,倚松对菊涕潸潸。"③朱弁《寒食》:"南辕定何日,无地不风尘。"④宇文虚中《重阳旅中偶记二十年前二诗因而有作》:"客馆病余红日短,家山信断碧云长。"⑤

金国风土人情、生活习俗及自然风光都迥异于中原之地,由南入北的使金诗人生活于其中,很容易产生与中原对比的心理。而这种或显或隐的对比,也强化了诗人的思乡、思亲之念。宇文虚中《春日》:"北洹春事休嗟晚,三月尚寒花信风。遥忆东吴此时节,满江鸭绿弄残红。"⑥将北地节侯与南方风物进行对比,表达出作者对南方故乡的思念。洪皓《次种野花韵诗》:"强移野卉对残春,深恐焦枯向日薰。种止一行非贵少,高才三寸岂超群。既无艳色堪观赏,又乏幽香漫吐芬。却忆故园都谢了,卖花声断几时闻。"⑦北地野花,既乏色又乏香,诗人栽种,聊胜于无;而故园之花,方为诗人所向往。类似的对比手法,朱弁使用最为频繁,也最有特色,如《夜雨

---

① 《鄱阳集》卷一。
② 《中州集》卷一〇,第 521 页。
③ 《鄱阳集》卷二。
④ 《中州集》卷一〇,第 521 页。
⑤ 《中州集》卷一,第 6 页。
⑥ 同上。
⑦ 《鄱阳集》卷二。

枕上》:"愁工萦客思,梦故绕江乡。"①《岁序》:"梦魂识旧隐,时到碧溪湾。"②《次韵子文秋兴》:"山长含楚雨,天远接吴波。"③而其《白发》诗的写法颇有意味:

> 白发使车前,烟波思渺然。霜清获稻日,风急授衣天。客馆但愁坐,钓舟谁醉眠。乘槎会有便,真到斗牛边。④

诗歌题目为首句"白发"二字,实则等同于无题,乃诗人诸多心绪无法理清之表现。诗歌前三联,一句写当下,一句写思念中或向往中的境况。充分使用对比的手法寓以褒贬取舍之意而不露声色,构思别致且含蓄不尽。

正因为江南风物与北地风光颇为不同,故江南风物也就常常承载着诗人的思乡之情。吴激的诗歌最具有典型性。吴激(1090—1142),字彦高,自号东山散人,建州(今福建建瓯)人。北宋宰相吴栻之子,书画家米芾之婿,善诗文书画。举进士,曾知苏州。北宋钦宗靖康二年(1127),奉命使金,次年金人攻破东京,金人慕其名,强留不遣,命为翰林待制。

吴激对江南风物的描绘,最为集中地体现在《岁暮江南四忆》中,其诗曰:

> 瘦梅如玉人,一笑江南春。照水影如许,怕寒妆未匀。花中有仙骨,物外见天真。驿使无消息,忆君清泪频。
>
> 天南家万里,江上橘千头。梦绕阊门迥,霜飞震泽秋。秋深宜映屋,香远解随舟。怀袖何时献,庭闱底处愁。
>
> 吴松潮水平,月上小舟横。旋斫四腮鲙,未输千里羹。捣齑香不厌,照箸雪无声。几见秋风起,空悲白发生。
>
> 平生把鳌手,遮日负垂竿。浩渺渚田熟,青荧渔火寒。忆看霜菊艳,不放酒杯干。比老垂涎处,糟脐个个团。⑤

江南风物,在诗人的笔下皆美妙而值得人回味,然而,当诗人想望却无法回到的梦绕魂牵的江南,甚至音讯杳无之时,便会愁容满面,以致涕泪交流。

---

① 《中州集》卷一〇,第518页。
② 同上。
③ 同上书,第523页。
④ 《中州集》卷一〇,第518页。
⑤ 《中州集》卷一,第15页。

此中况味,非身处其境者不能体会。印象中的江南越是美好,越会成为诗人思慕的对象。《张戬北骑》曰:"张生鞍马客幽都,却笑灵光笔法粗。只今白首风沙里,忆向江南见画图。"①《题宗之家初序潇湘图》又曰:"江南春水碧于酒,客子往来船是家。忽见画图疑是梦,而今鞍马老风沙。"②生活在风沙满天的北地,诗人对故国江南充满思念之情,但南北阻隔,只能将思念寄托于图画之中。因此,江南对于诗人而言,就不仅仅是地理上的概念,也不仅仅只是诗歌的意象,而是具有了丰富而复杂的情感。《同儿曹赋芦花》:"天接苍苍渚,江涵裊裊花。秋声风似雨,夜色月如沙。泽国几千里,渔村三两家。翻思杏园路,鞭袅帽檐斜。"③本来咏芦花乃咏物诗中的常见题材,然而对于因出使滞留北地且入仕金国的吴激而言,因芦花为南方所产,便成为勾起思乡之情的媒介。不仅如此,吴激还常将眼前之景幻化联想为江南风物,比如,《游南溪潭》:"竹院鸣钟疑物外,画桥流水似江南。"④《秋兴》:"后园杂树入云高,万里长风夜怒号。忆向钱塘江上寺,松窗竹阁瞰秋涛。"⑤类似的写法,在其他诗人的作品中也有所体现。例如,洪皓的《次韵小亭》:"恍如到会稽,山川获顾揖。"⑥朱弁《睡轩为赵光道作》:"更须满壁图云水,卧想江湖渺莽春。"⑦

　　使金诗人表达对故国、家人的思念,还常常体现在对时间的敏感上。南北宋之际的诗人使金常常被羁押,他们身处异域,既无法完成使命,又有家难回。悲愤、失落之感油然而生,自然产生度日如年的感觉,因而对时光的流逝极为敏感,常常能清晰地计算出某个时段的具体时间。洪皓《中秋》:"我今一别已三年,中秋三见望舒圆。"⑧《白马渡》:"留落十五年,至今方北归。"⑨无论是中秋佳节,还是南归之日,诗人都念念不忘自己被羁留金地的时间,其间透出的是浓浓的思乡恋阙之情。同样,朱弁、宇文虚中等人的作品也以时间的标示表达自己的情感。略举数例,朱弁《苏子翼送黄精酒》:"为君唤回雪窖春,八载羁愁供一扫。"⑩《谢崔致君饷天花》:"三

---

① 《中州集》卷一,第 17 页。
② 同上书,第 18 页。
③ 同上书,第 17 页。
④ 同上书,第 12 页。
⑤ 同上书,第 15 页。
⑥ 《鄱阳集》卷一。
⑦ 《中州集》卷一〇,第 520 页。
⑧ 《鄱阳集》卷一。
⑨ 《鄱阳集》卷二。
⑩ 《中州集》卷一〇,第 514 页。

年北馔饱膻荤,佳蔬颇忆南州味。"①《寒食》:"清明六到客边愁,双鬓星星只自怜。"②《绍兴十三年自云中奉使回送伴至虹县以舟入万安湖》:"云中六闰食无鱼,清夜时时梦斫鲈。"③宇文虚中《重阳旅中偶记二十年前二诗因而有作》:"客馆病余红日短,家山信断碧云长。"④《己丑重阳在剑门梁山铺》:"两年重九皆羁旅,万水千山厌远游。"⑤宇文虚中的《又和九日》尤为具有代表性:

> 老畏年光短,愁随秋色来。一持旄节出,五见菊花开。强忍玄猿泪,聊浮绿蚁杯。不堪南向望,故国又丛台。⑥

重阳登高望远,常令在外的游子产生思乡、思亲之情,何况诗人身处千里之外的异域。因而,诗人在重九之日,面对深秋之色,不禁感慨时光飞逝。此情此景,怎不令人伤感,诗人借酒却无法浇愁。最后一联点出诗人发如此感慨,归根究底在于故国难回。

五、代表性诗人创作分析

因为文献亡佚等原因,已知的南北宋之际使金诗人人数不多,作品也很少,因而在揭示其创作共性时,不得不以牺牲他们创作的丰富性为代价。这里选取几个具有一定代表性的诗人进行分析,以弥补这方面的不足。

首先介绍朱弁。朱弁(1085—1144),字少章,自号观如居士,婺源人。朱弁于宋高宗建炎元年冬天出使金国,他拒绝金人的威胁与利诱,不肯屈服降金,因此被拘留了整整十五年,直至宋高宗绍兴十三年(1143)秋才得以南归。朱弁的诗作,比较引人注目的是他对北地生活的描绘。这类作品,我们从诗歌标题中就可以看出。例如《初春以蔓菁作齑因忆往年避难大隗山采蘋涧中为齑齑成汁为粉红色而香美特异乃信郑人所言为不诬矣今食新齑因成长韵》,描述齑的作法;《北人以松皮为菜予初不知味虞侍郎分饷一小把因饭素授厨人与园蔬杂进珍美可喜因作一诗》,描写松皮为菜的奇特饮食;《炕寝三十韵》,讲述烧煤炭、睡炕的生活经历;《谢崔致君饷天花》,记录友人馈赠天花,也就是蘑菇。除此之外,朱弁还比较关注北方

---

① 《中州集》卷一〇,第519页。
② 同上书,第524页。
③ 《全宋诗》卷一六三三,第18322页。
④ 《中州集》卷一,第6页。
⑤ 同上。
⑥ 同上书,第9页。

风物。比如《独坐》："草冻慵抽碧,桃痴懒晕红。黄云犹汉野,紫塞漫春风。使节空留滞,侯圭未会同。阶除雪不扫,独立数归鸿。"①写出了塞外春天来临,仍然雪临台阶,万物尚未复苏的独特气候特征。

当然,朱弁对于北地风物及生活的描写又不仅仅止于此,而常常借以表达担忧国事、思乡恋阙等情感。比如《初春以蔓菁作齑……》:"今来滞殊乡,白首家万里。"②《炕寝三十韵》:"有奇不能吐,何术止南牧。"③朱弁的诗歌更为引人注意的是其作品表达上述思乡恋阙、保持使节尊严等内容的数量非常之多。据笔者统计,《全宋诗》中收集朱弁完整的诗篇45首,其中明显包含上述内容的达33首之多。可以说,朱弁是诗以言志的忠实遵循者,换言之,忠君爱国是朱弁在金国所恪守的底线,是朱弁得以历尽苦难而得以坚持下来的精神支柱,而诗歌则是其表达情志的工具。当然,事物都有两面性,正因为朱弁的诗歌过于关注其忠君、思乡等情感的表现,其创作也因此显得单调:情感深则深矣,然丰富性显得不够。

其次,介绍洪皓。洪皓与朱弁一样,恪守民族气节,誓死不肯降金。洪皓(1088—1155),字光弼,江西乐平人。徽宗政和五年(1115)进士,历台州宁海主簿,秀州录事参军。高宗建炎三年(1129),以徽猷阁待制假礼部尚书使金被留,绍兴十三年始归。如果说朱弁的创作拘泥于使者身份而使诗歌主题表现得过于正统而缺少变化的话,那么洪皓的诗歌则显得较为多面,而且风格较为爽朗。洪皓诗歌最容易引起关注的是其与金国贵族及贵族子弟交往而创作的旨在灌输阻止战争、创造和平的内容。这类诗歌,已在第一、第二部分予以较为详细的介绍,这里不再赘言。稍可补充的是,洪皓此类诗歌内容的创作,是其有意而为,其《次韵学士重阳雪中见招不赴前后十六首》云"愿学楚人栽九畹,重阳已过待来春"④,含蓄道出其用意。

洪皓除了与金国贵族诗歌交往,还与其他文士诗歌唱和,比如《次赵民瞻韵》《次韵集三杯事》等等。在这些唱和之作中,最值得注意的是《次韵学士重阳雪中见招不赴前后十六首》。该诗有"七载南冠犹未税""七稔艰难不敢陈"之句,当作于南宋绍兴五年、金天会十三年(1135)。该诗诗题中所唱和的对象"学士"具体所指不易确定,很有可能为宇文虚中(宇文虚中在北宋时官至资政殿大学士)。该组诗共十六首,内容比较丰富,有解释不赴之由的,有谈诗论艺的,下列几首颇为耐人寻味:

---

① 《中州集》卷一〇,第521页。
② 同上书,第515页。
③ 同上书,第517页。
④ 《鄱阳集》卷一。

天涯憔悴向谁陈,不死由来是谷神。蒲柳衰姿依术士,桑榆晚景属谈宾。言存赵氏惟韩厥,力定周邦赖贾辛。尚论古人犹未足,投闲更欲讲王春。

　　七秩艰难不敢陈,行藏且问蓐收神。远来岂为谋身事,久执无缘厕国宾。妄意合成同晋楚,羞言著节继苏辛。哀哉庾信江南赋,闷读频移玉座春。

　　一介蹉跎略叙陈,转喉触讳听于神。正愁平子将除馆,强学申公亦谢宾。厚貌深情非易察,磨肌戛骨不胜辛。傍人门户休争气,惟愿归耕向富春。

　　胸中耿耿向谁陈,舌在形赢强集神。佩印已惭苏季子,埋名谁志李元宾。乞粮僦死呼庚癸,贵格何须足乙辛。只恐数穷为鬼录,扁舟阻泛五湖春。①

这四首诗大体表达了诗人的志向,然细细寻绎,却发现诗人似乎另有所指。诗歌中对存赵定周之士大为赞颂,又表明自己愿如古人闭门谢客,更希望有机会归隐江湖。这些内容综合到一起考虑,不能不使人联想到诗人曾多次拒绝接受金人官职的行为。与此形成鲜明对比的,是某些使金大臣如吴激、宇文虚中最终接受金人的笼络而降金。因而诗歌中未尝没有对变节之士的讽刺,所谓"远来岂为谋身事,久执无缘厕国宾""佩印已惭苏季子,埋名谁志李元宾",表面是自我贬低,实则乃自我期许,更有对对方降金行为的不满。相类似的诗歌,还有《寄宇文相公(二首)》:

　　秦师围已急,楚国救人阑。食客腹空饱,先生心独寒。奉盘从遽定,按剑叱难安。存赵舌三寸,何须折镆干。

　　罗娑囚应释,鸡林厄沴阑。途无埋鼻热,地有裂肤寒。反国公复相,还家我问安。如容陪骥尾,匪晚到余干。②

该诗可以明确乃赠宇文虚中,史书载:"丞相得宇文相公直是喜欢,尝说道得汴京时欢喜,犹不如得相公时欢喜,如今直是通家往来,时复支赐,宅库里都满也。"③可见,此处的宇文相公就是指宇文虚中。该诗作于洪皓即将离金之际。诗歌中洪皓对宇文虚中评价颇高,将之视为为国分忧之人,然

---

① 《鄱阳集》卷一。
② 《鄱阳集》卷二。
③ 《三朝北盟会编》卷一六三,第1177页。

而,联系到洪皓回朝之后对宇文虚中大力抨击,似乎又能够读出一些别有意味的内容。所谓"存赵舌三寸",大概不仅仅是赞美,更像是期待与勉励。"反国公复相,还家我问安",则又似乎语含讥讽。因而,可以发现洪皓在金国虽然与众多文士交往,但对于降金士人,常常处于道德的制高点,尽管语气上看似与正常交往无异,却有心理上的优越感。

再次,介绍宇文虚中。宇文虚中在使金之初,抱着迎还二帝之目的不达即以身殉职之信念,因而前期的诗歌多表现期待完成使命,以及使命难以完成的悲恸和誓死不屈的节操。这一类诗歌往往表现得情感深沉,颇具感染力。例如《从人借琴》:

> 峄阳惯听凤雏鸣,泻出泠然万籁声。已厌笙簧非雅曲,幸从炊爨脱余生。昭文不鼓缘何意,靖节无弦且寄情。乞与南冠囚絷客,为君一奏变春荣。①

诗人先写从前弹峄阳孤桐之琴,听鹤唳凤鸣之曲,如今侥幸获生,只能听笙簧杂音,悲愤之情,不言自明。诗人偶见良琴,欲索而弹奏出生意盎然的乐曲。诗歌最后一联,似有所指。有学者认为是宇文虚中看到迎还二帝出现了希望,这个说法未必准确,但其中隐含言而不尽的寓意当是可以确定的。整首诗歌风格也稍有杜诗之沉郁。

后来的宇文虚中不管是真实意愿,还是另有所图,总之降金的事实已经存在,因而其在精神上不如朱弁、洪皓等人自信。诗歌中除了保留前期的沉郁之风格外,还常常有意借学陶遗忘世事来消解自己内心的痛苦。比如《泾王许以酒饷龙溪老人几月不至以诗促之》:

> 先生寂寞草玄文,正要侯巴作富邻。客至但须樽有酒,日高不怕甑生尘。急催岭外传梅使,来饷篱边采菊人。已扫明窗供点笔,为君拟赋洞庭春。②

此诗乃游戏之作。宇文虚中以诗催促泾王送酒,饶有兴趣地以扬雄自喻,希望有如侯巴这样的人送酒供其饮用;又以陶渊明自比,同样表达渴望有人馈酒。诗歌中的诗人,其面貌已如不知秦汉的世外高人,飘逸洒脱。再

---

① 《中州集》卷一,第7页。
② 同上。

如《郊居》云"蓬蒿似欲荒三径,疏懒谁知意更长",也是有意泯灭其用世之心。

六、余 论

除了上述使金诗人的创作,其他还有一些诗人也创作了有关使金内容的诗歌,比如曹勋。曹勋的使金诗数量非常少,但其中的《仆持节朔庭自燕山向北部落以三分为率南人居其二闻南使过骈肩引颈气哽不得语但泣数行下或以慨叹仆每为挥涕悃见也因作出入塞纪其事用示有志节悯国难者云》颇有创新之处:

> 妾在靖康初,胡尘蒙京师。城陷撞军入,掠去随胡儿。忽闻南使过,羞顶毿羊皮。立向最高处,图见汉官仪。数日望回骑,荐致临风悲。(《入塞》)
>
> 闻道南使归,路从城中去。岂如车上瓶,犹挂归去路。引首恐过尽,马疾忽无处。吞声送百感,南望泪如雨。(《出塞》)①

钱锺书先生对这首诗的意义有一个概括:"金人给整个宋朝的奇耻大辱以及给各个宋人的深创巨痛,这些使者都记得牢牢切切,现在奉了君命,只好憋着一肚子气去哀恳软求。淮河以北的土地人民是剜肉似的忍痛割掉的,伤痕还没有收口,这些使者一路上分明认得是老家里,现在自己倒变成外客,分明认得是一家人,眼睁睁看他们在异族手里讨生活。这种惭愤哀痛交揉在一起的情绪产生了一种新的诗境,而曹勋是第一个把它写出来的人,比他出使早十年的洪皓的《鄱阳集》里还没有这一类的诗。"②

由此可以看出,南北宋之际使金诗表现出的具有整体性的特征比较少,而诗人个别的创作颇有引人注意之处。因而,他们创作的个性更大于共性。该时期使金诗歌还有一个现象值得思考:有几类本该出现的题材没有较大规模出现。

对金国不义之战的谴责和对北宋战败的反思的缺位是南渡使金诗令人不解之处。宋金之战尤其是宋弱金强的局面无疑对宋人尤其是作为弱国使臣的使金诗人产生强烈的心灵震撼,按理说他们应该会对金国的入侵行为予以抨击,痛定之后又会对这场战争予以反思。事实上,这类作品在

---

① 《全宋诗》卷一八八三,第 21083 页。
② 钱锺书:《宋诗选注》,第 142 页。

非使金诗人中还存在一定数量。① 然而,对南渡使金诗人的诗歌作一全面的考察,发现严格意义上没有一首是上述两类内容的诗歌。

另一个令人费解的问题是使金诗人对北国风物关注不够。对于从中原远道而来的南渡使金诗人来说,无论是北国的自然环境还是人文环境都是一个全新的事物,他们理当具有浓厚的兴趣,而此前北宋的使辽诗人及后来南宋中期的使金诗人都予以关注,并用诗篇呈现。然而,用较为严格的标准来衡量,南渡使金诗人很少有人创作该类题材的作品。即便朱弁《初春以蔓菁作齑……》、洪皓《次种野花韵诗》等诗歌也是因其他需要而引入北地风土人情,而非有意展现,即北地风物为其他主题诗歌的附庸。

那么,现在所要探究的问题是,何以上述两类诗歌未能成为南渡使金诗人关注的重点?第一个问题,相对而言比较容易解释:宋弱金强,使金诗人有所顾忌,不便于在诗歌中表述此类引起金人不悦的内容与情感。南渡时期,宋廷派往金国的使臣的官方名称由通问使改为祈请使,就很能说明问题。而曹勋绍兴十一年出使金国之前,宋高宗的叮嘱更能说明问题:"汝见金主,当以朕意与之言曰:惟亲若族,久赖安存,朕知之矣。然阅岁滋久,为人之子,深不自安。况亡者未葬,存者亦老,兄弟族属,见余无几,每岁时节物,未尝不北首流涕,若大国念之,使父兄子母如初,则此恩当子孙千万年不忘也。"②皇帝尚且如此低声下气,作为臣子的使金诗人当然更不敢因赋诗而引起纷争。宇文虚中早期使金诗歌有《虏中作三首》(一作《在金日作三首》),而后来这个带有歧视性质的"虏"字就再也没有出现过,也可算这一观点的佐证。

第二个问题似乎很难找到直接的材料来作答,但值得我们注意的是,南渡使金诗人对北地风土人情等并非视而不见,而是有意识地记录一些内容,如洪皓南归后,曾追记与北地有关情况,作《松漠纪闻》。对比南渡使金诗人所热衷的题材:表达对国家的忠贞之情、对故国的思念以及对与家人团聚的渴望,不难发现,诗人此时更关注的是自己的心灵世界与个人情感。他们在艰难的处境下,没有太多的心情以审美的、好奇的眼光看待身边的世界。可以说,诗人视角的内视使诗人失去了外在的客观世界,因而也必然导致诗歌题材的相对单调。

---

① 详见本书第二章第五节。
② 《要录》卷一四二"绍兴十一年十有一月丁巳"条,第2291页。

第三节　武将诗人群

无论哪朝哪代,率军征战的将领皆非诗坛主力,南渡时期亦然。但是,考虑到南渡将领对宋室有再造之功,加之诸统帅、将领中亦不乏能诗之辈,故予以介绍。

为了对南渡时期武将诗人的创作作具体的分析,笔者粗略对《全宋诗》中相关诗人作品作一简单表格如下:

诗人姓名	作品总数	与战争相关诗作数量	存疑	与战争内容无关的诗作数量
宗　泽	35	14	3	18
郭仲荀	3	2	0	1
张　俊	1			1
韩世忠	2	1(仅题目涉及)		1
马　扩	2	2(其中一首为南渡前作品)		
刘子羽	3	1		2
何宏中	1	1		
张　浚	11	4	2	5
曲　端	4	3		1
刘　锜	7	2	5	
王佐才	7			7
韩　京	1			1
李　耕	1			1
岳　飞	13	7		6

由上表可以看出南渡武将诗人创作大概有如下几个特点:

其一,诗人数量少,诗歌作品数量亦微乎其微。其原因不难解释,武将诗人与一般诗人相比文化素养要低一些,表格中的诗人,除了宗泽与张浚进士出身,其他皆出身于行伍。文化素养缺乏,加之武将戎马倥偬,缺乏诗歌唱和交流的对象,如此必然导致诗人数量与诗歌作品量无法达到一般文人的水平。再有,南渡武将诗人的作品因本身数量较少,不为人们重视,致使作品亡佚较为严重,文献保存不如一般诗人。上述诗人仅宗泽、岳飞等为数不多的几人有文集,其他诗人的作品皆由其他文献析出。即便有文集的诗人,其文集亦结集较晚,如岳飞的文集《岳武穆集》为明人所辑,《岳忠武王文集》为清人所辑。如此,南渡时期数量本来就不多的武将诗人的诗歌作品被保存下来、流传至今的更加稀少。

当然,值得我们注意的是,尽管与同时期文臣相比,武将诗人的作品数量不多,但将之置于整个中国古代诗歌史考察,却发现南渡武将诗人是同类诗人群中的高产群体。之所以如此,与宋代的崇文政策、武举制度有关,尤其与南宋统治者敦促武将读书有关。孙建民认为:"南宋统治者之所以比北宋更强调武将念书,是迫于当时的客观形势和实际需要。"①事实上,南渡武将大多具有较高的文化素养。略举数例:

"(吴玠)善读史,凡往事可师者,录置座右,积久,墙牖皆格言也。"(《宋史·吴玠列传》)②

"(吴璘)刚勇,喜大节,略苛细,读史晓大义。"(《宋史·吴璘列传》)③

"(岳飞)好贤礼士,览经史,雅歌投壶,恂恂如书生。"④"(年少时)家贫力学,尤好《左氏春秋》、孙吴兵法。"⑤(《宋史·岳飞列传》)

"(杨存中)少警悟,诵书数百言,力能绝人。慨然语人曰:'大丈夫当以武功取富贵,焉用俯首为腐儒哉。'于是学孙、吴法。"(《宋史·杨存中列传》)⑥

"(刘光世)稍通书、史、庄、老、孙、吴之学。"(《林泉野记》)⑦

"(曲端)知书善属文,作字奇伟。""是时端与吴玠皆有重名,陕西人为之语曰:'有文有武是曲大,有谋有勇是吴大。'"⑧"端为泾原都统日,有叔为偏将,战败诛之。既乃发丧,祭之以文曰:'呜呼!斩副将者,泾原统制也,祭叔者,侄曲端也,尚享!'""在蜀日,尝有诗云:'破碎江山不足论,何时重到渭南村。一声长啸东风里,多少人归未断魂。'亦可见其志也。"⑨(《齐东野语·曲壮闵本末》)

---

① 详见孙建民《论宋南渡武将的文化修养》,《解放军外语学院学报》1991 年第 8 期。
② 《宋史》卷三六六,第 11413 页。
③ 同上书,第 11420 页。
④ 《宋史》卷三六五,第 11395 页。
⑤ 同上书,第 11375 页。
⑥ 《宋史》卷三六七,第 11433 页。
⑦ 《三朝北盟会编》卷二一二,第 1526 页。
⑧ 《齐东野语》卷一五,第 267 页。
⑨ 同上书,第 269—270 页。

"(刘锜)张浚屡荐锜兼文武两器,真大将才。"(《三朝北盟会编》)①

当然,上述所列举的武将们的文化修养主要是军事与史学方面的内容,与诗歌并没有直接的关系,但武将们史学、军事学等素养的提高,必然带动整体文化素养的提高,从而间接为诗歌创作提供必要的知识准备。事实上,南渡时期,不少武将有诗、词、文等文学作品流传于世。即便是对文士极度蔑视,称文士为"子曰""萌儿"②的韩世忠,亦有诗词传世。例如其词作《临江仙》:"冬日青山潇洒静,春来山暖花浓。少年衰老与花同。世间名利客,富贵与贫穷。　荣华不是长生药,清闲不是死门风。劝君识取主人公。单方只一味,尽在不言中。"③尽管不能说该词有多高的艺术成就,但其中所蕴含的人生感慨颇有意味,而文字的组织也颇为娴熟。至于岳飞,更是上马杀敌,下马草檄;赋诗填词,一如文士。因而,南渡武将诗人及其诗歌尽管数量不是太多,但仍然可以以群体视之。

其二,南渡武将诗人真正表现戎马生活的作品并非该诗人群创作的主流。作为与文臣身份相异的武将诗人,其诗作最为人们期待的自然是有关战争的内容,然而,南渡时期武将诗人的诗作却大大出乎读者的意料。其时武将诗人似乎创作的兴趣并不在与战争关系密切的内容,相反,更多的作品与一般文人诗歌接近。表格中除了宗泽与岳飞(以及曲端)反映军旅生活及抒发作为军事将领情怀的诗歌稍成规模外,其他诗人很少表现该类题材。例如,张浚存诗十一首,可确定涉及战争内容的四篇,其中两首为挽李纲诗,另一首为偈语,最为纯正的抒发收复故国情怀的诗作仅一首。再如韩世忠存诗两首,其中一首笔者将之归为与战争有关,其诗《奉诏讨范汝为过宁德西陂访阮大成》曰:"万顷琉璃到底清,寒光不动海门平。鉴开波面一天净,虹吸潮头万里声。吹断海风渔笛远,载归秋月落帆轻。芍陂曾上孤舟看,何似今朝双眼明。"④不难看出,除了诗题交代诗歌写作的背景为讨伐范汝为外,诗歌内容与此次征战毫无关系。细细分析,甚至感觉到韩世忠的诗歌与普通文人诗并无明显的区别。如果说韩世忠上述诗歌的境界阔大,与一般宋代文人诗尚有一些细微的差别,那么,如李耕仅存诗

---

① 《三朝北盟会编》卷一七七,第1280页。
② [宋]庄绰《鸡肋编》云:"韩世忠轻薄儒士,常目之为'子曰'。主上闻之,因登对,问曰:'闻卿呼文士为"子曰",是否?'世忠应曰:'臣今已改。'上喜,以为其能崇儒。乃曰:'今呼为"萌儿"矣。'"(中华书局1983年版,第95页)
③ 《齐东野语》卷一九"清凉居士词",第361页。
④ 《全宋诗》卷一七〇七,第19221页。

一首且为题画诗,王佐才存诗七首而全为谈论画艺之作,则体现出典型的文人情调。

这一现象产生的原因较为复杂,笔者以为大体有如下数端:

第一,宋代重文轻武的国策导致武将诗人创作的文人化走向。北宋统治者为了避免五代时期武将凭借武力夺取政权的历史重演,有意识地提高文臣的地位,而对武将予以限制,这对整个北宋社会的思潮产生了深刻的影响。南北宋之际,因为靖康之难的发生,统治者不得不提高武将的地位,但统治者对武将的防范却一直没有放松。无论是皇帝、宰执,还是一般文臣,在可能的情况下,总是尽可能限制武将的权力(甚至一些敏感话题也不允许武将触及,岳飞就因为曾经给宋高宗上过早立储嗣的建议而遭到宋高宗的呵斥),以致出现了后来秦桧将三大将兵权收归中央政权的举措。如此形势下,为了避免统治者对自己的猜忌,武将自然不便于表现上述内容。即便上述诗人中,战争题材诗歌数量较多的诗人,也不太表现对军功向往之类的情感,而更多表现对国家、民族的责任感。而且,在重文抑武的大背景下,武将诗人的自我认同感必然不如正常情况下强烈,用诗歌表现自己武功的热情也就不高。何况,南渡后期,宋朝最高统治者推行和议政策,致使英雄无用武之地,再加上朝廷对功勋卓著的抗金将领予以防范,武将诗人常常郁郁不得志,诗歌中表现出归隐山林、乐天知命等文人常有的情绪。如韩世忠《题云居壁》:"芒鞋行杖是生涯,老鬓今年玩物华。为爱云居松桧好,不须更看牡丹花。"①刘锜《题村舍呈德瞻友》:"一径紫纡山更深,满川烟霭夕沉沉。从来不问荣华事,自有沙鸥信此心。""二月阳和花正繁,软风轻扇笋斑斑。扬鞭江路心无事,问舍求田过浅山。"②相反,在一个文官统治占主导地位的环境里,统领军队的武将更渴望成为文臣,起码得到文人的认同。整个宋代,官员以较高的武阶换取较低的文阶之事屡见不鲜,颇能说明这一问题。因而,南渡武将诗人作品不仅不愿意表现与其身份相符的内容,反而将与文人关注点较为接近的内容写入诗歌之中。

第二,由于统治者右文抑武的基本国策,宋代社会审美思潮总体来说以阴柔美为主调,而阳刚美相对退居于次要位置,整个北宋诗坛很少有边塞诗之类的作品就是明证。诗歌创作不能空无依傍,而都有自身的传统。对于南渡诗人来说,北宋诗歌是其最为直接的渊源。而北宋诗坛长时期英雄主义主题诗歌的缺位使本来并不以诗为能的武将缺乏当代的传统,创作

---

① 《全宋诗》卷一七〇七,第 19221 页。
② 《全宋诗》卷一八七六,第 21031 页。

上没有多少可借鉴的经验,导致武将诗人不善于创作该类题材。再有,武将诗人与文人的交往亦加剧这一倾向。创作诗歌对于文人来说,乃生活之常态;对于武将来说,则偶一为之。其时武将诗人诗歌或有作于戎马倥偬之际以抒怀者,但亦多与文人交往过程中酬唱赠答,如郭仲荀存诗三首,其中一首为唱和诗;张俊存诗歌残句为赠答之作。在此交流过程中,作为诗歌创作强势力量的文人显然会影响到武将诗人的创作,尽管在某些具体诗歌中无法体现,但对整个诗坛来说却有潜在的影响。

当然,南渡时期毕竟战火纷飞,武将的地位有所提高,更重要的是整个社会渴望有拯救民族于危亡之际的英雄产生,不少文士就创作了一定量的该主题的诗歌。(详见第二章第三节)因而,作为征战沙场的武将诗人不乏抒发真实情怀之作。

这些作品中,给人印象最为深刻的是诗歌中高大饱满的抒情主人公形象。张浚《诗一首》:"群凶用事人心去,大义重新天意回。解使中原无左衽,斯文千古未尘埃。"① 非常能够体现张浚作为一个爱国将领与政治家的情怀。朱熹跋此诗曰:"举大义以清中原,此张公平生心事也。观于此诗,可见其寝食之不忘。然竟不得遂其志,可胜叹哉!"② 何宏中《述怀》:"马革盛尸每恨迟,西山饿死亦何辞。姓名不到中兴历,自有皇天后土知。"该诗据《齐东野语》载,乃何宏中临终前作品,诗人对自己曾身为将领而不能为南宋中兴作出贡献备感遗恨。关于何宏中其人,《中州集》有详细记载,概括而言曰孤守银冶,粮尽被俘,金人欲授其官,不屈,后为道士。联系其生平,何宏中诗中的抒情主人公形象倍觉高大可感。所有诗人中,宗泽与岳飞该类题材的诗歌数量最多,且有一些共通之处。

宗泽(1060—1128),北宋末、南宋初抗金名臣。字汝霖,浙江义乌人。元祐六年(1091)应进士试,因直言时弊,抑为赐同进士出身。历任县、州文官,颇有政绩。靖康元年(1126),太原失守,任河北义兵都总管令。建炎元年(1127)六月,宗泽以六十九岁高龄任东京留守,知开封府。自建炎元年七月起,他24次上疏宋高宗赵构,力主还都东京,以图恢复北方失地,均未被采纳。宗泽忧愤成疾,疽发于背。诸将问疾,宗泽曰:"吾以二帝蒙尘,积愤至此。汝等能歼敌,则我死无恨。"又叹曰:"出师未捷身先死,长使英雄泪满襟。"临终,"泽无一语及家事,但连呼'过河'者三而薨"。③

宗泽刚直豪爽,沉毅知兵,谋略过人,多次以少胜多。北人常尊惮之,

---

① 《全宋诗》卷一八六二,第20804页。
② 《晦庵先生朱文公文集》卷八三《跋张魏公诗》,《朱子全书》第24册,第3938—3939页。
③ 《宋史》卷三六〇,第11284—11285页。

对南人言,必曰宗爷爷。宗泽善于团结各种力量共同抗金,招降河东巨寇王善、杨进、王再兴、李贵、王大郎等人,招聚义兵近二百万。他还慧眼识人,拔岳飞于刑罚之下。宗泽不以诗文闻名于世,有《宗忠简公集》传世,然诗文亡佚较多。①

岳飞(1103—1142),字鹏举,相州汤阴县人,宋代南渡时期乃至中国历史上著名的军事家、爱国将领。自宣和四年(1122)冬起,岳飞三次从军。宋高宗建炎元年,以越职上书言事,被夺官。宋高宗建炎元年八月,岳飞投奔河北西路招抚使张所军中,受到赏识,后又投奔宗泽,受到宗泽赏识与栽培,很快成为独当一面的将领。此后不到十年时间,岳飞率领岳家军与金军展开了大小数百次战斗,所向披靡,金人称:"撼山易,撼岳家军难。"②绍兴十年(1140),正当其挥师北伐之时,宋高宗赵构、丞相秦桧却一意求和,以十二道金牌下令退兵,岳飞在孤立无援之下被迫班师。在宋金议和过程中,岳飞遭受秦桧、张俊等人的诬陷,被捕入狱。绍兴十一年农历除夕之夜,岳飞以"莫须有"的"谋反"罪名,在杭州大理寺风波亭被赐死,享年三十九岁。岳飞不仅骁勇善战,富于韬略,且乐文事,爱与士子文人交往,"往来皆高士"。爱读书,善书法,时人称"室有邺架""字尚苏体"③。岳飞北伐,军至汴梁之朱仙镇,有诏班师,飞自为表答诏,忠义之言,流出肺腑,大有诸葛孔明之风。

宗泽与岳飞诗歌皆表现出诗人对国家强烈的热爱、对金人无比的愤懑以及诗人不计个人得失乃至愿意为国捐躯、收复山河的决心。宗泽《雨晴度关二首》:"泣涕收横溃,焦枯赖发生,不辞关路远,辛苦向都城。"④《华下》:"夜据征鞍不交睫,举头弹指睡希夷。"⑤《抒怀》:"忧国心如奔马,勤王笔有奇兵。一旦立诛祸乱,千载坐视太平。"⑥岳飞《归赴行在过上竺寺偶题》:"强胡犯金阙,驻跸大江南。二帝双魂杳,孤臣百战酣。兵威空朔漠,法力仗瞿昙。恢复山河日,捐躯分亦甘。"⑦皆体现出爱国将领共同的心声,是民族危亡之际勇于担当的表现。宗泽、岳飞诗歌中还不约而同地表达了功成身退的思想。宗泽《感时》:"揩世于泰宁,归来守丘樊。"⑧岳飞

---

① 参见张剑《宗泽佚札小考》,《河南教育学院学报》2006年第4期。
② 《宋史》卷三六五,第11395页。
③ [宋]岳珂:《宝真斋法书赞》卷一五,《影印文渊阁四库全书》本。
④ 《宗泽集》卷五,浙江古籍出版社1984年版,第66页。
⑤ 《宗泽集》卷五,第69页。
⑥ [宋]宗泽:《宋宗忠简公集》卷六,清咸丰五年(1855)刻本。
⑦ 《全宋诗》卷一九三五,第21594页。
⑧ 《宗泽集》卷五,第65页。

《寄浮图慧海》:"功业要刊燕石上,归休终伴赤松游。"①《题新淦萧寺壁》:"雄气堂堂贯斗牛,誓将直节报君仇。斩除顽恶还车驾,不问登坛万户侯。"②诗中诗人国而忘私,功成不居的高尚品德显而易见,其高大形象亦显现无疑。

然而,由于所面临的形势不同,宗泽与岳飞诗歌又同中有异,主要体现在两者诗歌情感基调有所差别。宗泽诗歌对抗金形势当然不乏乐观情绪,尤其是他在东京留守任上如火如荼展开抗金行动时,其《雨晴度关二首》(其二)中"荡涤真成快,氛霾不敢阴"③即为例证。《述怀二首》(其二)也体现这一精神状态:"黄屋肇新巍巍,四方豪杰云来。片言之误天也,一见而决时哉。"④《早发》一诗更向人们展示了一个气度非凡、胸中有丘壑的儒将形象:"伞幄垂垂马踏沙,水长山远路多花,眼中形势胸中策,缓步徐行静不哗。"⑤但由于宗泽作为抗金将领活跃于历史舞台时,恰逢宋室大厦将倾、新皇帝宋高宗又一味退缩、无心抗金之时,宗泽尽管屡立奇功,却独木难支;虽留守东京,招募义兵,击溃金军大规模的进攻,威震天下,却无法激起赵构的返京决心。宗泽诗歌中的情感自然多沉痛激愤之语。其《感时》诗曰:

> 卿士辱多垒,天王愤蒙尘,御戎要虓将,谋国须隽臣。百战取封侯,未必亡其身,怀奸废忠义,胡颜以为人。吁嗟世道衰,大傢加缙绅,平居事奔竞,梁汴分云屯,一旦国步艰,四进如星繁。辅相已择栖,守令仍逾藩,冠盖陆西窜,舳舻水南奔。鄙夫用慨然,策马趋修门,勤王羞尺柄,悟主期片言。时来倘云龙,峨冠拜临轩,逶迤上玉除,造膝伸元元,措世于泰宁,归来守丘樊。⑥

该诗前原序表明写作的背景与形势:"丛虏长驱,京邑阽危,此忠臣义士痛心疾首勤王报国之秋也。而宰臣迁家,郡守逾垣,缙绅士大夫陆窜水奔,使人主婴孤城以自守,无一犯难者。事小定矣,而上书献策之人,亦未有慨然以东者。世道之哀,一至此乎!太息之余,以诗自道。"⑦全诗语言平实,情感激昂愤慨,对文恬武嬉,群臣于国家危亡之际不思报国,只顾逃窜的丑行

---

① 《岳忠武王集》。
② 同上书。
③ 《宗泽集》卷五,第66页。
④ 《宋宗忠简公集》卷六。
⑤ 《宗泽集》卷五,第70页。
⑥ 同上书,第65页。
⑦ 同上。

予以揭露与讽刺。靖康二年,宋金讲和,宋朝统治者因此遣散各地勤王之师,对于这种短视行为,宗泽悲愤难当,写下了《道逢散遣之卒云讲和退师无所用之矣辄以二十六句道胸臆》:

> 翁拥麾幢我为儿,剽闻窃睹皆兵机,其中袭击不容瞬,飙行电掣犹逶迤。戎人长驱越大河,天下震惊关阙危,肉食之谋殊未臧,我愤切骨其谁知?慨然奏疏金马门,力陈盟赂损国威,严尤下策尤可笑,晁错上书亦奚为?道路荆棘初剪除,花如步障吾东之,八年闭户尺蠖屈,一旦度关匹马驰。行行侧身听戎捷,忽闻募士诏遣归,浓书大墨榜教诏,曰敌悔过今退师。羽檄向来召貔虎,乃咏出车歌杕杜。櫜兵销刃兵犹怒,却把锄犁农鼓舞。君王神武今艺祖,尔贼不归污我斧。①

诗人从先陈述宋金战事形势,次叙自己行为,以抗击匈奴名将严尤与主张以强硬态度对待匈奴的晁错自喻,后再对朝廷错误决策予以评价。《又赋一律》中"竟弃三军力,空抛半壁天"更为直接揭示了投降政策的严重后果。最后,诗人不顾为尊者讳之原则,将批判的矛头直指当时皇帝宋钦宗,且语含讥刺。诗人忧国之情、无奈之叹、悲愤之慨一览无余。

岳飞曾效力于宗泽麾下,然其作为南宋重要将领登上历史舞台,辗转征战之时,局势已较宗泽领军之时有所好转。南宋朝廷在仓皇退避之后,开始复苏。以中兴四大将为代表的将领在与金军长期的交战中积累了丰富的战斗经验,一改北宋末南宋初被动挨打的局面,可以与金军抗衡,甚至取得了一些重大战役的胜利。岳飞恰逢其时,诗歌自然较宗泽少了点愤慨,而多了些豪迈之情。其《登池州翠微亭诗》:"经年尘土满征衣,特特寻芳上翠微。好水好山看不足,马蹄催趁月明归。"②诗歌中主人公尽管战尘满身,步履匆匆,但奕奕神采却如在目前。《寄浮图慧海》则表达出匡扶王室,驱除金虏的坚定志向:"男儿立志扶王室,圣主专师灭虏酋。"③信誓旦旦,掷地有声。又如《题翠岩寺》:

> 秋风江上驻王师,暂向云中蹑翠微。忠义必期清塞水,功名直欲镇边圻。山林啸聚何劳取,沙漠群凶定破机。行复三关迎二圣,金酋

---

① 《宗泽集》卷五,第68页。
② 《岳忠武王集》。
③ 同上。

席卷尽擒归。①

诗人不仅有收复山河、迎还二圣的理想,而且有充分的信心,对聚众为盗之徒与金军充满蔑视。诗歌充满积极、乐观的情绪,读来令人振奋。而《送紫岩张先生北伐》:"号令风霆迅,天声动北陬。长驱渡河洛,直捣向燕幽。马蹀阏氏血,旗枭克汗头。归来报明主,恢复旧神州"②,同样给人以爽朗刚健之感。

第四节　布衣与下层官员诗人群

在中国诗歌史上,不乏身为布衣或沉沦下僚而诗名卓著的诗人,然而这样的现象并没有出现于宋代南渡诗坛。不仅如此,与此前及此后的诗坛相比,这个时期的该类诗人数量较少,相应地,诗歌数量也有限。尽管如此,南渡布衣与下层官员诗人作为一个特定的区别于诗坛绝大部分官员诗人的诗歌创作群体必然有其自身的特点。而了解了这些特点,了解其他类型诗人的诗歌也就有了参照的对象,从而可以更好地理解整个南渡时期的诗歌。

这里有必要对南渡布衣诗人与下层官员诗人的人员构成作一探讨。布衣诗人,顾名思义,指没有官职的诗人。下层官员,并没有太严格的定义,主要指官阶较低的官员,他们虽然有过仕宦经历,但在政坛上没有什么影响,生活状态、思想、情趣等方面几乎与布衣没有太大的差异。因而,本文将这两类诗人群体置于一处进行研究。

南渡布衣与下层官员诗人的主要构成人员大致可分四类。第一类,隐士。著名者如左纬、苏云卿等。又如顾禧,龚明之《中吴纪闻》云:"顾禧,字景繁。居光福山中,其祖沂,字归圣,终龚州太守。其父彦成,字子美,尝将漕两浙。景繁虽受世赏,不乐为仕,闭户读书自娱。自号漫庄,又号痴绝。"③

第二类,不第者或其他原因不能进入仕途或常年游离于官场的读书人。宋代读书人最为常见的人生目标为科场得一第,建功立业。然而因为种种原因,总有一部分读书人不能踏入(或退出或游离)官场。例如,徐寿仁,《全宋诗》简介称《莆阳文献列传》卷一三载其曾应进士试不第;又如朱槔,平生未曾出仕;再如李处权,有过出仕经历,但并不显赫,且更多的时间

---

① 《岳忠武王集》。
② 同上。
③ [宋]龚明之:《中吴纪闻》卷六,《影印文渊阁四库全书》本。

辗转各地做幕僚。

第三类,理学家。理学家诗人常常不热衷科举应试,也不屑于仕进,在缺乏有力推荐的情况下,很容易以布衣的身份终老,李侗即为其例。有关理学家诗人的创作情况,笔者将专辟一章予以论述,姑不将其纳入讨论的范围。

第四类,其他一些非主流身份的诗人。一些游离于主流诗坛之外的特殊诗人如优伶及女性诗人①也可以归为该类诗人的行列。当然,这部分诗人的诗歌创作数量往往不多,创作诗歌乃是偶一为之的行为。

因为布衣诗人与下层官员诗人的身份比较复杂,他们的出处行藏、人生经历、行为模式、情感体验各不相同,这就很难找出这部分诗人及其诗作的共性。不过,分门别类地探讨,亦可见其人其诗的一些特点。

首先,布衣及下层官员诗人对诗歌的热衷程度远远高于一般诗人。

诗人热衷于创作诗歌,或者热衷于探讨诗歌理论,这是非常正常的现象。然而,如果将南渡时期的布衣诗人及下层官员诗人与其他类型的诗人做一个比较,很容易发现这些诗人更热衷于此。一般而言,有一定数量诗歌存世的诗人,往往有诗名或者表现出对诗歌创作的极大兴趣。例如李处权仕宦不显,大部分时间以布衣身份出现于世人眼中,然而其诗歌在当时却颇有影响。《浙江通志》"七贤堂"条转引《名胜志》曰:"宋少卿江纬筑,公侄少虞、齐汉与汪藻、程俱、李处权、赵子昼七人从游,时人指为文中七虎云。"②又如徐寿仁,《全闽诗话》载:"寿仁读书追古,尤长于诗。"③再如左纬,《林下偶谈》曰:"能诗,陈了翁尝喜其'一别又经无数日,百年能得几多时'之句,以为非特辞意清逸可玩味也。老于世幻,逝景迅速,读之能无警乎……但经臣语尤婉而不迫尔。"④《浙江通志》"左纬"条曰:"真德秀称其避寇七诗,可比老杜七歌。"⑤后人作诗,亦常常效法左纬,又或将左纬所咏之物视为名胜。薛师石有《送法照》:"论著天台教,诗参左纬来。"⑥《江湖后集·失题》:"此是夕郎宅,曾经左纬吟。"⑦

不仅如此,这些布衣与下层官员诗人还常常刻意强调自己或他人的诗人身份。朱槔《向年舟自三山上延平和人韵两绝》:"欲识故交金石处,相

---

① 例如轩氏,详见《全宋诗》卷一九二三,第 21480 页。
② 《浙江通志》卷四八。
③ 《全闽诗话》卷四,《影印文渊阁四库全书》本。
④ 《林下偶谈》卷一"左经臣诗"。
⑤ 《浙江通志》卷一八一。
⑥ [宋]薛师石:《瓜庐集》,《影印文渊阁四库全书》本。
⑦ 《江湖后集》卷一四,《影印文渊阁四库全书》本。

逢诗里眼犹青。""卧向蓬窗饱听雨,无人识此是新诗。"①前两句言诗人以诗交友,后两句乃诗人自诩慧眼识他人所不易察觉之诗意。顾禧《赠洪善庆兴祖和壁间沈□□韵》:"我来欲补洪家传,入坐先寻沈约诗。"②徐寿仁《题昼寂轩》:"泛酒谁同话,敲诗独写心。"③无论是赏诗还是写诗,皆表现出诗人兴趣之所在。类似的表述,李处权诗作中尤其突出,如"一日不作诗,已觉神不王"④,言诗人对诗歌的嗜好;"我辈一生悲短褐,君家五字倚长城"⑤,"骑鲸又见诗无敌,射虎何须武绝伦"⑥,"冰柱雪车元有声,五言早已号长城"⑦,诗人在对他人的恭维中同样体现对诗歌创作的重视。

当然,布衣与下层官员诗人对诗歌的重视,更体现在具体的创作实践中。朱槔曾在一首诗中以非常长的标题表明诗歌创作之缘由:"仆自以四月十四日自延平归所寓之南轩,积雨阴湿,体中不佳。二十五日夜梦至一处,流水被道,色清绝。若有栏槛,而无屋宇。有笔砚,皆浸水中。予惊问何地?旁有应者曰:'此玉澜堂也。'梦中欲取水中笔砚作诗,诗未成而觉。意绪萧爽,始不类人世。鸡已一再鸣矣,因赋此。"⑧诗人梦中不忘觅句,可见创作兴致非常高昂。再如顾禧,其流传后世的作品数量尽管不多,却能够体现其诗歌创作中的求新意识。如其诗《采桑行》:"日高高,蚕蠕蠕。蚕能衣被天下,不遑自保其躯。三俯三起,作苦何辞。长安富贵家,上锦下襦,作苦不知。"⑨语言质朴,形式新奇,显然为有意之作。其他如《震泽行》之诡谲豪宕,《泊太湖寄内》之深情款款,皆区别于诗坛主流风格。

列举了上述很多例证,随之而来的问题是:何以南渡布衣与下层官员诗人如此热衷诗歌创作?原因之一是中国传统"立言"意识的影响。"大上有立德,其次有立言,其次有立功"⑩,布衣与下层官员诗人一般而言既无缘于立功,自然借助诗歌流芳于后世。李处权《赠彭表臣才臣》:"老来龃龉事,在十常八九。尚倚笔锋劲,恃此或不朽。"⑪颇能体现出部分布衣与下层官员诗人的心声。另一个原因是布衣与下层官员诗人既疏离政治,

---

① [宋]朱槔:《玉澜集》,《影印文渊阁四库全书》本。
② 《全宋诗》卷一八四七,第20590页。
③ 《全宋诗》卷一七六七,第19671页。
④ 李处权:《同吕伻小饮》,《崧庵集》卷一。
⑤ 《简刘致中兄弟》,《崧庵集》卷五。
⑥ 《次韵明孺见遗之什》,《崧庵集》卷五。
⑦ 《醉后赠道夫》,《崧庵集》卷六。
⑧ 《玉澜集》。
⑨ [宋]顾禧:《志道集》,《丛书集成初编》本。
⑩ 《春秋左传注·襄公二十四年》,第1088页。
⑪ 《崧庵集》卷一。

精力才智无处体现,写作诗歌是一个较为妥当的丰富生活的方式。可以作为这一观点旁证的是,这部分诗人不仅热衷于诗歌创作,往往还热衷于学术或其他艺术活动。顾禧就曾详注苏轼诗歌:"尝与吴兴施宿注苏轼诗行于世,陆游序所谓'助以顾君景繁之赅洽是也。'"①又"尝注杜工部诗"②。扬无咎则专注书画,《御定佩文斋书画谱》转引《图绘宝鉴》曰:"其书从才不从木,高宗朝以不直秦桧,累征不起,又自号清夷长者,水墨人物学李伯时,梅、竹、松、石、水仙,笔法清淡闲野,为世一绝。"③而对于一部分希冀进入仕途的布衣诗人来说,写诗既可以干谒达官贵人,与之交流,又可以获取声誉,为进入仕途打下基础,比如本节未曾讨论的周紫芝即为其中的典型。这也是部分布衣与下层官员诗人热衷诗歌创作的原因之一。

其次,布衣与下层官员诗人常常表现出隐逸之思。

上文已经交代,南渡布衣诗人的主体是隐士,隐逸作为其正常的生活状态自然会出现于这些隐逸诗人的笔下。中国古代文人,往往非仕则隐,即便是奔走于权贵之门,也往往以隐士的面貌、心理出现于诗歌之中。南渡时期的一部分布衣诗人,虽然具有很强的入世精神,但现实却没有给他们提供实现自我价值的舞台,因此隐逸之思时有流露。李处权诗歌《岁晚诸君送酒赋长歌以谢之》:"我有经纶天下之大志,陶冶万物之雄心。上书几欲自荐达,君门无籍不可寻。归来抚剑星斗近,老去援琴山水深。混迹渔樵友麋鹿,兴发时为梁父吟。"④又有《醉后赠道夫》:"君岂似龟将曳尾,我端如雁不能鸣。何人肯作千金贷,卖药江湖隐姓名。"⑤两首诗歌非常典型地反映出李处权这类本不想归隐而不得不隐逸的布衣诗人与下层官员诗人的心态。李处权《题吕季升谷隐堂兼寄居仁》更将这样的意思发挥得淋漓尽致:

> 莘野隐于耕,傅岩隐于筑。叔夜隐于锻,君平隐于卜。四子隐不同,抗志俱超俗。夫君无所事,扫迹隐于谷。优游以卒岁,燕居常慎独。方寸湛若水,颜状温比玉。白璧无瑕玷,幽兰自芬馥。插架万签书,拥檐千挺竹。时乘戾月过,自伴微云宿。萧然伏腊余,尚不愧此屋。岂曰不愿仕,可以速则速。富贵草头露,荣华风中烛。止止理固

---

① 《钦定四库全书总目(整理本)》卷一七四,第2369页。
② [宋]龚明之:《中吴纪闻》卷六。
③ 《御定佩文斋书画谱》卷五一,《影印文渊阁四库全书》本。
④ 《崧庵集》卷三。
⑤ 《崧庵集》卷六。

明,知止乃不辱。小人无藉在,放浪谢羁束。衰年迫饥冻,强颜隐于禄。晚食且徐行,分量初易足。婆娑一丘壑,雅趣在松菊。平生喜文字,终恨窘边幅。顾闻多种秫,迎寒酿已熟。更约阮仲容,清谈夜更仆。①

诗歌旁征博引古代隐逸之士种种隐逸方式,并暗示吕季升之隐逸可与前人比美。然而接下来,诗人却以"岂曰不愿仕,可以速则速"打破了读者的阅读期待。读者会发现李处权赞美隐居,其实并不否定仕进。随后,又以富贵如草头之露水、风中之残烛不足久恃等比喻作自我安慰。

隐逸内容在诗人的笔下还会以抒发自我意识的方式表现出来。苏云卿《还张德远书币题诗蔬圃壁间》:"多年别作一番风,谁料声名达帝聪。自有时人求富贵,莫将富贵污苏公。"其诗的写作缘由,《宋诗纪事》介绍得较为清楚:"云卿,广汉人,与张魏公浚为布衣交。绍兴间,结庐南昌之东湖,灌园织屦自给,人称曰苏翁。浚为相,访知所在,驰书函金币,属洪州帅漕礼致之。翁力辞不可,期以诘朝上谒,比遣使迎之,则扃户阒然。排闼入,则书币不启,家具如故,翁已遁矣。"②徐寿仁的诗句:"放怀追许谢,洗耳笑巢由",乃黄公度与徐寿仁、余子侯、陈应求数人之联句,收录于余子侯《知稼轩集》,原题为"偕徐子由余子侯陈应求游虎丘岩偶题壁韵叶因分字联句"。该诗前半部分为:"一室函沧海,群公半列侯。(余子侯)放怀追许谢,洗耳笑巢由。(徐寿仁)"③余句乃从一般士大夫的眼光与角度写虎丘人杰地灵,而徐寿仁则从隐士的角度讲此地堪隐,体现出与世俗相异的旨趣,也间接抒发了自己的人生追求。

除此以外,布衣与下层官员诗人有通过对景物的描绘表现对隐逸的喜爱者,如朱槔《折山道中六言寄涌翠道人》:"云暖网横危磴,日沉舟泊平沙。欸乃一声归去,炊烟遥起芦花。"④折山道中远离尘世喧嚣的宁静,正是诗人隐士情怀的体现。也有描绘隐逸生活的状况与心情者,如李处权《寄益谦》一诗表现出心有不甘却无可奈何以隐士自居的诗人的精神状态:"一杯坐阻论文酒,老懒闭门春事休。"⑤再有,布衣诗人表现隐逸的方式还喜欢对前朝隐士或他人的隐逸生活予以赞美,在对他人隐逸生活的描述中表现诗人自身的价值取向。顾禧《过徐稚山居》:"不须更读闲情赋,

---

① 《崧庵集》卷二。
② 《宋诗纪事》卷四五,第1155页。
③ [宋]黄公度:《知稼翁集》卷上,《影印文渊阁四库全书》本。
④ 《玉澜集》。
⑤ 《崧庵集》卷六。

元亮风流自足夸。"①《徐稚山林出诗见示因书其后》:"金马不移孺子节,石麟肯负志公期。"②对徐稚不遗余力赞美的同时体现出诗人的价值与情感选择。李处权《钓台》则通过表达对严子陵甘于隐逸的敬意并愿意以之作为效法对象来体现自我追求:"我行出祠下,敬谒仰胜韵。愧负营口腹,驰驱违本性。言归不敢迟,卖剑买鱼艇。"③

再次,对靖康之变带来的灾难往往现身说法。

南渡之际朝野上下的生活未被战争打乱,生活质量未受任何影响的家庭微乎其微。关于这一点,本书第二章有较为详细的论述,此不赘言。一般士大夫的生活都因靖康之难而受到很大的冲击,这些或依附于权贵,或投靠他人,或自耕自种的布衣诗人以及俸禄微薄的下层官员诗人的生活境遇自然更是艰难,也因此更有切身体会。加上布衣诗人包括下层官员虽然也有关注时局变化的,但毕竟离政治或者政治中心有一定的距离,隔着一层,也因此诗歌中不太多见宏观性的议论,相反,这些诗人更愿意选取自己的生活作为诗歌的题材。

布衣与下层官员诗人这方面的诗歌,表达的方式各有不同,基本沿着战争带给自己生活的改变这一思路而展开。毛德如:"睡觉昏昏厌鼓声。"④通过对战争的象征物鼓鼙之声的厌恶,表达诗人对战争的憎恨,而鼓声正是其周边之物。朱槔《六月二十日》:"钓鱼聊尔针方直,乞米茫然帖自工。"⑤李处权《梅二首》:"世乱飘零少供给,地寒潦倒无梯媒。可怜七尺鬈如戟,愧负妻孥空拨灰。"⑥朱槔诗句乃对其自身既无人援引入仕途,又乏可靠生活来源的感慨。李处权诗句同样表达类似的意思,不过他将这样的艰难处境放大至整个家庭。

较上文更为含蓄的表达方式是在今昔对比中将靖康之难与个人生活困境的关系进行联系。例如无名女子题邓州南阳驿壁诗曰:"流落南来自可嗟,避人不敢御铅华。却思当日莺莺事,独立东风雾鬓斜。"⑦昔日莺莺燕燕之美人,在战争频仍、流离失所之际,已无心亦不敢施朱抹粉,对比中显现出诗人无尽的悲凉。李处权《望灵石》更为此类表达的典型之作:

---

① 《全宋诗》卷一八四七,第 20589 页。
② 同上书,第 20590 页。
③ 《崧庵集》卷一。
④ [宋]徐梦莘:《三朝北盟会编》卷九八引《避戎夜话》,第 721 页。
⑤ 《玉澜集》。
⑥ 《崧庵集》卷五。
⑦ [宋]马纯:《陶朱新录》,《丛书集成新编》本。

> 畴予家世本伊洛，四时行乐都忘慵。楼台面面得形胜，锦屏女几鸣皋嵩。十年戎马断归路，流落江湖今一翁。平生所得在黄卷，昔贤今圣独见容。青衫憔悴百寮底，犹欣收此笔砚功。①

南渡之前，诗人在洛阳诗酒风流，四时行乐，不知有人间悲哀之事；而南渡后，诗人居无定所，有家难回。前后对比，无异天壤之别，诗人的悲哀之情油然而生，所谓与古圣先贤为伴，不过是诗人无可奈何的自我安慰而已。诗歌所以动人，正在于诗人从切身感受以小见大地反映出时代的悲哀。

相比较达官显宦，布衣与下层官员因为身份、名声较低，他们的诗集常常难以完整保存，南渡时期这部分诗人亦是如此。因而，本文在总结该类型的诗人创作特征时，只能根据该类诗人一小部分流传下来的作品进行分析。这样的研究方法弊端很是明显，即无法透视那个时代该类诗人丰富而复杂的情感世界。稍可欣慰的是，南渡时期的李处权，作为一个没有显赫仕宦经历的诗人，留存了一定数量的诗歌，现存约 320 首。因而，这里以李处权作为个案予以剖析，从而更好地理解那个时期该类诗人的生存状况与诗歌创作的关系。

李处权（？—1155），字巽伯，籍贯不详，其自称为洛阳人。北宋宣和年间，与陈与义、朱敦儒以诗闻名。靖康中以少卿身份出使金国。后奉祠，未见有其他仕宦经历。晚年，曾游走于张峻等人的门下做幕僚。② 总之，李处权一生未获显仕。李处权生前曾自编文集《崧庵集》，其自序曰："五十年间，作古赋五、古诗三百、律诗一千二百、杂文二百、长短句一百，平生之力尽于此矣。"③可惜文集未曾流传于后世。宋孝宗淳熙六年（1179），李处权堂弟处全收辑遗著四百余篇刊行，现已佚。四库馆臣据《永乐大典》辑为《崧庵集》六卷。我们现在所能见到的李处权的诗歌，也仅仅是其全部诗作中很少的一部分，而且无法系年，因而对其研究，有种盲人摸象的感觉。尽管如此，李处权的诗歌还是为我们了解南北宋之际的诗人提供了较为可信的样本。

最令读者印象深刻的，大概要数李处权诗歌中对北宋覆亡的感慨以及由此产生的黍离之感、生活之虞等内容。关于这一方面的论述，连国义的论文《南渡诗人李处权及其诗歌初探》中所举诗例甚多，此不赘言。李处权作为一个深受战乱之苦，既心忧社稷，又游离于政治中心的诗人，其在诗

---

① 《崧庵集》卷三。
② 参见连国义《南渡诗人李处权及其诗歌初探》，《新乡高等师范专科学校学报》2006 年第 3 期。
③ 《崧庵集》自序。

歌中表达出的矛盾心态很令人玩味。

南渡之前,李处权的精神状态总体带有北宋后期社会虚假繁华下的富有青春浪漫色彩的张扬。其回忆当年的生活:"向来颇好饮,无日无杯盘。"①青年时期的李处权又喜欢鼓吹隐逸,故作高士,《送希真人洛》:"一踏红尘又五年,倦游翻作送行篇。春花秋月谁无分,伊水崧云自有缘。我比嵇康犹更懒,子追元亮故应贤。因归望讯忘机老,买个鱼舟费几钱。"②尽管早年也是仕宦不显,有不平之气,然其发而为诗,却意气风发,郁勃不平之中饱含自信。其《岁晚诸君送酒赋长歌以谢之》曰:

  我有经纶天下之大志,陶冶万物之雄心。上书几欲自荐达,君门无籍不可寻。归来抚剑星斗近,老去援琴山水深。混迹渔樵友麋鹿,兴发时为梁父吟。雾雨方寒蔽林薮,黄狐跳梁苍兕吼。岁云暮矣人白头,纳履踵决衣见肘。茫茫大块宁终久,青史功名谁不朽。昔贤达观有至言,破除万事无过酒。朝来叩关闻剥啄,长须致简喜且愕。满壶倾写清若空,一釂衰颜返丹渥。此物难从俗士论,古今与世收奇勋。寒谷可以回阳春,浇风亦使还其淳。书生分量当饮温,圣清贤浊何用分。浊醪有妙理,引人著胜地。乘坠且不知,焉知物为贵。扬雄嗜饮而家贫,玄嘲尚白费解纷。屈原独醒良自苦,湘累空有些招魂。一石亦醉淳于髡,五斗解酲刘伯伦。卧舆当道陶渊明,骑马似船贺季真。吏部有时甘盗瓮,丞相他年容吐茵。古人已往不复见,忽然举觞如对面。穷通得丧寓于此,旦暮方齐死生变。拍浮池中固不恶,麹垒糟丘仍不薄。一杯一杯复一杯,身世兼忘乃真乐。不可一日无此君,今吾于酒而亦云。安得四海尽种秫,春台寿域长醺醺。③

诗歌中,尽管李处权对自己有志难伸、报国无门的境遇不满、愤愤不平,甚至有借酒消愁之举,然而细绎诗歌,不难发现诗人近乎夸张的愤激之词中却饱含着热情,情感抒发淋漓尽致,对自我才能充分自信与肯定,甚至诗歌总体上呈现出青春烂漫的色彩,颇有李白《将进酒》的浪漫。类似的诗句,李处权早年的诗歌中尚有"惟君许我王佐才,我亦自负刚不摧"(《文度以大笏见遗奇伟特甚非鄙人所称拟柏梁体廿句以谢然他日出处断不负此笏

---

① 《读书》,《崧庵集》卷二。
② 《崧庵集》卷六。
③ 《崧庵集》卷三。

老狂不衰聊供一笑云》)①,"吾徒恰似丰城剑,光气须从斗下看"(《酬辩老见遗怀旧之什》)②。

  比较而言,南渡之后,李处权的精神状态大不如前。靖康之难后,李处权有诗《次韵四首寄德基兼呈侍郎公》:"蒙尘天子尚戎衣,南国旌旗正伐鼙。国士伤时多刺怨,王官失路有悲啼。似闻叔向方图晋,亦报夷吾未去齐。易地皆然心寸折,钓竿吾欲老磻溪。"③诗歌中,李处权对时事政治的关注较南渡前更为具体,对高宗蒙尘、战争未平表达出深深的担忧。然而,诗歌中李处权对自己在这段历史中的定位却仅仅是隐居以终老。我们当然不能将李处权的这个表述理解为其真实想法,但显然李处权此时已经没有了南渡前那种天生我才、舍我其谁的自信,取而代之的是悲观、退缩、迷茫。南渡之后,李处权同样热衷于为官,然而其对功名富贵的理解与此前大不相同。其追述自己早年入仕之由:"早希马少游,下泽而款段。"④我们知道,马少游乃马援堂弟,其人生理想乃是做个衣食无忧的郡掾吏,与马援的胸怀大志形成鲜明对比。⑤ 李处权南渡后将早年对功名的追求改头换面为追求衣食无忧的普通生活,显然与其早年"他年致主登中台,垂绅峨弁直斗魁"⑥的抱负大相径庭。因而,李处权南渡后对早年志向的追忆则带有浓郁的当下色彩。至于功名如何可得,南渡之后的李处权理解是:"功名贵及时,丈夫不可慵。初不系贤愚,只系其所逢。"⑦将功名的获得与否,完全归结为偶然的遇与不遇。尽管李处权的理解或许更为深刻,但少年的锐气显然消失,心态老成而消极。

  李处权的入仕观与精神状态之所以在南渡之前与之后有如此大的差异,除了一般意义上的诸如年龄的变化等方面的原因外,一个不可忽视的因素是靖康之难发生后,李处权的整个生活轨迹完全发生了变化,而其人生的热情也随之减弱。李处权早年尽管仕途不显,但其时生活无忧,而南渡后,其生活一落千丈,不仅流离失所,甚至连基本的生活都无法保障。李处权在诗歌中常常描述自己的生活艰难,如"风餐近波浪,露宿薄林薮"

---

① 《崧庵集》卷三。
② 《崧庵集》卷六。
③ 《崧庵集》卷五。
④ 《将至兰陵道中以远岫重叠出寒花散漫开为韵》,《崧庵集》卷一。
⑤ 详见拙作《群体选择性误读——论宋代文人的马少游情结》,《文学评论》2013 年第 2 期。
⑥ 《文度以大笂见遗奇伟特甚非鄙人所称拟柏梁体廿句以谢然他日出处断不负此笂老狂不衰聊供一笑云》,《崧庵集》卷三。
⑦ 《将至兰陵道中以远岫重叠出寒花散漫开为韵》,《崧庵集》卷一。

(《赠彭表臣才臣》)①,"爱我忘其陋,肯顾罗雀门"(《十月十日陪张丈奉高雅臣德器凌波亭小酌》)②,"饧粥盘空家立壁,松楸地远涕沾衣"(《寒食日同赏卿步江头》)③,"路贫不在庾寥炊,调苦谁闻食菜时。枉道故于寻尺见,求人曷以斗升为。夷吾不去齐何患,叔向方来晋可知。得士则兴今亦古,可能只直五羊皮"(《寄萧国器》)④,"我老不适用,饥寒出无驴"(《送范彦覃》)⑤。如果说上述诗歌还是泛泛而言,李处权更多的诗歌则是具体而明确地写自己食不果腹的生活状态:

而今废升斗,百忧何以宽。(《读书》)⑥

而我在家僧,业习尽锄划。琴书不疗饥,拙生良可莞。(《右司公致书显上人并遗楮衾诗以赞之并简都公》)⑦

一月不食肉,凄然对盘餐。(《将至兰陵道中以远岫重叠出寒花散漫开为韵》)⑧

书生长年营口腹,颇似蜘蛛空吐丝。(《次韵德基效欧阳体作雪诗禁体物之字兼送表臣才臣友直勉诸郎力学之乐仍率同赋》)⑨

我今一食日还并,士也乃有如此穷……如今流落百无用,夜起捋须问苍穹。(《次韵刘彦冲醉歌》)⑩

老妻未免负薪叹,稚子何为索饭啼。(《寄德器二首》)⑪

尽管儒家强调贫而乐道,又言君子固穷,然而现实生活中的士人真正能做到对贫与穷毫不介意毕竟为数不多。李处权南渡之后,生活陷于困顿,而且,雪上加霜的是,李处权南渡后不久便奉祠。这样的困境直接影响到李处权的诗歌创作。首先表现为诗歌中叹老嗟卑主题的增加。例如:

---

① 《崧庵集》卷一。
② 《崧庵集》卷二。
③ 《崧庵集》卷六。
④ 同上。
⑤ 《崧庵集》卷一。
⑥ 《崧庵集》卷二。
⑦ 《崧庵集》卷一。
⑧ 同上。
⑨ 《崧庵集》卷三。
⑩ 同上。
⑪ 《崧庵集》卷六。

十年戎马断归路,流落江湖今一翁……青衫憔悴百寮底,犹欣收此笔砚功。(《望灵石》)①

贱子飘零无死所,可怜羁旅费黄金。(《简苏二丈》)②

无钱可买墙西地,决眦云峰正起予。(《景荀筑室伟甚诗以赞之》)③

贱子不适用,受性愚且颛。(《行之金部既获奉祠之请归赴大阮之约诗以高之》)④

诸如此类的诗歌甚多。这类诗歌中,诗人常常以"贱子""小人"自称,表现出谦恭。这固然是出于对诗歌交流对象的尊重,然而更多的却是因与对方交往中诗人处于较低的社会身份所致。《留别范元长二十八韵》:"贱子端何者,先生颇识之。几年当顾盼,今日倒炉锤。解榻徐生入,弹冠贡子知。"⑤诗歌中诗人对范冲以先生称之,用"王阳在位,贡公弹冠"之典,似乎有希望援引之意。

由此可见,李处权的诗歌常常具有随缘应接的特征。李处权南渡之后仕途不顺,长期游走于权贵之门,辗转各地为幕僚。其诗歌中常常对前代乐贤好士之人予以赞美,并期待自己能有所际遇。其《赠王师古》:"安城西有庆云乡,山秀溪明出孟尝。每见朱门推恺悌,遂令贫士有辉光。"⑥《观渔》:"书生白首困嚅嗫,世乱身危舟一叶。君不见孟尝门下客三千,此日冯骥正弹铗。"⑦这样的身份特征决定了他的创作常常带有交际应酬的特点,因而自然有取悦他人之意。比如《送张巨山》:

士为知己用,亦为知己死。嘉哉孔文举,特达惟荐祢。寥寥千载后,此事今已矣。俯仰常有怀,邂逅过愿始。襄阳紫微公,操行见所履。字如入草蛇,诗继余霞绮。家声凤凰池,盍在金门里。三年民父母,政事粲可纪。倦游丐闲归,解绂如脱屣。东山宁久卧,行为苍生起。要观补衮功,左右圣天子。小人不更事,岂解令公喜。平生万卷书,不直一杯水。颓然衰病余,所存今复几。与世竟悠悠,逢人但唯唯。从公文字饮,德言方在耳。胡为舍我去,衣袖不可襭。离合亦偶

---

① 《崧庵集》卷三。
② 《崧庵集》卷五。
③ 同上。
④ 《崧庵集》卷一。
⑤ 《崧庵集》卷四。
⑥ 《崧庵集》卷六。
⑦ 《崧庵集》卷三。

然,世事皆如此。声出已复吞,相顾泪如洗。①

诗歌中李处权对张嵲竭尽褒扬之能事,不惜以孔融、谢安比拟。而对于诗人自己的定位是"为知己用"的士,具体而言则是指幕僚。诗歌中"令公喜",典出《晋书·郗超列传》:"温英气高迈,罕有所推,与超言,常谓不能测,遂倾意礼待。超亦深自结纳。时王珣为温主簿,亦为温所重。府中语曰:'髯参军,短主簿,能令公喜,能令公怒。'"②郗超与王珣时皆为桓温幕僚,李处权与张嵲的关系想来亦如此,因而诗歌中对张嵲的抬举与对自己的贬抑不可简单理解为朋友间的客套,而是不对等身份的表达方式。因而,这类诗歌,从某种意义上说,格调稍卑。再如《行之金部既获奉祠之请归赴大阮之约诗以高之》:"贱子不适用,受性愚且颛。晚忝登门游,缪称嫫母妍。"③同样以谦卑的姿态赴约。这与南渡前李处权诗歌中所表现的个性张扬的自我完全不同。

最后,李处权诗歌表现了出仕与归隐的矛盾,有时又表现出故作清高的特征。李处权南渡之后有不少鼓吹隐逸的作品。如《次韵约之秋怀》:"野人不入俗,短褐分田舍。"④《题瑞松亭》:"世方慕朱紫,此道非我贵。"⑤《钓台》:"言归不敢迟,卖剑买鱼艇。"⑥然而,事实上,李处权南渡之后并没有真正归隐,对于功名仍然萦怀,前引《留别范元长二十八韵》有句"解榻徐生入,弹冠贡子知",就颇能说明问题。类似的句子还有"儒巷闻弹贡禹冠"(《亨仲家兄擢居谏省诗以贺之》)⑦。对于南渡之后的入仕之由,李处权自己的解释是为了生计。《题吕季升谷隐堂兼寄居仁》:"衰年迫饥冻,强颜隐于禄。"⑧又《钓台》:"愧负营口腹,驰驱违本性。"⑨考虑到南渡之后,士人的生活极度窘迫,李处权的解释有其合理的成分。然而,从李处权的诗歌中可以看出诗人对自己沉沦下僚又是有所怨恨的,其《读书》云:"茫茫百年中,毁誉非一端。要知仁与义,多出贫贱间。"⑩对于李处权的仕与隐的矛盾,更为通达的理解当是李处权作为一个下层官员当然希望能在

---

① 《崧庵集》卷一。
② 《晋书》卷六七,第1803页。
③ 《崧庵集》卷一。
④ 同上。
⑤ 《崧庵集》卷二。
⑥ 《崧庵集》卷一。
⑦ 《崧庵集》卷五。
⑧ 《崧庵集》卷二。
⑨ 《崧庵集》卷一。
⑩ 《崧庵集》卷二。

仕途上有所作为,在没有可能实现理想的情况下,希望能以隐居获取心灵的宁静。可在某种程度上依赖俸禄借以生存的士人又无法摆脱功名富贵的诱惑,因而表现出矛盾的仕隐观。

总之,李处权其人其诗典型地体现了南渡这一特定历史时期下层官员的精神状态:对功名有所追求而无升迁之径,有心归隐又俸禄难离。因而他们常常以清客的形象出现于达官贵人面前,诗人的生活热情大不如南渡之前。诗歌的交际性较为突出,有随缘应接的特征。除此以外,诗歌中还常见叹老嗟卑、怀念故国等主题。

第五章　理学与南渡诗歌创作

客观地说,南渡时期的理学成就与其前、后两个时期相比逊色很多,两宋理学史上最具代表性的人物,没有一个产生于这个时期。与此相应,不知是历史的巧合,抑或历史的必然,这一时期的理学诗数量不多,而且即便为数不多的理学诗特征也不明显。就研究价值而言,这一时期的理学诗远不及其他时期的同类作品,故一直未能进入研究者的视野。但是,应该承认的是,这一时期的理学诗是整个理学诗歌史上重要的一环,正如理学学术一样,有着承上启下的意义。有鉴于此,本章拟对此作一梳理,以期理清该时期理学诗的基本形态与特征。

第一节　理学诗的基本特征

理学,有广义与狭义之分。广义的理学是指注重以义理解释、阐发儒家经典的学术思想。其范围很广,除了通常所说的濂、洛、关、闽四大学派,还包括欧阳修、王安石、苏轼父子兄弟以及南宋浙东学派等。狭义的理学主要是指濂、洛、关、闽一系理学正统。本文所采用的理学概念,主要指狭义的理学,即通常所说的"性理之学"。

先辨正两个概念:理学诗与理学家的诗。理学诗是指以诗歌的形式表现理学家对"性理之学"的体会、观点等与之相关内容的诗歌。而理学家的诗,含义要广得多,既包括上述理学诗,同时包括其他方面的题材,如朱熹《次子有闻捷韵四首》,写闻刘锜皂角林大捷后的所思所感,与普通诗人诗作一样,丝毫没有理学色彩。又如程颢《游鄠县诗十二首》以描写山水、表达自己的隐逸之情为主,如其《白云道中》云:"吏身拘绊同疏属,俗眼尘昏甚瞽矇。孤负终南好泉石,一年一度到山中。"①诗中所写为厌恶官场、徜徉山林的快感。这样的诗歌,同样没有理学气息,而事实上理学家的诗无理学特征者不在少数。因而,讨论理学诗的特征时,应区分这两个概念。应该区别对待的还有一种情况,即理学家的诗歌中,有些诗歌的主旨与理

---

① [宋]程颢、程颐:《二程集·河南程氏文集》卷三,中华书局1981年版,第473页。

学思想无太大关系,但其中使用了部分理学词汇,亦不属理学诗,但可视为受理学影响的诗歌,下文还将涉及这个问题。

理学诗为理学家所写,而理学家对诗歌的态度不尽相同,不过在总体上,他们对诗歌有一些共性的认识,理学诗也因此呈现出一些有别于其他类型诗歌的特性。下面就理学家的基本诗学观念、理学诗的特色等展开讨论。

不同的理学家的诗学观念差异较大。有主张不作诗者,代表人物为程颐。他在《答朱长文书》中认为文章:"有之无所补,无之靡所阙,乃无用之赘言也。"①至于诗歌,他更斥之为闲言语,他说:"某素不作诗,亦非是禁止不作,但不欲为此闲言语。且如今言能诗无如杜甫,如云'穿花蛱蝶深深见,点水蜻蜓款款飞',如此闲言语,道出做甚?"②其无视诗歌的艺术性,反对作诗的态度非常明确。也有竭力主张为诗者,代表人物为邵雍。他认为"优游情思莫如诗"③,"曲尽人情莫若诗"④,"好景尽将诗记录"⑤,"鬼神情状将诗写"⑥;又于《伊川击壤集序》中言其作诗目的:"《击壤集》,伊川翁自乐之诗也。非唯自乐,又能乐时,与万物之自得也。"

尽管理学家们对是否应该作诗看法并不一致,然而在诗与道的关系上,或文与道的关系上,他们却有着惊人一致的观点。文与道,理学家们的表述各不相同,有言文以载道者、有言作文害道者、亦有言文道一体者,但他们都持重道轻文的态度。周敦颐曰:"文,所以载道也。轮辕饰而人弗庸,徒饰也,况虚车乎!文辞,艺也;道德,实也。笃其实,而艺者书之,美则爱,爱则传焉,贤者得以学而至之,是为教。故曰:'言之无文,行之不远。'然不贤者,虽父兄临之,师保勉之,不学也;强之,不从也。不知务道德而第以文辞为能者,艺焉而已。噫,弊也久矣!"⑦文的作用仅仅是载道,周氏强调文的重要性,亦是为了传道这一目的。也就是说,文是辅助性的,是道的附属品,换言之,如果仅有文而无道,则文亦失去其意义,这正是作者所要批判的。二程曾师从周敦颐,尤其是小程程颐的文道观承其师而更表现出轻视文的倾向。程颐云:"凡为文,不专意则不工,若专意则志局于此,又安能与天地同其大也?《书》曰'玩物丧志',为文亦玩物也。"又云:"既学时,

---

① 《二程集·河南程氏文集》卷九,第601页。
② 《二程集·河南程氏遗书》卷一八,第239页。
③ [宋]邵雍:《和人放怀》,《伊川击壤集》卷二,《四部丛刊初编》本。
④ 《观诗吟》,《伊川击壤集》卷一五。
⑤ 《安乐窝中吟》,《伊川击壤集》卷一〇。
⑥ 《诗酒吟》,《伊川击壤集》卷一六。
⑦ [宋]周敦颐撰,徐洪兴导读:《周子通书》,上海古籍出版社2000年版,第39页。

须是用功,方合诗人格。既用功,甚妨事。"①程颐认为作文浪费光阴妨碍学道,其轻视之意自不待言,以致发出"作文害道"之论。朱熹的文道观又承接二程,其理论虽然暗中为作诗大开方便之门,但重文轻道却是显然的:"诸诗亦佳,但此等亦是枉费功夫,不切自己底事。若论为学,治己治人,有多少事?"②又云:"今言诗不必作,且道恐分了为学工夫。然到极处,当自知作诗果无益。"③又云:"今人不去讲义理,只去学诗文,已落第二义。"④就连自称"年来得疾号诗狂"⑤的邵雍,其作诗的原因也是"诗者人之志,非诗志莫传"⑥。所谓志,就是道。这里诗歌也仅为道的载体,至于诗歌自身终落为第二义。邢恕《康节先生〈伊川击壤集〉后序》曰:"以先天地为宗,以皇极经世为业,揭而为图,萃而成书。其论世尚友,乃直以尧舜之事而为之师。其发为文章者,盖特先生之遗余,至其形于咏歌,声而成诗者,则又其文章之余。"⑦

由于理学诗歌特殊的性质,其所表现的内容也主要为"发圣人理义之秘",即通过诗歌的形式,阐释理性之学,比如对儒家思想进行宇宙论、本体论的论证,对儒家圣人境界的向往,对为学功夫的体验,抒发体道所得等等。在写作方法上,理学诗通常有两种写法:其一,直接以理学语言入诗,将诗歌写得如同理学讲义。这种诗歌,在理学诗中占主导地位,没有诗情的诗人通常会写成这样。如邵雍《唯天有二气》:"唯天有二气,一阴而一阳。阴毒产蛇蝎,阳和生鸾凰。安得蛇蝎死,不为人之殃。安得凤凰生,长为国之祥。"⑧邵雍思想中有阴阳体性说,他认为太阴生阴阳,阴阳相互作用,就有了决定万物过程和品类的数,也就有了万象与万物,于是事物就依照数的规定不断变化。这首诗中,邵雍根据其理论,期待阴阳二气变化,使蛇蝎死而凤凰生,国家太平安康。又如张载有诗《圣心》云:

圣心难用浅心求,圣孝须专礼法修。千五百年无孔子,尽因通变老优游。⑨

---

① 《二程集·河南程氏遗书》卷一八,第239页。
② 《答谢成之》,《晦庵先生朱文公文集》卷五八,《朱子全书》第23册,第2755页。
③ 《朱子语类》卷一四〇"近世诸公作诗费工夫"条,《朱子全书》第18册,第4332页。
④ 《朱子语类》卷一四〇"因林择之论赵昌父诗"条,《朱子全书》第18册,第4332页。
⑤ 《后园即事三首》,《伊川击壤集》卷五。
⑥ 《谈吟诗》,《伊川击壤集》卷一八。
⑦ 《伊川击壤集》后序。
⑧ 《伊川击壤集》卷七。
⑨ [宋]金履祥:《濂洛风雅》卷五,《丛书集成初编》本。

诗歌全用理学术语,无丝毫形象可言。诗人写作此诗,也没有审美方面的追求,而只是要说明他的见解:性理不易求得,须谨守礼法,从学礼入手追求圣道。《近思录》曰:"载所以使学者先学礼者,只为学礼,则便除去了世俗一副当习熟缠绕。譬之延蔓之物,解缠绕即上去。苟能除去了一副当世习,便自然脱洒也。又学礼,则可以守得定。"①显然,诗歌正是张载这一思想的另一种表现形式。

其二,通过对日常生活的吟咏,对自然景物的描写以具有审美性的语言进行包装,表达出性理之趣。这类诗歌是理学诗中的上乘之作,既能给阅读者带来审美享受,又能表达出自己的理论思想,使读者享受到理趣。这类诗歌对读者的要求也较高,读者理论水平不够或对诗人的思想不够熟悉,往往不易深入理解。当然,这并不妨碍读者的阅读,因为该类诗歌剔除其性理之学外,仍具有一般诗歌的审美功能。例如张栻《桃花坞》:

花开山与明,花落水流去。行人欲寻源,只在山深处。②

一眼可以看出,该诗立意用语皆化用贾岛《寻隐者不遇》。撇开诗中的理不谈,该诗与一般写景诗并无相异之处。虽不能说该诗艺术性很高,但差强人意,不算恶诗,也还具有欣赏价值,没有理学知识背景的读者可以将其当作普通山水诗来读。而了解张栻学术的人,则可以从诗中读出诗人对道的追求与思考。诗中的"行人寻源",暗含着作为理学家的诗人对儒学思想本体论意义上的探究。该类作品中最具代表性的诗歌是朱熹的《观书有感二首》,其一曰:

半亩方塘一鉴开,天光云影共徘徊。问渠那得清如许? 为有源头活水来。③

如果将诗歌的题目隐去,再隐去诗人的身份,人们阅读此诗,很自然地联想到诸如云淡风轻、一泓清泉之类的美景。而我们在获得上述信息之后,知道这是一首理学家读书过程中产生的感想,则又可以从理学这个角度分析作品,从中体悟到一些道理。该诗一个重要的特征就是诗人运用感性的形象,巧妙地表现其思想,使小诗充满理趣,而不是如理学讲义般的诗歌枯燥

---

① [宋]朱熹、吕祖谦撰,严佐之导读:《近思录》卷二,上海古籍出版社 2000 年版,第 48 页。
② [宋]张栻:《南轩集》卷七,《影印文渊阁四库全书》本。
③ [宋]朱熹撰,郭齐笺注:《朱熹诗词编年笺注》卷二,巴蜀书社 2000 年版,第 178 页。

无味、充满理障。

与历史上其他儒家学派相比,理学最大的特点是不太注重外在事功,而更强调性理,主张在人的内心上下功夫。要求人们不狷不狂,要温、良、恭、俭、让,从而达到中庸之道。正是因为如此,理学家往往喜欢阐发《诗大序》中"温柔敦厚"的诗教说。邵雍《伊川击壤集序》云:"故哀而未尝伤,乐而未尝淫,虽曰吟咏情性,曾何累于性情哉?"①李石《〈西江集〉序》:"雅、颂之体博大洪深,纡徐丰衍,怨而不至诽,喜而不至溢。浩乎其和厚温恭之气不可及也。"②

温柔敦厚诗教下的理学诗,对诗歌的风格也有一定的要求。应该说,理学家很少专门谈论诗歌的风格,但从他们的片言只语及诗歌创作中仍可窥见一斑。邵雍《伊川击壤集序》自称其诗"所作不限声律",而其诗也确实如此。魏了翁《跋康节诗》评其诗云:"理明义精,则肆笔脱口之余,文从字顺,不烦绳削而合。"③《四库全书总目·击壤集》云:"邵子之诗,其源亦出白居易,而晚年绝意世事,不复以文字为长。意所欲言,自抒胸臆,原脱然于诗法之外。"④指出邵雍诗不做作,有自然成文之气。张九成《诗》云:"文字雕琢,则伤正气,作诗亦然。"⑤李衡亦云:"前辈谓作文如家书,但责平易,何尝作急造语?"⑥朱熹论诗特别推崇陶渊明:"渊明诗平淡,出于自然。后人学他平淡,便相去远矣。"⑦同样将平淡、自然作为一种很高的境界。而其本人的诗作,亦清远闲淡,由此不难看出作为理学家的朱熹对平易诗风的偏爱。回过头来,再考察周敦颐、二程、张载、游酢、杨时等人的诗风,大体皆不出平易二字。理学诗人的诗风之所以会如此统一,是因为他们重道轻文,认为文不过是道的附庸,是载道的工具。同时,他们受传统的根深则叶茂、有德者必有言的诗学观念的影响,认为道德提高,文章自然便好。朱熹曰:"大意主乎学问以明理,则自然发为好文章,诗亦然。"⑧诗人不甚重视诗歌技巧,其结果便自然以平易之语为诗。

---

① 《伊川击壤集》。
② 《方舟集》卷一〇。
③ [宋]魏了翁:《鹤山先生大全集》卷六二,《四部丛刊初编》本。
④ 《钦定四库全书总目(整理本)》卷一五三,第2057页。
⑤ [宋]张九成:《横浦文集》附《横浦日新》,商务印书馆1925年影印明万历甲寅吴氏原刻本。
⑥ [宋]龚昱:《乐庵语录》卷四,《影印文渊阁四库全书》本。
⑦ 《朱子语类》卷一四〇"渊明诗平淡"条,《朱子全书》第18册,第4322页。
⑧ 《朱子语类》卷一三九"韩文高"条,《朱子全书》第18册,第4299页。

第二节　南渡理学家诗论

宋代南渡时期的理学在宋明理学史上成就并不突出，理学家诗人的创作也没有特别引人注目的成就与特点，但南渡理学家们的诗论却颇有特色，呈现出由理学家论诗向诗人论诗的转变。不过，南渡理学家中除了吕本中、张戒等为数不多的兼具诗人身份的理学家对诗歌提出较为系统的论述外，其他理学家关于诗歌的论述往往片言只语，很难系统梳理。这里为了论述的方便，将南渡理学家诗论按类进行归纳。

南渡理学家论诗，顺承前辈者仍为数不少，如胡寅《洙泗文集序》：

> 文生于言，言本于不得已。或一言而尽道，或数千百言而尽事，犹取象于十三卦，备物致用为天下利。一器不作，则生人之用息。乃圣贤之文言也。言非有意于文，本深则末茂，形大则声闳故也……汲汲学文而不躬行，文而幸工，其不异于丹青朽木俳优博笑也几希。况未必能工乎？游、夏以文学名，表其所长也。然《礼运》，偃也所为；《乐记》，商也所为。华实彬彬，亚于经训。后之作者，有能及邪？从周之文，从其监于二代，忠质之致也。文不在兹者，经天纬地，化在天下，非呹笔书简，祈人见知之作也。《离骚》妙才，太史公称其与日月争光，尚不敢望《风》《雅》之阶席，况一变为声律众体之诗，又变而为雕虫篆刻之赋……是则无之不为损，有之非惟无益，或反有所害，乃无用之空言也。夫竭其知，思索其技巧，蕲于立言而归于无用，果何为哉？然自隋唐以来，末流每下，择才论士，皆按以为能否升沉之决。而欲夫人通经知道，守节秉义。有君子之行，不亦左乎？①

长长的一段议论，阐释了几个观点：一、本深末茂，有德者必有言。二、空文无益，反而有害于道。三、重道轻文。这些议论，前辈学者皆有阐释，胡氏之说老调重谈，了无新意。类似的表述在南渡理学家中颇为常见，陈渊《省题笔谏诗》："但于心取正，不向字求工。理自胸襟得，情因翰墨通。"②张九成《论语绝句》："扬雄苦作艰深语，曹操空嗟幼妇词。晚悟师言达而已，不须此外更支离。"③李石《何南仲分类杜诗叙》："善说诗者固不患其

---

①　[宋]胡寅：《斐然集》卷一九。
②　[宋]陈渊：《默堂先生文集》卷九，《四部丛刊三编》本。
③　[宋]张九成：《横浦文集》附《横浦心传》卷上。

变,而患其不合于理。理苟在焉,虽其变无害也。"①

在诗学理论上,南渡理学家重复前人;在对诗歌的解读上,他们亦常常以前辈理学家的标准操作。试以张九成为例:

> 先生读子美"野色更无山隔断,山光直于水相通。"已而叹曰:"子美此诗,非特为山光野色,凡悟一道理透彻处,往往境界皆如此。"

> 诗人往往以渊明闲淡绝物,无意于世者处之。若以予观之,又似不然。渠云:"采菊东篱下,悠然见南山。"此即畎亩不忘君之意。②

前一则,张九成认为杜诗之好,是因为杜甫悟到了道理,张九成未说明杜甫悟出了什么道,但我们可以推测大概为理学之道。张氏的评论,显然出于臆测,臆测的根据就在于他以自己理学家的眼光来看待前人的诗句。后一则,更属张氏推测之词,陶诗二句何以表达了畎亩不忘君之意,我们普通人实在无从看出。张氏的解读,完全是解经的思路,显示出作为理学家的思维特征。

但是,南渡诗人在接受前辈理学家诗学观念的同时,又不仅仅对前人的陈说唯命是从,也并非不敢越雷池一步。他们的诗论也有自己的一些特点,具体而言,有如下几个方面:

首先,论诗往往以《诗经》作为评判的标准。理学家论诗,最为普遍的论述对象自然是《诗经》,南渡理学家也不例外。不过,此前诗论家一般就《诗经》本身而论诗,属于对《诗经》个案的研究,而南渡理学家除了研究《诗经》本体,还以前人对《诗经》总结出的特点作为工具考量其他诗歌。如吕本中《夏均父集序》就从《诗经》作品的功用角度提出诗歌创作的方向:

> 子曰:"兴于诗。""诗可以兴,可以观,可以群,可以怨;迩之事父,远之事君,多识于鸟兽草木之名。"今之为诗者,读之果可使人兴起其为善之心乎,果可使人兴、观、群、怨乎?果可使人知事父、事君而能识鸟兽草木之名之理乎?为之而不能使人如是,则如勿作。③

吕本中提出诗歌创作应该遵循孔子对《诗经》提出的兴、观、群、怨的功利

---

① 《方舟集》卷一〇。
② 《横浦文集》附《横浦心传》卷上。
③ [宋]刘克庄:《后村先生大全集》卷九五《江西诗派小序·吕紫微》。

主义原则,否则诗歌便是无用之物,不应创作。张九成《诗》则从《诗经》作者吟咏性情的角度对后来的诗歌提出批评:"古人作诗,所以吟咏性情,如《三百篇》是也。后之作者,往往务为精深之辞,若出于不得已而为之者,非古人吟咏之意也。"①更有理学家从《诗经》表现情感之雅正角度对当时诗歌提出批判,朱松《上赵漕书》曰:"其(《诗经》)辞抑扬反复,蹈厉顿挫,极道其忧思佚乐之致,而卒归之于正……自是而后,贱儒小生膏吻鼓舌,决章裂句,青黄相配,组绣错出,穷年没齿,求以名家。惴惴然恐天下之有轧己以取名者。至其甚者,恃才以犯上,骂坐以贻谴,摈斥颠沛,足迹相及,此何为者邪?"②张戒《岁寒堂诗话》同样也有类似的表述:"孔子删诗,取其思无邪者而已。自建安七子、六朝、有唐及近世诸人,思无邪者,惟陶渊明、杜子美耳,余皆不免落邪思也。六朝颜、鲍、徐、庾,唐李义山,国朝黄鲁直,乃邪思之尤者。鲁直虽不多说妇人,然其韵度矜持,冶容太甚,读之足以荡人心魄,此正所谓邪思也。鲁直专学子美,然子美诗读之,使人凛然兴起,肃然生敬,《诗序》所谓'经夫妇,成孝敬,厚人伦,美教化,移风俗'者也,岂可与鲁直诗同年而语耶?"③

南渡理学家以《诗经》作为诗歌批评标尺,大多如上述继承前人对《诗经》的定性,但也有一些诗论家自己生发的内容,这恰恰是南渡理学家论诗的贡献所在。张戒《岁寒堂诗话》尽管对黄庭坚诗歌矜持冶容提出批评,但在另外一处又恰恰用《诗经》中的内容来反驳王安石对李白的评价:"王介甫云:'白诗多说妇人,识见污下。'介甫之论过矣。孔子删诗三百五篇,说妇人者过半,岂可亦谓之识见污下耶?"④显然,李白诗歌中多言女人,不符合正统理学家关于诗歌内容的见解。然而,张戒却以《诗经》中亦有涉及妇女之篇章,据此为李白正名。李白诗中说妇人,不少属于爱情诗,有些还颇为香艳,当属于理学家眼中的邪思,张戒为之翻案,如果稍微求之过深地理解,似乎可以理解为张戒将《诗经》中的一些涉及女子的诗篇视为与李白诗歌一样,属于爱情诗范畴。《岁寒堂诗话》另有文字曰:"《国风》云:'爱而不见,搔首踟蹰。''瞻望弗及,伫立以泣。'其词婉,其意微,不迫不露,此其所以可贵也。《古诗》云:'馨香盈怀袖,路远莫致之。'李太白云:'皓齿终不发,芳心空自持。'皆无愧于《国风》矣。"⑤张戒显然将《诗经·

---

① 《横浦文集》附《横浦日新·诗》。
② [宋]朱松:《韦斋集》卷九。
③ [宋]张戒:《岁寒堂诗话》卷上,《历代诗话续编》本,第465页。
④ 《岁寒堂诗话》卷上,《历代诗话续编》本,第451页。
⑤ 《岁寒堂诗话》卷上,《历代诗话续编》本,第454页。

《静女》等篇什视为爱情诗歌。而我们知道，《诗经》中有爱情诗的说法大多认为始于朱熹的"淫诗说"，而事实上，张戒早在朱熹数十年之前就提出了这个观点。因而，我们以为应该在文学批评史上为张戒的发现补上一笔。

其次，南渡理学家论诗视野较前人开阔，开始关注此前未能进入理学家视野的问题。南渡之前的理学家论文学，大体讨论的对象为文道关系、文学功用，对文学吟咏性情之类往往置若罔闻。南渡理学家则将论述的对象拓展到多个方面。如施德操《北窗炙輠录》讨论歌、行、引的关系问题：

> 余所谓歌、行、引，本一曲尔。一曲中，有此三节。凡欲始发声谓之引，引者谓之导引也。既引矣，其声稍放焉，故谓之行，行者其声行也。既行矣，于是声音遂纵，所谓歌也。①

施氏所讨论的问题，是文学发展史上出现的几种文体，其间的关系是否如其所论，姑置不论，但其讨论的问题，显然超越了以往理学家的范畴。同样，胡寅《向芗林〈酒边集〉后序》对词这一文体也进行了论述：

> 词曲者，古乐府之末造也。古乐府者，诗之旁行也。诗出于《离骚》《楚词》，而《离骚》者，变风变雅之意怨而迫、哀而伤者也。其发乎情则同，而止乎礼义则异。名之曰曲，以其曲尽人情耳。方之曲艺，犹不逮焉；其去《曲礼》则益远矣。然文章豪放之士，鲜不寄意于此者，随亦自扫其迹，曰谑浪游戏而已也。唐人为之最工。柳耆卿后出，掩众制而尽其妙，好之者以为不可复加。及眉山苏氏，一洗绮罗香泽之态，摆脱绸缪宛转之度，使人登高望远，举首高歌，而逸怀浩气超然乎尘垢之外。于是《花间》为皂隶，而柳氏为舆台矣。②

词作为文体，在当时众人的观念中较诗等而下之，理学家几乎没有给予关注，胡寅首先打破了这一局面，并对词的发展作了恰如其分的评价，尤其对苏轼词形态的描绘更成为词评史上的定论。刘子翚对词人也同样持肯定态度："屯田词，考功诗，白水之白钟此奇。钩章棘句凌万象，逸兴高情俱一时。"③柳永在北宋时期是作为俗词的代表词人出现在词坛上，受到当时正统文人的轻视，而刘子翚却持赞赏的态度，不能不说刘子翚作为理学家观

---

① ［宋］施德操：《北窗炙輠录》卷上，《影印文渊阁四库全书》本。
② ［宋］胡寅：《斐然集》卷一九。
③ 《莱孙歌》，《屏山集》卷一二。

念之通达,当然,也显示出这一时期理学家整体的通达文学观念。不仅如此,当时理学家施德操还对唐人宫词持欣赏态度:

> 天经曰:异时尝在旅邸中见壁间诗一句云"一生不识君王面",辄续其下云:"静对菱花拭泪痕。"他日见其诗,使人羞死,乃王建《宫词》也。其诗曰:"学画蛾眉便出群,当时人道便承恩。一生不识君王面,花落黄昏空掩门。"唐人格律自别,至宫体诗,尤后人不可及也。①

宫词当然不一定香艳,但其源头往往被认为是宫体诗,而宫体诗在历史上以其轻薄品性为人鄙弃,作为理学家的施德操并不因此回避,反而从艺术的角度承认唐代宫词达到的高度,亦有别于以往理学家的心无旁骛。

再次,也是最为突出的特点,南渡理学家论诗讨论诗歌技巧,从文学本体意义上讨论诗歌。理学家论诗,往往排斥诗歌的技巧,《二程遗书》谓:"曰:'古者学为文否?'曰:'人见《六经》,便以谓圣人亦作文,不知圣人亦摅发胸中所蕴,自成文耳。所谓'有德者必有言'也。"②认为文章乃自然而然从圣人胸中流出,非有意为之。这一点,南渡理学家也有所继承。吕本中论述诗歌作法,最后却提出:"然余区区浅末之论,皆汉、魏以来有意于文者之法,而非无意于文者之法也。"③其意谓最好的文乃无意而成,摒弃所有的创作技法。而几乎每个理学家也都主张文字自然,如张九成《读梅圣俞诗》:"雕琢伤正气,磔裂无全牛。"④然而,南渡理学家谈论诗歌,却又常常喜欢谈论诗歌的作法,甚至认为只要诗歌最终雕琢痕迹不是非常明显,对语言文字进行修饰也未尝不可:

> 格律从正始,句法自炉锤。⑤
> 其形容物态如此,亦巧妙矣。⑥
> 五字琢句真长城。⑦

上述文字皆认为诗歌创作必要的语言锻炼是不可缺少的,而所谓"炉锤"

---

① 《北窗炙輠录》卷上。
② [宋]程颐、程颢:《二程遗书》卷一八,上海古籍出版社2000年版,第291页。
③ 《后村先生大全集》卷九五《江西诗派小序·吕紫微》。
④ 《横浦集》卷一。
⑤ [宋]张九成:《读梅圣俞诗》,《横浦集》卷一。
⑥ 《横浦文集》附《横浦心传》卷上。
⑦ [宋]刘子翚:《入白水次韵刘温其诗》,《屏山集》卷一八。

"琢句"等,其实就是人为雕琢,而所谓"巧妙",亦与自然相对,是诗歌刻意安排后达到的效果。

理学家允许诗歌修饰,其目的当然是为了使诗歌更具有艺术性,这应该说是对前代理学家的超越。而且,南渡理学家将这样的思维也用于对《诗经》的分析上,这在此前也是极为少见的。施德操《北窗炙輠录》曰:"今观《诗》,非他经比,其文辞葩藻,情致宛转,所谓神者。固寓焉玩味,反复千载之上。余音遗韵,犹若在尔。以此发之声音,宜自有抑扬之理。"①诗歌要达到较高的艺术成就,就需要用心钻研,王庭珪《用前韵赠欧阳公制》曰:"人生读书须五车,要当赤手捕长蛇。"②指出要写出好的诗歌,需要深厚的学养,颇有宋诗以学问为诗的意味。而吕本中则从理论上提出创作好诗的具体法则:

> 紫微公作《夏均父集序》云:学诗当识活法。所谓活法者,规矩备具,而能出于规矩之外;变化不测,而亦不背于规矩也。是道也,盖有定法而无定法,无定法而有定法。知是者,则可以与语活法矣。谢元晖有言,"好诗转圆美如弹丸",此真活法也。近世惟豫章黄公,首变前作之弊,而后学者知所趣向,必精尽知,左规右矩,庶几至于变化不测。③

吕本中提出诗歌创作的指导性原则——活法,在当时及稍后的诗坛影响很大,而且,在整个诗歌理论史上也占有一席之地。当然,南渡理学家从审美角度讨论诗歌,更多地体现在对具体诗歌的评判上:

> 旧传陈无己《端砚诗》云:"人言寒士莫作事,神夺鬼偷天破碎。"神言"夺",鬼言"偷",天言"破碎",此下字最工。今本乃作"鬼夺客偷",殊玉石矣,此当言鬼神不可言客也。④
>
> 尝见吕居仁论诗每句中须有一两字响,响字乃妙指。如"身轻一鸟过,飞燕受风斜","过"字、"受"字皆一句中响字也。某平生不能作诗,每读乐天诗,便自意明,但不费力处便佳耳。尝举以告居仁,居仁云:"不费力极难,用意到者自知。"⑤

---

① 《北窗炙輠录》卷下。
② 《卢溪文集》卷四。
③ 《后村先生大全集》卷九五《江西诗派小序·吕紫微》。
④ 《北窗炙輠录》卷下。
⑤ 《横浦文集》附《横浦心传》卷上。

作文须要炼意,炼意而后炼句,炼句而后炼字,不可轻易拈出。顷见东坡《梅花辞》稿,涂抹殆尽,天才尚如此,况强勉学为文章者哉!①

吾友施彦执,工于诗,一日见其赋柳有"春风两岸客来往,红日一川莺去留",不见柳而柳自在其中,语亦工矣。而刁文叔赋《春时旅中》一绝有:"来时江梅散玉蕊,归去麰麦如人深。桃花只解逞颜色,唯有垂杨知客心。"思致尤远,不止工也。②

罗先生山居诗,某记不全,今只据追思得者录去……《邀月台》诗后两句不甚惬人意,尝妄意云:"先生可改下两句,不甚浑然。"③

施德操对陈与义诗歌用字之工的赞赏、张九成与吕本中对诗歌中响字的运用及诗歌平易难及的讨论、李衡对于诗文炼意、炼句、炼字的顺序排列,都抓住了诗歌创作实践中的技巧问题。张九成对施德操诗歌的评价,虽然也还带有理学家的口吻,但总体上是从艺术的角度进行,而李侗对自己老师罗从彦作品有所指摘,则纯粹是用艺术水准作为标尺。

笔者不惮繁复对上面引用文字一一解读,意在说明南渡时期的理学家们对诗歌艺术特征的探讨,已不是个别现象。我们知道,北宋理学五大家,除了周敦颐,都有意或无意地回避谈论诗歌的艺术性。即使周敦颐出于功利的目的,提出诗文的装饰性,所谓"笃其实而艺者书之"云云,也语焉不详,没有必要的论述。而南渡时期,如此众多的理学家,除了论道,还津津于谈诗论艺,其现象本身就很值得重视。而且,南渡理学家甚至对前人或时人并不肯定的文学现象也予以肯定甚至赞美,如王庭珪《和施倅重阳日谢予送酒》:"东坡异时谈醉乡,怒骂嬉笑成文章。"④我们知道,苏轼"好骂"的作法,是违背理学家"温柔敦厚"诗教观的,黄庭坚对此提出过批评。然而王庭珪作为一个理学修养很深的学者,却对苏轼的做法大加赞赏,显示出不为前人观点束缚的勇气。它向我们昭示,理学与诗歌并非真的如前人所认为的处于对立位置,理学家的诗学观念也并非整齐划一,而是多重价值取向并存。出现这样的情况,与南渡理学家大多本身就是诗人有一定的关系。理学家中,吕本中、刘子翚、朱松、曾几都年龄相仿且以诗名家,张九成、李石等也有相当数量的诗作。这预示着以北方为代表的经史之学与以南方为主导的文辞之学有融合的趋势,理学家与诗人的身份壁垒开始打破。

---

① [宋]龚昱:《乐庵语录》卷四。
② 《横浦文集》附《横浦心传》卷上。
③ [宋]朱熹:《延平答问》,《朱子全书》第13册,第323页。
④ 《卢溪文集》卷四。

摇摆于理与文之间论诗的南渡理学家的直接继承者为南宋中叶的理学家诗人。且不论南宋中期的理学家叶适推崇以晚唐诗风为宗的永嘉四灵,也不论陈亮词创作在词史上占有一席之地,就是以理学正宗名世的朱熹也一生不辍吟咏且大谈诗艺。其论诗歌创作法度曰:"李太白诗非无法度,乃从容于法度之中,盖圣于诗者也。《古风》两卷多效陈子昂,亦有全用其句处。太白去子昂不远,其尊慕之如此。"①论诗歌文意曲折:"某旧最爱看陈无己文,他文字也多曲折。"②论句法:"古人诗中有句,今人诗更无句,只是一直说将去。这般诗,一日作百首也得。如陈简斋诗:'乱云交翠壁,细雨湿青林。''暖日薰杨柳,浓阴醉海棠。'他是什么句法!"③甚至对雕琢如黄庭坚诗亦不反感,谓山谷诗:"精绝,知他是用多少工夫,今人卒乍如何及得!可谓巧好无余,自成一家矣!"④朱熹的这些论述似乎大大出乎人们的意料,我们知道,朱熹的理学思想承接二程,尤其是程颐。其文学思想亦受小程影响,重道轻文。朱熹如此酷爱谈诗论艺,根源可以追溯到活跃于南渡诗坛的同为理学家的其父朱松及其师刘子翚。

由此不难看出南渡时期理学家论诗关注到诗歌的本质属性,意义非常深远,成为南宋中叶及此后理学家不再固守作文害道的发端。而后来的事实的确也常常是诗人与理学家身份共兼,尤其到了元代,理学家与诗人几乎都兼而为一。因而我们有理由相信,如此众多的理学家创作诗歌且对诗歌多个角度的价值包括艺术的取向进行探讨,打破了诗人与理学家身份的界限。因此,尽管南渡理学家论诗时常常在文与理之间摇摆不定,但该时期不少理学家论诗,或多或少、或有意或无意论及诗歌作为艺术样式之一的审美属性,具有划时代的意义,应该引起学界足够的关注。

第三节　南渡理学家之诗

一、南渡前理学诗发展回顾

邵雍是北宋最早创作理学诗的诗人之一,曾枣庄称其为理学诗的鼻祖,并将其与朱熹并列视为分别代表两宋最有成就的理学诗人。吕肖奂《宋诗体派论》中的《理学诗派》一章专门辟一小节论述二人诗歌。于此可

---

① 《朱子语类》卷一四〇"杜诗初年甚精细"条,《朱子全书》第18册,第4323页。
② 《朱子语类》卷一三九"至之以所业呈先生"条,《朱子全书》第18册,第4317页。
③ 《朱子语类》卷一四〇"古人诗中有句"条,《朱子全书》第18册,第4329页。
④ 《朱子语类》卷一四〇"蕫卿问山谷诗"条,《朱子全书》第18册,第4327页。

见邵雍在理学诗派中具有重要地位。

邵雍诗中也有一般意义上的纯以理论语言表达哲学思想的理学诗,如《答人语名教》《仁者吟》等,但是这部分诗不是邵诗中最具特色的部分。邵氏最具代表性的是那些将诗情与义理结合起来,表达闲适自乐之情的作品。对此邵氏亦有清醒的认识,其《伊川击壤集序》云:"《击壤集》,伊川翁自乐之诗也。非唯自乐,又能乐时,与万物之自得也。"序言指出诗歌所要表现的对象:乐。这种乐,既包含着自身内心的快乐,也含有对身处太平之世的自足,更是来源于对儒家思想的体验。《伊川击壤集序》又云:"予自壮岁,业于儒术,谓人世之乐,何尝有万之一二,而谓名教之乐,故有万万焉。"真可谓夫子自道。邵氏作品的确如此,如其《安乐窝中四长吟》:

> 安乐窝中快活人,闲来四物幸相亲:一编诗逸收花月,一部书严惊鬼神。一炷香清冲宇泰,一樽酒美湛天真。太平自庆何多也,唯愿君王寿万春。①

所乐者非激动人心的大欢喜,而仅是日常小事。乐事常在,乐意常存,皆因诗人心中道德充沛,自在自足。同样的表述还存在于诗人的其他作品中,如《后园即事三首》:"太平身老复何忧,景爱家园自在游。几树绿杨阴乍合,数声幽鸟语方休。竹侵旧径高低迸,水满春渠左右流。借问主人何似乐,答云殊不异封侯。"②《闲适吟》:"春看洛城花,秋玩天津月。夏披嵩岑风,冬赏龙山雪。"③一句话,邵雍的理学诗在主题上为后人提供了一个以诗歌表现儒家之乐的范例。这种乐,不同于声色之乐,也不同于避世之乐,而是理学家道德完备,自然流露出的乐天知命之乐,是儒家理想人生的表现。

与邵雍同时而稍晚的周敦颐向来被视为理学诗派中人,不过,他的诗作中没有纯粹意义上的理学诗。且不说以诗论理,即所谓"正言义理"的诗歌在其集中一首也无,就那些吟弄风月之什亦很难明显地指出其中是否含有义理之言。许总曾解析其《题春晚》一诗,其诗全文为:"花落柴门掩夕晖,昏鸦数点傍林飞。吟余小立阑干外,遥见樵渔一路归。"④许氏分析云:"第一句'柴门掩'与第三句'阑干外',第二句'数点傍飞'与第四句

---

① 《伊川击壤集》卷九。
② 《伊川击壤集》卷五。
③ 《伊川击壤集》卷一二。
④ [宋]周敦颐:《周元公集》卷二,《影印文渊阁四库全书》本。

'一路遥归',在'掩'与'外'、'数'与'一'的组合中,隐然显示出自然的有序与生态的平衡。"①许氏的分析自然可以自圆其说,但这种分析显然是"作者未必然,读者未必不然"的解读。试想,如果将这首诗归于唐人集中,也许我们仅将其视为普通的春晚图画。周氏它诗亦然,具有诗歌义理的不确定性。因而,周氏不能算严格意义上的理学诗人。

周敦颐之所以被人视为理学诗派中人,笔者认为有两方面的原因。首先,后来理学的创立者二程尝从其学,在思想上与其有渊源关系,因而周氏理所当然地成为理学的开山祖师,在理学史上具有重要的地位。因而其身份主要被后人界定为理学家,而其诗人身份反而不太明显,故后人即使认可他的诗人身份,也仅将其视为理学诗人。其次,周氏诗歌虽然没有明确的理学思想,但其用诗歌吟风弄月,本身就源于儒家的诗教。《论语·先进》载:孔子使弟子各言其志,曾点云:"莫春者,春服既成。冠者五六人,童子六七人,浴乎沂,风乎舞雩,咏而归。"孔子喟然叹曰:"吾与点也。"②《宋史·道学传》载:二程见周敦颐后,"吟风弄月以归,有'吾与点也'之意"③。二者之间的联系是显然的。

周敦颐作为理学诗人的真正意义在于,以理学开山祖师的身份明确表现出"雅好佳山水,复喜吟咏"④,对二程尤其是程颢影响很大,而程颢又影响到其弟子杨时,进而影响到朱熹。

程颢受周敦颐的影响,颇多吟咏。程颢理学诗的意义在于以诗歌的形式记录了他对宇宙人生诗意的观照,将诗情与性理完美地结合起来。且看其《偶成》:

> 云淡风轻近午天,望花随柳过前川。旁人不识予心乐,将谓偷闲学少年。⑤

仅看前面两句,无法判定其理学性质,可视为很美的写景之句。云淡风轻,花柳飞舞,宁静而具动态的画面,诗意盎然。将该诗当作一般的写景诗来读,未尝不可。然而,如果我们再作深究,又会发现诗中还含有深厚的理学义理。最后一句,诗人有意提醒读者,诗人之乐,不是人们想象的模仿少年

---

① 许总:《宋明理学与中国文学·理学诗派》,百花洲文艺出版社1999年版,第222页。
② 《四书章句集注·论语集注》卷六,第130页。
③ 《宋史》卷四二七,第12712页。
④ [宋]度正:《性善堂稿》卷一五《跋濂溪序彭推官宿崇胜院诗后》,《影印文渊阁四库全书》本。
⑤ 《二程集·河南程氏文集》卷三,第476页。

观花望柳的闲游之乐,而是因诗人从自然界中体会到了理而感到快乐。至于这个"理"是什么,就见仁见智了,但从其前两句的描写中,可以推测其视自然界的云、风、花、柳都以各自的"理"而存在着,体现着天理流行,诗人置身其中,因随物优游而体会到性理之乐。这样的诗歌,义理隐含其中,不但丝毫没有损坏诗歌的审美性,而且为诗歌注入了理趣,读这样的诗,涵泳弥久,醇味愈浓。

程颢的气质从容和平,而程颐则方刚苛严。程颐诗作很少,且缺乏诗情,诗歌成就远远低于程颢。也许正因为此,程颐的诗歌更具备理学诗的特征,往往道德化、伦理化倾向很强而审美性不足。其集中有《谢王佺期寄药》:

> 至诚通化药通神,远寄衰翁济病身。我亦有丹君信否?同时还解寿斯民。

道士王佺期好心寄药与之,程颐却颇有微词,认为"子真所学,只是独善,虽至诚洁行,然大抵只是为长生久视之术,止济一身"①,体现出以儒家立场对道家思想的批判。

张载存诗不多,其诗有直涉理路者,如《克己复礼》乃为学体会之记录,《葛覃解》乃解读《诗经·葛覃》。张载最具典型意义的理学诗为《芭蕉》:

> 芭蕉心尽展新枝,新卷新心暗已随。愿学新心养新德,旋随新叶起新知。②

该诗是咏物诗,但同时又是说理诗,所言理为日新之说。该诗的意义在于提供了理学诗的另一种写法,即前半咏物(或写景等),后半部分则顺承所咏之物(或所写之景等)发出议论。也就是说,后半部分的议论建立在前半部分的基础之上,这一写法,姑且称之为半涉理路之法。张氏理学诗中用这样的写法写出的理学诗还有《贝母》等。

此后,程门弟子游酢、杨时等亦有理学诗流传,其中杨时尤多。但总体上,诗歌成就不高,写作手法亦没有太大突破。

南渡时期,理学家人数较北宋增加,理学诗人数量也相应增多。主要

---

① 《二程遗书》卷一八,第291页。
② [宋]张载:《张载集·文集佚存·杂诗》,中华书局1978年版,第369页。

的理学诗人有杨时、吕本中、张九成、胡安国、胡寅、胡宏、刘子翚、朱松、曾几、林季仲等。然而,这些诗人作品中的理学诗比例较小,除杨时、胡安国、胡宏的理学诗占其所有诗歌总数的比例稍大,其他诗人的理学作品与其实际创作的各类诗歌总数相比,所占份额极小,如林季仲集中只有一首真正意义上的理学诗;吕本中的理学诗的绝对数量虽然很大,但与其所有诗作相比,这部分理学诗又显得微不足道。从这个意义上说,南渡时期的理学诗只是诗歌与理学结合而产生的副产品。它的出现,并没有影响到理学家创作一般意义上的诗歌,即被理学家称为诗人之诗的作品。正因为此,本文讨论理学家的诗歌创作,而不仅仅是理学家的理学诗。

二、南渡理学家诗歌的题材

南渡理学家的诗歌题材取向总体与一般诗人的区别不大,绝大多数为赠答唱和、写景咏物,亦有一定数量怀念故国、针砭时弊的作品。所不同者,南渡理学家诗人诗作中存在数量多少不等地表现出强烈理学思想的作品。这一类的作品,多数出现于如下几类题材中:

1. 读书诗。理学家对儒家经典研究有所心得,会写成文章,有时也会以诗歌的形式表现,这部分诗,往往便是地道的理学诗。北宋张载《解诗十三章》便属此类,南渡诗人亦有类似之作。吕本中有《读〈易〉》,其诗云:"孰能言语表,能使意独至。空中本无华,眼病因有翳。沉思忽有得,是则入精义。"①对其读《易》的感受,记述甚详。陈渊《看〈论语〉四首》(其二)云:"天道文章岂两岐,雷声渊默本同时。如何子贡能言者,说与无言更有疑。"②写出自己读《论语》的心得:天道与文章本一,子贡能言,无可厚非。其时创作读书诗最多的诗人是张九成,他有《论语绝句》一百首。试举一例,以了解其体例及诗歌内容之大概:

> 子贡曰:夫子之文章可得而闻也,夫子之言性与天道不可得而闻也。
> 既是文章可得闻,不应此外尚云云。如何夫子言天道,肯把文章两处分。③

先引《论语》原文,再以七绝诗歌对其或阐释,或献疑。总之,诗人是用绝

---

① 《东莱诗词集》诗集卷一一,第159页。
② 《默堂先生文集》卷五。
③ 《横浦心传录》卷下。

句的形式记录自己读《论语》的心得。这些读书诗,诚如前人所云,是"以经、子被之声诗者"①。

2. 言志诗。人皆有志向,而诗为心声。理学家诗人自然也有自己的人生志向,作为诗人,当然也会以诗歌的形式表达自己的人生理想、志趣。南渡理学家的人生追求较其他诗人而言,更重视自己的道德建树。这类内容行诸文字,便成为较为纯正的理学诗。这里选录三首,作直观认识:

> 蕨拳婴儿手,笋解箨龙蜕。荐羞杞菊开,采撷烟雨外。嗟予饭藜藿,咽塞舟沂濑。朝来二美兼,一饱良已泰。充肠我诚足,染指客应慨。平生食肉相,萧瑟何足赖。王郎催牛炙,韩老忆鲸鲙。侠气信雄夸,戏语亦狡狯。我师鲁颜子,陋巷翳蓬艾。执瓢不可从,一取清泉酹。(朱松《蔬饭》)②
>
> 余性寡所谐,平生惟自得。谈名颈深缩,论利面作赤。文不贵雕虫,诗尤恶钩摘。粗豪真所畏,机巧非予匹。所以常闭门,千载求知识。黄卷有可人,为之忘寝食。亦复爱山水,策杖无与适。看云独忘归,听泉常永日。内乐万事休,中虚众妙入。欲以语斯人,此事吾无力。道丧亦久矣,无言三叹息。(张九成《庚午正月七夜自咏》)③
>
> 武侯辅世侔伊尹,明道传心继孟轲。五十四年而已矣,小儒如此岂非多。(胡寅《病中有感》)④

朱松诗歌通过对食物的描述,表明自己以颜回为榜样,安贫乐道。张九成诗则自述自己与世不谐,表现出对社会道德衰颓的激愤。胡寅诗歌对自己人生作总结与回顾,为自己既没有在政治生活中如伊尹、诸葛亮一样建立事功,又不能如程颐继承孟子学术,在理学学术传承上有所建树,诗人在自我否定的过程中实则表达了自己的人生追求。

3. 题斋名、轩名诗。古人常常为自己的书斋、亭轩起名,以表明自己的志向、兴趣等,儒者尤其喜爱从儒家经典中找出一些契合自己意向的语汇作为这些建筑物的名称。理学家为这些斋名、书房、亭轩题诗,很容易写得道学气十足,这类诗歌在南渡理学家的诗中也经常出现。吕本中《醉经堂》《晁公诗九经堂》《李器之履斋》《陆庭元绍意斋》、曾几《王岩起乐斋》

---

① [宋]赵与时:《宾退录》卷二,上海古籍出版社1983年版,第25页。
② 《韦斋集》卷一。
③ 《横浦集》卷一。
④ 《斐然集》卷五。

《友直轩》、胡寅《寄题义陵吴簿义方堂》等皆是。这些诗歌,诗人往往围绕斋名等而作文章,多数义理有余而诗意不足。试以吕本中《王傅岩起乐斋》为例:

> 人生各有乐,所乐故不同。吹竽与击缶,同在可乐中。孰能识至乐,不计穷与通。颜子在陋巷,肯忧家屡空?朝从圣师游,暮归无近功。忽然若有合,此乐固无穷。当时二三子,因之开蔽蒙。君生百世下,久已闻其风。端居有退想,客至聊从容。四壁倚蓬蒿,万卷蟠心胸。回视世所求,失道迷西东。此乐既不远,欲往吾其从。①

先言人生所乐各不相同,又言颜渊师事孔子能得真乐,继言王岩起亦得真乐。诗人视世俗所求为迷途之举,而对王岩起之乐表达向往之情,寓以赞美之意。诗歌层次清晰,语言平易,说理亦明彻,然而读来却毫无诗意可言。再如曾几《友直轩》:"攘羊而证父,是子乌足称。"②隐括《论语·子路》中的观点:"叶公语孔子曰:'吾党有直躬者,其父攘羊,而子证之。'孔子曰:'吾党之直者异于是。父为子隐,子为父隐,直在其中矣。'"③亦难说其中有多少审美因素可言。

4. 送行、赠别等应酬诗。理学家在写作这类题材的诗歌,尤其赠送对象为后学晚辈时,会在诗中对对方提出期望,而理学家的期望很大程度上就是希望对方成为一个道德高尚的儒者,因而这类诗歌亦易于写成理学诗。这类作品在南渡理学诗中占有相当大的数量,仅以吕本中为例,便有《送林之奇少颖秀才往行朝》《送晁公庆西归》《送方平之秀才归福唐》《赠汪信民之子如愚》《周承务鄩求诸己斋》等等。其他如胡寅《和仲固》《和洪秀才八首》,曾几《寄许子礼》《赠外甥吕祖谦》等等。这些诗作往往有前辈学人对后学者的指导性质,因而其内容涉及的义理不深,而常常是鼓励、赞美、期望之词,所写诗句都属于"弦术真吾道,躬行是汝师,掖垣家学在,何以遍参为"④"孝弟须知是本根,万般功行且休论。圣门事业无多子,守此心为第一门"⑤之类。这些应酬诗中也有同辈之间互相切磋学问之作,如张九成《次陈一鹗韵》、胡宏《和马大夫辟佛五首》等。相比较而言,这些诗

---

① 《东莱诗词集》诗集卷一四,第 209 页。
② 《茶山集》卷二。
③ 《四书章句集注·论语集注》卷七,第 146 页。
④ [宋]曾几:《赠外甥吕祖谦》,《全宋诗》卷一六〇,第 18596 页。
⑤ [宋]胡宏:《赠人》,《五峰集》卷一。

歌讨论的义理深奥,例如林季仲《送会稽虞仲琳》:

> 男儿何苦弊群书,学到根源物物无。曾子当年多一唯,颜渊终日只如愚。水流万折心无竟,月落千山影自孤。执手沙头休话别,与君元不隔江湖。①

该诗讨论读书与悟道的关系问题。尤其值得注意的是,诗人在诗中除了前半部分正言义理,颈联还运用了景物描写的手法,"水流"两句既下启末联,为话别作一背景,又暗承上文两联,以形象的语言解释前面所言义理。由这一例子,我们会同时发现另一种情况,即诗人在言理时,有时会借助形象的语言来完成。下面的例子可能更有说服力,胡宏《朱元晦寄诗刘贡父有风藉溪先生之意词甚妙而意未员因作三绝》:

> 云出青山得自由,西郊未解如薰忧。欲识青山最青处,云物万古生无休。
> 幽人偏爱青山好,为是青山青不老。山中云出雨乾坤,洗过一番山更好。
> 天生风月散人间,人间不止山中好。若也清明满怀抱,到处氛埃任除扫。②

笔者理学素养不深,不能完全解读出诗歌背后的义理,但从诗题中即可知诗人对朱熹诗歌中所表达的义理不甚赞同,故有是作。由此不难看出该诗属于理学诗歌范畴。但观察诗歌语言,我们却发现三首无一句理学术语,所言青山、云雨、风月皆自然意象,诗人的理学见解就在这些普通诗歌常用的词汇中表达出来。

5. 挽词。理学诗人挽理学家的诗,通常会表达对逝者人品、学术等方面的赞美,因而这类诗歌几乎皆可视为理学诗。刘子翚《胡文定公挽诗三首》挽胡安国、《吕居仁挽词三首》挽吕本中等等皆是。这类挽诗的理学性质易于理解,不再赘言。

6. 写景、咏物诗。写景、咏物类的诗歌往往不太容易表现义理,但如果能够巧妙地将理学义理融入,达到水乳相融的程度,则可以大大提高诗

---

① 《宋诗纪事》卷四九,第1234页。
② 《五峰集》卷一。

歌的厚重感。不夸张地说,诗歌史上此类作品不乏一流之作,如朱熹的《观书有感二首》《春日》之类。不过,可惜的是南渡时期几乎没有产生这样高质量的作品,倒是出现了一些反例,如张九成《盆中石菖蒲》:

> 清姿水石间,相得不可无。如人饱道义,其色长敷腴。不受尘土覆,自与人世殊。我何爱轩冕,冒昧名利途。圣人恶洁身,名士多自污。理亦顾其可,未应如此拘。往往不知者,假此为穿窬。吾方存胸中,未敢执一隅。姑从吾所好,谁能复改图。不若归去来,无愧石上蒲。①

首言菖蒲如有道之人,自洁道饱,此喻尚可。下言理,条理不太清晰,末言诗人将归,无愧石菖蒲,甚为唐突,衔接极不自然。当然,南渡诗人该类作品也有稍为好一点的,如范浚《凌霄花》:

> 栽松待成阴,种漆拟作器。人皆笑艰拙,往往后得利。君看植凌霄,百尺蔓柔翠。新花郁煌煌,照日吐妍媚。风霜忽摇落,大木亦彫瘁。视尔托根生,枯茎无残蒂。先荣疾萧瑟,物理固难恃。凌霄亟芳华,衰歇亦容易。②

栽松种漆,生长周期太长,得利亦后。而凌霄花则非是,立竿见影,花亦鲜艳。然而该花一到深秋,则凋零殆尽。诗中诗人寓理于其中,虽不能说了无议论痕迹,但总体上过渡自然,说理成分不重,稍显含蓄,无词旨直露浅截之弊。该类作品,同时期还有胡宏《圃景大吟呈伯氏》、吕本中《恶木》、张九成《庭下草》等等,然艺术水准皆不高。

三、南渡理学家诗歌内容中所体现出的理学思想

尽管南渡理学家的诗歌并不特别强调理学趣味,也不刻意阐释理学义理,但理学家的修养决定了他们在诗歌创作过程中在有意与无意之间会表现出自己的学术思想。将理学家诗歌中的理学思想揭示出来,一方面有利于对诗歌的理解;另一方面也可以更好地理解理学家与普通诗人视角的区别。南渡理学诗人诗歌中表现出的理学思想大体有如下数端:

---

① 《横浦心传录》卷上。
② [宋]范浚:《范香溪先生文集》卷九,《四部丛刊续编》本。

1. 辟佛、辟道。宋代士大夫崇佛崇道之风盛行,几至人人谈佛,就连理学家也有援佛入理的现象,但不少理学家仍然视佛、道为异端,为捍卫儒学地位,有意识地排斥佛、道也屡见不鲜。朱松的《九月十七日夜度蔡道岭宿弥勒院》颇具有典型意义:"未应青霞志,即与素愿违。稍休尘外轸,憩此岩下扉。清吟写万籁,妙想绝百非。不须河汉言,尽解纷华围。飞仙亦戏剧,玄学乃庶几。"①诗人夜晚宿于弥勒院,所见与世俗之喧嚣迥然不同,令人百虑皆歇,有超凡脱俗之感,然而诗人最后却否定了成仙成佛之说,以为不过如戏剧般虚幻。该诗实质承认佛、道对于平息人们机心很有作用,但并不认同其真实性,表现出南渡诗人理性意识。南渡理学家中,辟道、佛最为著名的为胡寅,其不少诗歌有明确的表述:

  西方有幻师,以利行幻术。利他乃甘言,自利则其实……千载浮屠氏,个个提一律……(《题关云长庙》)②
  车骑纷来去,帆樯竞沂沿。云闲天淡淡,江静竹娟娟。耻学飞腾术,慵参寂灭禅。春风常满意,无处不怡然。(《绍兴壬子六月,先公再被掖垣之命……》)③
  不羡飞仙术,仍修谤佛书。(《以崇正辩示新仲》)④

胡寅第一首写关羽被佛教徒用来宣扬佛教的可笑之举,诗歌开始便判定佛教打着"利他"的幌子行"自利"之实,对佛教的欺骗本质予以直白的揭露。第二、三首则明确表明自己对佛教与道教自觉疏远的态度。尤其第三首的标题中的《崇正辩》是胡寅著名的辟佛之作,其辟佛的很多观点都集中于此。比如辟佛的现实意义是"重释老,而后游食者众矣";辟佛的学术意义为"其明白易行而无害者,莫如先罢释老以纾百姓,断之以不疑,持之以悠久,使人纲人纪渐有可张之道"。⑤

2. 民胞物与。北宋张载在《西铭》中首次从理论上提出了民胞物与的思想,其原文为:"民吾同胞,物吾与也。"⑥意谓天下的民众是我的同胞,天下的万物是我的朋友。应该承认,张载之前的学界和文学创作中已经偶有类似的思想,比如杜甫的一些诗歌,但真正将之作为理论提出并对后学产

---

① 《韦斋集》卷二。
② 《斐然集》卷一。
③ 《斐然集》卷五。
④ 《斐然集》卷三。
⑤ [宋]胡寅:《崇正辩》卷三,中华书局1993年版,第168—169页。
⑥ 《张载集·正蒙·乾称篇第十七》,第62页。

生重大影响则始于张载。此后,理学家诗人在创作诗歌时,便常常将上述思想渗透其中。

"民胞"思想,强调的是作为主体的人与他人的关系,主张应对他人采取友爱的态度,视他人之痛楚为自己之痛楚,视他人之欢乐为自己之欢乐。这一点一直是仁人志士的道德自觉,《孟子·离娄下》就曾说:"禹思天下有溺者,由己溺之也;稷思天下有饥者,由己饥之也,是以如是其急也。"①如此,我们并不能将南渡理学家诗歌中的此类思想仅仅视为理学家的特征,但既然理学家具备理学独特的知识背景,也未尝不可以理学的眼光看待而予以介绍。

南渡理学家诗人的诗歌经常表现对民生疾苦的关注。气候对于农民的收成有着直接的影响,南渡理学家诗人因此常常在诗歌中表现对天气变化的关注,朱松《道中》云:"去年禾欲秀,积潦满秋泽。今年岂堪旱,束手就沟壑。"②又《与陈彦时会华严道人偶书》云:"职卑困掣肘,见溺不得援。未知造物心,颇复哀黎元。"③陈渊《次韵欲游西湖阻雨》云:"无私本天理,敢怨阴云顽。向来旱蝗恶,征赋亦未宽。宁令风作雪,要看麦堆山。"④更为集中地体现"民胞"思想的是南渡理学家诗人在与地方官员的交往中对这些官员的赞美与期许。胡寅《再和前韵本欲创亭以获时而止》:"不因修筑废农时,欲以仁心翊化基。"⑤地方官员因考虑农忙,而暂缓修筑亭台,在胡寅看来是不夺农时,体现出官员的仁爱之心,值得表彰。范浚《次韵婺守林懿成检正游赤松绝句四首》:"黄堂流化古风还,凤驾勤民陇亩间。已变呻吟作谣咏,山中那用觅还丹。"⑥同样,对地方官员的赞美基于对方的仁民之举。陈渊《过浦城赠王令长源二首》:"莫叹穷荒縻骥足,万人饥冻要扶伤。"⑦则是对任职于穷乡僻壤的县令寄予厚望,从道义上要求其拯救老百姓于饥溺。而对当时繁重的课税,诗人们同样持同情态度,陈渊《被檄下乡督税作释负》:

  诏书宽逋负,国用岂云阙。郡邑有常供,征求安敢辍。稽迟推蚤莫,钩摘剧豪发。饥民困鞭箠,十室九告竭。连雨催早稻,雪穗迷空

---

① 《四书章句集注·孟子集注》卷八,第299页。
② 《韦斋集》卷一。
③ 《韦斋集》卷二。
④ 《默堂先生文集》卷一。
⑤ 《斐然集》卷五。
⑥ 《范香溪先生集》卷九。
⑦ 《默堂先生文集》卷四。

阔。要令公私办,当复俟旬月。平生虑患深,献玉每遭刖。忧民已无策,问俗聊省罚。阳城吾所慕,晚官敢求达。宁无抚字心,便觉催科拙。①

老百姓民不聊生,作为官员的陈渊不忍心强行征税,进言又不被采纳,徒有忧愁而已,诗歌末尾,诗人借用唐代官员阳城之典,表明自己无催科之才,甘愿自居下位。诗歌中饱含对贫苦百姓的忧虑,其仁者之心,显而易见。理学家诗人的这一思想也还体现在日常生活中,陈渊在征途中遇暴雨,道路淋漓,凄风苦雨之后作《十五日过许夜雨暴作明日行四十里宿于颍桥又明日晴书时》曰:"我劳固其分,端恐僵僮仆。"②诗人在困顿的旅途中,不是为自己的窘境担忧,反而为自己连累仆人而自责,体现出忠厚长者的仁厚之风。吕本中《宿嵩前》:"我行亦已殆,况此弛担仆。"③与陈渊的表达如出一辙。

"物与"思想体现出宋代理学家的理论创见。理学家诗人常常在诗歌中表现出这一具有理学家特征的思想。中国古人对自然的态度以亲近自然、与自然相融为主流。人们对于自然界的动植物往往采取欣赏的态度,也能与之和睦相处,但是人们却很少将对人类的情感投射于自然界的动植物之上。杜甫首次较多地在诗作中将弱小的动植物作为自己爱怜的对象,将自己的仁爱之心惠及它们,其实践与张载的"物吾与"思想殊途同归。南渡理学家在接受张载的思想后,又在创作中回归杜甫的实践,用诗歌的形式表现对自然界动植物的爱怜之情。陈渊《漫兴》"云林恰恰莺能友,沙路行行蚁有臣。虽有溪山供醉眼,亦嫌尘土汙芳春"④,非常明确地表明与莺为友;又《过淮》"天高秋月凉,风定秋水清。扁舟淮海间,爱此一叶轻。微生久羁旅,艰险已饱更。经今几往来,始见波浪平。篙师且停棹,莫遣鱼龙惊。吾行欲安之,要待东方明"⑤,则是仁爱及物的体现。吕本中有爱犬暴卒,他连续写下《畜犬雪童黠甚胜人壬戌夏暴死作诗伤之》等五首诗歌予以悼念。其《怀雪童》曰:

老来于世漫多悲,梦幻推移且自知。想得开山藏骨处,却如摇尾

---

① 《默堂先生文集》卷八。
② 《默堂集先生文集》卷二。
③ 《东莱诗词集》诗集外集卷三,第352—353页。
④ 《默堂先生文集》卷二。
⑤ 《默堂先生文集》卷四。

乞怜时。送行识我贫无盖,闲坐思渠闷有诗。从此穷居添寂寞,夜长谁复绕帘帷。①

在诗人的眼中,这只名叫雪童的小狗不仅能够为诗人防盗引路,而且成为其生活中不可或缺的朋友,诗人对雪童的去世,悲痛不已。诗歌中表达的情感,颇有悼亡亲朋好友的深沉,这无疑也是推仁及物思想的体现。

3. 孔颜乐处。孔颜之乐这一哲学命题首先由周敦颐明确提出,其《通书·颜子第二十三》曰:

> 颜子一箪食,一瓢饮,在陋巷,人不堪其忧,而不改其乐。夫富贵,人所爱也,颜子不爱不求而乐乎贫者,独何心哉?天地间有至贵至富、可爱可求而异乎彼者,见其大而忘其小焉尔。见其大则心泰,心泰则无不足,无不足则富贵贫贱,处之一也;处之一则能化而齐,故颜子亚圣。②

周敦颐认为,人生中有比富贵更值得追求的东西,君子必须超越对富贵的追求,才能得到更重要的"大",得到"大"之后,则内心达到高度的充实与富足。因而,颜回并不是因贫贱而乐,而是为达到超越富贵的人生境界而乐。这一思想后来经过程颐等人的反复阐释,成为理学中一个常论常新的话题。

南渡理学家诗人虽然没有用诗歌的形式对此命题作学理的探讨,但却频频将这一话题用诗歌的形式复述。笔者通读这个时期的诗歌,发现几乎每个具有相当数量诗歌的理学家诗人对此都有所涉及。南渡理学家对"孔颜乐处"的使用,大体从三个方面进行。首先是对颜回安贫乐道的向往与赞美,如朱松《秋怀六首》云"我师陋巷人,千古冠四科"③、陈渊《题罗仲素颜乐亭》云"箪瓢陋巷堪游衍,富贵浮云任往还"④,胡寅《和韩司谏叔夏乐谷五吟·布被》云"箪瓢不改乐,又似吾先师"⑤,诸如此类即是。其次表现为对他人的赞美,即以颜回比拟对方,该类用法最为普遍,如胡寅《和彦达新居》云"平生五车勤,岁晏一箪乐"⑥,张九成《次单推韵》云"公事多余

---

① 《东莱诗词集》诗集卷一九,第295页。
② 《周子通书》,第38页。
③ 《韦斋集》卷二。
④ [宋]罗从彦:《豫章文集》卷一六《附录》下,《影印文渊阁四库全书》本。
⑤ 《斐然集》卷一。
⑥ 同上。

暇,箪瓢亦晏如"①。再次,自言其志、自我解嘲。如张九成《拟归田园》云"虽无羊酪羹,箪瓢亦晏如"②,吕本中《即事六言七首》云"不入乐天欢会,不随渊明酒徒。看取箪瓢陋巷,十分昼夜工夫"③,表明诗人对自己生活与道德的期许。胡寅《送茶与执礼以诗来谢和之》云:"箪瓢曾不饱颜回,何事新茶转海来。"④茶的功能之一为消食,此时诗人自己的生活如颜回一样贫困,无法饱餐,朋友赠送茶叶之举,在诗人看来颇为好笑。因此诗人在和诗中自我调侃,富有意趣。

"孔颜乐处"之所以受到众多理学家诗人的青睐,除了与这些诗人如周敦颐一样将之视为哲学命题予以讨论有关之外,还与该命题本身所具有的诗意、多数理学家的人生态度及生活境遇有着密切的联系。我们注意到,南渡时期的理学家诗人,除了经常援引"孔颜乐处"外,还经常将"曾皙言志""曲肱饮水"等能够体现儒家人格理想与具有诗意的事件置于诗歌之中。胡寅《和仁仲春日十绝》:"陋巷当年只屡空,于今还咏舞雩风。"⑤将"孔颜乐处"与"曾皙言志"两事连在一起使用,透露出理学家诗人对儒家经典话题选择的角度。其他类似的诗句(见下),同样表现出南渡理学家诗歌将人生理想与诗意生活结合的独特思维:

  有怀春服成雩咏,遥想青山伴醉吟。(胡寅《和钟漕汝强四首》)⑥
  已开尘外寻山眼,更曲堂中饮水肱。(胡寅《又和湘滨卜居》)⑦
  寄语宅心何处所,晚春沂上舞雩风。(胡寅《郭伟求鄌文》)⑧
  试思珠履三千客,何似风雩六七人。(林季仲《次韵和康丈真率之集》)⑨

四、议论化的创作方法

理学家创作诗歌与议论的写作手法之间并没有必然的联系。然而,理

---

① 《横浦集》卷四。
② 《横浦集》卷三。
③ 《东莱诗词集》诗集卷一九,第 292 页。
④ 《斐然集》卷五。
⑤ 《斐然集》卷三。
⑥ 同上。
⑦ 同上。
⑧ 同上。
⑨ [宋]林季仲:《竹轩杂著》卷二,《丛书集成续编》本。

学家创作理学诗,一个非常重要的目的在于"以诗人比兴之体,发圣门理义之秘"①,也就是要求理学家利用诗歌这一形式揭示先圣的义理。当然,这样的诗歌并非一定需要使用议论的手法,也可以借用诗歌中的比兴等手法而实现,但在实际的操作中,阐释义理最为有效的方式仍然是议论,故理学家的理学诗歌常常是质木无文的理学讲义。南渡理学家诗人中,使用议论手法作诗最多的诗人是张九成,从下面引用的《客观余孝经传感而有作》可见其诗作之一斑:

> 古人文莹理,后人工作文。文工理愈暗,纸札何纷纷。君看六艺学,天葩吐奇芬。诗书分体制,礼乐造乾坤。千岐更万辙,要以一理存。如何臻至理,当从践履论。跋涉经险阻,冲冒恤寒温。孝弟作选锋,道德严中军。仰观精俯察,万象入见闻。不劳施斧凿,笔下生烟云。高以君尧舜,下以觉斯民。君如不我鄙,时来对炉熏。②

整首诗歌除了最后一联带有叙述的性质,其他皆为标准的议论手法。从文道关系谈到存理的途径,进而讨论理的重要作用,了无诗意。其他理学家诗人的诗歌虽然没有如张九成纯粹地使用议论手法,但他们也会在不经意之间露出爱发议论的习气。例如胡寅《归舟濡滞示仁仲》:

> 扁舟下荆江,信宿七百里。少紫玉州岸,翠壁红楼起。提携桃竹杖,飞步同徙倚。永啸来长风,极望际天水。登临兴未穷,归思孰能弭。枕湖驾高浪,万顷期一苇。飞廉不借便,进尺或退咫。莽苍入葭芦,回环乱洲沚。刺篙力言匮,挽缆路仍坻。物用各有时,暴荡未可鄙。风水亦何心,邂逅乃如此。快意得濡滞,赢缩固其理。子文三已仕,了不见愠喜。斯犹未称仁,胡不听行止。南山定非远,风驶一帆耳。携壶上翠微,旅琐为君洗。③

诗歌前半部分诗人写归家旅途中的见闻,而从"物用各有时"直至"胡不听行止",皆为议论。其议论的出发点是旅途中的感受,由前面感受到的风顺而舟快、风逆而难行生发出物用有时,进而论述物各有理,不可强求。再进而联想到子文之典。《论语·公冶长》:"子张问曰:'令尹子文三仕为令

---

① 《咏古诗序》,[宋]真德秀:《西山先生真文忠公文集》卷二七,《四部丛刊初编》本。
② 《横浦集》卷一。
③ 《斐然集》卷一。

尹,无喜色;三已之,无愠色。旧令尹之政,必以告新令尹。何如?'子曰:'忠矣。'曰:'仁矣乎?'曰:'未知,焉得仁?'"①由此,进而导出人当顺仍自然。诗歌的后半部分议论化的程度很高,与上引张九成诗歌不同的是诗人由自己的经历进行理学的体悟而非纯粹说理。类似的作品在很多理学家诗中出现,如范浚《理喻》:"我眠鼻息邻家惊,耳不自闻鼬鼬声。我耳忽鸣韵清磬,旁人对面那能听。耳鸣如心念,鼻息如已过。心念潜萌众莫知,已过自迷人看破。历历眼前皆要理,举世何人无鼻耳。"②由自己睡觉打鼾他人察觉而自己不闻,生发出当局者迷的议论。而刘子翚《界方》则由界方的功用"抄书防纵逸,界墨作遮阑"生发出"妙用谁能识,心端笔自端"③这样的人生感悟。

五、理学因素对理学家诗歌的影响

南渡时期,理学虽然有所发展,但还未成为社会的主流思潮,未被绝大多数的士人接受,其影响自然也不会遍及士林。因而理学对诗歌创作的影响,主要还局限于一些理学家诗人身上。其最明显的影响便是一批数量不太多,但尚有一定规模的理学诗歌出现。上文已有论述,此不赘言。除此以外,理学对南渡诗歌的影响,还表现在一些普通的诗歌之中。下面作一简单的介绍。

理学对诗歌的影响,首先表现在诗歌语言上。这样的影响易于理解,同时也很难论证。易于理解者,理学家浸淫儒家经典日久,他们习惯于将理学语言写入诗中;即便一些非理学家的诗人,在与理学家交往的过程中,耳濡目染,创作诗歌时,自觉或不自觉地以理学语言入诗也是情理之中的事。难以论证者,自杜甫在诗歌创作中引经史语入诗,儒家词汇便早已成为诗歌语言的一部分。理学是儒学的一个分支,其语言在很大程度上皆源于儒家经典。因此,很难明确分辨出南渡诗歌中哪些是理学词汇,哪些是一般儒家语汇。不过,我们通过一些对比,还是可以看出理学家诗歌语言与普通诗人语言的差异。同样是题斋名、轩名诗,上文所列举的作为理学家的吕本中,有诗《王傅岩起乐斋》等,其中理学语汇甚多;而非理学家的周紫芝,有《二月二十八日静寄轩作》《题南金慎独斋》《徐五十六索勤有种德二轩诗各赋一首》《题陈公悦足轩》等,诗中皆未涉理学语汇。由此不难看出理学家诗歌与非理学家诗歌在语言上的区别。

---

① 《四书章句集注·论语集注》卷三,第80页。
② 《范香溪先生文集》卷八。
③ 《屏山集》卷一七。

其次，理学对诗歌创作的影响表现在理学家的价值判断体系上。先看吕本中的两组三首诗歌：

孔丘墨翟并称贤，始信先生学未专。何事退之传此谬，亦将余论点遗编。①

纷纷礼乐付浮埃，一取玄虚祸始开。但见出言齐老易，始知胡马不虚来。

晋朝朝士安知礼，尽出纷纷篡盗余。漫使当时辟世士，放言高论祖浮虚。②

读《贾谊》一诗，我们自然会想到李商隐的《贾生》："宣室求贤访逐臣，贾生才调更无伦。可怜夜半虚前席，不问苍生问鬼神。"③对照阅读，不难发现，李诗写贾谊，其着眼点在贾谊怀才不遇，英雄无用武之地，属诗人之诗。而吕诗则不同，他的诗歌着眼于对贾谊学术思想的批判。而其评判的标准则是依照其理学家的价值观，批评贾谊将墨家的墨翟与儒家的孔子并称，以为贾谊的学术思想杂芜，吕诗显然属学人之诗。同样，《晋二绝》亦以理学思想为参照系，指出西晋灭亡起因于当时在学术上取老庄虚无哲学。类似这样的诗歌还体现在其他诗人的创作中，如胡寅《和仁仲屠陵有感》即为一例。其诗云：

奸雄乘乱谋称帝，不暇从容问传器。荀公死坐靳殊锡，文举诛因白蠛地。金根曲盖乘五时，谬以踞火尤吴儿。悬知以鼠睨汉献，终欲搏噬如饥狸。吁嗟白日蒙浮云，豫州奋臂提孤军。虎熊争先气烈烈，鱼水相契情氲氲。赤壁端如殽二陵，于操犹或称其能。身在行间一交战，阿瞒始信河难冯。仲谋亦恃江涛涨，岂忧炎德终沦丧。屠陵自驻遏吴师，要知身系苍生望。丈夫盖棺事方休，未报平生宗国仇。英雄安得无块土，固令于此分荆州。春风吹花不濡滞，绿满郊原何蔽翳。前汉兴隆后汉颓，永怀启沃临行际。④

该诗涉及对历史人物的评价问题。三国政权中魏、蜀、吴，谁具正统地位，

---

① 《贾谊》，《东莱诗词集》诗集卷一九，第293页。
② 《晋二绝》，《东莱诗词集》诗集卷一九，第293—294页。
③ 《李商隐诗歌集解》不编年诗，第1518页。
④ 《斐然集》卷一。

历来是桩公案。胡氏此诗,态度甚明,认定蜀为正统,因而诗中对曹操、孙权都持否定态度,独独对刘备深表同情与赞美。而对刘的同情,原因是"未报平生宗国仇",显然诗人认定蜀为正统与刘备是后汉王室成员有重要的关系,于此不难看出胡寅理学家的评判态度。

理学家与普通人的思维没有太大的区别,比如正常人的喜怒哀乐他们都有,但他们因为自己固有的知识结构不同于他人,有时思考问题会有自己另外的一套方式。对于宋室能否复兴,南渡诗人在诗中多有表现,例如张元幹称"本朝仁泽厚,会复见承平"①,从人心向背的角度阐释宋室必会中兴。而理学家则有自己独特的表述。刘子翚《望京谣》云"宁闻犬豕乱中华,汉祚承天终必复"②,胡寅《癸丑元日文定时留丰城今归青湘喑家》云"千龄帝运方更始,一统王春正履端"③,从统绪的角度论述宋室必然中兴,显然是理学家的惯性思维使然。相类似的,对于金兵未退,常人往往归咎于朝廷大臣无策,以及战将不力,而刘子翚《次韵张守述怀》则云"敌未息兵由运数,力难康世昧孤虚"④,同样显示出理学家异于普通人的思维习惯。对于音乐美恶的评判,唐诗人白居易写"岂无山歌与村笛,呕哑嘲哳难为听"⑤,胡寅《周尉不来用单令韵见寄和之》则是"颇嫌三弄笛,声杂郑和卫"⑥。前者从艺术的角度批评,后者则从道德的角度评判。另外,"颜渊""曾参"等一些与理学相关的词语、典故亦时常出现于理学诗人笔下,如言他人贫困,则有"平生师颜子,于此见仿佛"⑦,言人孝顺,则"行比曾参仍不鲁"⑧,这些儒家词语、典故本身也反映出诗人的理学思维方式。

六、南渡理学家诗歌的审美取向

1. 理智温和的诗歌风格。南渡理学诗人的诗歌并不能用一个统一的诗歌风格概念来概括,但通过对各家诗歌进行比较,也可以寻找出相对具有共性的特征:理智的情感与温和的诗歌风格。

理论上讲,诗歌是情感的产物,这一点儒家也是认同的。《毛诗序》

---

① 《感事四首丙午冬淮上作》,《芦川归来集》卷二。
② 该诗引文据《全宋诗》卷一九一二,第 21350—21351 页。
③ 《斐然集》卷三。
④ 《屏山集》卷一六。
⑤ 《琵琶引》,[唐]白居易著,谢思炜校注:《白居易诗集校注》卷一二,中华书局 2006 年版,第 962 页。
⑥ 《斐然集》卷二。
⑦ 《以一缣寄范四弟》,《东莱诗词集》诗集卷一八,第 269 页。
⑧ 《焦复州惟正寄鼎复两州喜雨诗来近体诗一首寄之》,《东莱诗词集》诗集卷一九,第 298 页。

曰:"诗者,志之所之也,在心为志,发言为诗,情动于中而形于言,言之不足,故嗟叹之,嗟叹之不足,故永歌之,永歌之不足,不知手之舞之,足之蹈之也。"①理学家也并不反对诗歌的抒情性。朱熹后来总结:"大率古人作诗,与今人作诗一般,其间亦自有感物道情,吟咏情性,几时尽是讥刺他人?"②然而,理学家诗人所认可的"情",却是经过筛选过的情,是限制在一定范围之内的情。邵雍曰:"故哀而未尝伤,乐而未尝淫,虽曰吟咏情性,曾何累于性情哉?"③邵雍所说的诗之情,乃有节制的中庸之情;程颢则曰"情顺万事而无情"④,把个人的情感提升到普遍化的程度,成为具有普泛化、社会化的情,而不是一己之私情。

正因为此,南渡理学家在诗歌创作中,往往有意追求"粹然一出于正"⑤的品质。在南渡理学家的诗歌中,最常见的风格特征就是如胡寅的《和仲固》:

> 多谢春风吹雨晴,出遨今日计初程。去随碧涧离襟上,归与闲云澹泊行。顺理以观皆有趣,会心之乐最难名。山间桃柳宁知此,敛笑舒颦亦自情。⑥

诗歌中既没有刻骨铭心的痛苦,也没有欣喜若狂的喜悦。诗中的景物宁静,诗人的心境平和,带有自足感。这样类型的诗歌乃是南渡理学家诗歌的标本。作为那个时代中人的胡寅,遭遇靖康之难这样具有冲击性的事件后,内心必然会掀起波澜,也因此必然在行动上有所表现,事实上,胡寅在南渡后曾多次上书高宗且言辞激烈,表现出士人高度的社会责任感。然而,阅读其诗歌,却发现其诗歌虽然涉及战争内容,但表现出的情感却并不强烈,如《文定题范氏壁次韵》:

> 四海兵戈里,一家风雨中。逢人问消息,策杖去西东。历数前朝乱,何曾扫地空。山居自有乐,时对主人翁。⑦

---

① 《影阮元校刻本十三经注疏》,中华书局1980年版,第269页下—270页上。
② 《朱子语类》卷八〇"诗序实不足信"条,《朱子全书》第17册,第2748页。
③ 《伊川击壤集·序》。
④ 《答横渠张子厚先生书》,《二程集·河南程氏文集》卷二,第460页。
⑤ 《新唐书》卷一七六《韩愈传赞》,第5269页。
⑥ 《斐然集》卷四。
⑦ 《斐然集》卷三。

战乱频仍时期，胡寅避乱山间，并非对外界不闻不问，他也关心亲朋好友及国家的消息动向。然而，诗人面对艰难时势，却认为历来此种战乱不断，因而他们甘于山居。显然，我们不能视胡寅为冷漠之人，其之所以在诗歌中表现出理性色彩，实则是其理学修养而导致的情感节制。胡寅等理学家的情感节制，不仅仅表现在对国家大事上，对与其仕途命运相关的贬谪经历，也表现出超脱的品质：

> 临流负巘百年居，手植松楠合抱株。传写春光入诗句，味之如对辋川图。（胡寅《和仲固春日村居即事十二绝》）①
> 逐客身无事，乘闲葺敝庐。堂成因有室，水到自成渠。地迥千岩秀，春回一气舒。幸为时所弃，容我懒簪裾。（陈渊《次韵延年弟相庆》）②

官员被贬，在常人看来是一件令人痛苦的事情，很多官员在贬谪之地常常表现出自怨自艾、愤懑不平的情绪。然而，在胡寅与陈渊两个理学家身上，读者丝毫察觉不出他们些许的不满。如果屏蔽掉与贬谪相关的词语或诗歌的创作背景，读者甚至会误以为诗人徜徉于自然之中，充满着自我满足的感觉。

南渡理学家因个人秉性不一，审美追求也各有不同，但都因浸淫理学日久，风格上也有一定的趋同性，这就是与诗人情感抒发的节制相对应的古朴平和。例如胡寅《携酒访奇父小酌竹斋以诗来谢次其韵》：

> 优游林麓避尘沙，杖策巾横一幅纱。却老自烧金鼎药，醒心时进玉川茶。钩窗爱日频迁坐，荫竹流泉屡满注。当记此欢同醉处，歙歌折柳舞传巴。③

诗歌所写的内容是与友人的日常交往，平常无奇。诗歌中所体现的诗人的形象安祥平和，语言清新流畅，颇具有典型性。此类风格的诗歌并非仅仅出现于一般悠游之作中，在其他类型的诗歌中同样普遍存在，如陈渊《七夕闰意戏范济美三首》：

---

① 《斐然集》卷五。
② 《默堂先生文集》卷一〇。
③ 《斐然集》卷四。

衡阳新雁几时归,惆怅佳人万事非。蓬首西风还拜月,夜凉赢得露沾衣。

经年不复到庭除,又见秋风柳欲疏。看罢巧楼归小阁,床头重检近来书。

祝君樽酒醉罗裳,此夜应须石作肠。幸自书生恶滋味,那堪千里羡牛郎。①

该组诗歌虽然也是文人间的唱和游戏之作,但属于传统的闺怨主题,前两首表达的是思妇对远行在外丈夫深沉的思念之情。末一首同样从思妇的角度出发,写思妇想象丈夫在七夕之夜应当借酒作乐,以舒缓对自己的思念之意。总体说来,这种传统的易于写成怨愤情绪的题材被理学家陈渊表现得很有节制,女子怨则怨矣,但更多的则是表现出对丈夫的体贴与理解,诗风深婉不迫。

就整个理学诗歌史而言,理学家诗歌不太雕琢,相反,儒家思想更强调复古,理学家在诗歌创作中也往往具有复古的倾向。理论上讲,诗歌复古最明确的归属应该是《诗经》,但《诗经》的四言形式显然难以成为创作的主要形式,因而,理学家诗歌往往以汉魏古诗作为效法的对象。《四库全书总目》称刘子翚"古诗风格高秀,不袭陈因"②,称陈渊"为诗不甚雕琢,然时露真趣"③,引傅自得言称朱松"诗高远而幽洁"④。《宋诗钞·屏山集钞序》称刘子翚诗"五言幽淡卓炼,及陶、谢之胜,而无康乐繁缛细涩之态"⑤。如此等等,颇能反映出南渡理学家诗歌风格的整体趋向。试以下列两诗管窥一斑:

平居自相乐,忽焉成别离。君居天之南,我堕海之涯。四海岂不大,非君谁我知。狡兔营三窟,鹪鹩安一枝。勿云千里远,相见无迟缓。精诚傥可通,指日日犹反。毋为浪相思,我老尚能饭。(张九成《拟古》)⑥

月高夜鸣筝,声从绮窗来。随风更迢遰,萦云暂徘徊。余音若可玩,繁弦互相催。不见理筝人,遥知心所怀。宁悲旧宠弃,岂念新期

---

① 《默堂先生文集》卷二。
② 《钦定四库全书总目(整理本)》卷一五七,第2106页。
③ 《钦定四库全书总目(整理本)》卷一五八,第2118页。
④ 《钦定四库全书总目(整理本)》卷一五七,第2103页。
⑤ 《宋诗钞》第2册,第1506页。
⑥ 《横浦集》卷二。

乖。含情郁不发,寄曲宣余哀。一弹飞霜零,再抚流光颓。每恨听者稀,银甲生浮埃。幽幽孤凤鸣,众鸟声难谐。盛年嗟不偶,况乃容华衰。道同符片诺,志异劳百媒。栖栖墙东客,亦抱凌云才。(刘子翚《闻筝作》)①

张、刘二人的诗歌皆语言古朴,张九成的诗歌甚至还有点故作拙态,明显模仿汉魏古诗。而刘子翚诗,朱熹《跋病翁先生诗》云:"此病翁先生少时所作《闻筝》诗也。规模意态,全是学《文选》《乐府》诸篇,不杂近世俗体,故其气韵高古,而音节华畅,一时辈流少能及之。"当然,刘子翚后来也并非所有作品皆如此风,"逮其晚岁,笔力老健,出入众作,自成一家,则已稍变此体矣"②,而且事实上整个南渡理学家也并非所有诗作皆亦步亦趋于汉魏古诗之后,但是,当时的创作多以古朴为宗,这是无疑的。

2. 多样化的艺术追求。不得不说的是,南渡理学家诗歌整体上情感节制、风格古朴,但这并不是南渡理学家诗歌的全部风貌。相比较此前与此后的理学家的创作,南渡理学家诗人较为重视诗歌的艺术特征。这也是南渡理学家诗歌区别于此前理学家诗歌的特征所在。

程颐曾将杜甫诗句"穿花蛱蝶深深见,点水蜻蜓款款飞"视为"闲言语",认为诗歌应该有关教化,而如果按照这一标准比照南渡理学家诗人,则会发现南渡理学家诗人几乎都有相当数量的所谓"闲言语"之作,如:

  超然华榜照新堂,兀尔忘机入醉乡。城外有山心共远,壶中无事日偏长。月留粉壁檀栾影,栏俯冰池菡萏香。最爱南窗通北牖,好风时送一襟凉。(胡寅《题贾氏超然堂》)③
  晚驱羸马下层丘,路转寒塘忆旧游。半夜雨声碎庭竹,更疑飞沫溅龙湫。(林季仲《游大龙湫宿寿昌竹轩》)④
  深杏小桃暄午昼,游丝飞絮搅长空。觉来一枕轩窗静,燕子双双西又东。(张九成《午睡》)⑤
  春入名园何处寻,东风引步上岖嵌。平凝四面云岚合,曲折一丘花木深。碧草华滋迷绝径,绿萝阴影护芳林。韶光向此知归处,长与

---

① 《屏山集》卷一○。
② 《晦庵先生朱文公文集》卷八四,《朱子全书》第 24 册,第 3968 页。
③ 《斐然集》卷三。
④ 《竹轩杂著》卷二。
⑤ 《横浦集》卷四。

先生供醉吟。(范浚《题四兄茂安藏春园》)①

　　淡淡阴云昼掩门,隔溪杨柳暗江村。落花狼藉飞红雨,又是潺湲过一春。(吕本中《春晚即事》)②

如此众多的"闲言语"之作,颇能说明南渡理学家创作诗歌不仅仅出于理学的"发圣人理义之秘"等功利性的目的,而是带有较强的审美意义。

事实上,南渡理学家诗歌中有对各种风格的接受,对各种诗歌创作方法的尝试。吕本中诗歌风格既有典型的江西诗风,又有圆转流利之作;范浚对唐代多个诗人的风格都有尝试性的借鉴,写下效法李贺的诗作《四月十六日同弟侄效李长吉体分韵得首字》《三月二十六日夜同端臣端杲侄观异书效李长吉体》《春融融效李长吉体》、效法卢仝的《同伯通端杲侄效卢仝体》、效法温庭筠的《同茂通弟效温飞卿体》、效法李白的《拟李太白笑矣乎》《送徐彦思倅建安》、效法白居易的《戏效白傅体送姚删定》等;其他理学家也对前人的诗歌风格有所效法,如韩愈狠、猛的诗风就为多个理学家效法,胡寅《清湖山大火》《游将军岩》《观柳源瀑布》、林季仲《秋热次高仲贻韵》等,皆极尽夸张之致;朱松甚至模仿南朝乐府,写下《吴江曲》:

　　吴江女儿白如玉,花底纱窗傍溪渌。玉箫春暖贴朱唇,故作阳春断肠曲。扁舟掠水去如飞,不见嫣然一笑时。回首江城只孤塔,向来一念复因谁。③

整首诗意态缱绻,姿态摇曳,令人心神摇荡,与理学家严肃的感觉完全不同,也同样显示出南渡理学家诗歌风格的丰富性与多样性。

始于杜甫,盛行于北宋诗坛的白战体诗歌是一种趋避体物的创作方式,得名于苏轼诗句"白战不许持寸铁",又称禁体物诗。这种创作方式要避开已经为前人所熟用的巧似之言而要进行创新。无疑,这是一种因难见巧的创作手法,需要诗人很强的文字功底与表达能力,是才气与诗歌创作实力欠缺者所无法做到的。然而,通过调查,笔者发现南渡理学家诗人胡寅却对此手法乐此不疲,先后写下《和坚伯梅六题一孤芳二山间三雪中四水边五月下六雨后每题二绝禁犯本题及风花雪月天粉玉香山水字十二绝》《和诸友春雪》,前一首标题中明确标出诗歌中所禁内容,后一首虽然标题

---

① 《范香溪先生文集》卷一〇。
② 《东莱诗词集》诗集外集卷一,第324页。
③ 《韦斋集》卷三。

中没有显示,在写作过程中也没有完全禁体物,但诗人的艺术追求非常明确:"清欢怅然怀旧赏,白战漫尔踵前哲。"①

除此以外,南渡理学家诗人在诗歌创作上也还注重其他的技巧。如吕本中诗歌中喜用僻典,曾几现存诗歌中拗体数量非常多。其他非江西诗派中的理学家创作也多注重艺术修饰,如刘子翚"七言近体派杂江西,盖子翚尝与吕本中游,故格律时复似之"②,胡寅诗《和邓友直》"晓岸林峦光写镜,夜窗风露冷涵秋"③中的"写"与"涵"属于炼字的艺术技巧,朱松《寄人》"比似持云来寄我,何如君自作云来"④则以构思新奇见长,范浚《六笑》则属于创格:

> 我笑支道林,远移买山书。巢由古达士,不闻买山居。我笑贺知章,欲乞鉴湖水。严陵钓清江,何曾问天子。我笑陶靖节,自祭真忘情。胡为托青鸟,乃欲长年龄。我笑王无功,琴外无所欲。当其恋五斗,乃独不知足。我笑杜子美,夙昔具扁舟。老大意转拙,欲伴习池游。我笑韩退之,不取万乘相。三黜竟不去,触事得谗谤。客言莫谩笑古人,笑人未必不受嗤。螳螂袭蝉雀在后,只恐有人还笑君。回头生愧不能语,嘲评从今吞不吐。誉尧非桀亦何为,讪周讥禹终无取。⑤

七、南渡理学诗及理学家诗歌的评价

客观地讲,南渡理学诗成就不高,上不及五子有开创之功,下不及朱熹有集大成之力。然而,作为诗歌史上的一段,它是不可或缺的一环。它上承五子、下启朱子,具承前启后的性质。

南渡理学诗的过渡性质,最能体现在刘子翚与朱松二人身上。我们知道,朱熹的理学思想承接二程,尤其是程颐。其文学思想亦受小程影响,重道轻文。然而,朱熹毕竟没有墨守成规,而对程颐作文害道的观点加以修改,变为文以贯道。而且,朱熹的诗歌创作也颇有成就,当时胡铨曾以"诗人"的名义向朝廷举荐他。⑥ 朱熹的文学思想与诗歌创作成就,当然不是与生俱来的,与其父朱松以及其幼年老师刘子翚有直接的关系。

---

① 《斐然集》卷二。
② 《钦定四库全书总目(整理本)》卷一五七,第2106页。
③ 《斐然集》卷三。
④ 《韦斋集》卷五。
⑤ 《范香溪先生文集》卷八。
⑥ 参见[宋]罗大经《鹤林玉露》甲编卷六"朱文公论诗",第112页。

朱松与刘子翚皆为南渡时期的理学诗人,朱熹幼年从朱松学习,既习经史,又学诗文。绍兴十三年,朱松卒,朱熹师从刘子翚等三人,也是理学与文学同时学习。可见,朱熹诗文渊源有自。而朱松、刘子翚二人,诗歌造诣较高,对诗歌并不排斥,刘子翚《莱孙歌》云"读书已通经,学赋已知律"①,将经、赋并提。不仅如此,他们二人对诗歌的艺术风格也有兼容的胸襟,刘子翚有诗《次韵明仲幽居春来十首》(其八)云:"却忆少陵诗句好"②,称道杜甫诗句,而我们知道,刘子翚的诗风并不类杜甫。朱松甚至对贾岛诗歌风格也持赞扬态度,其诗《徐彦猷寄示诗数章皆隐约世外语诗律深妙岂胜叹仰辄次韵和呈彦猷素富学未壮而弃场屋故诗中极道江湖放浪之乐以动荡其心志而卒反之以古人出处之义当有隐君子弄舟烟雨之外倚其声而歌之亦可以一笑也》:"诗逼长江世已稀。"③这些都对朱熹的诗歌观产生了很大的影响。

朱、刘二人的创作,更对朱熹的诗歌风格有直接的影响。朱熹诗崇《选》体,诗风清远闲淡。而朱松诗,朱熹《皇考左承议郎守尚书吏部员外郎兼史馆校勘累赠通议大夫朱公行状》称:"放意为诗文。其诗初亦不事雕饰,而天然秀发,格力闲暇,超然有出尘之趣。"④亦以自然为主。刘子翚诗,朱熹《跋病翁先生诗》云:"规模意态,全是学《文选》《乐府》诸篇,不杂近世俗体,故其气韵高古,而音节华畅,一时辈流少能及之……然余尝以为天下万事,皆有一定之法,学之者须循序而渐进。如学诗则且当以此等为法,庶几不失古人本分体制。"⑤由此不难发现朱熹对二人诗歌风格的传承。尤其需要指出的是,朱熹早年学诗拟《选》诗,与刘子翚早年学诗途径如出一辙,更不难发现二者之间的密切关系。

由朱熹与朱松、刘子翚这一个案,不难得出这样的结论,虽然南渡理学诗成就不高,但它毕竟是南宋中叶诗歌直接的源头,有其存在与研究的价值。作为诗歌发展史上的一个环节,南渡理学诗完全应该纳入到研究者的视野之中。

关于南渡理学家诗歌的成就问题,我们首先应该看到一点,无须讳言,理学家重道轻文,常常不注意诗歌的艺术性,导致理学诗艺术水准不够,诗歌风格较为单一。许多理学诗艺术水准很低,阅读起来毫无诗性可言。为

---

① 《屏山集》卷一二。
② 《屏山集》卷二〇。
③ 《韦斋集》卷六。
④ 《晦庵先生朱文公文集》卷九七,《朱子全书》第 25 册,第 4506 页。
⑤ 《晦庵先生朱文公文集》卷八四,《朱子全书》第 24 册,第 3968 页。

有一感性认识,引用胡寅的一首古诗《寄题义陵吴簿义方堂》:

> 万生天地间,灵者乃知义。何独于义明,而利心亦炽。兹焉分两轨,君子小人异。秉义一毛轻,百川利趋亟。纷纷冒货贿,役役奔势位。资之以狼贪,攘之以螳臂。深较毫厘差,交攻兵刃割。大贾五百金,徙蜀死无庇。小偷惭箧篋,褫魄对狞吏。一生几量屐,身后粪土弃。夫岂无良心,习惯遂殊致。试令呼之跖,悍目瞋然视。又或号之夷,喜笑亦随至。也知清誉好,宁自浊污置。颓波日不反,方趾尚当愧。有美短簿贤,老矣能刬剗。善为子孙谋,辟堂置经笥。松筠岁寒色,不种春藻媚。郴山固奇变,其江泻青翠。盘礴以蜿蟺,淑气宜产粹。是将出秀民,庸称名堂意。愿言承学子,不受流俗渍。虽共鸡鸣起,拳拳冈颜志。本原孝而恭,由此充其类。附翼而攀鳞,四科有升次。或夸诡遇功,固耻与之比。何况浮云侣,秋露草头坠。勿忘先师言,亦何必曰利。①

这首诗长而无味,质木无文。少形象,多议论,简直就是一篇义利之辨,毫无诗歌美感可言。这样的诗歌在理学诗歌中并非少数,也因此导致了人们对理学诗整体评价不高。笔者无意否认这个事实,但我们应该有这样的一种认识,诗歌在本质上虽然是审美性的,但在实际创作中,诗歌同时还担负着教化、交际等实际的功能,这就导致大量诗歌审美性的削弱,且不管不以诗名家的小诗人,就苏、黄这样的大诗人,其诗歌中也存在为数不少审美性不强的诗作。而以道家语入诗的玄言诗,以佛家语入诗的偈语诗,同样也质木寡味。因而,对待这部分没有诗意的理学诗,就不应该用审美的眼光去苛求。

另外,我们应该注意到,理学修养对诗人气质的影响,与诗人通脱人生观的形成有着一定的关系,这一点导致诗人创作上圆通、有生气,在后来南宋中兴四大家诗人身上都有所反映。

概言之,理学诗因大多艺术性较弱,影响到诗歌整体的艺术成就。但是理学诗作为诗歌的一种,有其存在的价值,它使诗坛更多了一个品种,也更繁荣了中国古典诗歌。至于那些诗性与理性结合得完美的理学诗,则又增添了宋诗的理趣。同时,理学对诗人的性情等产生了一定的影响,也对诗歌的发展有着积极的意义。

---

① 《斐然集》卷一。

第六章　南渡诗歌的历史地位

宋代南渡诗歌进行准确定位是一件非常不容易的事情,因为在这个时期的诗歌中很难找出具有标杆性的诗人以及能够涵盖整个诗坛的具有普遍性的特征。对宋代南渡诗歌进行概括与总结,将是费力而难以得到认可的工作,也必将会成为其他研究者再度讨论的问题。笔者愿为引玉之砖,在可见材料范围之内、在现有研究的基础上、在现有学养的状况下作挂一漏万的概括,以期引起学界更大的研究兴趣。

第一节　宋代诗歌史上两个高峰间的低谷

将南渡诗歌放到整个宋代诗歌史上考察,我们会发现南渡诗坛处于北宋元祐之后、南宋中兴四大家之前,而元祐与南宋中兴四大家的诗歌创作代表着宋代诗歌的最高成就。尽管南渡诗歌的成就也还有可观之处,但与其前后两个时期相比就显得逊色不少。从这个意义上讲,南渡诗歌处于宋代诗歌史上较为低迷的时期。

南渡时期诗歌成就不高,主要表现在两个方面:一、大诗人不多。无论是元祐诗坛,还是南宋中期诗坛,皆有一批成就卓越的诗人。元祐诗坛有王安石、苏轼、黄庭坚、陈师道以及秦观、张耒、晁补之等;南宋中期有陆游、杨万里、范成大等。而南渡时期,真正称得上大家的诗人只有一个陈与义。其他一些名家,如吕本中、曾几、徐俯、韩驹等,虽然皆有可圈点之处,但成就都不是很高。吕本中提出"活法说",影响很大,但诗歌创作个性并不太明显;曾几诗歌创作个性较强,其清新诗风开南宋中期诗人之先河,但很多诗歌写得过于率易,影响到整体水平。徐俯诗歌整体水平较高,可惜亡佚太多,不成规模。韩驹诗歌融合苏、黄,创作颇为谨严,亦有许多新变之处,然格局不大,难称大家。

二、南渡诗坛佳作不多。南渡诗歌中当然有名篇名作,甚至一些小诗人也有流传千古的作品,但是我们注意到,这个时期艺术水准很高的诗作数量不多。而有很多至今为研究者经常关注的一些诗歌作品,如果从艺术性的角度来评判,还很难称得上是上乘之作。例如吕本中的《兵乱后自嬉杂诗》,之所以受到人们的关注,并不是因为这组诗歌艺术成就高,而是这些诗歌记录了"靖康之难"前后朝廷上下的状态、金人的暴行以及士人的心态等等,具有史料价值。

南渡诗歌之所以是宋代两个诗歌高峰中间的低谷,而不能同样成为一个高峰,既有诗歌发展自身的原因,也与外在文化环境等因素有关。

我们知道,诗歌发展有其自身的规律,往往在不同的阶段表现出不同的风貌,并影响到诗歌的成就。南渡诗歌的成就之所以不能与元祐及南宋中期诗歌相提并论,也是符合诗歌发展规律的。元祐诗歌是宋型诗歌的典型,宋型诗歌到此已经发展到了极致。南渡诗人身处其后,如果继续沿着元祐诗歌发展,无疑难以超越。元祐稍后的徽宗诗坛基本是元祐诗歌的继续,唐庚等人学苏轼,三洪等人学黄庭坚,但他们的创作亦步亦趋,给人以邯郸学步之嫌,而且在模仿过程中又失之拘谨,显得生硬,总体来说并不成功,因而在文学史上并没有太高的地位。南渡诗人又在徽宗诗坛之后,与元祐诗坛有一定的距离,对前人的得失看得较为清楚,尤其是对徽宗朝诗人对元祐诗歌继承之失,更是了然于心,因而自然会考虑到南渡诗歌自身的发展方向。正是在这样的背景下,南渡诗人开始探索诗歌发展的新方向,吕本中"活法说"就是其中最为典型的例子。南渡诗人在实际创作中开始明显背离元祐诗歌,部分诗人的诗歌开始向唐诗复归。(详论见本章第二节)当然,南渡诗人当时未必有很明确的对元祐诗歌的反动意识,当时活跃在诗坛上的名家很多仍尊奉江西诗派为圭臬,其中包括吕本中。正因为此,南渡诗人在诗歌榜样的选择上较为复杂,既有对元祐诗歌的继承,又有对唐诗传统的吸收。这对于诗歌发展来说应该是一个很好的现象,可是,毕竟宋诗与唐诗属于两种不同的美学范畴,要将这两种诗风融合到一起并非易事,也非一朝一夕可以完成。南渡诗歌属于唐、宋两种美学风格融合的草创阶段,诗歌创作实绩受到影响在所难免。

影响到南渡诗歌整体成就的另一个原因是外在的文化环境。科举取士是中国古代自隋唐开始实行的选拔官吏的一种手段,宋代继承了这项制度,但在具体操作中有别于隋唐。北宋前期,科举考试中的进士科考试科目主要包括诗赋与策、论;熙宁年间,王安石进行科举改革,进士考试中殿试罢诗、赋、论三题而专用策,省试罢诗赋而代之以经义。其后元祐年间因旧党执政,曾于元祐六年(1091)省试以诗赋与经义两科并行为考试科目。

但自哲宗绍圣年间起,新党重新把持朝政,复以经义取士。①

北宋时期,科举考试是读书人进入仕途的一个最重要的途径,因而考试的内容也就成为读书人的指挥棒。北宋前、后期考试内容的调整,由前期的诗赋、策、论变为后期的经义,无疑对举子的知识结构产生重大的影响,进而影响到整个文化阶层及后备力量的知识结构。

北宋中后期以经义取士,不仅仅造成诗赋写作水准的下降,而且导致士人知识面趋于狭窄。因为经义取士规定专治一经,改变了诗赋取士时举子为备考不得不博观泛览的风气。又熙宁年间,宋神宗命王安石编纂《三经新义》作为官方学说,并依此作为科举考试中解释经典的依据。举子为博得高第,往往只研读王氏之学。如此种种皆直接造成士人阶层知识面过于狭窄,甚至缺乏历史常识。《曲洧旧闻》中有一则记载:

> 科举自罢诗赋以后,士趋时好,专以三经义为捷径,非徒不观史,而于所习经外他经及诸子,无复有读之者。故于古今人物及时世治乱兴衰之迹,亦漫不省。元祐初,韩察院以论科举改更事,尝言臣于元丰初差对读举人试卷,其程文中或有云"古有董仲舒,不知何代人",当时传者莫不以为笑。此与定陵时省试举子于帘前上请云"尧舜是一事,是两事"绝相类,亦可怪也。②

这是王安石熙宁贡举改革后举子知识严重缺乏的事例,其后虽然元祐年间旧党执政,曾恢复诗赋考试,士人的知识结构有所调整,但为时不长,新党重新掌权,诗赋考试再次被取消,甚至到了徽宗年间,诗赋与史学作为"元祐学术"的一部分被禁止。崇宁元年(1102)十二月,"丁丑,诏:'诸邪说诐行非先圣贤之书,及元祐学术政事,并勿施用'"。③ 次年四月又下诏:"三苏、黄(庭坚)、张(耒)、晁(补之)、秦(观)及马涓文集,范祖禹《唐鉴》,范镇《东斋记事》,刘攽《(道)[诗]话》,僧文莹《湘山野录》等,印板悉行焚毁。"④ 又《宋会要辑稿·选举》:大观三年(1109)十一月,禁诗赋,榜朝堂,

---

① 北宋徽宗朝蔡京曾大规模地推行三舍法,并以此取代科举取士。但据现有研究来看,其时科举取士并没有终止,详见林岩《北宋科举考试与文学》,上海古籍出版社 2006 年版,第 221—228 页。
② 《曲洧旧闻》卷三,第 116 页。
③ 《宋史》卷一九,第 366 页。
④ 《皇宋通鉴长编纪事本末》卷一二一《禁元祐党人》上,《续修四库全书》第 387 册,第 309—310 页。

凡"缙绅之徒、庠序之间尚以诗赋私相传习或辄投进"者,"御史台弹劾"。①这些诗禁、史禁尽管并没有在整个徽宗朝严格执行,而且很多士人并没有因为这些禁令而停止作诗,甚至出现被禁诗文集愈禁流传愈广的局面,但毕竟有禁令在,人们总有所顾虑,况且当时还确实发生过士人因写作诗歌而遭到打击的事件。例如《彦周诗话》记载:

> 季父仲山,先大夫同祖弟也。读书精苦,作诗有源流。昔尝上书,晚以特奏名得一官……时道君皇帝在睿思殿,宣进甚急,意谓得美官。翼日,台章论列,作诗害经旨,遂报罢。②

许仲山因为作诗为御史论列而失美官,正说明禁令并非一纸空文,在现实中时有执行。也正因为此,诗人写作受到限制,诗歌很难得到正常的发展。《韵语阳秋》载:"绍圣初,以诗赋为元祐学术,复罢之。政和中,遂著于令,士庶传习诗赋者,杖一百。畏谨者至不敢作诗。"③禁诗、禁史导致的一个直接后果就是士人知识面狭窄,当时官员对此就有清晰的认识。政和二年(1112)三月二十一日,翰林学士蔡嶷等言:"比岁学者妄相传播,谓学校以史书为禁,士子程文,至于历代世次先后、古人名氏显著者亦或差舛。乞今后时务策并随事参以汉唐历代故实为问。从之。"④

士人阶层知识面的狭窄对诗歌创作的影响表现在诗人学养不深厚,写作过程中无法做到左右逢源。宋代诗歌在很大程度上依靠学问,南渡诗人在宋诗充分得到发展的背景下走上诗坛,很难摆脱宋调的一些特征。然而他们的知识结构又是极度不合理,根本无法自如地运用各方面的知识,结果写出的诗歌往往捉襟见肘,缺乏前辈诗人诗歌的厚重。南渡诗坛没有出现如黄庭坚这样以学问取胜的诗人,这也是原因之一。

北宋末年科举考试取消诗赋,又禁止作诗,士人一方面缺少学习写诗的动力,另一方面也有人确实惧怕获罪而不热衷诗歌创作。这就导致社会缺少一个良好的诗歌创作环境,诗歌创作衰落,整个诗人群文学修养、创作水平普遍下降。《直斋书录解题》著录陈与义《简斋集》时云:"崇、观间尚王氏经学,风雅几废绝。"⑤这里的"风雅",主要就是指诗歌。刘克庄《跋某

---

① [清]徐松辑:《宋会要辑稿·选举》卷四之七,中华书局1957年版,第4294页。
② 《彦周诗话》,《历代诗话》本,第380页。
③ 《韵语阳秋》卷五,《历代诗话》本,第524页。
④ 《宋会要辑稿·选举》卷四之八,第4294页。
⑤ [宋]陈振孙:《直斋书录解题》卷二〇,上海古籍出版社1987年版,第601页。

人诗卷》云:"元祐赋律古,熙宁经义新。请君忙改艺,诗好误终身。"①诗人们明哲保身,纷纷放弃诗歌创作。南渡诗人大多在这样的环境中成长、学习,毫无疑问地受到那个时代风气的影响。先天文学修养不足,这同样影响到南渡诗歌的整体水平。

当然,诗歌创作虽然受到科举考试及朝廷政策的影响,但同时应该看到,诗歌创作毕竟是一种个人行为,徽宗朝仍有不少在诗歌创作方面颇有造诣的诗人,比如陈与义就是其中杰出的代表。因而,我们在考虑诗歌发展状况时,不能夸大外在因素的作用。另外,北宋末年新党禁"元祐学术"的目的就是打击旧党,新党打击旧党还采取了其他一些措施,其中包括禁止旧党成员及其子弟参加科举考试。这部分人因无缘科举考试,将精力用于钻研诗艺,反而成了传承诗歌创作传统的主要力量,也因此成为南渡诗歌的中兴力量。正因为上述因素,南渡诗坛虽然不是很繁荣,但并未成为诗歌的沙漠。

第二节　宋诗发展到极致后向唐诗的复归

在讨论这个话题之前,首先需要对唐诗与宋诗这两个概念作一辨析。从字面上讲,唐诗就是指唐代诗人写的诗,宋诗指宋代诗人写的诗。但从风格学上讲,唐诗与宋诗代表着两种不同的审美范式。钱锺书在《谈艺录》中指出:"唐诗、宋诗,亦非仅朝代之别,乃体格性分之殊。天下有两种人,斯分两种诗。唐诗多以丰神情韵擅长,宋诗多以筋骨思理见胜。严仪卿首倡断代言诗,《沧浪诗话》即谓'本朝人尚理,唐人尚意兴'云云。曰唐曰宋,特举大概而言,为称谓之便。非曰唐诗必出唐人,宋诗必出宋人也。"②也就是说,唐人诗也有宋调,宋人诗也有唐音。不过,唐、宋两代诗人所拥有的社会环境、艺术渊源等差异较大,更因为宋代诗人为了避免重复唐人的创作,有意求异,种种原因导致宋人之诗与唐人之诗差别较大。总体而言,唐人之诗(尤其是盛唐与晚唐诗)代表着唐诗的风貌,宋人之诗(以北宋元祐前后为多)更多带有宋诗的特征。

宋诗与唐诗的区别,从不同角度考察,可以得出不同结论。程千帆先生在《读〈宋诗精华录〉》中认为:"唐人之诗,主情者也,情亦莫深于唐。及五季之卑弱,而宋诗以出。宋人之诗,主意者也,意亦莫高于宋。后有作

---

① 《后村先生大全集》卷九。
② 钱锺书:《谈艺录》(补定本),中华书局1984年版,第2页。

者,文质迭用,固罔能自外焉。"①指出唐诗多抒发情感,而宋诗好议论。缪钺在《论宋诗》中说:"唐诗以韵胜,故浑雅,而贵蕴藉空灵;宋诗以意胜,故精能,而贵深折透辟。唐诗之美在情辞,故丰腴;宋诗之美在气骨,故瘦劲。唐诗如芍药海棠,秾华繁采,宋诗如寒梅秋菊,幽韵冷香。"认为唐、宋诗的意境不同。他接着又从诗歌技巧的角度阐释两者之区别,认为宋诗较唐诗更为精细,能百尺竿头,更进一步。如宋人作诗讲究熔铸群言,强调无一字无来处,故于用事之法亦多有所研究,有换骨夺胎诸法。唐人律诗的对偶已较六朝为工,宋诗于此尤为精细,讲究对偶的工切、匀称、自然和意远。宋人于诗句特别注意洗练与深析,造句之法在求生新,求深远,求曲折;又于唐诗用韵之变化处特加注意,喜押强韵,喜步韵,因难见巧,往往叠韵至四五次。唐诗声调以高亮谐和为美,而宋人喜作拗折之响。② 霍松林、邓小军则指出宋诗与唐诗的区别之一在于宋诗中自然意象淡化,人文优势得到提升。③ 关于唐、宋诗之区别的讨论,其他还有很多,这里不一一罗列。笔者根据前人众多的讨论,择其要者,将唐、宋诗的区别概括为以下几点:1. 唐诗以情感取胜,宋诗以议论见长;2. 唐诗以自然意象为重,宋诗中人文意象所占比重较大;3. 唐诗语言以圆润浑成为主,宋诗讲究质朴生新。下面,我们根据这些标准来讨论南渡时期诗歌的形态。

  通常认为,以黄庭坚、陈师道为代表的江西诗派的诗歌最能体现宋诗特征。因而,我们就以黄、陈二人之诗作为参照讨论诗坛的变化。宋诗特征之一是崇尚理趣,早在严羽《沧浪诗话》中就指出这个特点:"以议论为诗。"④当然严羽是将这一特征作为缺点来批评的。应该指出,宋诗将议论这一本来在文章中才有的手法引进到诗歌创作中,丰富了诗歌创作的技法,也提高了诗歌的表现功能,并且也的确因此产生了许多优秀的作品,如苏轼的《题西林壁》就是其中的典型。但是,我们也应该注意到,诗歌中过多的议论有时会冲淡诗歌的情感冲击力,容易导致诗歌显得干枯。最为极端的例子就是理学家们的理学诗,很多如同讲义,缺乏诗歌的韵味。而且,议论化的诗歌往往言尽意尽,缺乏含蓄蕴藉。北宋诗歌到了黄、陈手里,议论化的程度很高,而其弊端也越发显得突出。南渡诗歌受黄、陈以及苏轼影响很大,以议论为诗的现象仍然大行其道,很多诗人仍喜欢用诗歌来发表观点。

---

① 程千帆:《古诗考索》,《程千帆全集》第八卷,河北教育出版社 2001 年版,第 503 页。
② 缪钺:《诗词散论》,上海古籍出版社 1982 年版,第 36 页。
③ 参见霍松林、邓小军《论宋诗》,《文史哲》1989 年第 2 期。
④ [宋]严羽著,郭绍虞校释:《沧浪诗话校释·诗辨》,人民文学出版社 1961 年版,第 26 页。

但是,这一时期纯粹以议论手法写出的诗歌的数量远远低于元祐时期。为数不少的诗人已经或有意或无意地开始回避(或在数量上减少)以议论入诗这一写法。比如张嵲的诗歌,少以说理为主的诗作,而多情感饱满之作。如其《建炎庚戌溃兵犯襄汉寒食阻趋光化拜扫追慕痛哭因成二诗》:"故园坟树想青葱,寒食风光泪眼中。自痛不如伦父子,纸钱犹挂树头风。"①该诗虽然较之唐诗稍显幽折,但其中喷薄而出的情感,令人扼腕的感伤,却类唐诗。又如李处权的近体诗,同样少见以议论为主调的作品。甚至江西诗派中的韩驹,他的诗作也是几乎没有多少纯以议论为主的作品,即便有些诗歌中含有议论成分,其议论化的程度也不高。且看下面这首诗歌:

昭君十七进御时,举步弄影飐蛾眉。自怜窈窕出绝域,八年未许承丹墀。在家不省窥门户,岂知万里从胡虏。丰容靓饰亦何心,尚欲君王一回顾。君不见班姬奉养长信宫,又不见昭仪举袂前当熊。盛时宠幸只如此,分甘委弃匈奴中。春风汉殿弹丝手,持鞭却趁奚鞍走。莫道单于无复情,一见纤腰为回首。含悲远嫁来天涯,不知夔州处女髽。寄语双鬟负薪女,炙面慎勿轻离家。②

这首诗是韩驹诗集中议论化倾向最为明显的诗歌之一。其受王安石《明妃曲》有意作翻案文章的影响,也刻意在这首题画诗中表达自己对昭君出塞之事不同于他人的观点,因而在写法上并没有避开议论这一手法。然而,我们注意到,就这样一首在韩驹诗集中少见的杂以议论的诗歌,议论化的程度也很低,真正意义上议论化的诗句也就"盛时宠幸只如此,分甘委弃匈奴中"这么一联。这与苏、黄等人在诗中动辄大发议论的做法迥然不同。韩驹的诗歌中有不少接近于唐诗声情并茂的诗歌。如其《十绝为亚卿作》:

离歌三叠最关情,不省从来此地闻。早是春残心事恶,落花阴里更辞君。
君去东山踏乱云,后车何不载红裙。罗衣浥尽伤春泪,只有无言持送君。
更欲樽前抵死留,为君徐唱木兰舟。临行翻恨君恩杂,十二金钗

---

① 《紫微集》卷一〇。
② 《题李伯时画昭君图》,《陵阳集》卷一。

泪总流。

世上无情似有情,俱将苦泪点离樽。人心真处君须会,认取侬家暗断魂。

君住江滨起画楼,妾居海角送潮头。潮中有妾相思泪,流到楼前更不流。

忆泛郎舟共采莲,今来挥泪送郎船。回书倘寄新翻曲,湖上何人为扣舷。

一梦巫阳乐已穷,三年犹复怨匆匆。倏云骤雨成何事,未必三年抵梦中。

妾愿为云逐画檣,君言十日看归航。恐君回首高城隔,直倚江楼过夕阳。

初合双鬟触事羞,离筵酌酒强回头。纵言眼软偏饶泪,莫道心痴不解愁。

强整双鬟说后期,相盟不在已相知。来时休落春风后,却漫嗔侬子满枝。①

笔者不惮繁复将该组诗全部抄录,意在强调这组诗歌意义非同小可。这一组诗是代言体,是韩驹代诗中女主人公写给葛亚卿的。胡仔云:"余以《陵阳集》阅之,子苍《十绝为亚卿作》,皆别离之词,必亚卿与妓别,子苍代赋此诗。"②这组诗表现的是爱情主题,情感真挚而强烈。诗人描摹女主人公的心理十分逼真,那种欲别不忍、缠绵悱恻的情感如在目前,感人肺腑。这种以诗歌的形式表现爱情主题的作品,在宋代整个诗坛实属罕见,像这组诗歌以如此强烈的方式表现这一题材,更是难得一见。而这类诗歌在唐诗中却较为常见。曾季貍《艇斋诗话》云:"韩子苍'楼中有妾相思泪,流到楼前更不流',用唐人孙叔向《温泉》诗'虽然水是无情物,流到宫前咽不流。'"③

可以说,韩驹该组诗歌属于典型的唐音。除了这一组诗歌,韩驹另有一首《代妓送葛亚卿》④,感情饱满,亦属于唐音。另外一些表达家国之恨的诗句如"一杯无复当时乐,赤县黄图泪眼中"⑤等直抒胸臆的写法,也接

---

① 《陵阳集》卷三。
② 《苕溪渔隐丛话》后集卷三四,第263页。
③ 《艇斋诗话》,《历代诗话续编》本,第316页。
④ 见[宋]吴开:《优古堂诗话》,《历代诗话续编》本,第251页。
⑤ 《余为著作郎如莹为司令官皆在左掖门外高头坊绍兴四年如莹持节江西道抚相访辄成长句》,《陵阳集》卷四。

近于唐诗。

除了上面列举的一些诗人诗作外,南渡时期其他诗人的诗作也都呈现出表情之作增多、说理之作减少的趋向,如徐俯、吕本中、陈与义、王铚、汪藻、程俱、孙觌、朱弁等人的作品。从某种意义上讲,这种变化是向唐诗的复归,或者说是宋诗与唐诗的融合。当然,这种变化还处于萌芽阶段,唐诗的主情特征相对而言还比较微弱,这也是我们应该注意的。

宋诗与唐诗另一个很重要的区别在于唐诗中自然意象占主导地位,而宋诗中人文意象占主导地位。宋代诗人的人文修养普遍较唐代诗人高,学者型诗人也相应增加,再加上宋人更重内在修养而轻外在事功,因而诗歌中表现文人生活情趣的题材大量涌现。在唐诗中难得一见的题材,频频出现于宋人笔端。纸、墨、笔、砚、琴、棋、书、画成为诗人吟咏的对象,评茶、玩石、品酒、论艺之作亦充斥于诗人的诗集。相反,唐人热衷表现的题材如边塞之景、名山大川等外在自然的意象却不太受到诗人的青睐。这种状况,到南渡时期有所改变。

南渡诗人的笔下,一度为北宋诗人冷落的自然意象又重新大量出现。徐俯、韩驹、李处权、陈与义、林季仲、曹勋、汪藻、吕本中、郭印、曾几、孙觌、王庭珪、张嵲、王铚等人皆有数量不少描写自然风物的作品。这些诗歌中的意象多为自然意象。如韩驹《绝句》:

> 天寒候雁作行远,沙晚浴凫相对眠。松醪朝醉复暮醉,江月上弦仍下弦。①

该诗属于典型的晚唐诗风,意境清寒,讲究字面的对仗工整。吴曾认为该诗后一联出自陆龟蒙《别墅怀归》:"题诗朝忆复暮忆,见月上弦还下弦。"韩驹此诗具有唐诗风味,一个很重要的原因是该诗运用白描的手法将一个个自然意象巧妙地组合起来,构成一幅深秋月夜晚景图。其他诗人同类作品,略举数例如下:

> 垂阴覆绿波,檀栾影空注。傍有微径通,穿云向何处。(张嵲《溪上行》)②
> 云断山如拭,秋明水剧虚。湿烟蒙翠竹,暝雨濯红蕖。茅舍真淳

---

① 《能改斋漫录》卷八。
② 《紫微集》卷八。

俗,瓷罂窈窕沽。何须访摩诘,便是辋川图。(李处权《发永丰道中》)①

中庭淡月照三更,白露洗空河汉明。莫遣西风吹叶尽,却愁无处著秋声。(陈与义《秋夜》)②

风烟节物眼中稀,三月人犹恋褚衣。结就客愁云片段,唤回乡梦雨霏微。小桃山下花初见,弱柳沙头絮未飞。把酒送春无别语,羡君才到便成归。(朱弁《送春》)③

如此等等,皆与唐诗声息相关,其中陈与义的诗歌历来为人传诵。这些诗歌一个共同的特点就是诗人关注的对象是自然界的山水草木,通篇皆用自然意象,以景取胜。当然,南渡时期并没有一个诗人在诗歌创作过程中完全以自然意象入诗,大部分诗人的诗歌中人文意象仍占主导。仅有一些创新意识较强的诗人开始在诗歌中增加自然意象的比重,而他们的创作仍未摆脱人文意象的影响。比如曾几既有《三衢道中》《途中二首》《疏山一览亭》《鸣水驿》等以自然意象为主的作品,更不乏如《醉石》《墨坳》《煎茶》《似贤斋竹》等大量以人文意象为主的诗歌。

除了上面所举的单纯的自然意象与人文意象两类诗歌外,南渡诗坛还存在着为数众多的自然意象与人文意象共存于同一首诗歌中的现象。张嵲《渡湘水》:

昔读此《离骚》,今朝渡湘水。荒草满秋原,何处寻芳芷。④

从诗题看,诗人要写的是渡湘水这件事,但实际上诗人是想借此事抒发某种情感。诗人因见湘水,自然联想到屈原及其所写的《离骚》,生发出苍凉的历史感。该诗的特点就在于将感慨融于写景之中,而这种感慨又来源于诗人的人文素养。因而,诗歌中人文意象与自然意象同时出现,其中湘水、荒草、秋原和芳芷都是自然意象,而《离骚》则属于人文意象。

自然意象与人文意象在同一个诗人的诗歌中并存,这也说明了南渡诗歌向唐诗的复归与融合。之所以出现这样的变化,有两方面的原因。一方面,南渡诗人与其他时期的宋代文人一样,人文修养较高,因而他们关注的

---

① 《崧庵集》卷四。
② 《陈与义集校笺》卷九,第251页。
③ 《中州集》卷一〇,第521—522页。
④ 《紫微集》卷八。

内容亦常常是文人自身感兴趣的具有人文因素的对象、典故等等,这就导致他们的诗歌中仍然存在着很多人文意象。另一方面,南渡诗人开始意识到宋调诗歌过分关注人文意象,境界较狭。更因为诗人过分使用典故,很多诗歌堆砌之弊甚著,易于敷衍成章,缺乏真情实感,于是很多诗人开始将关注的对象扩大到自然界和社会。此时很多诗人有意从大自然中寻找诗材,如陈与义云"谁见繁香度腩时,碧天残月映花枝。固应撩我题新句,压倒韦郎宴寝诗"①,"花鸟催诗岁不留"②,"陈留春色撩诗思"③;吕本中云"白鸥笑汝不能饮,澄江恼人勤作诗"④;李弥逊云"天将物色助诗鸣,秋日吟肩句倍清"⑤,"句里江山端有助"⑥;李光云"山川助离骚"⑦。徐俯指导汪藻作诗的事例更集中反映了这一诗学思潮:

> 汪彦章为豫章幕官,一日,会徐师川于南楼,问师川曰:"作诗法门当如何入?"师川答曰:"即此席间杯(桦)[盘]、果蔬、使令以至目力所及,皆诗也。君但以意颣(财)[裁]之,驰骤约束,触类而长,皆当如人意,切不可闭门合目,作镌空忘实之想也。"彦章领之。逾月,复见师川曰:"自受教后,准此程度,一字亦道不成。"师川喜谓之曰:"君此后当能诗矣。"故彦章每谓人曰:"某作诗句法得之师川。"⑧

这段材料起码说明两个问题:其一,当时诗坛普遍存在着"镌空忘实"之作。汪藻接受了徐俯的指导以后很长时间无法作诗,说明其此前诗歌的创作乃"闭门合目",即闭门造车,而这种创作正是徐俯所批评的当时普遍存在的创作方式。其二,徐俯的诗歌观是诗歌要写自己所见,诗人亲眼所见当然可以包含人文景象,但更多的应该是自然景观。《艇斋诗话》云:"东(坡)[湖]论作诗,喜对景能赋,必有是景,然后有是句。若无是景而作,即谓之'脱空'诗,不足贵也。"⑨所谓"对景能赋",所赋当然为自然之景,在诗歌中即为自然意象。南渡诗人普遍向外界社会寻求创作题材的做法,无

---

① 《香林四首》(其三),《陈与义集校笺》卷一五,第434页。
② 《次韵谢表兄张元东见寄》,《陈与义集校笺》卷六,第141页。
③ 《对酒》,《陈与义集校笺》卷一三,第363页。
④ 《月下》,《东莱诗词集》诗集卷三,第41页。
⑤ 《次韵邵旸叔秋日怀归》,《筠谿集》卷一五。
⑥ 《留题新安幕府聚秀轩》,《筠谿集》卷一五。
⑦ 《县斋清坐有怀》,《庄简集》卷一。
⑧ [宋]曾敏行:《独醒杂志》卷四,《宋元笔记小说大观》,第3232页。
⑨ 《艇斋诗话》,《历代诗话续编》本,第284页。

疑促使诗歌中自然意象的比重大大增加。

语言风格的差别也存在于唐诗与宋诗之间。从大处讲,唐诗语言风格自然和谐,宋诗则质朴生硬。唐诗之自然,并非言其诗不事修饰,而是指读来朗朗上口,清通流畅,富于音乐美;宋诗之质朴生硬,是人为地避免晚唐诗歌的圆熟而有意追求质木瘦硬,缺乏和谐的音乐美感。

宋诗的这些语言特点一方面是因为宋型诗用典多,造成诗歌的阅读阻力很大;另一方面也是因为宋人有感于唐诗过于圆熟,诗歌中陈词套语太多,故有意追求一种迥异于唐音的宋调。然而物极必反,宋诗因过于追求异于唐诗,在其特点得到充分发展后,自身的弊病也逐渐暴露出来。许多诗人的诗歌语言流为怪僻拙涩。韩驹对此曾有批评:"目前景物自古及今不知凡经几人道,今人一下笔要不蹈袭,故有终篇无一句可解者,盖欲新而反不可晓耳。"①针对这种情况,南渡诗人采取了一系列补救的措施,其中最为著名的就是吕本中提出的"活法说"。吕本中的理论主要讨论的是诗歌创作中法度与自然的关系问题,其中包含对诗歌语言的思考。吕氏引用谢朓的话说"好诗流转圆美如弹丸",就是主张诗歌语言自然活泼。张元幹也曾提出活法的概念:"风行水上,自然成文,俱名活法。"②张氏所论,与吕本中同出一辙。正因如此,南渡诗人开始有意追求诗歌语言的自然流畅,并且也写出了这类语言风格的作品,比如徐俯晚年诗歌即力求自然洒脱。周紫芝《书老圃集后》云:"近时士大夫论徐师川诗甚不公,以谓稍稍放倒,而不知师川暮年得句多出自然也。"③而徐俯赞美他人云"诗如云态度"④,对舒卷自如的诗歌风格颇为欣赏。又如陈与义的诗歌语言亦追求清新晓畅,吴师道云:"世称宋诗人,句律流丽,必曰陈简斋。"⑤而流丽之诗,往往与唐诗有相似之处,故《墨庄漫录》举例云:"七言绝句,唐人之作,往往皆妙……陈与义去非《秋夜》云:'中庭淡月照三更,白露洗空河汉明。莫遣西风吹叶落,只愁无处着秋声。'如此之类甚多,不愧前人也。"⑥

诗人们有意识地追求诗歌语言的自然,主要通过两种途径来实现。其一,他们取法汉魏六朝诗歌。徐俯一再强调学习《选》诗:"东湖尝与予言:'近世人学诗,止于苏、黄,又其上则有及老杜者,至六朝诗人,皆无人窥见。若学诗而不知有《选》诗,是大车无輗,小车无軏。'东湖尝书此以遗予,且多

---

① 《陵阳室中语》,第704页。
② 《亦乐居士文集序》,《芦川归来集》卷九。
③ 《太仓稊米集》卷六六。
④ 《赠张仲宗》,《苕溪渔隐丛话》后集卷三六引《说诗隽永》,第284页。
⑤ [元]吴师道:《吴礼部诗话》,《历代诗话续编》本,第593页。
⑥ [宋]张邦基:《墨庄漫录》卷六,中华书局2002年版,第180—182页。

劝读《选》诗。近世论诗,未有令人学《选》诗,惟东湖独然,此所以高妙。"①其诗歌亦有类《选》诗者,曾季狸云:"东湖《送谢无逸》二诗,全似《选》诗,今集中无之。"又言:"东湖《朝容篇》有古乐府气象。"②当然,对汉魏六朝诗的学习,主要仍体现在对陶诗风貌的借鉴上。徐俯、陈与义、张嵲、吴芾等都对陶渊明平淡语言风格有所继承。而对这种自然诗风的追求实际上并非始于南渡诗人,早在北宋中后期(甚至可以追溯到北宋初中期的梅尧臣)就有诗人追求这一境界。例如苏轼将陶渊明奉为古今第一、黄庭坚认为杜甫夔州以后诗最好,就是这一美学思潮的注脚。宋调代表性的诗人提倡的自然,是宋型诗歌最高的美学追求。这种自然,不同于唐诗包含有声情远韵的宛转流畅的自然,而是平淡简古的自然。因而,南渡诗人取法汉魏六朝诗,实际是与宋调的代表性诗人出于同样的艺术追求而采取的措施。也就是说,南渡诗人是在超越了宋型诗人先讲究文字雕琢这一层面,而以平淡自然为直接的美学追求,是北宋审美追求的更直接的表现。

其二,南渡诗人将取法的对象扩大到中晚唐诗人的诗歌上。我们知道,无论苏轼还是黄庭坚对中唐时期的元稹、白居易及晚唐诗人都持轻视态度。而轻视的理由很多,最主要的理由是元、白及晚唐诗歌格调不高,其中也包括对这些诗人语言浅易圆熟的不满。然而南渡时期,有些诗人开始为这些诗歌正名,韩驹曰:"唐末人诗虽格致卑浅,然谓其非诗则不可;今人作诗虽句语轩昂,但可远听,其理略不可究。"③徐俯亦对晚唐诗持褒扬之论:"东湖言荆公诗多学唐人,然百首不如晚唐人一首。"④在这种观念下,南渡诗人为了在诗歌语言上异于宋调的生硬,常常有意识地学习上述诗人及李商隐等人的诗歌语言。

韩驹的语言在南渡诗人中最为雕琢,锻炼之功很是明显,但他的有些诗歌表现出的形态却很自然,清新圆活。周紫芝《书陵阳集后》称:"大抵子苍之诗极似张文潜,淡泊而有思致,奇丽而不雕刻,未可以一言尽也。"⑤周氏判断总体上有误,韩驹的诗歌总体上是以雕琢为主,只是他雕琢得不显人工之迹。不过,韩驹的绝句却正如周氏所言,自有其特点。如其《雪》:

---

① 《艇斋诗话》,《历代诗话续编》本,第296—297页。
② 同上书,第299、297页。
③ 《陵阳室中语》,涵芬楼本《说郛》卷四三,《说郛三种》,第704页。
④ 《艇斋诗话》,《历代诗话续编》本,第293页。
⑤ 《太仓稊米集》卷六七。

此时造化何容易,终日飘零似等闲。截断琼田余白水,放开琪树出青山。①

该诗语言浅显易懂,活泼流动。首两句,出语率易,颇似白居易之作;后两句,琼田对琪树、白水对青山,工稳而又稍显程序化,又可见晚唐诗歌小巧之迹象。

徐俯诗歌理论上提倡学《选》诗,实际创作中也有所体现。但他更多的诗歌语言风格近似于中唐大历诗歌的平易流利与晚唐的清幽婉丽。如其代表作《春游湖》:"双飞燕子几时回,夹岸桃花蘸水开。春雨断桥人不渡,小舟撑出柳荫来。"②小巧玲珑,晶莹剔透。徐俯还曾拟王安石诗句得"细落李花那可数,缓行芳草步因迟"句,对此他颇为得意,自注云:"荆公绝句妙天下。老夫此句,偶似之耶?窃取之耶?学诗者不可不辨。"③王安石的诗句为"细数落花因坐久,缓寻芳草得归迟"④,撇开艺术构思的差异不谈,仅就诗歌的语言来看,徐诗与王诗没有本质的差别,皆属于晚唐小巧清新风格。又曾季貍记载:"东湖诗云:'芙蕖漫漫疑无路,杨柳萧萧独闭门。'荆公云:'漫漫芙蕖难觅路,萧萧杨柳独知门。'又唐人刘威云:'遥知杨柳是门处,似隔芙蕖无路通。'三人者同一机杼也。"⑤所论正指出徐俯诗歌渊源所自。《优古堂诗话》的一则记载则可窥见其与中唐诗歌的渊源关系:

徐师川有《陪李泰发登洪州南楼》诗云:"十年不复上南楼,直为狂胡作远游。满地江湖春入望,连天章、贡水争流。青云聊尔居金马,紫气还应射斗牛。公是主人身是客,举觞登望得无愁。"唐刘长卿有《和樊使君登润州城楼》诗云:"山城迢递敞高楼,露冕吹铙居上头。春草连天随北望,夕阳浮水共东流。江田漠漠全吴地,野树苍苍故蒋州。王粲尚为南郡客,别来何处更销忧。"徐之诗绝类长卿,其间一联,如出一手也。⑥

---

① [宋]无名氏:《锦绣万花谷》后集卷二,《影印文渊阁四库全书》本。
② [宋]刘克庄:《分门纂类唐宋时贤千家诗选》卷一五,《丛书集成续编》本。
③ 《艇斋诗话》,《历代诗话续编》本,第304页。
④ [宋]王安石:《北山》,[宋]李壁注,李之亮补笺:《王荆公诗注补笺》卷四二,巴蜀书社2002年版,第803页。
⑤ 《艇斋诗话》,《历代诗话续编》本,第294页。
⑥ [宋]吴开:《优古堂诗话》,《历代诗话续编》本,第260页。

客观地讲,徐俯的诗歌总体上更近于宋调。整首诗歌以意为主,有一联全用典故。但是如果仅从诗歌语言的角度考察,还是可见大历诗歌影响的痕迹。尤其是徐诗的颔联,全用白描,写景如画,而对仗之工整,结构之匀停,也与刘诗同一联非常相似。

吕本中早年诗歌理论与诗歌创作都推重黄庭坚,诗风较为雕琢。后来有感于江西诗歌的流弊,提倡"活法说",从此诗歌风格趋于流丽平实。吴子良曰:"东莱早年文章在词科中最号杰然者,然藻缋排比之态,要亦消磨未尽,中年方就平实。惜其不多作而遂无年耳。"①吕本中的诗歌一方面有学习温、李者②;另一方面,又追求活泼灵动,其常在诗歌中用一"活"字来评价自己的创作:"胸中尘埃去,渐喜诗语活"③、"快若箭破的,圆于珠在盘"④。其时及后来的诗评家也经常称道其"活",曾几评其诗"其圆如金弹,所向若脱兔"⑤。方回称"居仁在'江西派'中,最为流动而不滞者,故其诗多活"⑥。又道:"老杜之后,有黄、陈,又有简斋,又其次则吕居仁之活动,曾吉甫之清峭,凡五人焉。"⑦然而,过分追求诗歌语言的活泼,则导致诗歌语言有率易之弊,如其《梅花》一首:

野水依城竹映沙,江梅开处又人家。天晴径欲花前醉,只恐衰颜不称花。⑧

该诗主题并无深意,仅是古典诗歌中叹老之常调。在艺术上,诗人也未作精心设计,结构简单,语言不事雕饰。这种写法,显然不是诗人用心之作,但该类诗歌在吕本中晚年诗歌中占很大比重。无疑,这是诗人过于追求"活法"导致的结果。我们很难判断这类诗歌是否是诗人有意学习中唐诗人白居易等人的写法,但这类诗歌的表现形态与白诗中那些不甚用力之作有几分相似。这同样说明,诗人在实际创作中,诗歌语言有向中唐诗歌回归的倾向。

曾几受业于吕本中,是吕氏"活法说"的忠实信徒,其诗歌语言较吕本

---

① 《林下偶谈》卷三"词科习气"。
② 详见第三章。
③ 《外弟赵才仲数以书来论诗因作此答之》,《东莱诗词集》诗集卷三,第39页。
④ 《永州西亭》,《东莱诗词集》诗集卷一三,第195页。
⑤ [宋]曾几:《读吕居仁旧诗有怀其人作诗寄之》,《两宋名贤小集》卷一九〇。
⑥ 《瀛奎律髓汇评》卷一七,第702页。
⑦ 《瀛奎律髓汇评》卷二四,第1091页。
⑧ 《东莱诗词集》诗集卷一八,第270页。

中更为率易,以致被人讥为"粗做大卖"①。曾几的诗虽然不能简单地用这四个字来概括,但他有很大一部分的诗歌写得的确不甚用力。刘克庄对曾几诗评价不低,但也指出:"中间多泛应漫兴者。"②这些泛应漫兴之作,在曾几诗中随处可见,如"梅雨又时雨,苏州仍秀州"③,"年光胡不少留连,熟食清明又眼前"④,"白白红红花映阶,高高下下叶成杯"⑤。吴乔曾经有过这样一个判断:"宋时江西宗派专主山谷,江湖诗派专主曾茶山。"⑥我们知道,江湖诗派成员复杂,风格多样,但大多数成员创作水平较低,诗歌往往写得粗浅圆滑。吴乔认为江湖诗派以曾几为诗学榜样,缺乏有力的证据,但吴乔指出曾诗与江湖诗歌有相似之处,也正说明曾几诗歌之率易已成为人们的共识。

曾几诗歌语言之率易,除了受到吕本中"活法说"的影响,还与直接取法于唐诗有一定的关系。《诗人玉屑》引王林《中兴诗话补遗》云:

　　唐人诗,喜以两句道一事;曾茶山诗中,多用此体。如:"又从江北路,重到竹西亭。""若无三日雨,那复一年秋。""似知重九日,故放两三花。""次第翻经集,呼儿理在亡。""又得清新句,如闻磬欬音。""如何万家县,不见一枝梅。"此格亦甚省力也。⑦

上文所举曾几诗句,实际上就是流水对。流水对的长处是使诗歌显得活泼,这种句式最受中唐诗人青睐,宋人很少使用。曾几如此多地将这一手法运用到自己的创作中,显然非出于好奇而是一种有意识地尝试。当然,曾几运用这些手法的目的是为了使自己的诗歌语言活泼流利,而不是使自己诗歌显得率易。但这种率易却是诗人在此类艺术追求过程中难以避免的弊端,这种弊端也正是中唐诗人如白居易等诗歌中常见的缺点。我们当然不能因为曾几诗歌与白居易诗歌有同样的流弊,就断言曾几诗学白体,但从两人共同的艺术缺陷中不难看出,曾几诗歌语言与吕本中一样,也是向唐诗复归的。

曾几此类语言风格的作品,也有不少堪称精品之作。如《三衢道中》:

---

① 《瀛奎律髓汇评》卷一六,第604页。
② 《后村诗话》续集卷四,第143页。
③ 《苏秀道中大雨》,《茶山集》卷四。
④ 《寒食只旬日间风雨不已》,《茶山集》卷六。
⑤ 《置酒签厅观荷徐判官携家酿四首》,《茶山集》卷八。
⑥ [清]吴乔:《围炉诗话》卷五,见《清诗话续编》,第606页。
⑦ 《诗人玉屑》卷一九,第601页。

梅子黄时日日晴,小溪泛尽却山行。绿阴不减来时路,添得黄鹂四五声。①

这首诗是曾几最负盛名之作,也是曾诗语言风格向唐诗复归的典型。全诗语言浅显却风流蕴藉,清新活泼。而同类性质的诗歌,在曾几诗集中也还有不少,下面再举几例:

凉风急雨夜萧萧,便恐江南草木彫。自为丰年喜无寐,不关窗外有芭蕉。②

一春雾雨暗溪山,城北城南断往还。政是晴时君又去,望君烟艇有无间。③

第三节 上承元祐下启"四大家"

从第三章及本章前两节我们可以看出,南渡诗歌不仅对北宋元祐诗歌有继承之绩,更对南宋四大家诗歌有开拓之功。南渡诗歌对元祐诗歌的继承,前文论述已多;南渡诗歌向唐诗的复归是开启南宋中期诗歌的一个重要因素,这里也不再赘言。本小节着重探讨南渡诗歌对南宋中兴四大家具体创作的开拓之功。

陆游是整个南宋最重要的诗人,他的诗歌兼学众家,受唐人尤其是李白、杜甫影响甚著,但他的诗歌与南渡诗歌也有着千丝万缕的联系。他曾私淑吕本中,又师从曾几学诗。对此,陆游诗中每每提及。其《赠曾温伯邢德允》:"发似秋芜不受耘,茶山曾许与斯文。回思岁月一甲子,尚记门墙三沐熏。"④《跋吕伯功书后》:"绍兴中,某从曾文清公游。"⑤晚年,陆游作《跋曾文清公奏议稿》,署款仍为"门生"。关于陆游师从曾几,当时及后人亦有记载并得到认同。《四库全书·茶山集提要》云:"魏庆之《诗人玉屑》则云'茶山之学出于韩子苍',其说小异。然韩驹虽苏氏之徒,而名列江西诗派中,其格法实近于黄,殊途同归,实亦一而已矣。后几之学传于陆游,

---

① 《茶山集》卷八。
② 《夏夜闻雨》,《茶山集》卷八。
③ 《送李商叟秀才还临川》,《茶山集》卷八。
④ [宋]陆游著,钱仲联校注:《剑南诗稿校注》卷五一,上海古籍出版社2005年版,第3028页。
⑤ 《渭南文集》卷三一,第2285页。

加以研练,面目略殊,遂为南渡之大宗。又《诗人玉屑》载赵庚夫题《茶山集》曰:'清于月白初三夜,淡似汤烹第一泉。呫呫逼人门弟子,剑南已见一灯传。'其句律渊源,固灼然可考也。"①

师承曾几是陆游诗歌创作道路中非常重要的一个经历。那么,陆游从曾几那里继承到了什么呢?陆游《赠应秀才》云:"我得茶山一转语,文章切忌参死句。"②又《追怀曾文清公呈赵教授赵近尝示诗》云:"忆在茶山听说诗,亲从夜半得玄机。常忧老死无人付,不料穷荒见此奇。律令合时方帖妥,工夫深处却平夷。人间可恨知多少,不及同君叩老师。"③陆游将曾几传授给他的"律令合时"与"平夷"视为"玄机",可见陆游非常信服这两点。而赵齐平认为曾几的这些诗歌创作经验并没有被陆游接受。他说:"陆游通过自己的生活实践与创作实践,已经加以否定了,证据也是陆游所说'我昔学诗未有得,残余未免从人乞。力孱气馁心自知,妄窃虚名有惭色'(《九月一日夜读诗稿有感走笔作歌》)。"④赵氏仅凭陆游这一含义并不确定的诗句来否定陆游对曾几的继承未免有点武断。陆游所说"从人乞残余"中的"人"很难确定就是曾几。早在师从曾几以前,陆游就已经开始写诗,其《小饮梅花下作》自注:"予自年十七八学作诗。"⑤又《答刘主簿书》云:"某才质愚下,又儿童之岁,遭罹多故,奔走避兵,得近文字最晚。年几二十,始发愤欲为古学。然方是时,无师友渊源之益,凡古人用心处,无所质问,大率以意度,或中或否。"⑥可见,陆游学诗之初,并未得到曾几指点。⑦不仅如此,陆游在受业于曾几之前,已稍有成就,陆游《感知录》云:"文清曾公几,字吉甫。绍兴中自临川来省其兄学士班,予以书见之。后因见予诗,大叹赏,以为不减吕居仁。予以诗得名,自公始也。"⑧而陆游早期诗歌,是从藻绘入手的,其《示子遹》:"我初学诗日,但欲工藻绘。"⑨所谓"工藻绘"之诗,就是指雕琢之诗,这显然与曾几对陆游的教导不符。而该诗下文云:"中年始少悟,渐若窥宏大。怪奇亦间出,如石漱湍濑。数仞李杜墙,常恨欠领会。元白才倚门,温李真自郐。正令笔扛鼎,亦未造三

---

① 《钦定四库全书总目(整理本)》卷一五八,第 2112 页。
② 《剑南诗稿校注》卷三一,第 2115 页。
③ 《剑南诗稿校注》卷二,第 202 页。
④ 赵齐平:《宋诗臆说》,北京大学出版社 1993 年版,243 页。
⑤ 《剑南诗稿校注》卷四九,第 2972 页。
⑥ 《渭南文集》卷一三,《陆游集》,第 2089 页。
⑦ 以上参见邱鸣皋《陆游师从曾几新论》,《文学遗产》2002 年第 2 期。
⑧ 涵芬楼本《说郛》卷四三,《说郛三种》,第 705 页。
⑨ 《剑南诗稿校注》卷七八,第 4263 页。

昧。诗为六艺一,岂用资狡狯?汝果欲学诗,工夫在诗外。"陆游的意思是说真正的好诗,不是靠技巧来完成的,而是源于对生活的体会。正因为此,我们也可以将陆游所说的"残余"之作理解为其早年之诗或后来未能摆脱雕琢风气一味模仿别人的诗歌。莫砺锋师也认为:"'残余未免从人乞'是指诗人早期作诗尚处于模仿前人的最初阶段(这里指风格上的模仿,而不是一字一句的借鉴),还未能建立自己的风格。"①而曾几对陆游的指导——"文章切忌参死句"与"律令合时方帖妥,工夫深处却平夷",从严格意义上讲并不是具体诗歌技巧问题,也不是风格问题,而是诗歌创作的原则。因此不能将之与陆游认为的"残余"即前人诗歌的某些因素结合起来。正因为如此,我们可以说陆游自始至终都没有抛弃曾几对其创作的指导。

理清了陆游"残余未免从人乞"的含义之后,我们可以探讨陆游究竟从曾几等南渡诗人那里继承了什么。莫砺锋师认为陆游从曾几等人那里学到了"活法"与"养气"这两个诗法。"养气"属于人格修养方面的内容,具体而言就是指爱国精神,与诗歌艺术关系不大,这里姑不讨论。"活法"说首先由吕本中提出,曾几大力奉行,陆游对此也深信不疑。除了上文引用的《赠应秀才》与《追怀曾文清公呈赵教授赵近尝示诗》两诗外,陆游另有其他不少关于"活法"诗论的复述。如《示儿》云:"文能换骨余无法,学但穷源自不疑。齿豁头童方悟此,乃翁见事可怜迟。"②《夜吟》云:"六十余年妄学诗,工夫深处独心知。夜来一笑寒灯下,始是金丹换骨时。"③如此等等,都说明陆游非常信奉此论。"活法"在理论上要求诗人在掌握了法度之后随心所欲写作,但在实际创作过程中如果过于强调"活法",诗人的作品往往写得流易。吕本中、曾几的诗歌皆有此弊,因此很多诗歌殊有香山风味。陆游对此有较为清醒的认识,其《答郑虞任检法见赠》云:"区区圆美非绝伦,弹丸之评方误人!"④刘克庄对此解释:"近时学者往往误认弹丸之论,而趋于易,故放翁诗云。"⑤然而陆游在实际创作中,受曾几等人影响,亦有此种风格之作。故翁方纲《七言律诗钞·凡例》云:"南宋诸家,格高韵远,可上接香山,下开放翁者,其唯茶山乎?"⑥指出陆游诗歌中近香山风格的诗歌受曾几的影响较大,也正说明曾几诗歌对陆游的开拓之功。当

---

① 《陆游"诗家三昧"辨》,见莫砺锋《唐宋诗论稿》,辽海出版社 2001 年版,第 485 页。
② 《剑南诗稿校注》卷二五,第 1791 页。
③ 《剑南诗稿校注》卷五一,第 3067 页。
④ 《剑南诗稿校注》卷一六,第 1245 页。
⑤ 《后村先生大全集》卷九五"吕紫微"条。
⑥ [清]翁方纲:《七言律诗钞·凡例》,上海博古斋 1924 影印本。

然,曾几该类风格的诗歌对陆游的影响是有限的,这类诗歌在陆游作品中并不占主导地位,这也是我们应该注意的。

杨万里是南宋诗坛最具个人风格的诗人。他的作品通俗流畅、活泼风趣,被人称为"诚斋体"。"诚斋体"的形成,当然与杨万里自成一家的创新精神分不开,与他积极从唐诗中寻找诗歌资源也有着很重要的关系,但同时我们不能忽略南渡诗歌这么一个直接的诗歌渊源。

推本溯源"诚斋体"的一些特征,在很大程度上受到南渡诗人诗歌理论与创作的影响。吕本中提出的"活法"说在杨万里那里得到很好的继承。刘克庄《江西诗派总序》云:"诚斋出,真得奏所谓活泼,所谓流转完美如弹丸者,恨紫微公不及见耳。"①周必大《次韵杨廷秀侍郎寄题朱氏渔然书院》云:"诚(哉)[斋]万事悟活法,诲人有功如利涉。"②这些皆道出杨万里诗歌与吕本中等南渡诗人的渊源关系。而吕本中的某些作品,轻松活泼,已有"诚斋体"的一些特点。例如下面两首:

鼻息咈然君莫惊,饥肠渠自作雷鸣。须公一勺羔儿酒,伴我夜窗听雨声。③

经旬霖雨足莓苔,忽喜双盆送菊来。已似风霜憔悴损,主人云是待晴开。④

曾几诗歌受吕本中"活法"影响很大,创作出的作品较吕本中更为圆转流利,更接近"诚斋体"诗歌。如《蛱蝶》:

不逐春风去,仍当夏日长。一双还一只,能白或能黄。恋恋不能已,翩翩空自狂。计功归实用,终自愧蜂房。⑤

方回评该诗云:"自然轻快,近杨诚斋。尾句尤好。"冯舒云:"只是太轻飘。"⑥二人对该诗褒贬不一,但着眼点是一样的,都指出了该诗轻快自然的特点。同类性质的诗歌,曾几诗集中还有不少,略举数例:

---

① 《后村先生大全集》卷九五。
② [宋]周必大:《文忠集》卷四一,《影印文渊阁四库全书》本。
③ 《就宁子仪求酒》,《东莱诗词集》诗集卷二,第30页。
④ 《谢潘义荣送菊二首》,《东莱诗词集》诗集卷一八,第265页。
⑤ 《茶山集》卷四。
⑥ 以上均见《瀛奎律髓汇评》卷二七,第1173页。

斋肠得饱又逐去,午梦欲成还唤回。定是僧家不堪此,满奁青箬送春来。①

小麦青青大麦黄,新蚕满箔稻移秧。绿阴马倦休亭午,芳草牛闲卧夕阳。②

曾几的这类诗歌,诚如钱锺书所说:"活泼不费力,已经做了杨万里的先声。"③曾几与杨万里诗歌之间的联系,早在南宋时期就已经为人注意,刘克庄就曾将二人诗歌合选为一书《茶山诚斋诗选》,并在该书的序中云:"(此)[比]之禅学,山谷初祖也;吕、曾南北二宗也;诚斋稍后出,临济、德山也。"④显然,刘氏将杨万里视为曾几与吕本中诗歌的继承者,也正说明曾几对杨万里诗歌有开拓之功。

陈与义诗歌对杨万里也有很大的影响。关于这一点,前人也早已注意到,陈衍在评价陈与义《春日二首》时云:"已开诚斋先路。"⑤陈与义对杨万里的影响,至少表现在以下两个方面:其一,善于捕捉、描写瞬间的意象。杨万里这方面的诗作很多,陈与义也有同类之作。例如:

杨柳招人不待媒,蜻蜓近马忽相猜。如何得与凉风约,不共尘沙一并来?⑥

二月巴陵日日风,春寒未了怯园公。海棠不惜胭脂色,独立濛濛细雨中。⑦

破壁为幽窗,我笔还得持。高鸟度遗影,风扉语移时。迫我休暇日,与物聊同嬉。⑧

上引诗中所写意象,皆为诗人亲眼所见,而且很多是稍纵即逝的景物,如近马的蜻蜓、雨中海棠及飞鸟之遗影。这种生擒活捉的本领,正与后来的杨万里诗歌如出一辙。

其二,陈与义诗歌与杨万里的一样,幽默风趣。贺裳云:"陈简斋诗以

---

① 《衢僧送新茶》,《茶山集》卷八。
② 《途中二首》,《茶山集》卷八。
③ 钱锺书:《宋诗选注》,第127页。
④ 《后村先生大全集》卷九七。
⑤ 《宋诗精华录》卷三,第393页。
⑥ 《中牟道中二首》(其二),《陈与义集校笺》卷一〇,第260页。
⑦ 《春寒》,《陈与义集校笺》卷二〇,第581页。
⑧ 《幽窗》,《陈与义集校笺》卷二九,第801页。

趣胜。"①且看下面两首诗歌:

  飞花两岸照船红,百里榆堤半日风。卧看满天云不动,不知云与我俱东。②
  已费天工十日晴,今朝小雨送潮生。转头云日还如锦,一抹葱珑画不成。③

这两首诗都纯用白描而不事雕琢,亲切自然。其中第一首的第二句交代作者舟行时顺风而驶,同时为下文的机趣打下铺垫。紧接着诗人写自己的错觉,明明是有风的天气,可是天空的云彩却一动不动。这是什么原因呢?仔细想想,原来是云随风飘,船亦顺风而行,云与船的方向一致,皆往东去,故诗人感觉不到云的飘动。诗人观察细致,诗歌也写得趣味横生。第二首诗歌描写的是阴晴气候的转换,天气连连放晴,好不容易来了一场小雨,不料转眼之间,阳光重新照射到云头上。本一极平常的日常现象,经过诗人的生花妙笔,写得姿态摇曳,兴味横生。当然,诗歌追求趣味,往往容易流于浅俗。故翁方纲批评陈与义不免有"伧气"④;同时,翁氏又批评杨万里诗歌"以轻儇佻巧之音,作剑拔弩张之态"⑤;贺裳也批评杨万里:"诚斋生平论诗最多,读其集则涉粗豪一路。"⑥从这些反面的批评中,我们也看出陈与义与杨万里诗歌之间关系非同小可。

  学界通常认为,真正首次将中国古代两大系统的田园诗歌⑦融合到一起的诗人是范成大。这是正确的。不过我们注意到,在范成大之前的南渡诗坛已经有诗人开始将这两大体系的田园诗歌在同一组诗歌中表现,这个诗人就是曹勋。先看下面几首诗歌:

  农人作田务,耘者最辛苦。肘膝伏泥涂,拔莠连茹取。所拔随已多,悉酿所伏处。惟冀禾稻肥,岂问正炎暑。
  大麦未救饥,小麦渐擢芒。此时农夫叹,政阻接青黄。多畏频雨

---

① [清]贺裳:《载酒园诗话》,见《清诗话续编》,第444页。
② 《襄邑道中》,《陈与义集校笺》卷四,第89页。
③ 《和大光道中绝句》,《陈与义集校笺》卷二七,第770页。
④ [清]翁方纲:《石洲诗话》卷四,见《清诗话续编》,第1432页。
⑤ 《石洲诗话》卷四,见《清诗话续编》,第1437页。
⑥ 《载酒园诗话》,见《清诗话续编》,第449页。
⑦ 即叙写农民疾苦,反映农民贫困处境的诗,文学史家一般习惯称之为"田家诗"(或"田家词""农家诗")与描写田园风光,表现闲适情调的作品,文学史家一般称之为"田园诗"。

泽,只欲暄晴光。农安吾亦安,朝夕祈苍苍。

  晨起冒清露,笋舆出城闉。原野回旧色,花柳摇新春。眷言山林性,常与鱼鸟邻。怡然适襟抱,自谓羲皇民。

  忆君远亦去,泉响輂每度。一笑真成乐,此乐固难屡。村闲桑柘秋,川阔牛羊暮。归顾紫领巾,愧我方学圃。①

上面四首诗,皆从曹勋两组同名组诗《山居杂诗九十首》中选出。其中前面两首属于"田家诗"的范畴,着重表现农民劳作之艰辛、农夫之忧愁;后两首则属于"田园诗"范畴,主要描写农村风光之美丽、诗人心情之闲适。这两种题材的内容同时出现于诗人的笔下,与范成大的《四时田园杂兴》有异曲同工之处。当然,曹勋这两组诗歌表现的广泛性与深刻性远远不及范成大的田园诗,题材的集中性也无法与范成大同类诗歌相比,而且我们也无法证实范成大的田园诗创作是否受到过曹勋这两组诗歌的影响。但是,曹勋该类诗歌作为一个存在,作为先于范成大诗出现这样一个事实,后世的研究者不能对此熟视无睹,因而本文将之提出,以期引起人们的重视。

---

① 《全宋诗》卷一八九七,第 21203—21213 页。

结　　论

　　南渡诗歌的总体成就不如此前的元祐诗歌与此后的中兴四大家诗歌，但仍有自身的特色。南渡诗歌的特点表现在两个方面：其一，因靖康之难及其后很长时间的战乱等外在的政治、军事环境因素，南渡诗歌的内容及风格与时代结合较为密切。其二，南渡诗歌一方面主要继承元祐诗歌传统，一方面又开始转而寻求其他诗歌资源，典型地体现出过渡时期诗歌的特色。本文正是循着这两条线索展开论述。

　　宋室南渡改变了人们的生活，也改变了诗歌的形态。南渡诗人的诗歌一改北宋末年题材过于狭窄、内容贫乏之弊，将诗歌的表现领域扩大到整个社会，不仅反映社会现实，还对社会上的各种现象进行反思，并在诗歌中表现出诗人的喜怒哀乐。靖康之难又对南渡诗歌的风格具有导向作用，慷慨激昂与沉郁顿挫（尤其是后者）成为那个时代诗人共同选择的风格。

　　与宋室南渡还有关的是南渡时期的士风。北宋末年整个士林风气恶劣，南渡初期稍有好转，但北宋末年不健康的士风流毒尚未清除，秦桧专权导致士风重又恶化。这种风气之下，诗人创作心理十分矛盾，他们既想表达出自己的想法，又惧怕文字狱。因此，南渡诗歌虽然在靖康之难这样天翻地覆的历史条件下产生，但整个诗坛对这一历史巨变的表现并没有我们想象中的那么充分与激烈。除了南渡初期部分社会责任感比较强烈的诗人在诗歌中表现一些较为敏感的话题，其他时期的诗歌鲜有涉及这一内容者，即便偶有涉及，大多亦以隐晦的语言表达，或借景抒情，或讽古喻今。

　　从总体上讲，南渡诗歌属于宋调。其时诗人主要以杜甫、黄庭坚、苏轼等宋型诗人的作品为学习的榜样，诗论家论诗也主要以黄庭坚等人的诗论为出发点。但其时无论是诗人还是诗论家，他们的创作与理论中都体现出对宋调的背离。他们开始寻求新的诗歌资源，开始有意识地向唐诗复归。这种复归在南渡时期并不是诗坛的主流，但却是一个端倪，它为中兴诗人对宋诗的背离与向唐诗的复归提供了一个榜样。也正是在这个意义上，可以说南渡诗歌上承元祐，下启中兴四大家，具有过渡阶段的性质。还有一个值得一提的小问题是，这个时期的理学家论诗很有特色，早在朱熹之前就开始讨论诗歌的艺术特色了。他们在诗歌该坚持理学的道德评判标准还是文学的艺术标准之间游离,理学家与文学家的身份既体现出冲突,又表现出统一,为此后文学家与理学家身份合二为一开了先河。

总之,外界的政治、军事环境与诗歌内部发展规律两种力量的共同作用,导致南渡诗歌既有表现家国之感等内容,但表现得又很不充分;南渡诗歌既沿袭元祐诗人的宋调,又部分地向唐诗复归。

附录:南宋文人事迹考辨二则

《四库全书总目》"《议和不屈疏》等非郑刚中所作说"志疑

南宋郑刚中依秦桧以进,有《北山集》。四库馆臣对《北山集》中的七篇奏疏的真伪提出疑问:"今集中所载《谏和议》四疏及和议不屈一疏,大旨虽不以和议为非,而深以屈节求和为不可。又有救曾开一疏,救胡铨一疏,与史皆不合。"其判断的理由有三:一、文献来源不可靠。"徐梦莘《三朝北盟会编》于当时章奏事迹搜括无遗,独不及此七疏。曾敏行《独醒杂志》虽记刚中与李谊等六人共救胡铨事,然但云入对使(一作便)坐,亦不云有疏。"二、郑刚中政治态度与秦桧高度一致。"史称刚中由秦桧以进,故于和议不敢有违。及充陕西分画地界使,又弃和尚原与金"。三、秦桧提携郑刚中,对其有知遇之恩。"刚中《封州自叙》诗有曰:'我昔贫时冬少袴,四壁亦无惟有柱。自从脚踏官职场,暖及奴胥妻子饫。线引针入敢忘针?入室古云当见妬。'是始终不忘秦桧,刚中且自道之矣。"据此,四库馆臣推断这七篇奏疏乃其子"良嗣耻其父依附秦桧,伪撰以欺世欤?"①

想来四库馆臣对这一发现较为得意,可能曾将这一发现报告给乾隆皇帝。乾隆曾作《题郑刚中北山集》云:"公论千秋不可诬,进因秦桧是邪途。左迁究以权奸迕,七疏曾于正史无。弗核始终将韪彼,难逃衡鉴用吟吾。虽云干蛊由其子,作伪心劳寔拙乎。"②

应该说,四库馆臣的结论无论从哪个角度看,都具有一定的道理,尤其对文献来源的怀疑几乎无懈可击。但如果对郑刚中的生平事迹及其他文献作一调查,则发现四库馆臣的论断亦有可商榷之处。现志疑如下:

首先,这七篇奏疏的确没有出现于《三朝北盟会编》之中,但这并不能代表这七篇奏疏未曾问世。《三朝北盟会编》对当时有关宋金通和的文献广泛搜集,带有资料汇编性质,但也不可能对所有材料网罗殆尽。比如程

---

① 《钦定四库全书总目(整理本)》卷一五八,第2116页。
② 爱新觉罗·弘历:《御制诗集·四集》卷九六,《影印文渊阁四库全书》本。

敦厚因赞秦桧和议而得以升迁,且有相关奏议如《引对大略》《通和既定务绝异议疏》等,《三朝北盟会编》对此均未收录且未曾言及此事。郑刚中集中的《议和善后疏》未曾受到四库馆臣怀疑,而又与宋金通和关系密切,也同样未被《三朝北盟会编》收录。更为重要的是,胡铨本人文章中提及郑刚中曾上奏章营救自己。其《赠王复山人序》云:"绍兴戊午冬……右相秦桧、参政孙近、殿中侍御史郑刚中、谏议大夫李谊、给事中勾龙如渊,各执章引救。"①当然,《赠王复山人序》乃绍兴二十七年作,距离事发之时已久,加之郑刚中等人入见高宗时,胡铨并不在场,对郑刚中是否上奏疏未必十分清楚。而且《建炎以来系年要录》中就指出勾龙如渊此时并不任给事中,胡铨的记载显然有疏漏之处,因此,胡铨的材料并不能完全驳斥四库馆臣的说法。但作为与此事件有着直接关系的胡铨,其文字作为现存且南宋之际已仅见的第一手资料,亦不可完全视而不见。

其次,郑刚中对和议的态度是否与秦桧一致,是否毫无原则地逢迎秦桧的意图也值得再次讨论。胡铨《跋郑亨仲枢密送邢晦诗》云:"冬,金人以伪诏授我,欲屈无堤之舆下拜以受,从之。公与铨力争不可,言颇讦。"②从这条材料中,可见郑刚中对和议或和议的方式是有疑议的,胡铨在这个问题上不可能出错。而从郑刚中文集中的和议四疏及议和不屈一疏的内容看,其所表达的并非反对和议本身,而是对和议的方式方法有异议,属于应对策略。这一点从某种意义上讲,郑刚中并没有完全与秦桧意见相左。而且从实际情形看,当时很多大臣都反对屈己求和,为此,秦桧及秦桧的亲信在舆论的压力下不得不采取措施应对,史载和议之初,为如何接受金朝诏书问题,秦桧与其亲信楼炤、勾龙如渊与李谊就曾颇为踌躇。在这样的情况下,作为言事官的郑刚中完全有可能给高宗上书,出谋划策。再有,当时的秦桧尚未登上权力的巅峰,和议之初,力荐李光为参知政事以平息士论,郑刚中对秦桧亦当无恐惧感。何况即便秦桧独相之时,郑刚中亦不完全执行投降政策。四库馆臣仅仅注意到郑刚中弃和尚原与金一事,而对郑刚中最大限度地抵制金朝的要求却视而不见。《宋史》载:"复遣刚中为川、陕宣谕使,谕诸将罢兵,寻充陕西分画地界使。金使乌陵赞谟入境,欲尽取阶、成、岷、凤、秦、商六州,刚中力争不从;又欲姑取商、秦,于大散关立界,刚中又坚不从。继除川、陕宣抚副使。"③

再次,郑刚中对秦桧的个人感情问题不足以作为判断郑刚中是否有可

---

① 《全宋文》第 195 册,第 247 页。
② 同上书,第 290 页。
③ 《宋史》卷三七〇,第 11512 页。

能写作七疏的依据。且不说郑刚中后为宣抚使时以专擅忤秦桧,亦不论四篇《谏议和书》《议和不屈疏》本身所讨论的并非原则性而只是策略性问题,就《申救胡铨疏》本身,亦没有违背秦桧之意。史载秦桧本人出于舆论方面的考虑,曾示意其亲信李谊、勾龙如渊等(也包括郑刚中)进言,并亲自出面请求高宗从轻发落胡铨,郑刚中上《申救胡铨疏》自然完全在情理之中。

最后,一个不能作为直接证据但可以作为佐证的论据是:检阅相关文献,未发现郑刚中之子郑良嗣有文名。迄今为止对宋代文章与诗歌网罗最为丰富的《全宋文》与《全宋诗》中,郑良嗣名下的作品很少,分别为四篇与一首。而《直斋书录解题》等较早书目中亦未见著录郑良嗣著作。并不长于为文的郑良嗣,为替其父掩饰,一连伪造七篇奏疏,似乎也难以令人信服。

综上所述,郑刚中集中《议和不屈疏》《申救胡铨疏》《恳留曾开疏》及四篇《谏议和疏》虽然尚难以完全确定就是郑刚中本人所作,但在没有找到更确凿的证据之前,亦不能武断地视为伪作,而当以存疑为妥。

程敦厚事迹辨误

程敦厚是南宋初年有名的文人,善为诗文,尤妙于四六,著有《义林》一卷、《金华文集》《外制集》《韩柳意释》。然其为人凶险诡佞,附会秦桧,又争媚韩世忠、张俊等人,忤秦桧。因正史无传,又无墓志铭等对其身世记载详细的文献传世,故程敦厚生平事迹,南宋人已不甚了了,有关程敦厚的介绍当然颇多舛误与疏漏,至有出现误将其视为秦桧政敌而予以表彰者。现予以辨正如下:

第一,对程敦厚去世时间交代错误。

宋陈振孙《直斋书录解题》云:"眉山程敦厚子山撰,其上世东坡外家也……后附秦桧至右史,后复得罪,谪知安远县以没。"①马端临《文献通考》因之。程敦厚被谪知安远县乃绍兴十三年事且为时不长,详见《建炎以来系年要录》卷一四九。而《建炎以来系年要录》卷一七四载:"(绍兴二十有六年)左朝奉郎程敦厚充夔州路安抚司参议官。"②王庭珪《跋程子山诗后》(时己卯四月望日寓卢陵郡斋书)亦云:"余与程子山侍讲俱为夜郎

---

① [宋]陈振孙:《直斋书录解题》卷一〇,第311页。
② 《要录》卷一七四"绍兴二十六年八月甲寅"条,第2873页。

逐客。绍兴丙子春同归自酉阳,下壶头……已而子山还蜀,余归江南。不复相闻。不知胡彦卿何以得此诗轴,皆子山真迹也。览之惊惋,想见其人,不可复得。"①己卯年为绍兴二十九年,绍兴丙子即绍兴二十六年。绍兴二十六年程敦厚尚在人世,陈振孙记载显然有误。而程敦厚去世的具体时间不易确定,不过根据王庭珪跋所署时间推论,至迟不超过绍兴二十九年。宋史尧弼《程右史哀词并引》又云:"宰事者没,公始归。英俊渐升用,语诰命者必属公,而讣已闻,莫不悼其有文而无年。"②如果史尧弼所言为事实,则可以推断程敦厚大概于绍兴二十六年或稍后去世。

第二,误以为程敦厚落职乃秦桧去世,失去靠山所致。

《宋人传记资料索隐》:"以附会秦桧坐谪。"③《全宋诗》因之,曰:"诣附秦桧、桧卒落职。"④而事实是,程敦厚的两次被贬,皆秦桧意。《建炎以来系年要录》云:"(绍兴十有三年)六月丙戌朔起居舍人兼权中书舍人兼侍讲程敦厚谪知安远县……敦厚数登诸将之门,会韩世忠之妾周氏、陈氏,张俊之妾章氏、杨氏并封郡夫人。敦厚行词极其称美。他日,从世忠饮,罢酒,因怀其饮器以归。桧闻益恶之。殿中侍御史李文会即劾敦厚鼓唱是非,中伤善类,丑德秽行,难以悉陈……而敦厚遂黜。"⑤《建炎以来系年要录》:"(绍兴二十有四年)直徽猷阁主管台州崇道观程敦厚落职。依旧宫观,令靖州居住……然秦桧薄其为人,卒谪之。"⑥

第三,误记程敦厚官职。

这主要有两类错误。首先,误将"权中书舍人"记载为"中书舍人"。《宋人传记资料索隐》云:"累官中书舍人。"⑦这个错误的来源当是《宋人传记资料索隐》的疏忽。《建炎以来系年要录》卷一四九:"敦厚摄西掖几年,数求即真。太师秦桧进拟。上曰:俟何麒至,当并命之……而敦厚遂黜。"《建炎以来系年要录》注引王秬撰《行状》云:"丞相尝进拟,欲以为真。上曰:'何麒至并命之。'麒,上所厚也。何公入庙,未几,以台评斥去。公亦数忤丞相意。向之不同者交口诼公,遂用言者,黜知安远县。"⑧

其次,误将程敦厚的官职"礼部员外郎"记载为"侍郎"。《明一统志·

---

① 《全宋文》第158册,第225页。
② 《全宋文》第218册,第79页。
③ 昌彼得等编:《宋人传记资料索隐》,鼎文书局1991年增订第二版,第3046页。
④ 《全宋诗》卷一九七一,第22081页。
⑤ 《要录》卷一四九,第2396页。
⑥ 《要录》卷一六七,第2723页。
⑦ 《宋人传记资料索隐》,第3046页。
⑧ 《要录》,第2396页。

靖州》载:"流寓程敦厚。仕宋为侍郎,言事忤秦桧。谪居靖州。"①《大清一统志》、乾隆《湖广通志》等因袭这一错误。而这一错误产生的原因,当与方志资料来源的可信度不高有关。

第四,误视程敦厚为贤明之人。

《方舆胜览》:"名贤程子山。"②这条材料是除本身具有溢美之意哀词等文体之外最早对程敦厚的正面评价。此后,《明一统志》亦载:"侍郎山。在州城南一百八十里,广西分界处。宋侍郎程敦厚言事忤秦桧,责居靖州,尝游此山,因名。"之所以出现这一与事实不符的评价,《方舆胜览》的注释倒从某种程度上给出了解释:"靖以晚出,未尝有显者来,惟程子山以忤桧居岁余。土人为作观亭,今渠江之左仅存遗址。"③靖州因为史无闻者至,故当地百姓视程敦厚为贵人而予以敬重。尤其程敦厚乃忤秦桧而被贬,而秦桧在高宗朝之后(即便在高宗朝)已被社会各阶层定位为卖国贼的角色,既然为秦桧不喜之人,当然是贤者。这一非此即彼的思维模式成就了程敦厚的美名。而这样的思维也并非为当地百姓所独有,其实当时高宗朝的统治者亦如此,程敦厚由靖州贬所被召回而拟委以新任即其例证。

第五,最为常见的疏漏:介绍不够全面。

在所有的对程敦厚的介绍中,《全宋文》较为全面,其文曰:"程敦厚,字子山,世称金华先生,眉山(今四川眉山)人,唐子。绍兴五年赐同进士出身。十一年以上书赞秦桧和议除校书郎,十二年为礼部员外郎,擢起居舍人兼权中书舍人。又以忤秦桧,黜知安远县,调彭州通判,奉祠,移靖州居住。二十六年官左朝奉郎、充夔州路安抚司参议官,未几卒。"④应该说,《全宋文》大致介绍了程敦厚的仕宦履历,但亦有可补充之处。

1. 绍兴五年,程敦厚任彭州通判,《建炎以来系年要录》卷一五二:"(绍兴十有四年)右奉议郎知安远县程敦厚令吏部差通判彭州,以赦叙也。敦厚尝为是官,以赞和议而骤进,既忤秦桧去,及是九年复除之。"⑤依此,可以推算出程敦厚绍兴五年中进士后,曾有是命。

2. 绍兴二十一年,《建炎以来系年要录》:"十有一月戊戌左承议郎主管台州崇道观程敦厚直徽猷阁。敦厚献《绍兴圣德诗》,极言和议之效。又献秦桧诗,有'诞生圣相扶王室'之语。尚书省勘会敦厚用意可嘉,乃有

---

① [明]李贤等:《明一统志》卷六六,《影印文渊阁四库全书》本。
② 《方舆胜览》卷三一,《影印文渊阁四库全书》本。
③ 《明一统志》卷六六,《影印文渊阁四库全书》本。
④ 《全宋文》第 194 册,第 230 页。
⑤ 《要录》卷一五二"绍兴十四年九月庚申"条,第 2449 页。

是命。"①

3. 绍兴二十四年:"直徽猷阁主管台州崇道观程敦厚落职。依旧宫观,靖州居住。"②

行文至此,颇有感慨。程敦厚人品不足挂齿,绝非善类。因为升迁也秦桧、贬谪也秦桧,致使后人对程敦厚的事迹常常混淆,其中两种截然相反的介绍颇值得寻味:或以为程敦厚一直为秦桧信赖,政治命运随秦桧而沉浮;或以为程敦厚乃秦桧政敌,而以正直之士视之。尤其是后一种看法,误认实多。"死后是非谁管得,满村听说蔡中郎。"数百年来,程敦厚为靖州百姓铭记在心,不仅名不副实,更是对千古正直贤良之士的不公。因此,对于程敦厚身世,不得不辨,以还历史真实。

---

① 《要录》卷一六二,第 2647 页。
② 《要录》卷一六七"七月壬戌"条,第 2723 页。

主要参考书目

（按经、史、子、集四部分类法排序）

［宋］朱熹著：《四书章句集注》，北京：中华书局1983年版。

［东周］左丘明著，杨伯峻注：《春秋左传注》，北京：中华书局1981年版。
［汉］班固等撰：《汉书》，北京：中华书局1964年版。
［南朝宋］范晔撰：《后汉书》，北京：中华书局1965年版。
［唐］房玄龄等撰：《晋书》，北京：中华书局1974年版。
［唐］李延寿撰：《南史》，北京：中华书局1975年版。
［唐］姚思廉撰：《梁书》，北京：中华书局1973年版。
［宋］欧阳修、宋祁撰：《新唐书》，北京：中华书局1975年第1版。
［宋］徐自明撰：《宋宰辅编年录》，《影印文渊阁四库全书》本。
［宋］李心传撰：《建炎以来系年要录》，北京：中华书局1998年排印本。
［宋］李心传撰，徐规点校：《建炎以来朝野杂记》，北京：中华书局2000年版。
［宋］无名氏撰：《靖康要录》，《丛书集成初编》本。
［宋］熊克撰：《中兴小纪》，光绪十七年广雅书局校刊本。
［宋］徐梦莘撰：《三朝北盟会编》，上海：上海古籍出版社1987年版。
［宋］朱熹撰：《五朝名臣言行录》，《四部丛刊初编》本。
［宋］杨仲良撰：《皇宋通鉴长编纪事本末》，《续修四库全书》影印宛委别藏清抄本。
［宋］沈作宾等撰：《嘉泰会稽志》，《宋元方志丛刊》本。
［宋］宇文懋昭撰，李西宁点校：《二十五别史·大金国志》，济南：齐鲁书社2000年版。
［元］脱脱等撰：《宋史》，北京：中华书局1977年版。
［元］马端临撰：《文献通考》，北京：中华书局1986年影印本。
［明］陈邦瞻撰：《宋史纪事本末》，北京：中华书局1977年版。
［清］陆心源撰：《宋史翼》，北京：中华书局1991年影印本。
［清］徐松辑：《宋会要辑稿》，北京：中华书局1957年版。
《浙江通志》，《影印文渊阁四库全书》本。
《盛京通志》，《影印文渊阁四库全书》本。

［宋］无名氏撰:《锦绣万花谷》,《影印文渊阁四库全书》本。
［元］陶宗仪编:《说郛三种》,上海:上海古籍出版社1988年版。
《御定佩文斋书画谱》,《影印文渊阁四库全书》本。
《宋元笔记小说大观》,上海:上海古籍出版社2001年版。
［南朝宋］刘义庆撰,徐震堮校笺:《世说新语校笺》,北京:中华书局1984年版。
［宋］田况撰:《儒林公议》,《丛书集成初编》本。
［宋］周敦颐撰,徐洪兴导读:《周子通书》,上海:上海古籍出版社2000年版。
［宋］沈括撰,金良年点校:《梦溪笔谈》,上海:上海书店出版社2003年版。
［宋］程颐、程颢撰:《二程遗书》,上海:上海古籍出版社2000年版。
［宋］方勺撰,许沛藻、杨立扬点校:《泊宅编》,北京:中华书局1983年版。
［宋］施德操撰:《北窗炙輠录》,《影印文渊阁四库全书》本。
［宋］朱彧撰,李伟国校点:《萍州可谈》,北京:中华书局2007年版。
［宋］蔡絛撰,冯惠民、沈锡麟点校:《铁围山丛谈》,北京:中华书局1983年版。
［宋］龚明之撰:《中吴纪闻》,《影印文渊阁四库全书》本。
［宋］黄伯思撰:《东观余论》,《影印文渊阁四库全书》本。
［宋］朱胜非撰:《秀水闲居录》,上海:国学扶轮社1915年版。
［宋］胡寅著,容肇祖点校:《崇正辩》,北京:中华书局1993年版。
［宋］马纯撰:《陶朱新录》,《丛书集成新编》本。
［宋］朱弁撰,孔凡礼点校:《曲洧旧闻》,北京:中华书局2002年版。
［宋］叶梦得撰,徐时仪校点:《避暑录话》,《宋元笔记小说大观》本。
［宋］吴曾撰:《能改斋漫录》,《丛书集成初编》本。
［宋］曾敏行撰,朱杰人校点:《独醒杂志》,《宋元笔记小说大观》本。
［宋］洪迈撰,孔凡礼点校:《容斋随笔》,北京:中华书局2005年版。
［宋］周煇撰,刘永翔校注:《清波杂志校注》,北京:中华书局1994版。
［宋］张邦基撰,孔凡礼点校:《墨庄漫录》,北京:中华书局2002年版。
［宋］王明清撰:《挥麈录》,上海:上海书店出版社2001年版。
［宋］陆游撰,李剑雄、刘德权点校:《老学庵笔记》,北京:中华书局1979年版。
［宋］朱熹、吕祖谦撰,严佐之导读:《近思录》,上海:上海古籍出版社2000年版。
［宋］龚昱编:《乐庵语录》,《影印文渊阁四库全书》本。
［宋］赵彦卫撰:《云麓漫抄》,《影印文渊阁四库全书》本。
［宋］赵与时撰,齐治平校点:《宾退录》,上海:上海古籍出版社1983年版。
［宋］岳珂撰,吴企明点校:《桯史》,北京:中华书局1981年版。
［宋］岳珂撰:《宝真斋法书赞》,《影印文渊阁四库全书》本。
［宋］罗大经撰,王瑞来点校:《鹤林玉露》,北京:中华书局1983年版。
［宋］周密撰,张茂鹏点校:《齐东野语》,北京:中华书局1983年版。

［南朝梁］萧统编,李善注:《文选》,上海:上海古籍出版社1986年版。
［宋］金履祥辑:《濂洛风雅》,《丛书集成初编》本。

[宋]刘克庄编:《分门纂类唐宋时贤千家诗选》,《丛书集成续编》本。
[宋]陈思编,[元]陈世隆补:《两宋名贤小集》,《影印文渊阁四库全书》本。
[金]元好问编:《中州集》,北京:中华书局1962年版。
[元]方回选评,李庆甲集评校点:《瀛奎律髓汇评》,上海:上海古籍出版社2005年版。
[清]吴之振等选编:《宋诗钞》,北京:中华书局1986年版。
[清]厉鹗辑撰:《宋诗纪事》,上海:上海古籍出版社1983年版。
[清]永瑢等撰:《四库全书总目(整理本)》,北京:中华书局1997年版。
[清]翁方纲编:《七言律诗钞》,上海博古斋1924影印本。
陈衍评点,曹中孚校注:《宋诗精华录》,成都:巴蜀书社1992年版。
胡云翼选编:《宋词选》,上海:上海古籍出版社2007年版。
傅璇琮等主编:《全宋诗》,北京:北京大学出版社1993~1998年版。
曾枣庄、刘琳主编:《全宋文》,上海:上海辞书出版社;合肥:安徽教育出版社2006年版。
曾枣庄主编:《中华大典·文学典·宋辽金元分册》,南京:江苏古籍出版社1999年版。
[晋]陶潜著,龚斌校笺:《陶渊明集校笺》,上海:上海古籍出版1996年版。
[南朝宋]谢灵运著,顾绍伯校注:《谢灵运集校注》,郑州:中州古籍出版社1987年版。
[北周]庾信著,[清]倪璠注,许逸民校点:《庾子山集注》,北京:中华书局1980年版。
[北魏]杨衒之撰,范祥雍校注:《洛阳伽蓝记校注》,上海:上海古籍出版社1958年版。
[唐]李白著,[清]王琦注:《李太白全集》,北京:中华书局1977年版。
[唐]杜甫著,[宋]黄希原本,黄鹤补注:《补注杜诗》,《影印文渊阁四库全书》本。
[唐]杜甫著,[清]仇兆鳌注:《杜诗详注》,北京:中华书局1979年版。
[唐]韦应物著,孙望编:《韦应物诗系年校笺》,北京:中华书局2002年版。
[唐]韩愈著,钱仲联集释:《韩昌黎诗系年集释》,上海:上海古籍出版社1984年版。
[唐]柳宗元著,王国安笺释:《柳宗元诗笺释》,上海:上海古籍出版1993年版。
[唐]白居易著,谢思炜校注:《白居易诗集校注》,北京:中华书局2006年版。
[唐]元稹著:《元氏长庆集》,《四部丛刊初编》本。
[唐]李商隐著,刘学锴、余恕诚集解:《李商隐诗歌集解》,北京:中华书局1998年版。
[宋]周敦颐著:《周元公集》,《影印文渊阁四库全书》本。
[宋]邵雍著:《伊川击壤集》,《四部丛刊初编》本。
[宋]张载著:《张载集》,北京:中华书局1978年版。
[宋]王安石著,[宋]李壁注,李之亮补笺:《王荆公诗注补笺》,成都:巴蜀书社

2002年版。

［宋］程颢、程颐著，王孝鱼点校：《二程集》，北京：中华书局1981年版。

［宋］苏轼著，孔凡礼点校：《苏轼文集》，北京：中华书局1986年版。

［宋］苏轼著，［清］王文诰辑注，孔凡礼点校：《苏轼诗集》，北京：中华书局1982年版。

［宋］苏轼著，邹同庆、王宗堂校注：《苏轼词编年校注》，北京：中华书局2002年版。

［宋］苏辙著，高秀芳、陈宏天点校：《苏辙集》，北京：中华书局1990年版。

［宋］黄庭坚著，［宋］任渊、史容、史季温注，刘尚荣校点：《黄庭坚诗集注》，北京：中华书局2003年版。

［宋］黄庭坚著：《山谷集》，《影印文渊阁四库全书》本。

［宋］黄庭坚著：《豫章黄先生文集》，《四部丛刊初编》本。

［宋］陈师道著，［宋］任渊注，冒广生补笺，冒怀辛整理：《后山诗注补笺》，北京：中华书局1995年版。

［宋］唐庚著：《眉山唐先生文集》，《四部丛刊三编》本。

［宋］宗泽著：《宗泽集》，杭州：浙江古籍出版社1984年版。

［宋］宗泽著：《宋宗忠简公集》，清咸丰五年刻本。

［宋］罗从彦著：《豫章文集》，《影印文渊阁四库全书》本。

［宋］葛胜仲著：《丹阳集》，《丛书集成续编》本。

［宋］张扩著：《东窗集》，《影印文渊阁四库全书》本。

［宋］叶梦得著：《石林居士建康集》，《丛书集成续编》本。

［宋］程俱著：《北山小集》，《四部丛刊续编》本。

［宋］李光著：《庄简集》，《影印文渊阁四库全书》本。

［宋］汪藻著：《浮溪集》，《四部丛刊初编》本。

［宋］韩驹著：《陵阳集》，《影印文渊阁四库全书》本。

［宋］刘一止著：《苕溪集》，《影印文渊阁四库全书》本。

［宋］王庭珪著：《卢溪文集》，《影印文渊阁四库全书》本。

［宋］孙觌著：《鸿庆居士集》，《丛书集成续编》本。

［宋］周紫芝著：《太仓稊米集》，《影印文渊阁四库全书》本。

［宋］李正民著：《大隐集》，《影印文渊阁四库全书》本。

［宋］李纲著，王瑞明点校：《李纲全集》，长沙：岳麓书社2004年版。

［宋］张纲著：《华阳集》，《四部丛刊三编》本。

［宋］张守著：《毗陵集》，《丛书集成初编》本。

［宋］吕本中著，沈晖点校：《东莱诗词集》，合肥：黄山书社1991年版。

［宋］陈渊著：《默堂先生文集》，四部丛刊三编本。

［宋］赵鼎著：《忠正德文集》，《影印文渊阁四库全书》本。

［宋］曾几著：《茶山集》，《丛书集成初编》本。

［宋］郭印著：《云溪集》，《影印文渊阁四库全书》本。

［宋］沈与求著：《沈忠敏公龟谿集》，《四部丛刊续编》本。

［宋］刘才邵著:《檆溪居士集》,《影印文渊阁四库全书》本。
［宋］王洋著:《东牟集》,《影印文渊阁四库全书》本。
［宋］郑刚中著:《北山文集》,《丛书集成初编》本。
［宋］高登著:《东溪集》,《影印文渊阁四库全书》本。
［宋］黄彦平著:《三余集》,《丛书集成续编》本。
［宋］李弥逊著:《筠谿集》,《影印文渊阁四库全书》本。
［宋］陈与义著,白敦仁校笺:《陈与义集校笺》,上海:上海古籍出版社1990年版。
［宋］苏籀著:《双溪集》,《丛书集成初编》本。
［宋］邓肃著:《栟榈集》,《影印文渊阁四库全书》本。
［宋］张元幹著:《芦川归来集》,《影印文渊阁四库全书》本。
［宋］张九成著:《横浦文集》,乙丑仲冬影印海盐张氏藏本。
［宋］张九成著:《横浦集》,《影印文渊阁四库全书》本。
［宋］王之道著:《相山集》,《影印文渊阁四库全书》本。
［宋］李处权著:《崧庵集》,《影印文渊阁四库全书》本。
［宋］张嵲著:《紫微集》,《丛书集成续编》本。
［宋］朱松著:《韦斋集》,《四部丛刊续编》本。
［宋］洪皓著:《鄱阳集》,《影印文渊阁四库全书》本。
［宋］朱翌著:《潜山集》,《丛书集成初编》本。
［宋］胡寅著:《斐然集》,《影印文渊阁四库全书》本。
［宋］曹勋著:《松隐集》,《影印文渊阁四库全书》本。
［宋］王铚著:《雪溪集》,《影印文渊阁四库全书》本。
［宋］刘子翚著:《屏山集》,《影印文渊阁四库全书》本。
［宋］岳飞著:《岳忠武王集》,《丛书集成初编》本。
［宋］范浚著:《范香溪先生文集》,《四部丛刊续编》本。
［宋］仲并著:《浮山集》,《影印文渊阁四库全书》本。
［宋］冯时行著:《缙云文集》,《影印文渊阁四库全书》本。
［宋］王之望著:《汉滨集》,《丛书集成续编》本。
［宋］葛立方著:《侍郎葛公归愚集》,《丛书集成续编》本。
［宋］吴芾著:《湖山集》,《影印文渊阁四库全书》本。
［宋］胡宏著:《五峰集》,《影印文渊阁四库全书》本。
［宋］曾协著:《云庄集》,《影印文渊阁四库全书》本。
［宋］李石著:《方舟集》,《影印文渊阁四库全书》本。
［宋］林季仲著:《竹轩杂著》,《丛书集成续编》本。
［宋］晁公遡著:《嵩山集》,《影印文渊阁四库全书》本。
［宋］洪适著:《盘洲文集》,《四部丛刊初编》本。
［宋］张栻著:《南轩集》,《影印文渊阁四库全书》本。
［宋］度正著:《性善堂稿》,《影印文渊阁四库全书》本。
［宋］周必大著:《文忠集》,《影印文渊阁四库全书》本。

[宋]陆游著:《陆游集》,北京:中华书局1976年版。
[宋]陆游著,钱仲联校注:《剑南诗稿校注》,上海:上海古籍出版社2005年版。
[宋]朱熹撰,严佐之、刘永翔主编:《朱子全书》,上海:上海古籍出版社;合肥:安徽教育出版社2002年版。
[宋]朱熹著,郭齐笺注:《朱熹诗词编年笺注》,成都:巴蜀书社2000年版。
[宋]真德秀著:《西山先生真文忠公文集》,《四部丛刊初编》本。
[宋]黄公度著:《知稼翁集》,《影印文渊阁四库全书》本。
[宋]魏了翁著:《鹤山先生大全集》,《四部丛刊初编》本。
[宋]刘克庄著:《后村先生大全集》,《四部丛刊初编》本。
[明]王祎著:《王忠文集》,《影印文渊阁四库全书》本。
[明]王士祯著:《居易录》,《影印文渊阁四库全书》本。
[清]邓显鹤著:《南村草堂文钞》,《续修四库全书》影印清咸丰元年刻本。

[宋]阮阅编著:《诗话总龟》,北京:人民文学出版社1987年版。
[宋]胡仔著:《苕溪渔隐丛话》,北京:人民文学出版社1962年版。
[清]何文焕辑:《历代诗话》,北京:中华书局1981年版。
丁福保辑:《历代诗话续编》,北京:中华书局1983年版。
郭绍虞辑:《宋诗话辑佚》,北京:中华书局1980年版。
郭绍虞、富寿荪编:《清诗话续编》,上海:上海古籍出版社1983年版。
吴文治主编:《宋诗话全编》,南京:江苏古籍出版社1998年版。
[宋]陈师道著:《后山诗话》,《影印文渊阁四库全书》本。
[宋]魏庆之撰,王仲闻点校:《诗人玉屑》,上海:上海古籍出版社1987版。
[宋]释普闻撰:《诗论》,涵芬楼《说郛》本。
[宋]姚宽撰:《西溪丛语》,《丛书集成初编》本。
[宋]张表臣撰:《珊瑚钩诗话》,《历代诗话》本。
[宋]许顗撰:《彦周诗话》,《历代诗话》本。
[宋]叶梦得撰:《石林诗话》,《历代诗话》本。
[宋]周紫芝撰:《竹坡诗话》,《历代诗话》本。
[宋]吕本中撰:《紫微诗话》,《历代诗话》本。
[宋]吕本中撰:《童蒙诗训》,《宋诗话辑佚》本。
[宋]朱弁撰:《风月堂诗话》,北京:中华书局1988年版。
[宋]严有翼撰:《艺苑雌黄》,《宋诗话辑佚》本。
[宋]葛立方撰:《韵语阳秋》,《历代诗话》本。
[宋]吴聿撰:《观林诗话》,《历代诗话续编》本。
[宋]陈言肖撰:《庚溪诗话》,《历代诗话续编》本。
[宋]吴开撰:《优古堂诗话》,《历代诗话续编》本。
[宋]曾季貍撰:《艇斋诗话》,《历代诗话续编》本。
[宋]吴可撰:《藏海诗话》,《历代诗话续编》本。

［宋］黄彻撰:《䂬溪诗话》,《历代诗话续编》本。
［宋］张戒撰:《岁寒堂诗话》,《历代诗话续编》本。
［宋］吴萃撰:《视听钞》,涵芬楼《说郛》本。
［宋］范季随撰:《陵阳室中语》,涵芬楼《说郛》本。
［宋］刘克庄撰:《后村诗话》,北京:中华书局 1983 年版。
［宋］吴子良撰:《林下偶谈》,《丛书集成初编》本。
［宋］严羽著,郭绍虞校释:《沧浪诗话校释》,北京:人民文学出版社 1961 年版。
［宋］蔡正孙撰,常振国、降云点校:《诗林广记》,北京:中华书局 1982 年版。
［金］元好问撰,郭绍虞笺释:《元好问论诗三十首小笺》,北京:中华书局 1978 年版。
［元］吴师道撰:《吴礼部诗话》,《历代诗话续编》本。
［明］胡应麟撰:《诗薮》,上海:上海古籍出版社 1979 年版。
［清］翁方纲撰:《石洲诗话》,《清诗话续编》本。
［清］贺裳撰:《载酒园诗话》,《清诗话续编》本。
［清］吴乔撰:《围炉诗话》,《清诗话续编》本。
［清］方东树撰:《昭昧詹言》,北京:人民文学出版社 1961 年版。

〔英〕雪莱著,王科一译:《伊斯兰的起义》,上海:上海译文出版社 1978 年版。
陈寅恪著:《金明馆丛稿二编》,上海:上海古籍出版社 1980 年版。
缪钺著:《诗词散论》,上海:上海古籍出版社 1982 年版。
钱锺书著:《谈艺录》(补定本),北京:中华书局 1984 年版。
黄启方著:《两宋文史论丛》,台北:学海出版社 1985 年版。
莫砺锋著:《江西诗派研究》,济南:齐鲁书社 1986 年版。
刘子健著:《两宋史研究汇编》,台北:联经出版事业公司 1987 年版。
余英时著:《士与中国文化》,上海:上海人民出版社 1987 年版。
许逸民、常振国编:《中国历代书目丛刊》,北京:现代出版社 1987 年版。
〔日〕吉川幸次郎著,李庆等译:《宋元明诗概说·宋诗概说》,郑州:中州古籍出版社 1987 年版。
钱锺书著:《宋诗选注》,北京:人民文学出版社 1989 年版。
沈作宾等:《宋元方志丛刊》,北京:中华书局 1990 版。
昌彼得等:《宋人传记资料索隐》,台北:鼎文书局 1991 年增订第二版。
陈植锷著:《北宋文化史述论》,北京:中国社会科学出版社 1992 年版。
王兆鹏著:《宋南渡词人群体研究》,台北:文津出版社 1992 年 3 月版。
赵齐平著:《宋诗臆说》,北京:北京大学出版社 1993 年版
吴淑钿著:《陈与义诗歌研究》,台北:文津出版社 1993 年 1 月版。
杨渭生等著:《两宋文化史研究》,杭州:杭州大学出版社 1998 年版。
许总著:《宋明理学与中国文学》,南昌:百花洲文艺出版社 1999 年版。
韩西山著:《秦桧传》,上海:上海古籍出版社 1999 年版。

徐公持著:《魏晋文学史》,北京:人民文学出版社1999年版。
程千帆著:《程千帆全集》,石家庄:河北教育出版社2001年版。
莫砺锋著:《唐宋诗论稿》,沈阳:辽海出版社2001年版。
王水照等编:《首届宋代文学国际研讨会论文集》,上海:复旦大学出版社2001年版。
汪俊著:《两宋之交诗歌研究》,北京:旅游教育出版社2001年版。
〔美〕包弼德著,刘宁译:《斯文:唐宋思想的转型》,南京:江苏人民出版社2001年版。
束景南著:《朱熹年谱长编》,上海:华东师范大学出版社2001年版。
吴文治著:《五朝诗话概说》,合肥:黄山书社2002年版。
吕肖奂著:《宋诗体派论》,成都:四川民族出版社2002年版。
莫砺锋编:《第二届宋代文学国际研讨会论文集》,南京:江苏教育出版社2003年版。
沈松勤著:《南宋文人与党争》,北京:人民出版社2005年版。
伍晓蔓著:《江西宗派研究》,成都:巴蜀书社2005年版。
钱建状著:《南宋初期的文化重组与文学新变》,厦门:厦门大学出版2006年版。
林岩著:《北宋科举考试与文学》,上海:上海古籍出版社2006年版。
周裕锴著:《宋代诗学通论》,上海:上海古籍出版社2007年版。
张明华著:《徽宗朝诗歌研究》,上海:上海古籍出版社2008年版。
胡传志著:《宋金文学的交融与演进》,北京:北京大学出版社2013年版。
任群著:《周紫芝年谱》,西安:世界图书出版西安有限公司2014年版。

后　　记

　　书稿马上付梓,似乎应该说些什么,而且早在多年以前,我就有点急不可耐地想在此倾述了。然而,临文思乱,久久难以措笔。

　　本书是在博士论文的基础上修订而成。2003年至2006年,我师从莫砺锋先生攻读博士学位,2004年下半年开始思考论文选题,当时就所阅读到的研究成果而言,感觉宋代南渡这一时段的诗歌及相关问题的研究还不是很充分,就选择了"宋代南渡诗坛研究"作为博士论文的题目。其时的思路主要围绕政治与文学的关系而论,就在提纲基本拟定之后,我在书店看到了沈松勤教授的《南宋文人与党争》,读完之后,不由得吸了一口冷气。感觉我所欲言,沈氏已论述得非常透彻,而且其深刻程度是我所不能企及的。不得已,马上转变研究思路,将文章的重点放到诗歌本体的研究上。而这项工作对于我而言是很艰难的,而所使用的研究方法无疑也过于传统,不太容易引起别人的兴趣。也许是这个原因,后来屡次以此作为课题申报都不能成功。

　　博士论文写定后,自己感觉意犹未尽,尤其是对当时诗坛创作情况的论述感觉过于笼统,在此后的数年里增补了本书中的第四章;又有感于博士论文中某些章节的论述过于单薄,就重新撰写了第五章中的部分章节。在申报后期资助成功后,又根据专家的建议,充实了第三章的大部分章节。因而,本书实际上从开始写作到修订出版,断断续续,前后经历了十年的时间。虽然如此,这部书稿远远未能达到古人所说的"十年磨一剑"之功,充其量也只能算是一把去掉了锈迹的剑。这不是自谦之词,而是我深知,这个看似平易的选题,其实需要很深厚的功底才能完成,而这是我以前乃至现在还不具备的。

　　也许,本书以及我本人是幸运的。书稿终于有机会出版了。此时,我满怀感激。

　　感谢我的博士导师莫砺锋先生以及硕士导师程章灿先生,他们不仅对我有教导之恩,而且在我毕业多年之后,仍然关心着我的成长,给予我切实而有效的帮助,使我的学术之路少了一些曲折。

　　感谢参加我博士论文答辩的钟振振、陈书录、张采民、徐有富、巩本栋诸教授,他们提出的建议,对本文的修改有很大的参考价值。

感谢胡明、张国星、李超、张剑、刘蔚、项义华、邓乐群、岳毅平、黄毓任及同门王群丽等学术刊物的编辑,因为他们的谬赏与奖掖,本书中的部分内容得以提前面世,也因此多了一次修订的机会。

感谢周建忠教授,因为他对我一次次无私的帮助,我的学术道路与生活道路平坦了许多。因为他的棒喝,我不再那么浮躁。

感谢张祝平教授,就在我屡战屡败,决定偃旗息鼓、放弃申报资助之际,因为他的敦促而使拙作意外申报成功。

感谢吉定教授,她在我最迷茫、最痛苦、几乎绝望之时给予我鼓励与安慰。

感谢我的岳父岳母,他们在我们最困难的时候,不时予以经济上的接济,又帮我们照管小孩,减轻了我们的重负。

感谢我的妻子,她承担了大部分的家务与照顾小孩的任务,让我能够较为安心地读书、写作。

感谢我的儿子跳跳,尽管他顽劣异常,让我没少操心,但他在我苦闷的时间里,以无邪之思、童稚之言让我坚信生活的美好。

感谢国家社科基金后期资助及项目评委。没有评委的厚爱与中肯建议,也许我也不会对难度非常大的第三章中的内容进行大幅度修改与增补;没有这笔资助,这部书稿还不知道要沉睡多久。我还要感谢北大出版社的徐迈博士、同门徐丹丽博士,她们或在拙作的联系出版,或在编辑过程中付出了辛勤的劳动。

书稿在校对的过程中,我的研究生李玲、李璐与刘丽帮助校对了部分稿件,这里一并致谢。

八年之前,我在博士论文完稿之后,本打算等书稿出版之时再写后记,后来还是写了。现在想来,当时的做法是正确的。要不然,时过境迁,可能真的无法还原当时的心理感受。现照录如下:

> 面对电脑上一分一分快速跳动的时间,我不得不放弃再次将论文修改一遍的念头,无奈地关闭文档。此时,我的心忐忑不安,我不知道这篇作为我学生时代最后作业的论文能否让老师多一点满意,能否尽量减少我学生时代的遗憾。
>
> 论文从去年年初开始选定论题到今年四月初稿完成再到现在正式定稿,中间经历了近十六个月的时间,其间的焦灼、苦恼、得意、懊

恼，种种情状都已成记忆。剩下的只有一个奇怪的想法，我怎么走上了古代文学研究的道路？

小时候，我曾经有过很多理想，做过法官梦、医生梦、作家梦，唯独没想到自己会走上学术研究这条道路。然而，生命中的一些偶然改变了我的人生轨迹。读初中时，我有幸遇到了陈泰树老师，他才华横溢，不仅课上得好，文章也写得极为漂亮。在他的熏陶下，我对语文学习的兴趣日益浓厚，并参加到由他发起的可能只有我一个人参加尚未成立便夭折了的"天外星"文学社，做起了作家梦，后来高中毕业也就顺理成章地报考大学中文系。等真正进了中文系以后，我才发现我根本没有作家的天分，也才知道中文系不是培养作家的场所。就在我迷茫之际，我的一篇习作小论文被当时我的班主任兼导师的严明教授给予了不低的评价，这使我重新找到了追求的目标，做起了学者梦。在此，我先向两位老师表达我的谢意。

在一个接着一个的梦想中，我完成了这篇博士论文。我资质鲁钝，缺乏艺术感悟力却选择了一个对艺术鉴赏能力要求较高的论题，做起来时常感到捉襟见肘。赖我的导师莫砺锋先生悉心指导，才勉强写成这样。但愿以后能有所改进，不辜负莫师的期望。

厕身于莫师门下，我学到了很多专业知识，更学到了许多为人的道理，甚至后者更多于前者。莫师是典型的儒者，与之相处，常有如沐春风之感，令后生鄙吝之心不敢生。莫师施人恩惠却不声张，师兄师姐及我自己在找工作的过程中都得到过莫师的帮助，然而莫师却从来只字不提。莫师的境界，我虽不能至，然心向往之。大恩不言谢，对莫师的感激之情，我将永存心中。

这里，我还要感谢我的硕士导师程章灿先生。程师风流倜傥，颇有几分名士风度。程师不仅关心我们的学业，还关心我们的生活、感情，与我们促膝谈心，以至有时我甚至会忘记他的导师身份。从其问学，使我体验到另外一种师生相处的感觉。程师没有门户之见，强调转益多师，每每鼓励他的学生报考其他导师的博士生，我就在他的建议下转投莫门。

我还要感谢徐兴无老师，六年前因为他的无私帮助与鼓励，我才有勇气报考南大。我还要感谢许结老师、武秀成老师，因为他们的时常关照，使我这个在南大生活了六年的木讷之人感受到了来自导师以外的温暖。我还要感谢巩本栋老师，自从研一开始，我就不断向他请教，而他总是不厌其烦地回答，惠我良多。再有，我要感谢南通大学的周建忠老师,因为他的接纳,我总算找到了安身之处,结束了干谒之苦。

论文开题报告,曾得到徐有富、程章灿、许结、张宏生、巩本栋、张伯伟等诸位教授的指点,在此一并致谢。另,本文的大部分文稿由黄燕燕录入电脑,论文初稿曾得到同门师弟宋皓琨、师妹查金萍、赵艳喜及同学王宏生、潘务正的校对,在此亦表示感谢。

顾友泽
2006 年 5 月 16 日午休前记于上海路 149 号甲 9

翻出这段文字,恍然如在目前。应该说,我在写上面这段后记的时候,心情是有些愉悦的。我以为我已经度过了人生中最艰难的时光。此前,在我求学时期,家道中落,父母常年旅居在外,我与弟弟成为留守儿童,与年迈的祖父母相依为命,饱尝人间冷暖、世态炎凉。博士毕业,我以为将是我个人乃至家庭的转折点。而且事实上自从我参加工作,父母的经济状况恰巧也开始有所好转。正当我以为从此可以过上正常人家的生活时,祖父、父亲、祖母却先后离开了我们。命欤?命也!"子欲养而亲不待",人生之恸,有过于斯乎?以前曾经非常厌恶父亲的卖弄与吹嘘,现在倒希望父亲拿着他儿子的著作到处显摆。可这已经是完全不可能的事了。

言不尽意,是为后记。

2014 年 11 月 12 日夜记于通城蜗居